U0465661

国家监察行动之

破局者

POJUZHE

海剑 著

中国书籍出版社
China Book Press

图书在版编目（CIP）数据

国家监察行动之破局者 / 海剑著. -- 北京：
中国书籍出版社, 2020.1
ISBN 978-7-5068-7640-7

Ⅰ. ①国… Ⅱ. ①海… Ⅲ. ①长篇小说—中国—当代
Ⅳ. ①I247.5

中国版本图书馆CIP数据核字(2019)第284570号

国家监察行动之破局者

海剑　著

图书策划　孟怡平
责任编辑　卢安然
责任印制　孙马飞　马　芝
封面设计　程　跃
出版发行　中国书籍出版社
地　　址　北京市丰台区三路居路 97 号（邮编：100073）
电　　话　（010）52257143（总编室）　（010）52257140（发行部）
电子邮箱　eo@chinabp.com.cn
经　　销　全国新华书店
印　　刷　河北省三河市顺兴印务有限公司
开　　本　787毫米 × 1092毫米　1/16
字　　数　280千字
印　　张　23.25
版　　次　2020 年 1 月第 1 版　2020 年 1 月第 1 次印刷
书　　号　ISBN 978-7-5068-7640-7
定　　价　59.00元

目录

CONTENTS

第一章
限时缉捕

所以啊，抓不住赵富水，我们就没法儿定性刘海彬那三百万是不是贪污受贿！要是二十四小时之内还没法儿定性的话，那到时候就得放人！刘海彬要是一出去，再想发现问题可就难了！

一

闷热的夏季使一切变得漫长，包括日照、时间以及浮躁的心情。昨天，郑海生突然接到了一个陌生的电话，是一位好久没见的中学同学打来的。他到滨海市出差来了，进了宾馆稍稍安顿之后，就给郑海生打了个电话，问他什么时候有时间见个面。

郑海生的这个同学，虽然在上中学时成绩一般，但涉猎的杂书不少，对很多事情都有自己的见解，也算是班上的智多星吧，郑海生当时很崇拜他。高中毕业后，他没考上大学，去驾校学了汽车驾驶，现在已经是一个民营运输公司的合伙人了。郑海生和他的友谊，从中学一直保持到现在。

第二天晚上，郑海生来到他住的宾馆。一起吃过晚饭后，他们在大堂的休闲茶座又聊了很久。可能是因为近几年我国司法系统出了不少知法犯法、贪污受贿的案例，也许是郑海生的职业让他不放心，想从侧面给老朋友敲个警钟——在聊到最近刚发生的一起地级官员贪污受贿的窝案后，他很真诚地对郑海生说："有信仰的人，在内心深处一定是有所敬畏的。"

郑海生听出来，他是希望自己能上对得起头上顶着的国徽，下对得起自己的良心，中间对得起平民百姓。

"敬畏？敬畏什么？敬畏神灵吗？"郑海生想逗逗他，故意语带讥诮。

"不，是——"友人一脸郑重，用手指指头顶的天空。

"天理？"

"老天爷！神灵！"

郑海生和他几乎同时脱口而出。

郑海生知道他想表达的意思。

郑海生说："天理在人心，法理在人间。我是一个法律工作者，一个共产党员，一个无神论者。我不相信任何神灵，但我内心有敬畏。每当我面对飘扬的国旗、庄严的国徽、肃穆的法庭时，我会不由自主端肃我的身心。

如果说人的内心里必须要安放一个神灵的话，那么，这些就是安放在我心中的神灵。就算我心里没有神灵，就算我不是一名办案人员，但我国古代知识分子‘穷则独善其身，达则兼济天下’的豁达、‘君子有所为有所不为’的做人底线，也是我的座右铭。”

听郑海生这么说，他放心了。

他说：“我相信你。”

对了，郑海生的职业是滨海市纪委监委办案人员，职务是第七审查调查室的主任。

二

郑海生常常想这样一个问题，那些在法庭上受审的罪犯们，他们的内心是否也有所敬畏？郑海生相信他们一定也有——因为只要是人，他的内心就一定有所敬畏。这就是为什么没有一个罪犯，面对确凿证据，在法庭上接受法律的宣判时，能目光坦荡地注视着国徽，并挺直脊梁、毫不心虚气短地说出“我无罪”这三个字的缘由所在。

郑海生相信，此时此刻，羁押在省城的那个叫韩忠的男人也是一样。他做了多年假药，直到他卖出的假药导致数十人产生严重不良反应，并有三人不治身亡后，警方查到了他的头上。但在纪委监委对此案引出的渎职案件进行调查时，他一直在千方百计地掩盖事实真相，企图推脱罪责，逃避法律的惩处。案件最后转到了省高级人民法院。

在省高级人民法院对韩忠销售假药案进行二审的法庭上，从审判开始到结束，他自始至终低着头，不敢面对旁听席上坐着的那些受害人家属。可当法官宣布判决结果时，他抬起了头，眼睛紧紧盯着审判长，支棱着耳朵，生怕漏掉一个字。当他听到法官严厉地宣布“判处韩忠死刑，立即执行”

的时候，他突然失控了。他突然觉得腹中一股暖流四散奔腾开来，仿佛一只无形的巨手，抽去了全身所有筋脉，瞬间失去了全部力气，一下子瘫软到地上。

虽然他已经预料到了自己难逃一死，但还心存侥幸，抛出了自己的最后一根救命稻草。

韩忠大喊着："我不想死！我有罪！求求党和政府再给我一次重新做人的机会吧！我要举报！我要立功赎罪！"瘫软在地的韩忠绝望地哭喊着。

审判长立刻警告他，有什么要交代的下去再交代，不得喧闹法庭。韩忠安静了下来，嘴里不停地念叨着："我要立功！我要立功！我不能死！"

两名警察重新给他戴上手铐脚镣，将他押出了法庭。

法庭上所有的人，都被韩忠这最后一句话震惊了，审判长和出庭支持公诉的检察人员飞快地交换了一下眼神。

庭审结束后，作为公诉人的省检察院两名检察人员，立即提审了韩忠。韩忠说自己要揭发检举的，是滨海市路桥集团副总刘海彬索贿、受贿，并把刘海彬向他索贿的经过仔细讲述了一遍。

省检察院的两名检察人员觉得韩忠所揭发检举的内容案情重大，提讯结束后，他们就立刻向组织汇报。这一线索，按照公检法和纪委监委的相关程序很快就到了郑海生这边，郑海生迅即向市委常委、市纪委书记、监委主任周安国做了汇报。

三

郑海生正陪在女儿的病床前，他刚到医院，正在与女儿一起等待着今天专家将要给她做的膝关节检查。

女儿老说膝关节疼，检查了多次，也没有查出病因。有医生说可能是器质性病变，也有医生说可能是心因性疾病，郑海生为此专门联系了省医科大学的专家。

郑海生已经跟妻子离婚了，女儿判给了他。可自从离婚后，他发现女儿越来越叛逆，加上工作太忙，他这个当父亲的有些管不了她了。

等待是漫长的。刚从工作中挣扎出来的郑海生，思维甚至还有些迟滞，他要求电话里的人重复了两次那个应该使自己兴奋的消息。他有过不少类似的感受：即便是好消息，倘若等待的时间太久了，也会让人觉得索然无味。

他很讨厌这种一切都不由自己操控的感觉。

在这漫长的等待中，郑海生始终努力掩饰着自己的担忧。他实在不想让女儿感到丝毫不安。他不停地将目光在女儿的脸和挂钟之间游来荡去，欲言又止。女儿郑晓菡从父亲接完电话后的表情，已经猜出了他的心思，小声嘟囔着："爸，你说好了今天要陪我的……"

"专家还没到，检查最快也要下午三点呢……"郑海生故作轻松地说，"而且我也没说不陪你啊。"

"你为什么要和妈妈离婚？"郑晓菡说完，委屈、柔弱的眼泪瞬间夺眶而出。

郑海生走到病床边，伸手摸摸女儿的头发："晓菡，你都十五岁了，应该学会坚强。爸爸和妈妈之间的事情，你以后长大了就会知道了。"

郑晓菡赌气地把脸扭开，但又忍不住紧紧抓住了父亲的手，仿佛想从那只大手中获得巨大的力量。

四

郑海生最终还是离开了医院。刚一出病房，他就赶紧给叶涵打了一个电话，通报了省纪委监委那边传过来的信息，并让叶涵在办公室里等省纪委监委发来的传真。

一到八楼，郑海生就在走廊上看见刚从办公室出来的叶涵，她手上拿着几张传真纸。

“省纪委监委的传真到了吗？”郑海生问。

叶涵兴奋地扬扬手里的传真纸说：“到了，我正想给您送过去。”

郑海生接过叶涵手上的传真，一边看一边大步流星地向办公室走去。身材高挑的叶涵一溜小跑地紧跟在他的身后，尽量选择最简洁的语言说：“韩忠终于开口了，愿意揭发检举路桥集团副总刘海彬的索贿、受贿情况。以前咱们接到的举报都是匿名的，缺乏具体细节，价值不大。现在好了……”

郑海生：“正好我们一接到相关的举报，我马上启动上会程序，刚好周书记在。”

风风火火的郑海生迅速走完了纪委监委的一些程序，马上带着材料来到自己的办公室。

叶涵了解郑海生的办事风格，一早就等在门口了。

郑海生掏出钥匙，一边打开办公室的门锁一边问叶涵：“刘大奎和靳兰都来了没有？”

叶涵说：“咱们室的人什么时候上班迟到过？”

郑海生说：“好！我先把这份传真看一下，你现在就到小会议室去，通知他们准备干大活了。”

叶涵说：“你忘了？今天上午咱们新的纪委副书记、监委副主任要来。这会儿，他们正在小会议室里忙着整理汇报材料呢。要不等见过新的主管领导后再说？”

郑海生说：“见新的主管领导就这么重要吗？”

叶涵知道自己的失误，一伸舌头说：“我不是那个意思……”

郑海生没吭声，坐在办公桌后看起了省纪委监委传过来的材料。

会议室里，靳兰看着为了分清材料页码，鼻子尖都快贴到纸上的刘大奎，忍不住打趣地说：“人啊，不服老是不行的！还是配副老花镜吧，老靳！”

刘大奎从来不敢招惹这个话里能带着小刀子的女同事，转眼看到林枫拎着两暖壶开水进来，马上掉转枪口，故作严肃地说：“谁让你这么早就去打开水了？回头开会水凉了，领导们怎么喝？”

林枫本来就有些气不顺，听了这番责备，赌气地说：“那领导签字给咱买个饮水机啊！为什么纪委监委安个饮水机，都怕别人说腐败？真正的腐败能让人看见吗？”

靳兰刚要开口，郑海生一步跨进了屋里，扬了扬手中的传真，不容置疑地说：“大案子来了，大家把手头的工作都先放一放。”

大家都停住了手头的事情。

郑海生拿出一份他已经签过字的搜查证给刘大奎，继续说：“韩忠交代出了路桥集团的刘海彬。刘大奎、靳兰，你们立即去搜查刘海彬的家，我马上向新来的夏副书记汇报，建议马上召开监委会，林枫做好和我去路桥集团找人的准备，要快，正好周书记在家，我刚走完相关程序，叶涵马上去省里拿口供和证据。”

靳兰指指桌上的材料说：“一会儿咱们纪委监委的新的主管副书记就要来和大家见面了，主任和党委的人也都来，咱们不是还要汇报工作吗？”

刘大奎也说：“郑主任，是啊，待会儿领导们都来了，咱们都不在，是不是有些不太合适？”

“来不及了，案子有了突破，就得马上行动，否则会走漏风声的。”郑海生说完，转身就往外走去。

林枫匆匆忙忙地把桌上的东西往包里一塞，追上说：“郑主任，路桥集团是市里的大企业，我觉得还是慎重点好。”

郑海生没搭理林枫，只顾向车走去。

“林枫可真不会说话……”靳兰看着他们的背影，对刘大奎和叶涵嘀咕着。

“唉，主任换了三拨，海生还是个部门主任，别是心理不平衡吧！”

刘大奎阴阳怪气地感叹。

靳兰笑道："我看是你不平衡吧？海生上不去，你也没法儿进一格儿。是不是？"

刘大奎听了这话倒也不生气，只呵呵一乐。

靳兰还是不依不饶地说："大奎啊，我觉得您这种资历和身份，是不该有这样的想法的。"

叶涵低声对郑海生说："郑主任，我想还是我去传人，换别人去省城吧。今天不是要请专家给晓菡会诊吗？你还是去陪她吧。"郑海生想都没想便说："行了行了，都什么时候了。省里你熟，换别人去我不放心。再说，对方是大型国企的副总，还是我出面比较方便些。晓菡那儿有医生和护士照顾呢。"叶涵不死心地说："孩子现在一定最需要你了……"郑海生挥手制止了她。

五

路桥集团的工地上，搅拌机在轰鸣着，不时有运送水泥、钢材的大型自卸车进进出出，到处是一副抢工期的忙碌情景。

头上戴着安全帽的刘海彬，对着他手下的管理人员不断下达着命令。一会儿让在这边悬挂一个条幅，一会儿又让把那边的建筑废料用布盖住，而且每一次命令之后，都要亲眼看到实现了自己的要求才能通过。

"这里一定要保持最大程度的整洁，"刘海彬不满地说，"现在都什么时代了？科学发展观你们懂不懂？不能只追求工程质量和进度，更要注重环境保护。工地的整洁与否，也与生产力有着直接的关系，对不对？环境整洁了，工人们工作时才能有愉悦的心情！这才叫以人为本！说了你们也不会明白！反正甄总和市领导来了，要是看着不满意，你们就都给我小心点儿！”

随行的集团管理人员们，忙不迭地连连点头。

郑海生和林枫是突然站在刘海彬身边的。

“您是刘海彬吧？我们是市纪委监委的，有些情况需要请您帮助核实一下，请跟我们走一趟吧。”郑海生把工作证递给眼前这个皮肤黝黑胖子。

刘海彬接过郑海生的证件看了一眼，又递还给他，不冷不热地说：“走一趟？什么意思啊？你们凭什么随便抓人？”

郑海生发现工地上已经有人开始注意这里了，就说：“有些情况需要请您帮助核实一下，希望您配合我们的工作。”

刘海彬看看附近往这边看的工人说：“配合你们工作？配合你们工作，就是让你们开着警车跑到我的工地上，当着这么多工人的面把我抓走？”

郑海生紧紧盯着他的眼睛说：“刘总，您理解有误。抓人是在立案办理了刑事拘留或留置手续之后，现在只是请您去协助澄清一些问题。任何公民都有责任和义务配合纪检监察机关对涉及自己的案情到案进行说明。”

“你听听，你听听？！”刘海彬故作轻松、虚张声势地拖长了声音说。说完看看郑海生和林枫，又说：“我哪有那么多工夫啊？下午市领导要来我们工地视察，明天我还要主持一个重要的外商谈判活动！那可是今年省里的重点项目！而且这可是关系到滨海市招商引资的大局！几十个亿的大项目啊！耽误了，你们负得起责任吗？！”

郑海生不愠不火地对他说：“我负得起这个责任。而且您应该明白，纪委监委来找您，就是为了要对国家和人民负责。”

郑海生这样的回答，使刘海彬一时语塞。正好林枫适时做了一个请的手势，他只好不由自主地迈开了双腿。

刘海彬走了几步，突然站着不动了。

郑海生问：“刘总，还有什么事情需要交代吗？”

刘海彬说：“这么大的事情，你们跟我们路桥集团的领导打招呼了吗？他们同意我放下如此重要的工作跟你们走吗？”

林枫说："我们来的路上曾给你们集团的甄总打过电话，可是他的手机一直没人接。"

刘海彬撇撇嘴不屑地说："就凭你们也想找到我们甄总？甄总从来不接听陌生电话。"

林枫说："是吗？看来你们甄总派头还不小呀？他就不怕耽误了大事儿？"

刘海彬扭头看看身旁的下属："要是甄总找我，就说我被市纪委监委的人带走了啊。另外，工地上的事情你就多操点心吧。"说完又问郑海生："我能坐我自己的车吗？"

郑海生说："还是坐我们的车吧。"

刘海彬看了郑海生一眼，钻进了纪委监委的车里。

六

此时，路桥集团的老总甄广海正在王市长秘书的办公室里，他还在等着王市长的接见。

王市长的秘书看上去十分年轻，尽管甄广海和他很熟，可每次见他都十分恭敬。

"张秘书，你爱人对她的工作还满意吧？"甄广海看着他为自己倒满一杯茶，故意压低声音说，"我考虑把她安置在我那儿不太好，就放在朋友的公司里了。不过你放心，待遇方面保证没问题！"

张秘书对他笑了一下，不动声色地说："那我就多谢你了啊。"

甄广海也笑了，觉得这个年轻的秘书城府不浅，是个有前途的家伙。

甄广海强烈地预感到，下午的视察和明天的谈判，不仅对他本人，对整个路桥集团都将是一次难得的机遇。想到这里，不由得把目光投向窗外蓝蓝的天空，心情一下子轻松了许多。这时，他的手机响了。

甄广海一看是刘海彬的来电："什么事啊，小刘？"

不论在任何场合里，甄广海从来都称呼自己的下属为"小某"。这是他的一种语言习惯，更是一种对待下属的习惯。

郑海生伸手拿过刘海彬的手机，退后两步，声音洪亮地说："甄总吗？您好，我是市纪委监委的郑海生。根据举报线索，现在我们需要请刘海彬同志到纪委监委了解点情况，希望得到您的支持呀。"

"哦……是这样……嗯……"纪委监委、纪委监委、举报、传讯——这些听起来刺耳而又遥远的字眼，使甄广海的脸色骤变，但他很快恢复了常态。甄广海看着张秘书的背影消失在门口，平静地对着电话说："没问题的，郑主任，接受调查是很正常的事情嘛。不过我想和刘总说几句话。"

郑海生把手机举到刘海彬面前，同时按下了扩音键。

刘海彬迫不及待冲着手机说："甄总，我现在根本没有时间！手头上那么多事，要准备下午的视察，还有明天的谈判，还有……"

"不管有什么事，你都给我放下，一定要好好配合纪委监委的调查工作！"甄广海截住刘海彬的话，"该说什么就说什么，知道多少就说多少。明白吗？小刘，你要相信组织，要相信法律是公正的。"

刘海彬听到这些话才真的急了："可是，我……哎呀，甄总，明天谈判的材料我还没准备好呢！"

"没什么大不了的，我会安排好一切的。"甄广海说完便挂断了电话。

郑海生和林枫把刘海彬带到了纪委监委。

七

郑海生和林枫带着刘海彬回到单位的时候，周安国正在跟其他处的同事介绍郑海生的新上司——刚刚到任的市纪委副书记夏志杰。

周安国正要开口对郑海生说什么，他衣兜里的手机唱起歌来，他掏出手机看一眼来电号码，赶忙按下接听键："丁书记啊……"他说着离开众人几步，"什么？……"

郑海生一直注意看着周安国脸上的表情。

周安国挂了电话就劈头盖脸地对郑海生嚷道："海生啊，我一直提醒你要注意工作方法！路桥集团是市里的支柱产业，牵一发动全身。最近他们搞的引资项目，连省里都特别关注。市政法委丁书记来电话，说王市长都过问这件事了。"

郑海生心里暗自嘀咕：这甄广海的动作真够快呀。

"刘海彬人呢？"周安国打断了郑海生的话。

"我已经安排林枫带去讯问了。"郑海生赶紧回答。

周安国抬起手腕看看表说："丁书记说，王市长的原话是尽量不要影响路桥集团明天的谈判。因为原定明天的谈判是刘海彬主持，我方参会人员的名单早已经发给了对方，明天刘海彬不在，我们怎么跟外商解释？"

郑海生一听急切地说："如果我们就这样把刘海彬放了，万一他出去串供怎么办？销毁证据怎么办？说实话，我现在都怀疑甄广海有问题了！市长下这样的指示，弄不好就是他在后面搞的小动作！"

周安国没等郑海生把话说完，就一脸不悦地摆摆手："海生，办案需要争分夺秒，这没错。但是，一个死刑犯在判决后咬出的一个人，你想想他的可信程度有多高？既然刘海彬有问题，他为什么不在案件审理过程中主动交代？当然了，我不是怀疑韩忠检举刘海彬是捕风捉影，但不是所有的这种最后关头抖出来的材料，都能抓到大鱼。我是担心二十四小时的传讯时间之内，你要是拿不下刘海彬，怎么办？你得改改你的急脾气了啊。"

"周书记，这件事情我也同意按照海生的意见办。"这时站在旁边一直安静倾听的夏志杰突然开口，"韩忠一案的最后审核是我经办的。案情比较复杂，牵扯面也广。当时我看完全部卷宗后，就感觉到案子还没有挖干净。现在让他回去，确实有走漏风声的可能。所以，海生主张的紧急传讯是必要的。我的意见是，既然把人传来了，就要想方设法尽快突破。周书记，这样吧，我现在可以和你一起去市里说明情况。一来我熟悉背景，二来正好跟书记见个面。周书记，您的意思呢？”

周安国想了想，点点头说：“那好吧，反正这里该见的人你也都见了，就海生第七审查调查室的人不全，您明天再见吧。”

夏志杰说：“来日方长，不急，再说办案要紧嘛。”

郑海生看了一眼夏志杰说：“夏书记，您这么体谅下属，我就放心了。”

夏志杰再次握住郑海生的手，诚恳地说：“郑主任，这边就全靠你了。咱们随时保持电话联系吧！”

八

几乎就在刘海彬拨响甄广海电话的同时，刘大奎和靳兰按响了刘海彬别墅的门铃。

靳兰和刘大奎站在刘海彬家的别墅前，靳兰情不自禁地感叹道：“有钱就是好啊，这栋别墅少说也得上千万吧。咱们普通老百姓，辛辛苦苦干一辈子，连一套两室一厅的房子都买不起，这些贪官，只要动动手指头，就能把公款变成自家的银子，真是不公平呀！也难怪现在社会上仇富反社会心理的人越来越多。”

“享受一时，不可能享受一世。只要伸手就会被抓。你以为这些人能永远得势吗？”刘大奎说着按下了门铃。

门铃响过后，有热闹的狗叫声由远及近传来，靳兰说：“这听着比宠物店还热闹，他们家养了几只狗呀？”

很快，几只狗汪汪着连蹦带跳地跑了过来，纷纷扑到门上欢叫着，这时听到一个中年女人的声音："乖宝宝们，都别给我叫了，妈妈看看是谁来了。"

别墅大门上的一个小窗口"啪"一声弹开了，露出一张圆胖饱满的女人脸庞。

靳兰拿出自己的监察人员工作证件，让她看看后和颜悦色地说："您好，您是刘海彬的妻子胡丽芳吧？我们是市纪委监委的，请你协助我们调查点事情。"

"监察……纪委监委的？"胡丽芳明显有些愕然，慢吞吞地打开大门。

小狗看见靳兰和刘大奎进来了，就都扑了过去，围住他俩转着圈地撒欢。"没事，不用害怕，我这些狗都不咬人。"胡丽芳赶忙说。

靳兰打量着眼前这个身宽体胖的女人说："我也喜欢狗，您这些狗的品种都挺不错的嘛。这只巡回金毛犬真漂亮，身上一根杂毛都没有。"

胡丽芳明显有些心不在焉地笑笑说："是，我是喜欢狗，我还喜欢猫，我还养了两只猫呢。"

刘大奎环视这花草宜人的庭院说："麻烦您给带路吧。"

胡丽芳把二人带进别墅说："二位请随便看吧。"说完在沙发上坐了下来，心神不宁地揽过一只猫咪，抱在怀里抚摸着。

当刘大奎和靳兰开始在刘海彬家里四处查看的时候，胡丽芳脸上的惊诧还没有消失，两人一边检查着，一边跟胡丽芳闲扯着。

"苏格兰折耳猫？"靳兰看着胡丽芳怀里的猫咪，惊讶地说，"听说这种猫咪很名贵，我还是头一次见呢，模样真是很可爱呀。"

胡丽芳尴尬地笑了笑没说话。

刘大奎环视这间装修豪华的大客厅，随手打开陈列柜的玻璃门，拿起一个花瓶漫不经心地看了看感叹说："唉，住大房子就是好啊，到现在我们一家三口还挤在一居室里呢。"说罢，他泄气地将花瓶放进柜子里，花瓶和柜子轻碰，发出"吵杂"的一声。

胡丽芳听见响动，立刻紧张地站起身说："哎哟，你们不能手脚轻点儿吗？”

刘大奎立即反问：“这花瓶很值钱吗？要不要我们拿回去帮着估估价啊？”

胡丽芳连忙改口说：“值不值钱也是朋友送的，礼轻情意重嘛。”

靳兰隔窗看到后院停了一辆小轿车，问：“那辆车是你们家的吗？怎么上的是宁城的牌照啊？”

胡丽芳立刻回答说：“那是我老公给我买的。上外地牌照不是不扣分嘛。”

见二人没言语，她又接着说：“现在好多人都是这么干的。”

靳兰快速地把车牌号抄下来，然后掏出手机给郑海生发了一条短信息。

这时，靳兰手机的短信铃声响了，她侧过身看到郑海生发来的短信，只是短短几个字：“进展如何？”

九

胡丽芳对那个花瓶表示出特别在意的时候，叶涵乘坐的汽车，仍在赶赴省城的高速公路上奔驰着。她一边仔细注视着窗外飞速闪过的路标，一边给省纪委监委的朋友打电话：“我在路上，估计中午以前能赶到……你帮我安排间谈话室，必须能录像……还要帮我准备好之前的档案和所有相关资料……嗯，一会儿见。”

开车的同事不无羡慕地说：“关系不错嘛！一个电话就搞定了。”

叶涵看着窗外回答：“出门都是要靠朋友的。省高级法院的小宋是我爸的研究生，这次全靠他了。”

同事忍不住又问：“听说新调来的那位夏书记，也是你们老爷子的学生，叶姐能不能透露点儿资料？他人怎么样啊？”

叶涵笑了笑，意味深长地说："他啊……怎么说呢？反正他跟咱们郑主任是完全不同的两种人……"

叶涵其实说的大半都不错，新上任的市纪委副书记、监委副主任夏志杰，虽说从外表上看，和郑海生同样透露出一股十足的书卷气，但郑海生脸上更多地流露出一种儒雅的干练，而夏志杰恰恰相反，他的笑容中往往带有一种无法掩饰的童真。

十

在谈话室里，刘海彬表现得很不耐烦。看着林枫慢条斯理地逐样报出谈话室的所有物品，刘海彬催促道："小同志，你这是干什么啊？要问什么就抓紧问，我忙着呢，没时间陪你玩儿！"

林枫呵呵一乐说："你可别误会，我这是为了录像方便！"说着指了指自己座位上正对着刘海彬的摄像头，"我们下面的谈话，将被全程摄像录音，请你注意。现在对你的谈话正式开始。"

这时，墙上的挂钟当当当地响了十声。刘海彬抬头看看挂钟，指针显示现在是十点整。

刘海彬又下意识地看了一下自己的手表说："你们这个挂钟的时间还挺准的嘛。"说完双臂交叉着抱在胸前，往椅子里一靠，满不在乎地对林枫说："明天上午我还要跟外商谈判呢，你想累死我啊？"

"死——不——了——"林枫故意拖长声音。

林枫看看刘海彬继续说："知道为什么谈话室要安排在一楼吗？那是为了防止被谈话人跳楼。知道为什么墙要包起来吗？那是怕嫌疑人想不开时撞墙寻死。"

在一边做记录的女书记员忍不住笑出了声。

刘海彬说："小同志！我想提醒你，注意你的工作方法和态度，我现在还是路桥集团的副总，不是你的犯人！否则恐怕你将来不好交代！"

林枫仍然不急不躁地说："刘总，你当然不是我的犯人，但你现在是被调查人，我也想提醒你注意你的态度。"

谈话室对面的一间办公室里，郑海生一边在监视器前徘徊，一边吩咐身边的办案人员，用字幕的方式提醒谈话室里的林枫：沉住气，他的腿一直在抖，他现在很紧张。

林枫面前的电脑屏幕上又出现一行字：在叶涵没从省城核实清楚具体细节之前，切勿提及已掌握的线索，只须吸引对方多说话即可，要善于利用语多必失的道理。

郑海生全神贯注地盯着监视器里刘海彬的一举一动，突然身上的手机响起，他几乎要跳了起来，张口就急切地问："叶涵？情况怎么样？"

电话那端却是郑晓菡委屈而又紧张的声音："爸，我求求你了，我不想做检查了！"

郑海生心中腾地无名火起，深深地呼了一口气才说："晓菡，不要再要小孩子脾气了，你不是天天喊着腿疼吗？不做检查怎么行呢？再说，爸爸费了那么大的劲儿才请来了专家，你怎么能又变卦，说不做就不做了呢？"

郑晓菡哽咽着说："我能忍！爸，我保证以后再也不喊腿疼了……"

郑海生实在忍耐不住了，对着电话大喊："不要再说了！你因为腿疼动不动就请假，功课全耽误了！这次有了这么好的机会，不许再变卦了！"

郑晓菡大哭起来："你还老变卦呢！说好了今天陪我，可现在呢？现在你在哪儿？"

郑海生的心一下子又软了下来，柔声细气地说："晓菡乖，三点钟，爸爸一定赶过去陪你好吗？"

"我恨你！"电话那端，郑晓菡气恼地把电话摔到了一旁。

郑海生给叶涵发去一条短信："我们已将刘海彬带回，你那边一定要尽快搞定。”

叶涵立刻给郑海生回了电话，声音充满了兴奋：“韩忠就像竹筒倒豆子一样，说得那叫一个痛快。我会马上把他的供述整理好，用纪委监委加密电子信箱给您传回去。”

十一

韩忠现在就像是一个溺水的人抓住了一根救命稻草，他只希望能用揭发检举刘海彬换来自己的一线生机。

当叶涵和省纪委监委、省高级法院的一行人出现在韩忠面前时，坐在椅子里的他，顾不上手铐脚镣的牵绊，猛地站起身来，又“扑通”一下跪在地上，语无伦次地嚷嚷着：“只要我能减刑，哪怕是死缓也行！刘海彬那小子不地道，他太黑了！拿了我三百万，还有一块江诗丹顿表，可什么事情也没给我办……”

他的话还没说完，就被身边的警察拉起来，又重重地按回到椅子里。

叶涵端坐好，铺开纸笔，缓慢而清晰地说：“能不能减刑，主要是要看你的举报是否属实，以及有多大的价值。”

韩忠定了定神，缓慢地说：“绝对有价值！绝对有价值！我以前做假药生意，赚了点昧心黑钱，知道自己干的是犯法的事，这种生意是不可能长期做下去的，积累了一定资金后，就想转行做些正当合法的生意。我发现做房地产不错，就注册了一家小房地产公司。因为公司刚成立，资金有限不说，我也没有能力拿到政府招拍挂的土地，就托朋友打听，看哪家公司有自己消化不了的地块。后来朋友告诉我，滨海市城西原化工厂有一块几十亩的地块，土地的使用权归路桥集团，但路桥集团当时正忙于另外几个楼盘，这块地已经荒了三年了，再不开发，政府就要把这块地重新挂牌出售。于是我就托人介绍，认识了路桥集团的副总刘海彬。我把刘海彬请到滨海大酒店，酒足饭饱后，表达了我想跟路桥集团联合开发这块地的意思。刘海彬也不客气，开口就问我要三百万现金。”

说到这里，韩忠叹了一口气，他看了一眼叶涵，见叶涵一言不发就继续说：“刘海彬说那三百万就算是联合开发土地的保证金，让我回去继续筹集后续的资金。没想到后期的钱还没凑齐，假药的案子就发了。”

“等等！”叶涵打断韩忠，“既然是保证金，你凭什么认定刘海彬是自己私吞了那三百万？你又怎么证明刘海彬收了你的钱？”

韩忠：“这不是明摆着的吗？我不送给他十几万的表，他根本不会跟我谈。那三百万一开始不说，后来又说是保证金，还说得运作，不就是逼着我再给他送钱吗！就算后来我没出事，打死我，我也不信那王八蛋会把钱交给甄广海！”

叶涵问他：“既然你说是刘海彬私吞了你的三百万，你有证据吗？”

“有！我有证据！”韩忠毫不犹豫地说。

十二

郑海生走进对面谈话室的时候，林枫和刘海彬正在冷眼相对。看到这副情景，郑海生不由得乐了，打趣说：“怎么了？接着聊啊。”

刘海彬看见郑海生进来，不满地嚷嚷：“干脆咱们也都甭绕弯子了，你们就说说我到底有什么问题吧！”

郑海生没搭理刘海彬，自顾自地说：“刚才你们聊天的工夫，我可没闲着。现在我心里终于有数了。”

“你们还别诈我，我刘海彬什么阵势没见过啊！”刘海彬嘴上虽然不屑地这么说，但看到郑海生一副神闲气定、成竹在胸的模样，心里也还是不由得打起鼓来。

郑海生觉得是到了打压刘海彬气焰的时候了，于是不慌不忙地说："刘总，我们要是不掌握一些确凿的证据，能把你请到这儿来吗？刘总你再想想，没点儿真格的东西，市里和我们院里的领导们能同意传讯你吗？"

刘海彬虚张声势地说："我不知道在这关键时刻，你们为什么非要想办法把我置于死地，我更不知道，你们掌握了什么能把我置于死地的证据！要不麻烦你们给提个醒吧！"

"刘海彬，我必须提醒你！"郑海生正色道，"没有人想要把你置于死地。既然我们能把你请到这里来，就不会没有充分的理由。但你必须自己对自己要有一个清醒的认识，被迫的、挤牙膏式的供述和主动坦白是有本质区别的，导致的结果也就完全不同！我想这一点你心里应该很清楚！"

"你们还别吓唬我，我刘海彬什么阵势没见过啊！"刘海彬嘴上虽然这么说，但看到郑海生这副模样，心里也不由得紧张起来。

为了掩饰自己心里的紧张情绪，刘海彬反倒摆出一副无所谓的神态来。他故作平静地说："我知道有人举报我。他们那样做完全是嫉贤妒能！他们嫉妒我工作能力强，嫉妒我很得市里领导的赏识，嫉妒我升得快。可我能有今天这样的成绩，靠的完完全全是真本事，是苦干加巧干，是流了多少汗，没日没夜干出来的！"

林枫想打断他，被郑海生制止了。

刘海彬竟然还来了情绪："说实话，我最烦、最恨的就是这种人，你在前面冲锋陷阵，他不帮忙也就算了，偏偏还在背后给你使绊子，耍阴招……"

"那你认为，到底是谁在跟你过不去？"郑海生看着他的眼睛问道。

刘海彬装模作样地思索了一会儿，用手揉揉太阳穴说："我还真想不起来有谁会干出这种卑鄙无耻的事情。不过，我在集团里是分管质量的，可能我平时在工作中对下属要求比较严格，得罪了一些人吧。可是你们想想，不严格能行吗？我们是盖房子的，盖房子虽说不上是千秋大业，可也总得要按照百年大计来做吧？质量是企业的生命……”

郑海生打断了他的表白说：“你扯远了。举报你的人不是你们路桥集团的。”

刘海彬继续发挥他善于表演的天赋，似乎绞尽脑汁地又想了一会儿，自言自语地说：“不是我们集团的，那会是谁呢？”

郑海生说：“要不要我提醒你一下？”

刘海彬说：“当然，那太好了。”

郑海生问他：“你认识一个叫韩忠的人吗？”

“韩忠？韩忠是谁？我的朋友圈子里，好像没有一个叫韩忠的人呀。这个韩忠是干什么的？”刘海彬似乎在记忆的仓库里艰难地搜索了好大一圈，才又不安地回答，“实在是没印象，我不认识这么个人……”

但从他说话的语气里，郑海生发现他的底气已经明显不足了。

郑海生有些生气，这个刘海彬真是不见棺材不掉泪。

郑海生说：“你不是准备跟他一起，合作开发城西化工厂的那块地吗？怎么这么快就把合作伙伴给忘了？人家韩忠可是没忘记你，不但没忘记你，还跟我们说和你的交情不一般呢。”

刘海彬一听，愣了一下，很快就恢复了常态，又故作轻松地说：“啊，原来你说的是他呀！我跟他不熟悉。前年他看上了我们公司在城西化工厂的一块地，当时我们还没有顾得上开发。姓韩的通过关系找到我，说希望能跟我们路桥集团一起开发这块地。我看了他的营业执照，当时觉得他的公司太小，但我这个人有一个特点，喜欢给人帮忙。再说，我们那块地已经荒了三年了，土地局已经给我们发出警告，再不启动建设的话，就要把它收回重新挂牌出售了。我想联合就联合吧，反正我把质量关把好就行了。再说，这个姓韩的当时给我的印象还不错，为人热情豪爽。但后来我发现他有些虚张声势，而且完全不懂房地产项目的运作，他承诺的启动资金也一直不能到位，所以最后跟他的合作也没有继续下去。为了这个，他对我意见大了。闹了半天，是他举报我的？当时我告诉他路桥集团不想跟他合作的时候，他曾经恼羞成怒地威胁过我，没想到……”

郑海生看着刘海彬的表演。

林枫示意郑海生看电脑屏幕上的一行字。

郑海生一看：省城证据已到。

郑海生立刻精神一振，匆匆浏览了一遍叶涵发来的证据材料。然后看着刘海彬手腕上的表说：“哟，刘总，手表不错呀。如果我没看错，是江诗丹顿的吧！黑色鳄鱼皮表带，18K 白金表盘，镶嵌天然钻石，确实够档次啊！”

刘海彬抬抬手腕，看了看腕表，做出一副满不在乎的表情说：“不错什么？假货！不值钱，朋友送的，戴着玩玩而已，满足一下自己的虚荣心罢了。”

“什么朋友，会给您这位身份尊贵的路桥集团副总送块假表？说出来连三岁小孩都不会相信吧！”郑海生笑笑问他。

刘海彬张了张嘴没有说话。

“送你手表的朋友，可能是你早已经想不起来的韩忠吧？我真为韩忠感到不值。给你送了这么值钱的一块名表，你竟然把他都忘了！还说那是假货！”郑海生滑动鼠标，示意林枫放录像给刘海彬看。

“十三万八千六百元！有这么贵的假表吗？”林枫边说边把电脑屏幕扭向刘海彬，屏幕上是叶涵传讯韩忠的画面。

叶涵问：“刘海彬是在什么时间、什么地点向你索要那三百万元的？”

韩忠答：“去年 11 月 5 号，在滨海市滨海大酒店二楼的 A8 号包间，我给刘海彬送了一块价值十三万八千六百元的江诗丹顿牌腕表。那是我们第二次见面。刘海彬当时对我说，有好几家做房地产的公司都想跟他们合作，但他觉得我最有诚意。他原则上同意跟我合作开发那块地，但我必须要先交三百万元保证金，要不在公司那里他不好说话。我问他要转账还是支票，他说现金吧，公司需要现金支付农民工的工资。”

叶涵问：“你是什么时间给了他这笔钱的？刘海彬当时说了什么？”

韩忠答："我第二天就把钱给他了。三百万元现金，我是装在一个灰色的密码箱里的。当时刘海彬拿到钱后什么也没说，只给我打了个收条。过了一个星期，我催问他什么时候办手续，他说办手续还得再等一等。他又说让我必须再准备二百万元项目启动资金，他说他正帮我在他们甄总面前活动，如果甄总松口了，再上会一讨论，这事就成了。我怕夜长梦多问他不上会不行吗，他说他们公司有非常严格的程序规定，所有项目的启动、合作伙伴的选择，都要上会讨论，但跟我的合作有他全力来运作，应该没什么问题。我当时相信了他，但后来我还没有筹够启动资金就进来了。所以我敢肯定，我那三百万被他私吞了。"

叶涵问："你根据什么认定，这笔钱是刘海彬私吞了？"

韩忠答："这不是明摆着的吗？按照财务制度，我给他钱，他们财务应该给我开具正规发票，可他仅以个人名义给我打了个收条。按路桥集团的规矩，收保证金要签合同，他也从来没跟我提签订合同的事情。"

……

郑海生注意观察着刘海彬，只见刘海彬的额头上一层一层地冒出了冷汗。

郑海生说："擦擦汗吧。"

刘海彬说："我不热。"

郑海生说："不热，那就是冷汗了？"

刘海彬还在试图狡辩，他说："韩忠完全是在血口喷人！韩忠是个做假药的，什么伤天害理的事都能干得出来！他就是觉得和我们路桥集团没合作成，三百万保证金又没退还给他，心里不平衡，于是他就开始疯狗一样乱咬人！你们也听到了，我从一开始就清清楚楚明明白白地告诉他，那三百万是保证金！凡是做生意的都知道，生意做不成，保证金也是不退的。"

郑海生冷冷地问："刘海彬，按你们路桥集团的规矩，收保证金总该签份协议吧？"

"嗨！当时太忙了，根本没顾得上呀。当时几个楼盘同时在紧张地施工，采购人员进了一批伪劣电线和插座，有些电线已经被预埋到了墙体里。我发现问题后，就赶紧组织工人把墙凿开，把预埋进去的电线又全部取出来重新铺设。另外，我又亲自安排，对采购这批伪劣产品的几人进行了调查。那一段时间真是太忙了，说句不好听的话，忙得连上厕所的时间都没有。”刘海彬装出一副焦头烂额的样子。

郑海生说：“我看你也是太忙。可既然你那么忙，为什么不让韩忠把现金或支票直接送到你单位财务部门，却由你个人收取现金？这也是路桥集团的规矩吗？你是忙糊涂了吗？”

刘海彬转动着眼珠不说话。

郑海生不依不饶地追问：“为什么不签协议？为什么不收支票？为什么要收现金？那三百万到底去哪儿了？！”

刘海彬脖子一梗说：“我记得那三百万元现金，是给工人发工资用了，我把钱交给我们路桥集团财务主管赵富水了！而且这件事情我向甄总汇报过，他当时说急需现金补发农民工的欠薪，正好韩忠千方百计想跟我们合作，所以我才让韩忠准备的现金。这样不是就不用再到银行提现款了吗。”

十三

就在郑海生、林枫与刘海彬唇枪舌剑、斗智斗勇的同时，市纪委监委的面包车，仍然被堵在闹市街道寸步难行。开车的办案人员不断鸣着喇叭，但不仅没有任何作用，反倒招来路上行人的低声咒骂。

刘大奎不停地看表，不停地嘟囔：“唉，看来今天又得熬夜了。要是能在刘海彬家搜出点什么来，先定他个巨额财产来源不明，收起来再说，就不怕拿不下来了……”

靳兰对开车的办案人员说：“别在这儿堵着了，拐个弯去人民医院吧！”

“去医院干什么？”刘大奎诧异地问。

“我太了解你了，大奎。”靳兰笑着说，“你那么急着回去，不就是为了省俩钱回去吃食堂吗？午饭大不了我请客，还不成吗？今天郑主任的女儿做检查，他这会儿肯定分不开身。我抽空去看一眼。”

刘大奎侧脸看看靳兰笑笑说：“对，你瞧我这脑子，平时都是领导关心咱们，现在是该咱们关心关心领导了。”

靳兰说：“你别话里有话好不好？你不是就想说我很会拍马屁吗？不过我告诉你，我是工会委员，解决同事们的后顾之忧，也是我的工作！”

刘大奎说：“你误会了，开句玩笑何必当真呢？”

十四

周安国和市人大常委会新任命的纪委监委副主任夏志杰一走进市政法委丁书记的办公室就大吃一惊——丁书记的办公室里已经坐了一个人，而这个人正是路桥集团的老总甄广海。不知什么时候，他已经先他们一步来了。夏志杰不认识甄广海，周安国为了给夏志杰提醒就赶紧说：“哟！甄总也在这儿呢？是为刘海彬的事情来的吧？”

夏志杰也感觉到丁书记的办公室里气氛有些异样，原来是因为办公室里还有个身份比较敏感的人。他立即上前向甄广海伸出手说：“原来是滨海市大名鼎鼎的甄总呀！久仰久仰！我叫夏志杰，市纪委监委的。”

甄广海和夏志杰表面热情地握了手说：“幸会，幸会！”

周安国对甄广海说：“啊，夏志杰是我们市纪委副书记、监委副主任。”

甄广海赶紧掏出名片对夏志杰说：“夏书记，往后还需要你多多指教啊！这是我的名片。”

夏志杰接过名片看了一眼说：“甄总客气了。”说着就把名片装进口袋里。

他们落座后，丁书记开门见山就说：“王市长很关心路桥集团明天的谈判能不能如期进行，所以咱们就长话短说吧，刘海彬到底是怎么回事？”

坐在一旁的甄广海也随声附和道：“是啊，刘海彬具体负责这个项目，如果他不在会很麻烦。当然，我们是应该积极配合你们纪委监委开展调查工作，但事情总要有个轻重缓急吧？”

夏志杰看看甄广海，心想，看来动刘海彬还是动对了，连甄广海都火急火燎地跑到丁书记这里来了，真是牵一发而动全身呀。

周安国看一眼夏志杰，然后对甄广海说：“甄总，您放心，一定不会耽误你们路桥集团的大事情的。”

夏志杰立刻领会了周安国的用意，马上开口朗声说道：“没问题，刘海彬同志很快就能回去！其实传讯刘海彬，也是事发突然，因为有人举报揭发了他，既然有了举报线索，我们就不能不引起重视，对吧？”

“简单些。”丁书记打断夏志杰的话。但是明显可以感觉出，他的火气消了，声调也缓和了不少。

“省里那桩假药案的首犯韩忠，上周被省高院核准了死刑，但在审判长宣布对他的死刑判决时，他突然说要检举揭发路桥集团的副总刘海彬，说曾给过刘海彬巨额贿赂。由于假药案民愤极大，甚至惊动了中央，所以我们必须要给方方面面一个交代。再说，既然他身上还有没有挖出来的案情，那么我们觉得，不管怎样，也应该先挖完了再说。所以按照司法程序，死刑只好推迟。”夏志杰语速飞快地说。

丁书记欲言又止，甄广海却情绪激动地说：“一个死刑犯垂死挣扎拖延时间乱咬人的话，你们纪委监委也相信吗？这跟用一张八角钱的邮票恶心你半年的那种匿名信有什么区别？况且这个项目，是我们全省都关注的焦点，刘海彬可是咱们市里的顶级谈判专家。再说，我了解他的为人。”

等他说完了，周安国说：“甄总，就是考虑到韩忠急于苟活，对他的举报，我们也不得不重视啊！”

丁书记拿起办公桌上的电话快速按下一个号码："您好，王市长，关于路桥集团副总刘海彬的事情，我想跟您汇报一下。事情是这样的，假药案的主犯韩忠，在省高法核准对他的死刑判决时，他为了活命，检举揭发了刘海彬。纪委监委对刘海彬进行了初步调查，也发现了一些问题，才将他传讯到纪委监委来的……"

丁书记放下电话后说："王市长的意思是……"

甄广海有些急躁地站起来，几步走到办公室的中央，马上说："丁书记，刚才是我估计不足，现在看来不重视不行啊！上面三令五申要打击腐败贪污，我们大型国企，更应该带个好头才对嘛！既然这样，那我完全同意对刘海彬采取措施，我们不能因为一粒老鼠屎坏了一锅汤！"

丁书记赞许地点点头。

周安国上前握住甄广海的手："哎呀，甄总，太谢谢你了。我们纪委监委干的，就是得罪人的活儿，难得你这么识大体、顾大局！"

甄广海仿佛一下子放松了，满脸堆笑地表示："如果刘海彬真的有问题，你们把他揪出来，最大的受益者还是我们路桥集团嘛！到时候我还要登门向你们纪委监委道谢呢！"

夏志杰也起身主动和甄广海握手："甄总，您放心，我们一定抓紧时间，并且随时向您通报情况。"

甄广海看着眼前年轻斯文的夏志杰说道："好啊。那你们先忙，我还要准备明天的谈判，先走一步。"

甄广海匆匆打完招呼就走了出去，夏志杰俯在周安国耳边小声说："我去看看。"说完跟丁书记告别，追出办公室。

甄广海正掏出手机要拨号，夏志杰三步并作两步追上他，猛地一拍他肩膀，甄广海吃了一惊，一回头，立刻把手机收了起来。

夏志杰说："甄总，今天认识您很荣幸。您看这都中午了，我想请您一起吃个便饭，您不会不赏脸吧？"

"这……这……"甄广海有点犹豫。

夏志杰马上说："甄总，实不相瞒，我刚从省城调来，市里的很多情况还不了解。不过我早就听说过您的大名，今天有幸认识了，以后还少不了要麻烦您啊！刚才当着书记的面儿，讲的都是些大原则的话，很多具体的问题，我还想跟您沟通沟通。"

甄广海闻言眼珠一转，一把挽住夏志杰的胳膊说："那好吧，恭敬不如从命。反正我也得吃饭。这人啊，从早到晚都是为别人瞎忙活，只有吃饭是为了自己。你说呢，夏书记？"

"没错，您说得太对了！"夏志杰的赞许，让甄广海感到心里很是舒服。

"不过今天由我来安排，就在市政府招待所吧！听说他们的红烧海参做得特地道。"甄广海说。他也想趁这个机会，摸摸这个纪委监委主任的底。

甄广海说完，就让自己的司机小刘去订包厢，司机赶紧先走了。

甄广海显然是市政府招待所的常客，里面的服务员不断和他打着招呼，甄广海随声应和着，还不忘开上一两句玩笑："我今天的客人可是纪委监委副主任，是来检查你们工作的哦！"

甄广海的司机凑上前来说："甄总，包间安排好了，老地方。"

甄广海气宇轩昂地点点头，指着夏志杰随行的办案人员，对自己的司机吩咐道："那你招呼这位小同志，千万不能怠慢了。我陪夏书记喝两杯。"

"甄总，您考虑得太周到了！"夏志杰显出一脸的兴奋。

"嗨，我这个人呀，就是喜欢交朋友！"甄广海和夏志杰相视一笑，互相谦让着走进包间。

寒暄过后，面前已经摆上了几样精致的凉菜。夏志杰抢着给两个人倒满了酒，端起酒杯恭恭敬敬地说："甄总，我是后生晚辈，先干为敬！"说完就把酒杯跟甄广海的酒杯一碰，举起来一饮而尽。

按照现在的工作要求，工作日期间，尤其是中午是不能饮酒的。

夏志杰把酒杯翻过来对甄广海说："甄总，我可是喝干了啊。"

"我可不年轻了，得慢慢来。"甄广海矜持地抿了一小口酒后吩咐服务员说，"你先出去吧，有什么需要我们再叫你。"

夏志杰又给自己满上了一杯，目送服务员走出门后，犹犹豫豫地又似乎鼓足了勇气说："甄总，今天虽然是初次见面，可我觉得和您特别有缘，我、我想……嗨，我还真不好意思……"

"想什么就说什么！朋友之间嘛，互相帮忙是应该的。以后你就叫我老甄吧！"甄广海说。

"好！老甄！就为您这痛快劲儿，我再干一杯！"夏志杰说着又是举杯一饮而尽。

甄广海看着夏志杰，有点心不在焉地站起身说："不好意思，我去方便一下！"

"正好我也去腾腾地方！咱们一起去吧。"夏志杰说着也站起身。

从卫生间回来，甄广海立刻换上一副热情的笑脸，开始对夏志杰频频劝酒。他很自信地以为，凭借自己的海量把夏志杰撂倒，那还不是小菜一碟的事情？

但是甄广海没想到，从凉菜上齐就开始频频举杯的夏志杰反而不喝酒了，只顾唠唠叨叨地说个没完："甄总……老甄！您得帮我个忙，你们路桥集团参与开发过那么多的楼盘，您得帮我找个环境好一点儿、四周安静一点儿、离公路车站什么的远一点儿的地方……我睡觉特轻不说，还老爱失眠！而且一失眠，就头疼个没完没了！那个滋味儿啊，别提多难受了！"

"夏书记是不是想弄套房子啊？"甄广海突然恍然大悟，"小事一桩！我还以为是多大的事情呢！夏书记终日为党和人民工作，为打击贪污腐败、为经济发展保驾护航而不辞辛劳，这点要求，我们路桥集团难道不该满足吗？房子我保证给你弄一套！"

甄广海举起酒杯和夏志杰碰了一下说："来来来，不管那么多，房子的事情你就交给我好了。我保证完全按照你的要求，尽快给你解决一套。喝了！"

夏志杰刚要说话，手机突然响了。

夏志杰拿着手机看看，对甄广海说："这电话肯定是说刘海彬的事情。"

说完后按下接听键："不好意思啊，郑主任，我有点儿喝多了。刘海彬那边的情况怎么样了？好的，那事情就简单了！你们就看着办吧！"说完便挂断了电话看着甄广海。

"刘海彬怎么样了？"甄广海急切地问。

夏志杰不慌不忙地重新给两个人倒满酒说："哦，我的同事说刘海彬已经把事情全都交代清楚了。"

"刘海彬都交代什么了？"话一出口，甄广海猛地觉得自己实在是太沉不住气了，实在是有失身份！于是赶紧给夏志杰夹了一筷子菜掩饰一下。

夏志杰假装没有注意到甄广海的失态，自顾自地说："韩忠举报的所谓刘海彬受贿的三百万元，其实是交给你们路桥集团的项目保证金，顶多是过程中缺了份合同，没说清楚保证金是不退还的，大不了也就是个违纪嘛……"

甄广海闻听此言，脸色立刻变得有些苍白。

夏志杰笑吟吟地说："对了，刘海彬还说这事向您汇报过。当时您考虑的是需要现金补发农民工的欠薪，所以才同意收下的……"

甄广海一听，脸色变得更加苍白。他在大脑里迅速分析着这到底是刘海彬的原话，还是夏志杰在故布疑阵给自己下套儿。同时，他也在飞快地衡量，这样的事情，将会给自己和刘海彬带来怎样的影响和后果。

夏志杰看甄广海不说话，就说："老甄，这件事您不会忘了吧？您别着急，谁也不能保证能记住自己干的所有事情嘛。"

"这个……"甄广海一时不知道该怎么回答。

甄广海轻轻抿了一口酒。

夏志杰瞪大了血红的眼睛，继续着刚才的话题说："不过甄总，我可没有多少钱啊。"

夏志杰的突然转折让甄广海一愣，赶紧找话填上："什么钱不钱的？到时候我把房子给你找好了，把钥匙一给你，你搬进去住不就行了？就算我们路桥集团和市纪委监委的'共建'项目不就得了！要不我先把我在幸福花园的一套三居室给你，反正现在我也用不着。”

甄广海有点坐不住了，他想方设法要摆脱夏志杰的“纠缠”，快点儿结束这顿饭，但夏志杰就是不给他离开的机会。

夏志杰脑袋摇得像拨浪鼓一般，大口喷着酒气，略有醉态地说：“甄总，老甄！您送我一套房子？这不是害我吗？我要是被您害了，您也没有什么好处啊，是不是？您不能送我房子！您一送，我一收，我就完了，您也就完了！所以啊，钱，您放心，钱我是一定要给的……”夏志杰抓起筷子用力在桌子上敲着，一把打翻了面前的杯子。

甄广海心里暗暗骂道：做了婊子还要立牌坊？既然你这么个纪委监委副主任都敢索贿受贿，我难道还怕行贿么？说到底，给你纪委监委副主任弄套房子，以后什么事儿，你还不是都要听我的？这个买卖，怎么说也是划得来的。

夏志杰拍着甄广海的肩膀，笑嘻嘻地说：“给国家干部送房子，特别是送给纪委监委副主任房子，可是典型的行贿啊！广海同志，你这样是要犯大错误的！”

甄广海尴尬地笑了笑说：“我也没说白送你呀。你要觉得可以，过几天我忙完这一段，咱们就去办个过户，我按我买房时的原价给你。钱嘛，你什么时候方便什么时候给我就行了。”他有点摸不透眼前的年轻人了。

夏志杰一副醉态，用手紧紧攥着自己空空如也的酒杯，神秘地说：“那好，咱们这就说定了。甄总，不，老甄，你老实告诉我，你买房肯定比市场价低得多吧？”

甄广海说：“小兄弟，哎，我叫你小兄弟没错吧？”

夏志杰使劲摇着头说：“没错，没错！我进了办公室是纪委监委副主任，出了办公室也就是一个普通人。”

甄广海说：“那好，我实话跟你说，肯定比市场价低。楼盘是我开发的，我买就是成本价，现在我还以成本价把它转给你。虽然咱们刚刚认识，但你这个小兄弟我认了，为什么呢？因为我看出来了，你不像有些人那么做作，你是有一说一，我喜欢你这样的人。所以房子你放心，我一定马上给你解决。”

夏志杰醉醺醺地还在说着车轱辘话：“但是，钱我是一定要给的，我不能让你太为难。你要真心想帮我的话，那给我个大点儿的折扣就行了。”

“折扣肯定是没问题的。”甄广海说。

除了焦虑和沮丧，此时的甄广海只剩下一种深深的、被挫败的感觉。

夏志杰故作惊喜地说：“您答应我了？那太好了，我再敬您一杯！”说罢，举起自己手中的空杯子“一饮而尽”，却坚持给甄广海倒满，然后抓住他的胳膊，把酒杯塞到对方的嘴边。

甄广海推开夏志杰的手，无奈地说：“夏书记啊，我看你是有点喝高了，我也真的不能再喝了，要不咱们今天就喝到这儿吧。下回再找时间喝。”甄广海一边说着，一边偷眼观察夏志杰的表情。

夏志杰说：“不行！下回是下回！这回是这回！不管哪回都不能耍赖！这杯酒我已经喝了，你也一定得喝！”

夏志杰端着酒杯不由分说，上去就要给甄广海硬灌。

对于喝酒，甄广海绝对要算是个久经沙场的大人物了。从省、市的大领导，到黑社会的兄弟，再到简室陋巷里的暗娼，可谓什么样的阵势都见过，什么酒也都喝过。但是今天这种拿着空酒杯和人干杯而且还不依不饶的，甄广海可是平生第一次遇到。

甄广海极力挣扎着摇头摆手，无奈地央告着：“夏书记啊，我真的不能再喝了，下午还得准备明天的谈判呢。刘海彬不在，也不知道什么时候才能出来，本来安排给他的工作都要我来做，简直是急死人了……”

夏志杰说：“不多喝可以，但这杯酒你总该喝了吧？”

被逼得没有办法了，甄广海只好把酒杯里的酒倒进自己嘴里。

夏志杰看着甄广海把酒喝了后说：“既然甄总不想喝了，那我也不能再喝了，那就喝点儿水吧。”

甄广海赶紧叫服务员。

叫了几遍服务员后，一个女孩儿才拎着茶壶慢腾腾地走了进来。外面的领班告诉她水好像没开，她也根本不在乎，心想，里面那两个家伙都已经明显地神志不清了，还能喝得出水开不开吗？

这是个刚来不久的服务员。虽然是刚来不久，但仿佛已经看透了一切，看透了这些可能是政府高官或者商界巨子的人，经过酒精洗礼之后的真正嘴脸。她已经从最初的愤世厌俗，迅速转变成了麻木不仁，心中只是记得那个年老色衰的领班，对自己漂亮指甲的百般挑剔。

她用脚灵活而又毫不在乎地关上门，冷笑地回味着包间里那个年轻人对自己的上下打量。

这时甄广海放在桌子上的手机开始唱起歌来。

夏志杰虽然嘴里含混不清地嘟囔着，但手却一点儿不含糊，他麻利地抢在甄广海之前，一把将手机抓到了自己手里。

他满是狐疑地问："赵富水？老甄你说我认识这个叫什么赵富水的么？"

甄广海尴尬地说："夏书记你醉了。那是我的手机……"

"噢？哈哈哈！我说呢！"夏志杰假装恍然大悟，连忙把手机递了过去，一脸歉意地说，"对不起啊甄总！赶快接吧，别耽误了你的什么大事儿啊！"

尽管这么说着，夏志杰的手却并没有完全松开。手机在两只大手之间前后拖动了两三个来回，啪地掉在了桌子上。

"没有什么大事儿！我把手机关了去放放水，回来咱们再继续喝酒！"甄广海躲闪着夏志杰咄咄逼人的目光，伸手抓起桌上的手机就往包厢外走。

甄广海直奔洗手间，边走边快速地拨通了赵富水的电话。可是还没等他开口，就瞥见开车送夏志杰来的办案人员在水池边哗啦哗啦地洗着脸。

甄广海厕所也没上，又举着电话冲到服务台前。

甄广海几乎是小跑着到服务台的，他把钱包丢给服务员，让服务员自己找零钱，立刻转身按下赵富水的号码。

“老甄！”甄广海一回头，看见夏志杰已经笑呵呵地站在了那里。夏志杰笑着说：“老甄啊，我就知道你是偷偷来结账的！还是我来吧！”说着就要掏钱包。

甄广海赶忙拦住他说：“下回！下回！这次咱们是说好的我请。”

夏志杰说：“那好吧，我就恭敬不如从命了。”

甄广海说：“我打个电话。”

夏志杰说：“你打，你打。”

甄广海按下手机通话键说：“小凤，你给我听好！你父亲的病一定要好好治疗！花钱不要紧，钱你不要担心，我已经给你准备好了，你现在就去医院吧。我是相信你的！”

十五

刘大奎和靳兰拎着水果走进病房，却发现郑晓菡的病床上空空如也。

跟着进来的护士惊讶地说：“她应该在病房啊！”

几个人正要分头去找，刘大奎的手机响了。他走到一边接了电话，然后匆匆把水果塞到护士手里，说了句：“拜托！好好照顾那个女孩儿！快走！”说完就往外跑。

“到底怎么了啊？晓菡还没找到呢！”靳兰一边跟着他跑，一边不满地问。

刘大奎一面催促开车的办案人员“快开”，一面说：“咱们马上去路桥集团找个叫赵富水的财务总监，看看刘海彬是不是把那三百万交给公司了……”

十六

路桥集团的财务总监赵富水已经有五十多岁了，是个身材高大的白胖子，脸上连胡子也没有。也许是平日里养尊处优、指手画脚惯了，眼中难免时刻流露出一种对一切都无所谓和看不上的神态来。除了甄广海，平时就是对刘海彬，赵富水也是一副居高临下的态度，浑身充满了自信，仿佛整个路桥集团完全是在他和甄广海两个人的操控下一样。

在这样炎热、漫长的夏季的午后，无数人感到无聊、倦怠和厌烦，赵富水更是如此。近些年来，其他一切，包括年轻的异性肉体在内，都已让他心生倦怠，似乎只有权力才能真正引起他的兴趣。更多的时候，赵富水都是一副常年缺觉、随时都会倒下呼呼大睡的样子。整整一个上午的无所事事和午饭中的一点儿白酒，更使他感觉浑身慵懒，丝毫提不起精神。

有气无力地叫了几次助理都没有回应，赵富水只好心里骂骂咧咧地自己走出办公室去打开水。外面大间办公室里，一些没有看到他的下属还在偷偷议论着："……真的？刘总真的被警察给逮走了？""你可真够外行的！告诉你不是警察，是纪委监委的！当时我就在工地上……而且那也不叫留置，是传讯！不过要是没事儿，二十四小时内就会被放出来的……"

赵富水一惊，滚烫的开水溢出来，把他的手烫了一下。他龇牙咧嘴地赶紧甩甩手，急匆匆地回到了自己的办公室，"砰"地关上门……

他刚提着开水回到办公室给自己沏了一杯茶，就接到了甄广海那一通没头没脑的电话。赵富水是何等聪明之人！放下电话他就飞快地打开保险柜，把一些账本胡乱塞进提包，然后对办公室的一位员工说："刚才接到电话，说我父亲的病又加重了，我得先走一步！不论谁来找我，都说我今天请假了没来上班！"

话音未落，赵富水已经奔到了电梯门前。

赵富水如惊弓之鸟，用力地拍打了两下电梯的按键。电梯终于从一楼慢慢地上来了。电梯门开了，刘大奎和靳兰站在里面。

赵富水低头侧身一让，从边上挤了进去。

靳兰边往外走边顺口问：“请问财务部在哪边？”

赵富水抬手胡乱一指，电梯门险些把他的手夹住。

刘大奎不顾员工的盘问，一把推开财务主管办公室的门，问：“请问你们财务处主任赵富水在不在？”

一人从办公桌上抬起头看看刘大奎问：“你们是……”

“我们是市纪委监委的，找赵富水有些事情。”

“他，他今天就没来……请假了……”员工含含糊糊地回答。

刘大奎问：“哪张办公桌是他的？”

他犹豫了一下，看看赵富水的办公桌。

“不对吧，他刚才还在！”靳兰指着办公桌上还冒着大股热气的茶杯，紧盯着对方的眼睛说。

刘大奎走到赵富水的办公桌前，扫了一眼办公桌上的照片，掏出手机拨通楼下办案人员的电话说：“赶紧看看有没有年龄在四十五岁左右的一个白胖子出去，要看见就先给我截住。”

电话里办案人员说：“有几个人刚才出去了，没注意有没有四十五岁左右的白胖子，我再看看。”

办案人员跑到大楼门口没有看见赵富水，只见一辆桑塔纳已经开远了。

刘大奎说着就往门外走，靳兰也跟着走了出去。

十七

夏志杰没等汽车停稳就跳了出来，抓住护栏开始大口大口地呕吐。司机转过车头塞给他一瓶矿泉水，诧异地问：“夏书记，你不是从来不喝酒的吗？今天这是——”

夏志杰喝下几口水，刚要开口，又弯腰没完没了地吐了起来，最后支撑不住，只得蹲了下去。

吐完了之后夏志杰说：“今天我是大有收获呀！”

十八

医院里，当专家们准备给郑晓菡做会诊时，护士发现郑晓菡的病床上还是空空的，四处寻找也没见到郑晓菡的人影。

医生立刻给郑海生打电话，告诉他专家准备会诊时，他女儿不见了。

郑海生说自己现在没有时间，那就以后再说吧。

挂了电话后，郑海生突然感到一阵无助。工作上的压力已经让他喘不过气来了，越来越难管束的女儿，更让他十分头疼。他用力揉了揉太阳穴，走到窗口极目远眺。

在郑海生目力无法达到的地方，有个环境幽雅的街心花园。此时此刻，郑晓菡正孤零零地坐在那里。

这样的天气里，郑晓菡用一件风衣套住身上的病号服，脸上满是委屈和茫然，还有泪水流过的痕迹。

十九

赵富水坐在车里给甄广海打电话：“甄总，不是我当机立断跑得快，我现在就在纪委监委了！我做的一切可都是为了您和路桥集团啊！您得赶紧想办法救救我……"

甄广海厌恶地捂住听筒，厉声地说："你先离开市里，换个电话卡再跟我联系！"

甄广海挂断电话的前两秒钟，还听到赵富水在喊："……账本可都在我这儿呢……"

赵富水刚咬牙切齿地威胁着说完"账本可都在我这儿"，就瞥见了街角红蓝相间的警灯在闪烁。他的心"咯噔"跳了一下，又看见示意他停车的交警出现在路旁。

旁边走出一个高个子交警，礼貌地对他行礼，温和而又不容置疑地说："你违章了，这是单行线。请下车，出示行驶证和驾照。"

赵富水傻了似的点点头，看看马路说："单行线？哎哟！对不起，我没看见有标志牌呀！"说着拿出驾照和行驶证交给交警。

交警看看他的驾照说："没看见？你是没看吧？"

赵富水惭愧地笑笑说："我认罚。不过您看能不能少罚点儿？"

交警撕下罚款单给他说："不多，二百。"

二十

周安国正在办公室里听取郑海生的案情汇报。

郑海生说："刚才接到刘大奎的电话，说赵富水跑了。"

周安国问："他是不是听到什么风声了？"

司机扶着摇摆不定的夏志杰跌跌撞撞地走了进来。

夏志杰本来皮肤就白，现在更显得脸色一片惨白，额角还不停地冒着虚汗。

周安国急忙抢上前一把扶住他，关切地问："小夏，你这是怎么了？"

“夏书记从来没喝过酒，可是为了拖住甄广海……”夏志杰挥手打断司机的话，一边艰难地坐到椅子里，一边问郑海生：“赵富水带回来了吗？”

郑海生有些尴尬地说：“夏书记，怪我没安排好，晚了一步，让赵富水跑了……”他知道，赵富水的出逃，将给整个调查工作带来极大的麻烦。因为刘海彬涉嫌贪污的证据，很可能就在赵富水手里。

夏志杰听后平静地说：“郑主任，这没什么可丧气的，赵富水之所以逃跑，这说明不仅刘海彬有问题，很可能甄广海也有问题，而他就是打开路桥集团这个黑匣子的钥匙，说明路桥集团很可能存在着重大的经济问题。这样吧，你联系警方，必要的时候要求他们协助。”

郑海生立刻回答说：“警方那边我已经联系了！而且我已经叫老靳他们在清查路桥集团的账目了。还有叶涵传回来的信息，刘海彬家有辆宁城牌照的车，我已经通知了还在省城的叶涵，让她辛苦一趟，立刻赶去宁城把这辆车调查清楚。”

周安国忧心忡忡地说：“虽然市局的同志答应，马上通知各部门尽可能协助咱们拦截赵富水，但他要是藏起来，这么大的滨海市，想尽快找到他，我估计难度较大……”

夏志杰说：“甄广海肯定有问题！他暗示要向我行贿，一套三居室呀！还偷偷给赵富水打了电话！赵富水应该是接到甄广海的电话后跑的吧？我觉得我们应该马上向市纪委和政法委领导报告，请示对他采取手段！”

周安国给夏志杰倒了一杯水，沉吟片刻说：“你先喝点儿水吧，看你喝了不少？情况可以报告，但是一来甄广海是省市的知名人物，这两天又谈着大项目，二来到目前为止我们并没有确凿的证据……”

郑海生虽然内心着急，却还是安静地听着。

周安国对郑海生略有不满地说：“可以，要是能及时堵住赵富水，案子应该很快就会有突破！”

夏志杰看郑海生一脸尴尬之色，连忙为郑海生解围道：“我觉得我们不能把破案的希望，全都寄托在赵富水一个人身上。如果能在二十四小时之内找到刘海彬其他的罪证，咱们不是一样可以对他采取强制措施吗？”

“现在哪里有别的证据？刘大奎和靳兰在刘海彬家也没发现什么。刚把韩忠抛出来的时候，刘海彬显得有点害怕，可短时间内如果不能发现根本问题的话，他肯定会死扛下去的！”周安国说。

夏志杰问郑海生：“刘海彬那边怎么样？”

郑海生连忙回答：“林枫还在问，本想能拿到赵富水的口供揭穿他。”

周安国按捺不住说：“所以啊，抓不住赵富水，我们就没法儿定性刘海彬那三百万是不是贪污受贿！要是二十四小时之内还没法儿定性的话，那到时候就得放人！刘海彬要是一出去，他们三个人再一串供，再想发现问题可就难了！”

夏志杰说：“郑主任，咱们重新分工，你去追赵富水，我来审刘海彬！”

二十一

甄广海昏昏沉沉地坐在车后座上，心里却烦躁不安，他现在唯一关心的就是赵富水跑了没有。

“再开快点。”甄广海吩咐司机。

正焦躁不安之际，他的手机欢快地唱起歌来，是赵富水。他一下挂断电话，把手机扔到一边，气呼呼地说：“这个老赵怎么不动脑子，跟他说了换张手机卡，换张手机卡！”

司机很识趣，马上把自己的手机递给甄广海。甄广海拨通赵富水的电话后说：“你现在马上去重新换张手机卡，再给我打电话。我十分钟后到公司，我在办公室等你电话。没事不要打我手机，如果我不在办公室，你就打司机小刘的电话。还有！如果你不想让警察找到你的话，就别开那辆车了。”说完就挂断了电话。

二十二

叶涵到宁城的时候，已经是下午五点了，她很快查出买车的人，是胡丽芳的远房亲戚，一个叫胡磊的餐馆小老板，她立刻传讯了胡磊。

胡磊是一问三不知，什么也不愿多说。

叶涵说："胡磊，我劝你放明白点儿，刘海彬作为国家公职人员涉嫌贪污受贿，而你算什么？你一个开饭馆的，犯不着跟他绑在一起进监狱吧？据我们了解，你充其量也就是被他利用了而已，你要是还对刘海彬抱有幻想，那我劝你还是打消这个念头吧。我们既然已经开始调查他了，那我们就会一挖到底！你说不说，那是你的自由，但最后很可能定你个包庇罪。你自己琢磨琢磨。"

叶涵刚拿起谈话记录，她的手机就响了，她起身走出接待室。

电话是夏志杰打来的："宁城福隆房地产与路桥集团合作'新月湾'项目，签约时间是今年的二月七日。之前，刘海彬应福隆老板陈庆刚的邀请，曾到宁城洽谈过一次，时间是一月十号到十五号，这有出差报销单据为证。福隆房产的业绩和资质都不够，更奇怪的是，福隆并没有按常理先行垫资，路桥集团却在签约后不久，以设备费名义，支付给他们九十七万元。这以上种种迹象表明，福隆的老总陈庆刚和刘海彬之间很可能存在行贿受贿的关系，但问题是暂时还找不到确凿的证据。"

叶涵立刻回答："刘海彬家那辆车是一月十四号买的！这其中不会有什么关系吧？我估计咱们对刘海彬家进行搜查后，李的妻子很可能已经和胡磊串供了！这些年，刘海彬夫妇没少在经济上支援胡磊，出于私情，胡磊也不会轻易说实话……不过，他虽然有一定的心理准备，我还会想办法再磨一磨的。我倒是有个冒险的主意……"

宁城纪委监委的接待室里，胡磊烦躁不安地用双手的手指轮番敲击着桌面。

叶涵再次推门进来时，一脸的轻松与欢喜之色。

胡磊连忙端坐好，虽然他知道自己一直以来也没有“说错”过什么，但不知道为什么，他总觉得心里不踏实。

叶涵轻松地向宁城方面陪同的办案人员连连道辛苦，一边迅速地收拾着桌上自己的东西。

胡磊连忙稳住心神说：“同志，我就是一个开小饭馆的，你们想了解刘海彬的事情我也都说了。现在……”

胡磊话还没说完，立刻被叶涵用手势制止了。

叶涵仿佛一句话也懒得和他多说了，指着胡磊对办案人员耳语了几句什么。

办案人员听了叶涵的话，顿时眉开眼笑起来，信手将谈话记录递给胡磊，轻描淡写地说：“你先看看，没什么问题就赶紧签个字吧，签完字你就可以走了。”

胡磊把谈话记录接了过来，有点迷惑不解地问：“我可以回去了？”

叶涵看看他问：“怎么了？不想走？”

胡磊长舒一口气站起来说：“太想走了！”

站起来之后，胡磊又开始觉得不对了。叶涵出门前后截然不同的两种态度，把他弄得不知所措。出门前，叶涵还对自己软磨硬泡，想从自己这里得到一些有价值的东西，可是短短几分钟，她出门回来好像就变了一个人，变得简直对自己不屑一顾了，莫非是……

胡磊迟疑地把谈话记录接了过来，假借翻看的机会，推迟签字的时间。

胡磊正这么一边胡思乱想着，一边匆匆浏览着刚才问话的记录，怕自己有什么话说得不当留下把柄，忽然叶涵看似漫不经心地随口问了一句：“唉，对了，你认识陈庆刚吗？你们宁城的一个房地产老板，今年的一月十四号你们买车那会儿，刘海彬和他在一起来着。他马上就来了，你想不想跟他见见？”

胡磊只听到“陈庆刚”这个名字，对叶涵的话还没反应过来，办案人员便不耐烦地说：“算啦，那边既然已经突破，还跟他费什么唾沫啊！让他签了字回家等着去不就得了！”说着又转过头来催促胡磊道：“快签，快签，快签！早签完了早回家收拾东西去！”

“收拾……收拾什么东西啊？”胡磊惊慌失措中，把笔掉到了地上。

“陈经理，快走吧！都到了这儿了，磨磨蹭蹭的还有什么用！”没等胡磊把笔捡到手里，走廊里便传来一阵杂沓纷乱的脚步声和一个办案人员的厉声呵斥。

胡磊闻听此言马上变了脸色！

这时一个办案人员进来报告：“人已经带到，现在在旁边的谈话室里！”

“真够神速的。我马上就过去！”叶涵愉快地高声说道。

胡磊再也承受不住地大喊：“等等！等等！我说，我说！我知道是怎么回事儿！”

身边的办案人员冷笑着说：“对不起，我们现在还没工夫听了！”

胡磊一下子崩溃了，忍不住大叫起来：“都是我表姐叫我撒谎的，我早就知道他们要出事儿了！”

兵不厌诈，胡磊把所有知道的情况全交代了。攻下胡磊后，叶涵打电话请示夏志杰：“夏书记，兵不厌诈嘛，我刚才对胡磊就用了这一招，胡磊已经交代了，下一步我准备紧急传讯陈庆刚。”

夏志杰说：“好！你在宁城就趁热打铁干吧！”他同时也在电话里叮嘱叶涵：“胡丽芳肯定已经和胡磊、陈庆刚定下攻守同盟。陈庆刚的行贿本身就已经构成犯罪，他绝不会轻易吐口，所以你要讲究策略。”

二十三

在宁城，叶涵和宁城纪委监委的同志们敲开了陈庆刚的家。对这些突然造访的人，陈庆刚显然没有想到会那么快。

叶涵迎着他的目光走上前一步，气势逼人但又语气柔和地说："你是陈庆刚先生吧？我们是滨海市纪委监委的，有点儿事请你协助调查……"

"再说一遍你们是哪儿的？"宁城福隆房地产有限责任公司总经理陈庆刚，像是没有听懂来人的话，一副睡眼惺忪的样子，眯着眼睛打量着眼前的这几位不速之客。

叶涵又说了一遍。

"纪委监委的？我就是个私营企业老板，贪污受贿也轮不到我，不知道你们纪委监委找我有什么大事？"

叶涵说："去了你就知道了，走吧。"

叶涵身后两个宁城纪委监委的办案人员走上前，一边一个抓住陈庆刚的胳膊。

年近五旬、精明干练的陈庆刚被带到了宁城纪委监委的谈话室。

坐定后，陈庆刚还装出一副无辜状说："我可是守法公民，合法经营的。"

叶涵说："刚才你说贪污受贿轮不到你，可行贿呢？"

陈庆刚仍然刻意掩饰着自己的内心说："什么行贿？我给哪个政府官员行贿了？你们有证据吗？"

叶涵质问道："我知道刘海彬妻子胡丽芳今天下午已经跟你联系过了，我还知道你想拖延时间。你以为二十四小时一到，那边不得不把刘海彬放了，你也就没事儿了，是不是？这主意还是胡丽芳给你出的吧？"

陈庆刚闻听此言，自知再不能小视面前这个年轻漂亮的女办案人员了。可他仍不甘心就这样被打消了气焰，仍然继续装疯卖傻："你说什么呀，小姑娘！我可是一句话也听不懂！"

“听不懂？那我给你详细说说！”叶涵站起身子，居高临下地看着陈庆刚，“其实你心里比谁都清楚。如果不是你向刘海彬行贿，你能有资格和路桥集团联合开发那块地吗？你能一分钱不垫资，反倒先从路桥集团那里拿了九十七万吗？这种事情你们想骗谁呢？”

“我谁也不想骗！”陈庆刚继续抵赖着，“那是路桥集团扶植我，和我们福隆长期战略合作的结果！”

叶涵紧盯着陈庆刚的双眼：“你们合作得不错嘛，合作到以胡磊的名义买辆车，然后送给胡丽芳开，对吗？”

“你在说什么呀？真是莫名其妙。我不认识什么叫胡磊的。”陈庆刚说。

叶涵笑了笑说：“胡磊可说认识你，说一切都是刘海彬和你的主意。胡磊就在隔壁谈话室，要不要我把他找来，跟你当面对质呀？”

陈庆刚听后马上装出一副无辜的嘴脸说：“嗨，当时都怪我多嘴，我说宁城的车市在搞促销，但是只优惠本地人。胡磊是宁城人，又是刘海彬家亲戚，不正是最好的人选吗？”

叶涵继续追问：“按照你的说法，刘海彬是临时想在宁城买车了？也就是一月份，他来和你洽谈生意的时候临时决定的？”

“对呀，还是后来我陪他去车市挑的车呢……”陈庆刚说。

“谁付的钱？现金还是支票？”叶涵步步紧逼，毫不给陈庆刚思考的时间。

陈庆刚继续胡言乱语：“当然刘海彬付钱了！给的是现金！”

叶涵说：“你撒谎！陈庆刚，你太不老实了！一月十四号上午在车市，刘海彬说用胡磊的名义买车比较稳妥，你就拿出了福隆的支票。刘海彬告诉你，这种事情还是现金交易比较好，你就去准备钱了。当天下午刘海彬没有出现，是你把现金交给了胡磊，让他买下了车。要不要看看你一月十四号在银行的提款记录？”

“我……当时是我借给刘海彬的钱，可没多久他就还上了……”陈庆刚额头冒出了汗珠。

“你刚刚不还说是刘海彬付的现金吗？借钱也没什么大不了的，你何苦要在这上面撒谎呢？那你说说，刘海彬是什么时间、在哪儿还你钱的。”叶涵说。

陈庆刚连忙回答：“二月初，我去跟路桥集团签约那次，在我住的宾馆里。”

叶涵叹了口气说：“陈庆刚，我真不知道像你这么个糊涂的人，是怎么当房地产公司老板的。我请你端正态度，分清利害！刘海彬已经被我们盯死了，你要想争取主动，现在是最后的机会。”

陈庆刚呵呵一笑：“姑娘，你还真甭吓唬我！刘海彬有没有别的事儿犯在你们手里，我管不着，也不想知道！反正我自己没问题就成了。他把钱还我，我把借条一撕，这事儿就算完了。”

叶涵示意办案人员作好记录，对陈庆刚说：“完了？真就这么简单？那我也就不劝你什么了。陈庆刚，现在请你认真回答我下面的问题。我要提醒你的是，你的回答，我们将随时跟刘海彬对质。”

叶涵这样一说，陈庆刚有些心虚了。

“当时刘海彬是怎么把钱还给你的？支票还是现金？有没有第三人在场？”叶涵一连串地发问。

陈庆刚思考了一下回答：“是现金，当时就我们两个人。”

“现金？好！”叶涵寸步不让，“是用什么装的现金？纸袋，塑料袋，提包还是密码箱？”

“这我哪能记得那么清楚。”陈庆刚说。

“后来你是怎么处理这笔钱的？存起来了？”叶涵问道。

陈庆刚根本来不及考虑太多，脱口而出：“存银行了！”

“他说存银行了，你给记上！”叶涵吩咐完办案人员又问陈庆刚，“存在哪家银行了？存款凭证呢？”

“哦！你先别记！我记错了……”陈庆刚远远地瞥了几眼办案人员手中的记录纸思忖片刻，缓慢而又谨慎地回答，“我没存……”

"没存？那就是花了？"叶涵微微一笑，马上追问，"花在哪儿了？买东西了？买了什么东西？有购物凭证吗？你可别告诉我你把钱带回家放起来了，这个我们可以马上去你家查的。"

眼见着陈庆刚沮丧地低下头去，叶涵再次郑重劝道："陈庆刚，我必须再次提醒你，现在是你最后的机会了！"

陈庆刚继续顽抗："这么说你们什么都知道了？那就判我好了！"

叶涵说："陈庆刚，我劝你不要这么死硬，这对你没有任何好处。"

陈庆刚干脆闭上了眼睛。

二十四

在滨海市纪委监委的谈话室，眼睛里布满血丝的刘海彬，再也无法控制自己的情绪，激动地跳起来嚷嚷着："胡说八道！那辆车是我买的！胡磊这么说是存心想害我！这个一天到晚调戏女服务员的臭流氓的话，你们也相信？"

"够了解的啊？看来你们的关系不错嘛！"叶涵那边有了进展，林枫的底气也足了起来。看到刘海彬暴跳如雷，他冷静地说："再怎么说你们也是亲戚啊，你不是还老帮助他吗？他何苦要跟你这么个大老板过不去呢？"

二十五

夏志杰走进谈话室的时候，林枫和刘海彬正僵持不下。

夏志杰伸出手热情地走上前去："刘总啊，你好，你好。"刘海彬有点儿蒙了，下意识地欠身和夏志杰握手。

林枫也怔了片刻，随即介绍说："这位是我们纪委监委的夏志杰副书记。"

夏志杰握住刘海彬的手用力地握了几下："今天中午跟你们甄总一起吃饭还谈到你。甄总很关心你呀，还让我转告你，千万不要有情绪，来，坐……"夏志杰礼貌地让刘海彬坐下，抓起林枫的烟抽出一支递了过去。

刘海彬被这突如其来的礼遇搞得有些摸不着头脑。

夏志杰说："情况是这样的，你们财务老赵今天请假了，可能是家里出了点事儿，我们到处找也没有找到他。"

刘海彬听到这句话一下子激动起来："这样我就可以走了吧！等找到他再说，我还有一大堆事儿呢！"

夏志杰看了看刘海彬说："刘总，既来之则安之。这是我们的意思，也是甄总的意思。再说，有不少问题你还没有说清楚，你想你能走吗？"

刘海彬看看夏志杰没说话。

夏志杰翻看着电脑上的笔录，随意地问："韩忠看中的是哪块地啊，刘总？"

"城西的，原来是化工厂，后来污染严重拆迁了。"刘海彬随口答道。

"我这不懂房地产的人都知道，那绝对是块好地，要是盖楼，肯定能值大钱了！"夏志杰把烟掐灭，"后来你们跟谁合作了？"

一听这话，刘海彬不言语了。夏志杰并没有在这个问题上跟刘海彬纠缠，而是直截了当问他："刘总，你家那辆宁城牌照的车是怎么回事呀？"

"那是我给我老婆买的车，上外地牌照不是不扣分吗。"刘海彬很快就意识到了夏志杰的言外之意，像是不假思索地说。

"可一个叫胡磊的男人说这辆车是你叫福隆房产的老板陈庆刚给他的钱，让他用自己的身份证购买的。"

刘海彬扭过头"哼"了一声。

夏志杰一步步紧逼不放地说："胡磊跟你可是亲戚啊，听说你们夫妻二人可没少帮衬这个穷亲戚。他胡磊何苦要跟你这么个大恩人过不去？"

"因为……因为他想到福隆上班，托我跟陈庆刚求情，我觉得他就是个开小餐馆的，以他的能力、人品，这事儿都成问题，所以就没有答应……"刘海彬结结巴巴地说。

林枫边看叶涵传来的提审录像边说："刘海彬，我劝你还是别抵赖了。让我帮你回忆一下事情的经过？一月十二日晚上，你和陈庆刚在胡磊的餐馆喝酒，陈庆刚听说你老婆刚拿了车本儿，于是主动提出来要送你辆车对不对？"

"说得还真有鼻子有眼儿的！你看见了？我和陈庆刚只不过就是普通朋友。"刘海彬不安地抖动着一条腿，仍然摆出不屑的神情。

夏志杰说："刘总，据我们所知，你们不只是'普通朋友'，也不仅仅是正常的业务往来吧？把录像给刘总看看。"

林枫把叶涵提讯陈庆刚的录像放给刘海彬，屏幕上陈庆刚正低着头喃喃地供述着："……车是我送给刘海彬的，我把钱给胡磊，让胡磊拿他的身份证去买的……后来拿到路桥集团支付的九十七万以后，我还给了刘海彬二十五万现金……我有一个笔记本，我把这些都记下来了……"

刚刚还嚣张放肆的刘海彬，此刻一言不发，怔怔地看着屏幕，目瞪口呆。

夏志杰不慌不忙地说："还有两件事，我现在告诉你实情。第一个，赵富水畏罪潜逃了，公安部门正在配合我们进行大范围搜捕。再一个，甄广海也进入了纪委监委监视视野，相信最终我们查出来的罪行，绝不仅仅是一辆车和几十万元钱这么简单吧？我想这会儿你心里也已经多少有点儿数了吧？"

刘海彬低着头不说话。

夏志杰继续温和地说："你什么都不说也没关系，我们有的是时间慢慢查。不过我要提醒你，顽抗到底除了加重罪行以外，没有任何别的好处。你听清楚了吧？"

不等刘海彬回答，夏志杰站起身来就走，对身边的林枫说：“申请留置。”

刘海彬两眼无神，一脸绝望地瘫软在椅子上，他的心理防线正在一点点崩溃。

二十六

晓菡还坐在街心公园里的长椅子上。

赵富水走过来，坐在离她不远处的另一张椅子上。

赵富水怀里紧紧抱着一个黑包，他从口袋里掏出钱包，拿出一张新手机卡，把钱包放在身边后又拿出手机换卡。

二十七

甄广海一到办公室立刻把门反锁上，坐在办公桌前等赵富水的电话。

“叮铃铃，叮铃铃。”清脆的电话铃声，把甄广海吓得浑身一个激灵。

他马上拿起电话，还没开口说话，就听见赵富水惊慌失措地嚷嚷：“甄总，我该怎么办？我现在该到哪里去呀？我做的一切可都是为了您和路桥集团啊，您可不能不管我呀。”

甄广海不耐烦地说：“慌什么，你就这点本事？天塌下来还有我呢！你马上找个安全的地方躲起来，熬到明天上午十点，刘海彬就没事儿了……”

赵富水一听急了，发狠道：“什么？刘海彬没事儿了？那你们就都没事了，你们都安全了，是不是就意味着我该有事了？”赵富水的声音震得甄广海的耳朵嗡嗡直响。

甄广海把电话听筒从耳朵旁边移开点，耐着性子说：“老赵，你听我说，如果你把这笔账给认了，我马上帮你还上，判不了几年，到时候我再把你捞出来。你放心，你家里人我会替你照顾的。再说了，老赵，你想想这些年我对你怎么样啊？其实你现在要能站出来自首，对我们大家更有好处！”

“什么？判不了几年？您老人家说得多轻松啊！你想让我去当你们的替罪羊？告诉你，门儿都没有！我儿子今年高考，我老爸还病着，我绝不能进去！姓甄的我告诉你，账本全在我手上！我要真出事儿了，我就把它交出来争取主动。你要是想和刘海彬都平安无事，就立刻让你的司机拿五十万来找我，一手交钱一手交账本。你觉得这个交易划算吗？”赵富水说完就挂断了电话。

甄广海捏着嘟嘟作响的电话听筒，一脸的苦相，放下电话后他去了财务室。

甄广海走进财务室，一眼看见刘大奎和靳兰两人正在搬弄一摞摞的账本。片刻的愣怔过后，甄广海换上一脸笑容，走过去热情地说：“二位是纪委监委的同志吧？辛苦你们了。我是路桥集团总经理甄广海。”说着把手伸了出来。

刘大奎和靳兰淡淡地跟他握了握手。刘大奎说：“啊，甄总，您去忙您的吧。”靳兰打量着甄广海没说话。

“你们怎么也不倒水啊？有这么招呼客人的吗？赶紧去泡两杯茶来。”甄广海吩咐下属道。

靳兰拍拍桌上的账本对甄广海说：“你们的账目不全，你们财务主管赵富水也不接电话，后来索性关机了。这是怎么回事呀？”

甄广海笑笑说：“赵富水的父亲身体不好，一直在住院，他莫不是又请假去医院照顾他父亲了吧？二位不要着急，他明天肯定来上班。有什么不清楚的，明天就问他吧。”

靳兰打开一个本子说："甄总，我有个问题要请教，宁城福隆房地产的业绩和资质都不够，你们路桥集团怎么会全权委托他们来运作这个'新月湾'项目？这可涉嫌违规呀。更奇怪的是，福隆并没有按常理先行垫资，你们路桥集团却在签约后不久，以设备费名义支付给他们九十七万元。这个问题你怎么解释！"

甄广海结结巴巴地说："哎呀！这个我也不是特别清楚，具体的项目负责人是刘海彬，这个还是要问他。"

二十八

晓菡一抬头，忽然发现刚才坐在不远处的中年男人，不知道什么时候已经走了，他坐过的椅子上放着一个钱包。

晓菡四下张望，过去拿起钱包……

二十九

在新华商场的停车场，办案人员发现了赵富水的车。

夏志杰和郑海生立刻到周国安办公室，向他汇报案件的最新进展情况。

郑海生说："这是从他车里发现的。"他把一个塑料袋放在周国安的办公桌上。

周国安把塑料袋里的东西倒在桌上，里面夹着几张洗浴中心的票。

桌上的电话响了。夏志杰和郑海生两人都盯着接电话的周国安，揣测着电话里的内容。

周国安放下电话问："这些东西你们都检查过了吗？"

郑海生说："检查过了。"

"好吧，丁书记已经同意了，赵富水很可能要跟甄广海联系或是见面，你们把甄广海给我盯死。"

"好！我这就去安排人手！"郑海生激动地转身就走，"这回他们谁也甭想跑……"

"回来！我还没说完呢，"周安国厉声叫住了他，"如果明天早上还不能突破怎么办？"

夏志杰信心十足地说："甄广海他们已成惊弓之鸟，我们有把握拿下这个案子！"

郑海生更干脆："拿不下来，您就撤我的职！"

周安国点点头，一脸严峻地说："你们给我听清了，这是丁书记的原话：如果让贪腐分子溜了，就是国家受损，老百姓受害，就是我们这些办案人员的耻辱！你，海生，亲自带人给我盯住他！"

走廊里，夏志杰看着手表问郑海生："你觉得赵富水可能在哪儿呢？"

"我估计他哪儿也去不了……"郑海生突然想起了赵富水车里找到的洗浴中心的赠券，欣喜若狂地喊着，"洗浴中心！"

夏志杰说："全市那么多家桑拿、洗浴中心什么的，全查一遍也不现实啊……"

郑海生问旁边的林枫："林枫，之前初查的时候，刘海彬常去什么地方洗桑拿？"

"解放路的大富豪，他是那里的 VIP。"林枫回答，"也就是那里的贵宾级客人……"

郑海生说："刚才我们在河西差点儿就抓到他了……我估计他身上没钱走不了太远，建议还是先集中在河西区的洗浴中心找找……"

郑海生估计的一点也不错。

三十

此刻，急急如丧家之犬的赵富水，扭动着肥大的身躯推开一家洗浴中心的大门。

大堂里闲坐着几个穿着暴露的女孩子，见有人进来，连忙迎了上去，纷纷争着献媚，还要帮他拎皮包。

赵富水大手一挥，把一个熟悉的女孩拉到边上说："手机我用用。"那个女孩刚掏出手机，赵富水一把夺了过去跑到一边打电话。

三十一

警车在河西区最繁华的街道上缓缓行驶着，这里距离赵富水第二次跑掉的地方不超过一站地。

郑海生指着"暖春"洗浴中心的招牌要求停车。

"这家我们刚查过了。"刘大奎边踩刹车边说，"我们拿着疑犯的照片，找他们经理和男宾部领班辨认过……"

郑海生自言自语地比画了一下："赵富水从胡同里跑出来，应该一眼就能看见这块招牌……得想个法子再进去彻底搜搜！"

"这……大张旗鼓的不太好吧？再说人手也不够啊……"刘大奎显得很为难。

郑海生说："谁说要大张旗鼓地去搜查了？你有搜查证吗？咱们也去洗个桑拿如何？"

刘大奎一听，说："那太好了，我还没洗过桑拿呢。不过你是领导，你请客。"

郑海生说："那没问题。回头报销，这也是工作的一部分嘛。咱们采取打草惊蛇的办法，我和林枫在外面，你自己进去。咱们这样……"郑海生如此这般地向刘大奎交代一番，于是刘大奎走进了洗浴中心。

身穿宽大浴袍的刘大奎，走到"暖春"洗浴中心的更衣柜前，打开一个柜子大叫："哎呀！我的手机和钱包呢？！"

更衣室里的人马上被吸引了过来，服务生赶忙说："老板您别着急，再找找、再找找啊！"

"还找什么找？！肯定被偷了！你们谁也不许走！我要报警！"刘大奎一面大声嚷嚷着，一面奔向了服务台。

洗浴中心外面，林枫兴奋地对郑海生说："郑主任，110已接到报警了！"

"好！咱们守住门口，注意看着赵富水！"

刘大奎真事儿似的在里面大喊："冲了个澡的工夫，手机和钱包就都没了！小偷肯定还在这里！你们得一个一个查！"

110警车到了，郑海生拿出自己的监察人员工作证给警察看，说自己是市纪委监委的，正在搜寻一个犯罪嫌疑人，说着又拿出赵富水的照片告诉他们："注意查找这个人。另外，报警的就是我们的一个同志。"

110的三名警察看过照片后进了洗浴中心，郑海生和林枫也跟了进去。警察让服务生先把所有客人都叫过来，里面却没有赵富水。打开全部更衣柜，也没有发现装着账本的黑色皮包。

郑海生举着照片，低沉地对领班说："你给我看清楚了！这可不是开玩笑！"

"真的，我今天真没见过这个人……"领班肯定地说。

"我刚见过他！"旁边一个服务生凑上前，看了看照片后说道。

郑海生一把抓住他的胳膊："你肯定没看错？他现在在哪儿？"

"他走了有快一个小时了吧！"

从"暖春"洗浴中心出来，郑海生和几个警察紧张地商量着下一步的行动。

赵富水的屡屡逃脱，使刘大奎深感气馁和懊丧。郑海生安慰了他几句，信心十足地说：“他不会像个没头苍蝇一样到处乱跑。我还是那句话，只要咱们盯死了甄广海，他就跑不了！”

三十二

晓菡把钱包交到了派出所。

根据钱包里的身份证和电话通讯簿，派出所的警察很快就查到了钱包的主人叫赵富水。警察想让他来领回自己的失物，但一直打不通他的电话。

三十三

甄广海脸色沉重地问司机：“今天还有安排吗？”

司机小心翼翼地回答：“您不是说要去见王市长吗？王市长今天在凯莱酒店宴请几位省里来的老领导，这会儿也该完事儿了……”

甄广海拿起手机拨通了市长秘书的电话，秘书说让他在酒店大厅的休闲茶座等着。

片刻之后，甄广海已经坐在凯莱酒店大厅的休闲茶座里品茶了。不过他的头很疼，茶也品不出味儿。

虽说今天远远算不上最忙的一天，可对于甄广海来说，这一天实在是太长了。

甄广海缓慢地旋转着茶杯，小口地品着。他的外表异常平静，心中却是波涛汹涌。

不远处，司机的手机响了。他说："是老赵。"

甄广海说："你接吧。"

司机刚接通手机，便听到赵富水气急败坏地低声喊着："甄总，我现在到底怎么办啊！快找个人来接我啊……"司机把手机递给甄广海。

甄广海狠狠地瞪了他一眼，接过手机压低声音说："你怎么还是那么慌里慌张的？难道你还不相信我吗？"

"我就是因为相信你姓甄的，才到了今天这样有家不能回的地步！"赵富水恼羞成怒地说，"你还一口咬定说没事儿，可现在呢？纪委监委的人在到处抓我啊……"

甄广海心里骂了一句，嘴上却十分肯定地说："现在也没什么大不了的！我不是跟你说过了吗，你先躲起来，熬过明天早上，小李就没事儿了……"

赵富水急了："我也再说一遍，明天早上他就没事儿了，可我呢？那三百万就成我得了？"

"你听我说，老赵，就算你被抓了，又能怎么样啊？"趁赵富水发呆，甄广海继续循循善诱着说，"你静下心来听我再说一遍，你把这笔账给认了，我马上帮你还上，判不了几年，到时候我再捞你。你家里人我会替你照顾的。再说了，老赵，你也得想一想不是？这些年我对你怎么样？其实你现在要能站出来自首，对我们大家更有好处！"

"你说得真轻松！"赵富水几乎要跳起来了，下定决心地说，"甄广海，你也再听我说一遍，我儿子今年高考，我老爸还病着，我绝不能进去！姓甄的，你别忘了，账本还在我手上！真要是抓住了我，我就把它交出来争取主动……"

甄广海也急了，声音嘶哑地说："老赵，你怎么这么糊涂啊？！只要我在，你肯定没事儿！"

赵富水稍稍冷静了些："我看咱们也别争了，你马上找人送我出去，我保证你也没事儿！"说完就挂了电话。

甄广海刚挂了电话，市长秘书的电话就打到了他的手机上。

很快，王市长和秘书就过来了。

甄广海从包里拿出一份资料给市长说："这是明天谈判时的要点，您看一看，如果还有什么不合适的地方，我再连夜修改。"

王市长大概浏览了一下，兴奋地说："老甄啊，这个设想很不错嘛！如果能跟外商顺利签约，下一步确实可以考虑，把步子迈得再大一点啊！"

"有您这句话，我就放心了，"甄广海满脸苦涩，"这样不管将来怎么样，路桥集团都可以在您的支持下继续发展……"

王市长一听这话，愣了愣，旋即问道："老甄，你这话是什么意思？"

"唉，身体不行啦，以前没日没夜地干，落了一身病，我是想——"甄广海欲言又止。

"想什么就说什么吧，"王市长痛快地说，"我知道你这么晚了着急找我，绝不仅仅是为了谈工作的。"

甄广海慢慢抬起头，一脸诚恳地说："王市长，确实是工作上的事儿。我想请组织上考虑让我退下来，让更年富力强的同志上。医生已经给我下了最后通牒，必须休息了。我也怕自己再干下去，万一体力和精力跟不上，辜负了您的信任啊！"

王市长紧紧盯着甄广海的脸，严肃地问："你这话跟今天刘海彬的事情有关吗？"

甄广海沉重地点点头说："有。先是刘海彬，后来财务部门又……虽然事情还没查清楚，但毕竟……唉！我有责任，是我的失职啊……"

"那你老实告诉我，你自己有没有问题？"王市长上下打量着甄广海，诱导着说，"老甄，你得跟我说实话，我才知道该怎么帮你啊！"

听到如此体己的话，甄广海顿时红了眼眶。他在心里迅速盘算了一下，低下头，但是语气肯定地说："我……没有！绝对没有！我甄广海自信，在原则问题上，还是能经得住组织考察的。"

"好！我就等你这句话呢！"王市长如释重负地笑了起来，开心地说，

"那你还怕什么？还打什么退堂鼓？我记得你说过，在你们路桥集团人的字典里，从来就没有'困难'这两个字！"

甄广海打碎牙往肚子里咽一般地苦笑了起来。

甄广海一告辞，王市长立刻就拨通了市政法委丁书记的电话："……好！我知道了。只要甄广海触了高压线，那谁也保不了他。"

甄广海从酒店出来，靠在后车座疲惫地紧闭双眼。司机安慰他说："甄总，老赵不是已经安全了吗？只要熬到天亮，就会没事儿了……"

甄广海犹豫了一下，本来他想说"那得看我能不能满足他的条件了"，但想了想后，又把这句话生生给咽了回去，他下意识地扭头向后看了一眼。

"别看了，肯定有人跟着。"司机十分肯定地说。

这时甄广海的手机突然"嘀嘀"响了两声短信提示音。甄广海一看，是赵富水给他发来的短信：甄总，我的要求你什么时候满足我？要不明天上午我就去自首。就算是我死了，也总得拉两个垫背的吧？

甄广海愤怒地骂道："真他妈的是个白眼狼！"

司机没有回头，问："是赵富水吧？"

甄广海给赵富水回短信说："你太沉不住气了，你要的钱，我正在给你准备，等我的司机小刘跟你联系。"

三十四

郑海生给刘大奎打电话问："甄广海那边什么情况？"

"刚才他在凯莱酒店和王市长见了面……"说到这里，刘大奎压低了声音，"你看这之前王市长就出面替刘海彬说过话，现在甄广海又去找他，会不会……"

郑海生打断他说："好了，好了，你就盯死甄广海就行了。你现在在哪儿？我现在和小林马上过去。”

三十五

夜色中，灯火通明的麦当劳显得格外热闹。透过巨大的玻璃窗，可以清楚地看到，甄广海正和一个6岁左右的小女孩儿有说有笑地吃着东西。甄广海时不时地为小女孩儿擦擦嘴角，满脸都是慈爱之情。

在麦当劳对面的胡同口，刘大奎和一名办案人员坐在车里，目不转睛地盯着甄广海的一举一动。

办案人员说：“这甄广海倒是挺能沉得住气，还有心思带孙女来吃麦当劳。听说他儿子常年在国外，就他们老两口带着小孙女。你看，他的司机进来了。”

可能是太专注于监视甄广海了，突如其来的轻敲车窗声，使刘大奎浑身一震。

郑海生和林枫坐进车里。他俩一落座，郑海生和刘大奎就不约而同地问对方：“情况怎么样？”

郑海生先说：“还好，有市局的同志帮忙，带着我把机场、车站都转了一遍。现在他们已经布下警力，只要赵富水露头就好办……估计他现在在什么犄角旮旯藏着呢……”

刘大奎也说：“我这边倒没什么。甄广海很老到的，从路桥集团出来就去接孙女放学，然后一直在这儿吃饭……好像听说他儿子常年在国外，他们老两口带着小孙女……”

郑海生点点头：“要不你眯会儿吧，我盯着……”刘大奎声音疲惫却又很无奈地说：“还眯呢，我都饿了一天了……”

“反正我们也到了，要不你去买点儿吃的吧。顺便给我也来点儿……”

说着郑海生就要掏钱包。刘大奎一把按住他的手，紧张地说：“快看！”

麦当劳里，司机俯下身，甄广海对司机耳语了几句什么，司机随即走出门发动了汽车。

郑海生对刘大奎说：“你去跟踪他！我估计，他肯定安排司机趁天黑去找赵富水！我在这里盯着甄广海。”

郑海生和林枫下了车后，刘大奎驾车慢慢跟了上去。

甄广海的司机不紧不慢地驾驶着汽车，依次穿过繁华的市区和高架桥，渐渐驶入了僻静的居民区。轿车拐进一条清冷的小街，刘大奎也跟着拐了进去。

刘大奎在心里面不断地对自己说：“保持距离，千万别惊动了他……”

刘大奎跟着甄广海的司机，七拐八拐来到了一个胡同里。甄广海的司机把车停在了胡同里一个岔路口，刘大奎把车远远地停在胡同外观察着。

刘大奎一眼瞥见旁边的胡同口冒出一个身影，在路灯下，刘大奎突然发现这个人的身材很像赵富水。刘大奎大叫：“赵富水！”说着，一脚油门就冲了过去。

身影晃了几下，一转身就没影了！

瞬间，甄广海的司机驾车拐了个弯也不见了踪迹。

刘大奎驾车进入胡同后才发现，这个胡同里有很多小胡同。他急得两眼冒火，在胡同里转了很长时间，也没见到那两个人的任何踪迹，竟然就这么让目标在自己眼皮子底下失踪了。

赵富水又不见了，甄广海的车也没了踪影。

刘大奎只好沮丧地又跟郑海生联系，把情况说了一下。郑海生说甄广海还在麦当劳，让他先过来。

刘大奎又回到了麦当劳。郑海生问：“他没去找赵富水？”

刘大奎沮丧地说：“不瞒你说，他还就是去跟赵富水见面去了，不过没见成，我被他发现了！这小子反调查能力还挺强的！”

“他要是发现你跟踪他，那他一定不会再去和赵富水见面了。”林枫说。

郑海生说：“不要紧，咱们盯死甄广海，他们一定还会再寻找机会碰面的。”

这时候，甄广海的司机也回到了麦当劳。

郑海生的手机突然响了起来，电话里传来郑晓菡的声音：“爸，我没带钥匙，进不去家门了！”

“你现在在哪儿？要急死我是不是？！你这孩子也太不懂事了！你现在到麦当劳来！”

郑晓菡一听高兴地问：“你要请我吃麦当劳？太好了！”

不等郑晓菡说完，郑海生就挂断了电话。

甄广海领着小孙女和司机出来。

刘大奎说：“那这样吧，你在这里等等晓菡，咱们换换车，我盯上他。”

郑海生和刘大奎换了车后，刘大奎驾车慢慢跟上了甄广海。

郑晓菡来到了郑海生的车前。

郑海生说：“上车！”

郑晓菡上来后就急切地问：“你不是要请我吃麦当劳呀？”

郑海生黑着脸不说话，开着车就走。

郑晓菡不敢再吭声。

甄广海出了麦当劳后，径直回了自己家。

三十六

郑海生回到了纪委监委。

郑海生把女儿拖进办公室，郑晓菡双脚乱跳地大声喊叫着：“你干嘛呀你？！我又不是你的犯人！你弄疼我了！”

“疼？”郑海生气呼呼地把女儿按到椅子里，“一会儿揍你的时候你再叫疼也不晚！”

郑晓菡感觉到自己受了欺骗，不甘示弱地说：“你骗人！刚才还说你原谅我了呢！”边喊边不停地挣扎着，“你放手啊！我要回家！”

推门进来的夏志杰上前忙问：“海生，这是怎么了？”

“哪儿你也不许去！”郑海生对一名女办案人员说，“找个小黑屋先把她关起来！”

女办案人员过来搂住晓菡说：“晓菡，你还没吃晚饭吧？走，咱们先去吃点去。”

晓菡还对郑海生不依不饶地大喊：“你凭什么关我？我犯了什么罪了？这叫非法拘禁！现在有未成年人保护法呢！你是暴君！我告你去！”

说完，晓菡挣脱开女办案人员就往外跑，郑海生赶紧紧追了几步，一把又拉住了她说：“想跑？没那么容易！今天你就不要回去了！老老实实给我待在这儿，哪儿也不许去！明天你必须到医院把检查做了！”

晓菡被郑海生紧紧攥住胳膊，疼得哭了起来说：“你就是个暴君！怪不得我妈不要你了！你活该！”

郑海生又跟刘大奎联系后对女办案人员说：“你给我盯着这丫头，不许让她出去！”说完就又出了办公室。

女办案人员安慰郑晓菡说：“晓菡，你也不小了，你爸爸现在正忙着抓一个很重要的坏人，你不能再给他添乱了，好吗？”

郑晓菡不说话，拿出手机玩起了游戏。

夏志杰一眼瞥见了办公室角落里的郑晓菡，耳畔突然响起那句“怪不得我妈不要你了”的话来，不由得端起面走了过去，怜爱地问：“你也吃口东西吧？”

“谢谢叔叔。我在减肥。”郑晓菡抬头笑了一下，继续跟手机游戏较劲。

这样小小的年纪就减肥的说法，让夏志杰觉得好笑。不过到底他也没笑出来，只是关切地说：“一会儿你早点儿睡吧，明天不是还要去医院做检查吗？”

“我不要检查！”郑晓菡脸色黯淡了下来，“我没事儿！就是有时候一运动膝盖有点儿疼。”

“哦，这没什么，这毛病好多人都会遇到的。”夏志杰故作轻松地说，“不过要是严重了的话，那就需要手术治疗了。”

“那我就更不做了，留下一条大疤，夏天穿裙子多难看呀！”郑晓菡抓着手机使劲摇头。

“可我听说不是你自己想做检查的吗？怎么事到临头又害怕了啊？”夏志杰见郑晓菡彻底停止了手机游戏，也拉了把椅子坐到她的面前，“其实呀，只要是人，就都有害怕的时候！我也有，你爸爸也有……比如说我吧，有一次晚上去抓坏人，那会儿我刚进纪委监委，什么经验也没有，虽然出发前领导已经把情况向我们做了介绍，我也知道对方可能有枪，但是当他把枪掏出来指着我的头的时候，我整个人都蒙了，脑子里一片空白，腿都软了，而且浑身发抖……”

“那……那后来呢？”郑晓菡显然对夏志杰的经历很感兴趣。

“后来当然是我们制伏了他。但很长一段时间，只要一想起那天晚上的经历，我都会感到紧张，也一直睡不好觉……现在有时还会梦到那个黑乎乎的枪口呢……”夏志杰不好意思地笑了笑。

郑晓菡迫不及待地说：“哎呀！那你当时是怎么做的呢？”

夏志杰老实地回答：“当时我数数儿来着，从一数到五。”

郑晓菡惊奇地问：“数数儿管用吗？”

“管用啊！这是专家教的一种自我暗示的心理方法。”夏志杰认真地说，“当时我一下子想起这个办法了，就对自己说，你必须冷静下来，战胜恐惧，而且你一定能做得到！你现在就开始从一数到五，数到五你就不害怕了……然后我就开始数：一、二、三……数到三的时候，我突然看清，原来那个拿着手枪的家伙，也在浑身发抖呢！其实，他比我还害怕！”

夏志杰见郑晓菡完全被自己的讲述所吸引了，于是又说："其实你也可以试试，很管用的。不论是害怕考试，还是害怕到医院看病都一样。"

"真有这么管用吗？"郑晓菡天真地睁大了双眼。

"我的腿根本就不用做检查！"郑晓菡突然大哭起来，"叔叔我错了！我骗了我爸爸！"

夏志杰一愣，无可奈何地问："好啦，别哭了。我还以为你决定了明天要到医院去做检查呢。说说到底怎么回事儿？"

"我不是故意要说谎的，叔叔，今天我全交代……"郑晓菡坐起来，抹了一把眼泪，"我的膝盖没有毛病，也不疼……他们离婚了，我就恨我爸爸，我在家里什么也不想干。可我爸不分青红皂白，老骂我懒！我就故意说我腿疼！他就非要让我到医院做检查，其实已经做过了，医生说看不出来，我就让他给我找个好大夫……没想到，我爸还真把专家给请来了啊……"郑晓菡委屈得哭个不停。

夏志杰听罢，简直是哭笑不得。郑晓菡却越说越激动："我爸要是脾气好一点儿，我就跟他说实话了，可他动不动就冲我凶！"

"可他也是很爱你的啊，晓菡。"夏志杰耐心地说，"你肯定无法理解，今天你爸爸的压力有多大、工作有多忙，一整天他都着急上火，到现在恐怕都没有正经吃点儿东西……但是我能感觉到，他时时刻刻都在惦记着你啊！"

"我知道错了，所以刚才是听了叔叔的话，从一数到五，数了好几遍，我才有勇气跟你说的……"

夏志杰看时间不早了，就把郑晓菡安排到办公室里一张值班床上睡觉了。

三十七

赵富水摆脱了刘大奎后，惶惶如一只丧家之犬，不知道自己该藏到哪里去。把车丢在新华商场的停车场，他走到附近一个公园里给甄广海打了一个电话。打完电话，他又心神不宁地想了半天，还是不知道自己现在应该去哪儿。家是不敢回了，旅馆更是不敢去住，能去哪里呢？老在公园待着也不行，正一筹莫展之际，从旁边走过两个民工模样的人。赵富水看着这两个民工，一下想到了个去处——路桥集团工地。可是路桥集团同时施工的有好几个工地，哪个是最安全的呢？赵富水斟酌再三，决定去三号工地躲避。一来那里是市中心，道路四通八达，真被发现了也有路可跑。二来那个工地最大。再说那里乱糟糟的都是机器和民工，不是说最危险的地方也是最安全的地方吗？警察和纪委监委的人无论如何也不会想到，自己会藏到这个地方的。想到这里，赵富水不再犹豫，立刻给甄广海发了一条短信，告诉他自己到路桥集团三号工地去等他。发完短信，他就立刻离开了公园。

三十八

直到下车，赵富水才发现，自己的钱包不知何时不见了。他在身上摸了半天，很是尴尬地对出租车司机说：“哎呀！我的钱包丢了。您看……”

出租车司机看看他说：“怎么？想白坐？看你也不像是个蹭车的呀！”

赵富水说：“您看这样行不行？这儿就是我的工地，我去叫个人来把车钱付给你。”

“行，不过你得把手里的那个包放下。”

赵富水拿出手机想了想，又对司机说：“能不能借用一下你的手机，我打个电话叫人过来，就在跟前。”

司机看看他后把手机递给他。他拨了一个号说：“老胡呀，我是老赵，我现在在工地大门口，忘了带钱包了，你立即过来给我把车费先付了。快点儿。”赵富水把手机还给司机。

司机拿起自己的对讲机说："喂！在哪儿呢？我现在在新天地这儿的一个建筑工地跟前，拉了个活儿，到这儿了，他说钱包丢了。就是。对，对，好了不说了。"

不一会儿，项目经理小跑着过来了。他把钱给司机后问赵富水："你的车呢？"

赵富水说："唉！别提了，坏到路上了。"

两人进了工地的项目办公室。

赵富水先让项目经理给他找了身工作服换上，又要了碗方便面，用热水泡后没滋没味地吃了下去。然后他就去工人休息的工棚，随便找了张空床，倒头就睡。

三十九

凌晨两点，郑海生起身又回到单位向夏志杰汇报。郑海生不无遗憾地说："跟踪甄广海司机的办案人员刚才给我打来电话，说甄广海回家后一直都没再有其他动作。看来，赵富水很可能已经藏起来了，而且藏得还很安全。否则，甄广海不会那么踏踏实实地回家睡觉了……"

"别着急，只要他们没机会见面，就没法串供。今天晚上王市长跟甄广海见过面以后，给政法委丁书记打过电话。丁书记原话说的是：'只要甄广海触了高压线，谁也保不了他。'"夏志杰拍拍郑海生的肩膀，"你去休息室看看吧，我把晓菡安顿在那儿了，估计这会儿睡着了。"

郑海生感激地看了一眼夏志杰，还想说点什么，被夏志杰摆手阻止了。

郑海生又把手里的工作整理、安排了一番，才赶紧去看女儿。谁知等他轻手轻脚地推开休息室的门，情不自禁涌上来的满心满脸的温柔，瞬间又被一股怒火所代替——行军床上的被单散落一旁，床上根本空无一人！

郑海生顿时火往上撞，怒气冲冲地就向外走，却与正走进来的郑晓菡撞了个正着。郑晓菡“啊”了一声，手中的咖啡杯子也跌落在地。

郑海生气恼地喊：“大半夜了还不睡觉，你又想跑了是不是？”

“爸……我……”郑晓菡一下子也不知道该怎么解释了。

郑海生挥着手，根本没心思听郑晓菡的辩解，拉起她的胳膊就往门外带。

“海生，这回可是你错怪孩子了！”夏志杰出现在他们背后，手里也端着咖啡，“晓菡看咱们太辛苦了，就给每个人都冲了杯咖啡。这不，一听说你回来了，马上给你也冲了一杯啊……”

不等郑海生开口，夏志杰又转向郑晓菡，关切地问：“晓菡，没烫着吧？”

郑晓菡可怜巴巴地摇摇头，走到桌前又冲好一杯咖啡，低着头恭恭敬敬地端给郑海生，口中嗫嚅着：“爸，今天我惹你生气了，对不起……”

郑海生接过咖啡，正在百感交集不知道说什么好的时候，郑晓菡忽然眉毛一扬，噘起嘴埋怨道：“你也该向我道歉的吧？你还错怪我了呢！”说罢，根本不给郑海生说话的机会，又飞快地说了句：“我睡觉去了。”然后与夏志杰对视一眼，径直走进了休息室。

夏志杰望着呆呆发愣的郑海生笑着说：“你这闺女啊，挺可爱，也……也挺有主意的。”

郑海生苦笑着回答：“你不是问过我为什么不愿当主任吗，现在知道了吧？我连自己的女儿都管不好……”

“那是两回事儿。”夏志杰随口说了一句。

郑海生沮丧地说：“我几斤几两，自己最清楚。我可没你那么沉得住气……”

夏志杰一乐：“我还没你那么胆大呢！”

“讽刺我是不是？”郑海生说完，二人一起大笑了起来。

夏志杰说：“我告诉你你女儿的一件事儿，不过你别跟她发火。”

郑海生问：“什么事儿？”

夏志杰说："她的腿没什么大毛病，你也没必要带她去找什么专家做检查了。这是少年生长发育期的正常现象，个子长得快的孩子都会这样。"

郑海生问："你是怎么知道的？"

夏志杰说："我有个同学是运动医学方面的专家，我给她打了个电话咨询了一下。她说只要坚持适度运动，等孩子大一点儿就没事了。你女儿的问题，是因为你们缺乏良好的沟通，她需要的心理依赖性得不到满足造成的，跟她的膝盖没有关系。记住，她需要的关心，不仅仅是物质上的。"

郑海生说："好吧，这丫头是越来越难伺候啦！"

夏志杰话锋一转，又问郑海生："赵富水还没有现身吗？"

"刘大奎正带着人在调查出租车。我问问他，看查得怎么样了。"

说着，郑海生就抓起了电话："出租车查得怎么样？"

"查到了一辆出租车，司机证实，午夜的确曾把一个胖子，从'暖春'洗浴中心送到了市中心，就停在了幸福花园附近……"刘大奎兴奋中夹杂着遗憾，"不过，看了照片他也不能肯定那人就是赵富水……"

"市中心？"纪委监委办公室里，夏志杰紧盯着刚放下电话的郑海生一再地确认，"你是说赵富水有可能去了市中心？！"

看到郑海生连连点头，夏志杰马上拨通了还在路桥集团财务室清查账目的靳兰的电话："马上查一下，路桥集团有没有在市中心开发过项目？是不是有个楼盘叫幸福花园？"

"不用查了，幸福花园就是路桥集团的，当初广告贴得满大街都是。"靳兰肯定地回答。

"这就对了！开发商一般都会留下几套房照顾各种关系……"夏志杰马上吩咐道，"你查查，幸福花园应该有路桥集团或者甄广海名下的一套三居室。要快！"

"让靳兰随时给我电话！"夏志杰还没挂断电话，郑海生就已经冲出了办公室，"我这就去幸福花园组织搜捕！"

此时此刻，身体肥胖、饱受惊吓的赵富水，在昏暗烛光映照的佛龛下，抓着手机几乎是跪在地上哀求着甄广海："甄总啊，你快来吧！我现在可怎么办啊！"

"不是说好了要等到天亮吗？也得容我时间给你准备钱啊……"甄广海此时心情无比复杂。

赵富水焦躁地问："那这事儿到底什么时候能摆平？我什么时候能回家啊？"

"也就一个月左右吧。"甄广海轻描淡写地说，"慌什么？你不是随身带着账本呢么？这样我还能不帮你吗？"说完他不等对方回答就挂了电话。

甄广海对赵富水十分失望，他没想到，平时对自己言听计从的赵富水，关键时刻首先想到的是他自己。

坐了一会儿，甄广海觉得必须给赵富水准备一笔钱，要不这小金库的账本他是不会给自己的。

四十

幸福花园小区的门口，驱车刚刚赶到的郑海生已经与刘大奎和公安干警们会合，连夜被找来协助的小区物业部门负责人，也来到了现场。

一名保安匆匆跑过来报告："刚刚调取了近一周的监控录像，没有发现赵富水来过。现在已是深更半夜，挨门挨户查肯定行不通，除非知道门牌号……"

郑海生抬头环顾了一下楼面上黑乎乎的窗口，对物业负责人说："请你们把那些至今还未入住的房间号都列出来，特别是没有入住的三居室的房间号。"顿了一下他又对刘大奎说："赵富水是自己一个人来的，必须有人给他钥匙。所以，甄广海身边一定还有什么绝对信得过的人……否则赵富水连门都进不去……"

"这就很难查清楚了。"刘大奎为难地说，"光路桥集团，上上下下就有一千多名员工，何况甄广海的交际也很广。找他绝对信任的人，短时间内不会有什么结果的。"

"我看要抓住他其实很简单！"那名保安望着大家焦急的面孔，飞快地说，"我只要调人把小区的四个门一守，就不信他不出来！"

"时间来不及了！"郑海生知道，这件事如果就这样悄悄地不了了之，那么蒙羞的绝不仅仅是他自己。

"找到了！找到了！"被警察搀扶着跑过来的物业负责人兴奋地说，"二区四号楼和六号楼，有几套房子是空着的……"

"太好了！"刘大奎果断地吩咐警察，"马上包围二区四号楼和六号楼，重点搜查一直无人入住的三居室！"

"等等！"郑海生摆手示意用目光征询自己意见的警察们，看着手机短信说，"不用搜查所有的空房子了。靳兰从路桥集团的账目中查出，幸福花园六号楼 801 室的产权在路桥集团手里，而且路桥集团曾对这套房用公款进行过豪华装修！"

刘大奎随即吩咐物业负责人："马上查查户型图！看看 801 是不是三居室！"

"没错！是三居室！"物业负责人飞快地回答。

"总算逮着了！快上去抓人！"刘大奎又兴奋了起来。

几名训练有素的警察，由刘大奎领头，从电梯中鱼贯而出，轻手轻脚地穿过走廊，郑海生跟在后面。片刻，几束强烈的手电光照射着 801 的门牌号。刘大奎正要冲上去敲门，一名警察拦住了他。他从物业负责人手上接过钥匙，待另一名警察手持配枪站好位置之后，迅速打开了房门。门一开，在场的所有人都惊呆了，屋里空无一人。

市纪委监委监控室里，夏志杰飞快地接起电话，急匆匆地问："海生，抓到了吗？！"

郑海生一手摸着家具上的灰尘，一手举着电话，脸色难看地说："我觉得我们弄错了，赵富水根本就没到过这里！"他进一步解释道："如果甄广海能够找到一个可以绝对信任的人给赵富水开门，那他一开始何必还冒险让司机去找他？"

刘大奎激动地说："不要放弃！咱们再去其他几套房子找找！"

"不用了。"郑海生肯定地说，"那家伙已经跑了！"

四十一

街边的路灯已经灭了。

蜷缩在沙发里的郑海生突然惊醒过来。他坐起来看看表，对夏志杰说："哎呀，这一觉睡了一个多小时了，你也不叫叫我。"

夏志杰说："你再睡会儿吧。我已经安排了二室的同志去接班，赵富水肯定跑不了的。"

郑海生抓起电话问刘大奎现在在哪儿。

"我在甄广海家附近。二室的同事已经到了……"在天光逐渐亮起的道路隐蔽处，刘大奎左手拎着塑料袋，右手抓着包子，正在狼吞虎咽地往嘴里塞。即便这样，他还对着夹在肩头的手机说着什么。突然间，刘大奎一下子把塑料袋抛到一旁，对着手机说了一句"甄的司机出来了"，便钻进汽车，一连声地命令坐在驾驶座上的办案人员："快！快！快跟上他！"

"他去哪个方向了？"郑海生在电话里急不可耐地问。

"不知道，我跟上了。"刘大奎双眼紧盯着前面的豪华轿车，还在不断示意着驾车的办案人员随时调整车速，"甄习惯早起，总要先到正在施工的工地上去转一转，然后再去公司……"

"工地……工地！"郑海生闻声跳了起来，"我知道他藏在哪儿了！

大奎，赵富水很可能就藏在他们的三号工地！那个工地大，又在市中心，能藏住人。再说，那里道路四通八达，被发现了也容易脱身！”

说罢，郑海生把脸扭向夏志杰，再也按捺不住心中的兴奋：“夏书记，你说我分析得有没有道理？”

夏志杰说：“有道理。”

郑海生立刻站起来说：“我现在就去。”

郑海生拍了一下伏在桌子上熟睡的办案人员说：“快起来！”说完就箭一般地冲了出去！

四十二

清晨五点，赵富水就醒来了，抱着那个鼓鼓囊囊的皮包，大睁着通红的双眼，静等甄广海来找他。

此时的甄广海也醒来了，他这一夜睡得可真不踏实呀。洗漱完毕穿好衣服，他打开自家的保险柜，从里面拿出几叠钱塞进包里，然后拨通了司机小刘的电话说：“你马上来接我。”

甄的司机一出门，负责跟踪的办案人员就拨通了郑海生的电话：“郑主任，一会儿我先跟上他们，你在后面跟着我，不要让他们发现你。”

甄广海的司机接上甄广海，一踩油门加速向前驶去。他看了一眼后视镜说：“这帮人真够可以的，熬了一夜还跟着呢！”

坐在副驾驶位置的甄广海，瞥了一眼后视镜，心情复杂。他看看腿上的一个不起眼的黑包，语气尽量平静地说：“没关系的，让他们跟着吧！一会儿你找件工作服换上就去见老赵，拿这个包去交换他手里的包。工地上有那么多工人，后面那帮人根本分不出谁是谁来，你就放心地去吧。只要拿到那些账本就没事了。”

“如果老赵坚持要把包亲手交给您呢？”司机冷不丁地问。

甄广海说：“你还别说，还真有这种可能！如果老赵一定要见我，你就告诉他，我在塔吊附近等他。”

甄广海的车一路驶进了路桥集团的三号工地。太阳初升的工地上，早班的工人进行交接以后，立即投入了紧张的施工当中。那些刚下了晚班的，有的已经回自己的工棚开始洗漱，有的坐在地上吃起了早点。

见后面跟踪的车还有一段距离，甄广海的司机把车停在了塔吊下后，立刻拉过一个经过的工人，扒下他的工作服就套在了自己身上，然后接过甄广海递给他的黑包，撩开工作服夹在腋下，就直奔工棚而去，跟踪的办案人员立刻停车尾随他而去。

此时，焦急等待的赵富水，估计甄广海该来了，费力地从桌旁站起身，取过一顶安全帽戴在头上。他把帽檐压得低低的，紧紧抓住黑色皮包，侧身从工地的简易工棚里闪出来，顺着墙边缓慢而又警觉地向前走去。大约走了五米远，他猛然看见甄的司机向这边走过来。他正要迎上去，却一眼看见有两个人在后面跟着甄的司机，他立刻把安全帽往低压了压，向反方向走去。

赵富水转遍了工地，才看见甄广海的车，他忙不迭地拖过旁边的一辆小推车，顺手把包扔了进去，推起来摇摆不定地就往甄广海的汽车那边走。

郑海生此时正好尾随赶到，甄广海看见郑海生，慌忙挥手示意赵富水快跑。

赵富水看到了，立刻从手推车里拿起包转身就走。

郑海生一眼注意到夹着黑色皮包的赵富水。“哪个民工会拿个这样的公文包呀。”郑海生心想。他立刻反应过来，冲着那个肥胖的背影大喝一声：“赵富水，你往哪里跑！”听到这声喊叫，赵富水吓得没命似的往人堆里钻。

郑海生和助手立刻拔脚去追赵富水，没命奔跑的赵富水，一来心里本来就发慌，二来身体肥胖，跑了不到一百米，就被郑海生和助手追上。郑海生一下把他扑倒在地，赵富水一面挣扎着，一面气急败坏地大喊：“都是甄广海让我干的！我坦白！我交代！”

四十三

赵富水被带进谈话室。

郑海生拿起他的钱包说：“赵富水，这钱包是你的吧？”

赵富水抬头看看眼睛一亮说：“是，是我的。”

郑海生把钱包递给他说：“你点一点，看里面的钱少了没有。”

赵富水说：“不用，不用。谢谢你们了。”

郑海生问他：“你知道丢到哪儿了吗？”

赵富水说：“我想，可能是丢到大兴路的街心公园里了。”

旁边的林枫说：“赵富水，你的钱包是被郑主任的女儿捡到的。他女儿正在住院，郑主任说好了今天要陪她的，但郑主任为了找到你，放弃了到医院陪女儿。”

赵富水看看郑海生说：“对不起，我今天经历了非常矛盾的煎熬，我不知道自己应该怎么办。甄广海和刘海彬两人做的事情我都知道，但我也助纣为虐，跟他们一起做了不少坏事。我知道只要刘海彬一出事，甄广海就会被牵出来，我也脱不了干系。我父亲正在医院里，我不知道我该怎么办。下午，我在公园里坐了很长时间，我给甄广海打电话，他信誓旦旦地说没事儿，我相信了他。”

郑海生问：“所以你就跟我们玩儿起了捉迷藏？你不知道你这样做的后果吗？你作为一个财务主管，不但为他们侵吞国有资产大开方便之门，还在事情败露后立即潜逃。你也不想想，你能跑得掉吗？你这样做只会加重你的罪行！”

赵富水说：“我一定全部交代。”

不久市委书记就批准了对甄广海立案调查的决定，郑海生带人将其带进了办案室。

四肢发软的甄广海，被两名警察“搀扶”进了另一间谈话室。此时此刻的他，再见夏志杰，满脸颓丧之色。

夏志杰端坐在桌子后面，注视着这个与十几小时之前判若两人的甄广海，面带微笑地主动招呼道：“甄总，我们又见面了。”

甄广海拢了拢略显凌乱的满头灰白头发，一言不发地走到受谈话的座位上坐下，把头偏向一侧。

夏志杰倒了杯水，递到甄广海的面前：“根据刘海彬和赵富水的交代，我们对你这些年来贪污、受贿的次数、金额，都已经全部掌握。即使你一句话不说，我们同样可以依法起诉你！听明白了吗？”

甄广海缓缓转过头，眼神混沌不堪地看着夏志杰。

夏志杰语气沉痛地说：“老甄，应该说你是个有头脑、有魄力的人。事实证明，路桥集团在你的领导下，的确创造了不少业绩。换了我，肯定是做不到这些的。但是在我身上有几件东西，是你没有的，所以你今天会坐在这里。第一，你没有敬畏和羞耻之心。你不知道怕什么，不知道什么是真正的羞耻。觉得自己位高权重，就可以违法乱纪为所欲为，就可以把手伸到国家和老百姓的兜里去偷。第二，你抱有侥幸心理。你认为违法乱纪的人被逮到了，纯属偶然，是他们做得不够有技巧。只要做得有技巧一些，是不可能被抓住的。第三，你没有感恩之心。你以为你所有的一切，都是靠自己的努力得来的。你忘了党和国家对你的培养，忘了是纳税的百姓在养活着你，忘了路桥集团一千多员工在没日没夜地工作。没有他们，你甄广海一个人能干得了什么？！而这敬畏羞耻之心和感恩之心，说到底，是一个能时刻把自己当作人的人必须要具备的。而作为人，首先要敬畏的，就是做人的尊严。时刻要提醒自己：自己是人类的一分子，而不是猪狗之类的畜生、豺狼之类的野兽等低等动物的一分子。人与低等动物的行为准则、行为规范是有本质区别的。一个具有人的外形的人，是选择做人还是选择做低等动物，是由他自己的一言一行决定的。如果一个人，有意无意之中，把自己作为人类一分子的尊严抛到了一边，那他与其他低等动物又有什么区别？”

甄广海嘴角动了动，刚想说什么，又咽下，痛苦地用双手抱住了头。

“你能不能主动认罪、悔罪，对我们来讲已经不重要，但对你的量刑却非常关键。”夏志杰话锋一转说，“我想，你也希望能早一点再见到你的小孙女吧？”

“我……我……”甄广海再也控制不住，低下头去呜咽着哭了起来……

第二章

自杀隐情

门终于被撞开，郑海生和林枫跑上了楼顶平台，陆海平正站在楼顶边缘。

“陆海平！”郑海生和丁红梅几乎同时冲他喊，他茫然地回过头看着他们。

一

深夜漆黑的卧室里，陆海平半靠在床头慢慢地抽着烟。他的手里紧攥着手机，目光却呆呆地看着熟睡中的妻子。

丁红梅面容平静安详，饱满的胸部微微起伏着，一只手臂还软软地搭在陆海平的小腹上。

陆海平目光迷离地看着妻子。半晌，他无声地弯下腰，轻轻地亲了一下妻子的嘴唇……

丁红梅的身体抖动了一下，向陆海平这边翻转过来，更紧地贴住他、搂住他。

见妻子又进入了梦乡，陆海平下定了决心，他将丁红梅搂着自己的手臂慢慢挪开，站起身，蹑手蹑脚地走出了卧室。

二

立秋好像刚过没多久，天气仿佛一下子就凉了下来。俗话说得好："一场秋雨一场寒，十场秋雨就穿棉。"短袖的夏服还扔在洗衣机里没来得及洗呢，出门就要穿夹克了。

今天是市纪委监委侦破路桥集团特大贪污案之后，难得的一个休息日。郑海生像以往那样早早醒来，凭空多了一天的时间，他还真的有些不适应了。自从离婚后，他自己常年顾不上收拾家，家里全靠女儿收拾。女儿此刻还在自己的卧室里睡觉。

郑海生起来后先简单地做了早饭，然后就叫女儿起来吃饭。

吃过早饭，郑海生把家里该洗的床单、被套、衣服全都扔进洗衣机里，一按开关，洗衣机就“哗哗”地洗了起来。

郑海生正洗着衣服，手机响了。他一看是丁红梅打来的，背景好像在熙熙攘攘的大街上：“海生啊，你最近见过陆海平吗？他昨晚上到现在一直就没回家，手机也打不通啊……”

“没有啊，从那个周末去过你家之后，我们还没联系过呢……”郑海生说。

丁红梅焦急地说：“今儿他们公司的人来电话，说急着找他，说他昨天没去上班，今天又没去，电话也打不通。哎呀！急死我了！怎么会这样啊！他能去哪儿啊？！以前他有事儿不回来，都会先跟我说一声儿的……”

郑海生只能安慰她说：“红梅你先别着急，他这么大的人了，应该不会有事儿的……他常去的地方都问了吗？”

“这么长时间没有消息，还不是有事儿了吧？”丁红梅有些急了，“亲戚朋友我都问遍了，还是没信儿！你不知道就算了，我再打电话问问别人！”说着，丁红梅匆忙挂断了电话。

第二天早晨一上班，郑海生走进办公室时，收拾卫生的叶涵和靳兰，正在谈论前一晚热播的新剧。

“今晚是大结局了，今熙这一次的自杀应该能成功了吧？”叶涵问靳兰。

还没等靳兰开口，林枫就插嘴道：“我没看都知道，他都跳好儿回了都没死，这回肯定也死不了。”

“你没看就能知道？”叶涵抢白他一句。

靳兰翻了一下白眼说：“人家林枫是什么人啊？神机妙算，当然不看也知道了。”

“真搞不懂你们这些女人，韩剧婆婆妈妈家长里短的，有什么好看的，不觉得沉闷呀？”林枫问。

“不沉闷，我就喜欢看韩剧，韩剧里的演员多养眼呀！”叶涵笑着说。

“喔，原来是为了看韩国帅哥呀。”林枫酸溜溜地说。

“没错，就是爱看人家韩国的帅哥。你瞧人家韩国男人多有型，哪像某某人，年纪轻轻就挺着一个未老先衰的大肚子。”叶涵揶揄林枫。

“大肚子怎么了，”林枫一听这是在说自己，拍拍自己的腹部说。“有调查研究显示，很多女孩就愿意找像我这样身宽体胖的男人做老公，说这样的男人让女人有安全感，感觉踏实。”

“你别说，我觉得韩剧还有点意思。”郑海生插了一句。

“什么？郑主任，您——居然——也看韩剧——？！”林枫提高了声音，那一惊一乍的表情，把办公室的人都逗笑了。

郑海生说：“我以前也不看韩剧，最近我闺女老霸占着电视追看韩剧，我跟着看了几集，发现还能看下去……”

郑海生话刚说到这里，夏志杰快步走进来，他一边让林枫把一叠复印好的材料分发给大家，一边说：“市电力局下属的一个分公司来举报，说公司采购的账款对不上，采购部经理也已经三天没去上班了。”

郑海生一口茶没咽下去，吃惊地脱口而出：“市电力局下属的哪个分公司？”

夏志杰说：“华强分公司。怎么你……”

郑海生问：“采购部经理陆海平？”

“对，怎么，你认识？”夏志杰敏感地看着郑海生问。

“陆海平是我的老战友。”郑海生老老实实地回答。

“郑主任，按照原则，那这个案子你最好回避吧。”夏志杰说。

“那好吧。我先忙别的去了。”郑海生说着站起身往门外走去。

郑海生走到门口忍不住停下脚，回过头说：“夏书记，我还是忍不住想说两句，我和陆海平是多年的朋友，以我对他的了解，我不相信他能做出这样的事来。”

夏志杰看看郑海生说：“一切都要等调查结果出来，你先忙你的去吧。”

三

陆海平的妻子丁红梅，是一个非常贤淑且教养良好的女人。她在一所小学做语文老师，她的学生们几乎没有看见过她发脾气。任何时候她无论是对学生，还是对同事，或者是对家长，都是那么温文尔雅。所有认识丁红梅的人都会说，这是一个有涵养的女人。

教育好学生，操持好家务，是丁红梅今生最大的理想。她从不奢求大富大贵，在事业上也没有更大的野心。能够凭借自己的双手和头脑自食其力，是她对自己的基本要求。她常说自己和老公陆海平，就像两只忙碌不停的小蜜蜂，白天在外面快乐地工作，夜晚快乐地收工回家，每月挣回来一份虽然不多但足以养家糊口的薪水，她觉得特别的满足和幸福。

丁红梅经常对老公陆海平说的一句话是："妻贤夫祸少。我不求夫贵妻荣，只要求你在外面做人做事，不要辱没了我对你的一片心。"

现在，陆海平突然失踪了。

郑海生想起了一个月前，和女儿郑晓菡在陆海平家做客的情景。

丁红梅来开的门。

当郑晓菡见到丁红梅的时候，脸上瞬间堆满了灿烂的笑容，扑到对方的怀里，亲热地叫了一声："丁阿姨好！"

丁红梅也高兴地说："哟！晓菡快进来！小雅刚才还嘟囔着说，晓菡怎么还不来，还要给你打电话呢。小雅！晓菡来了。"

陆海平和丁红梅的女儿陆小雅，从自己的房间里跑出来，两个女孩儿一起进了小雅的房间。

郑海生和陆海平也没有寒暄，往沙发上一坐问陆海平："怎么样？忙什么呢？"

陆海平似乎眉宇间有一丝忧虑地敷衍道："唉！还不是那些破事儿？你怎么样？"

郑海生说："咱们彼此彼此，我那儿的事儿你还不知道？都是些贪污受贿的案子，一宗还没完就又来一宗。"

丁红梅过来给郑海生倒上茶水，转移话题说："海生，你说这日子过得多快啊，晓菡刚生下来那会儿，我还给她织过不少小袜子、小毛衣呢！"

"还不是因为你那会儿怀了小雅，拿人家晓菡练手儿呢嘛？"陆海平怜爱地看着妻子。

"还说我呢，你还不是整天抱着人家晓菡不肯撒手，想女儿都想疯啦！"丁红梅嬉笑着说。突然，她注意到郑海生羡慕的眼神，就说："海生呀，你们离婚也这么长时间了，我觉得呀，如果能复合那最好。有时候，离婚也就是双方在气头上互不相让的一时之气，真正分开一段时间，各自慢慢冷静下来后，就会更加理智地看待自己的婚姻了。如果你愿意的话，我再去找她谈谈？"

郑海生说："还是先算了吧。"

丁红梅又接着说："实在不行，你也该再找一个了，要不我给你介绍一个？"

陆海平打断妻子的话说："红梅，海生自己心里有数，你就别乱掺和了。"

丁红梅把两个削好的苹果放到一只小盘子里，端到女儿陆小雅的房间门口敲敲门说："我能进去吗？"

里面传来女儿小雅的声音："可以！"

丁红梅进去一看，两个小丫头正在上网看韩剧。

丁红梅把苹果端过去说："你们一到一起不是聊天就是看韩剧，能不能讨论讨论功课？"

晓菡起身接过苹果盘，高兴地说："谢谢阿姨！"

陆小雅说："妈！你又不是我们老师！快出去吧！"

丁红梅笑着出来说："真是白眼儿狼！"

郑海生问陆海平："我看你好像有心事，能不能跟老战友说说？"

陆海平挤出一丝笑容说："没事儿，就是最近有点儿疲惫。"

郑海生说："那是没休息好，有事儿你就说话啊。"

丁红梅过来说："你们两个先聊着，我去弄几个菜，你们今天喝点儿吧。陆海平存了一瓶好酒，一直说等什么时候找个时间，跟你还有老秦一起喝。说了有半年了吧，他也忙，你也忙，你们都忙得凑不到一块儿。今天正好，哎？把老秦也叫来吧。"丁红梅说完就进厨房忙去了。

郑海生和老秦、陆海平是关系最要好的战友。

郑海生说："那行！我这就给他打电话。"

陆海平赶紧拦住了说："算了，别打了，他不会来。"

郑海生有些奇怪地问："怎么，你们两个有过节了？"

陆海平说："他对我有些误会，等以后有机会了再跟他解释吧。"

郑海生的目光落在客厅墙上的一张合影上。那上面，穿着军装的郑海生、陆海平、老秦三个人凑在一起笑得格外开心……

丁红梅端着炒好的菜走进客厅，一边招呼大家吃饭，一边顺口问："老秦怎么没来？"

郑海生说："我给他打了电话，他说生意太忙，抽不开空。以后再找机会吧。"

四

夜幕低垂的街道上，郑海生缓缓地驾驶着汽车。副驾驶的座位上，郑晓菡头戴着耳机，双眼紧闭，脑袋和双腿都随着音乐的节拍不断晃荡着，一副深深陶醉的样子。

郑海生忍不住说："你啊，应该多跟人家小雅学学！看人家多自觉，多让家长省心！"

郑晓菡摘下耳机，不冷不热地回答："老爸我提醒您啊，千万别老拿我跟别人比了，我心里会有阴影的！您不希望我将来变成一个自卑的人吧？”

郑海生瞪着眼睛看了一眼郑晓菡，无可奈何地摇了摇头。

女儿正要把耳机戴上，突然又说：“老爸啊，我看您也快有心理阴影了！人家都说没有女人的男人会心理变态的，您找个女朋友吧，我不干涉你们。”

“越说越不像话了你啊！你才多大？这是你该管的事情吗？”郑海生一把把耳机又塞到郑晓菡的耳朵上，“快给我闭嘴吧你！”

五

当叶涵和林枫敲开陆海平家门说明身份和来意后，可想而知，心地单纯善良的丁红梅，会是怎样地惊讶。

丈夫陆海平已经失踪三天了。这三天，丁红梅是度日如年。三天前，丈夫单位领导打来电话询问陆海平的去向时，丁红梅就有强烈的预感：丈夫出事儿了。虽然单位领导别的什么也没说。

丁红梅把叶涵和林枫让进房间，无力地坐在沙发上，眼神清澈地看着他们两位，开口问道：“需要我做什么吗？”

叶涵对这个沉静的女人很有好感，温和地说：“我们奉命要对你们家进行搜查，您能把家里所有的抽屉和柜子打开吗？”

丁红梅默默地站起身，把所有带锁不带锁的抽屉和柜子全都打开了，柔声说：“护照、存折，都在最下面的抽屉里。你们自己看吧……”

陆小雅的房门轻轻地打开了，她站在门口，仇视地看着叶涵和林枫。

林枫把护照和存折翻出来，叶涵在一份暂扣物品清单上逐一登记，之后放进证物袋。

陆小雅跑过来质问正打开一个个抽屉的林枫：“为什么要搜查我们

家？”叶涵看着陆小雅和气地说：“孩子，我们是纪委监委的，以后你就知道了。”

丁红梅赶紧制止了女儿说：“小雅，你怎么这么不懂事儿？叔叔阿姨在工作。你先回自己房间去。”小雅不愿走，丁红梅硬把她推回了自己的房间。

丁红梅跟着女儿进了女儿的房间后，小雅问：“妈，我爸到底是怎么了？”丁红梅把女儿搂在怀里说：“小雅，我也不知道你爸爸出了什么问题，但纪委监委的既然来搜查，那就让他们搜好了，反正咱们家里就这么点儿东西。再说，我相信你爸爸不会有什么事情的。”

小雅说：“那你问问郑叔叔不就知道了吗？”

丁红梅说：“对，妈妈明天就去问问他。”

丁红梅从女儿的房间出来，站在旁边一言不发，默默地注视着林枫和叶涵。

叶涵站在客厅里，上上下下打量着这个干净整洁的家。她的目光扫过书柜的花瓶，落在陆海平一家三口的合影上。相片中，丁红梅的脖子上戴了一串很漂亮的红宝石项链。叶涵收回目光，看向丁红梅的脖子，一串同样的项链，在丁红梅的衬衣里隐隐闪亮。

“丁女士，您脖子上的这串项链能取下来吗？我们要带回去检查一下。”叶涵和气地说。

“可以。”丁红梅低下头，双手伸到脖颈后解开项链，又回手从抽屉里取出一个首饰盒，把项链装进去递给叶涵。

叶涵打开首饰盒看了看，盖上盒盖递给林枫。丁红梅看着这一切平静地说：“这是陆海平给我买的结婚纪念日礼物。不过，这是假的，真的我们也买不起！”

叶涵说：“对不起，丁女士，一切可能的证据我们都要搜集。”

丁红梅迟疑了一下问：“能告诉我，陆海平他犯什么错误了吗？”

叶涵看着她善意地笑了笑说：“对不起，事情还在调查中，具体我们也不太清楚。”

六

郑海生知道丁红梅一定会来找他。果不其然，叶涵和林枫去过她家的第二天，她就来纪委监委了。

郑海生征询了夏志杰的意见，夏志杰点头同意了他和丁红梅见面。郑海生把丁红梅带进会客室，夏志杰在另一个房间打开了会客室的监视器。

丁红梅一见郑海生就问：“海生，你告诉我，陆海平他是不是犯什么错误了？你们纪委监委的人为什么去我家？”

郑海生给她倒了杯水劝道：“红梅，你先喝口水，别着急。”

“我能不着急么？”丁红梅把水杯挪到一边，急切地问，“海生，你告诉我，这到底是怎么回事儿啊？你们是好朋友，老陆四天没有消息了，他没跟你联系吗？是不是他出什么事儿了？”

郑海生看着丁红梅，艰难地说：“红梅，你别问了，正因为我和老陆的朋友关系，按照我们的制度，老陆的案子我必须回避。”

丁红梅闻言一怔，还没来得及说什么，郑海生又说：“我现在和你见面，也是请示领导经过批准的。所以，我现在只能是以一个朋友的身份跟你谈话。”

丁红梅不耐烦地说：“你跟我说，陆海平他到底出什么事情了？”

郑海生口气尽可能放松地说：“红梅，我说了你可千万别着急。陆海平单位的人，举报陆海平贪污公款并携款潜逃。”

“什么？这绝对不可能！这绝对不可能！我家陆海平绝不是那样的人。”丁红梅一听就急了，“海生，你和陆海平这么多年的朋友了，陆海平是什么人，你还不了解吗？他是那种贪钱的人吗？我们家什么经济状况，你也是知道的呀！”

“红梅，你先别着急。作为朋友，我也不相信陆海平会做那样的事。”接着，郑海生又迟迟疑疑地问，“红梅，最近一段时间，陆海平有什么反常的举动吗？”

丁红梅想了想说：“他最近一直有点儿心神不宁，魂不守舍的。我问他怎么了，他说前些日子他们老家的一个人，到他们公司去找他，说他母亲腰摔伤了。我以为真的是他母亲腰摔伤了，他心里着急。可我让他给家里打个电话先问问情况，他又不打。我要打，他也不让我打，他说他最近抽时间回去一趟。我这两天给他家里打过电话了，家里说他根本就没有回去过，他母亲也没有摔伤那回事儿。可谁知道他会出这种事儿。”

郑海生有些吞吞吐吐地说：“红梅，我知道你们家里的财权是你掌握着的。你告诉我，老陆有没有拿回来过跟他收入不相符的钱？”

一听郑海生这话，丁红梅生气了：“海生，你什么意思呀！难道你真怀疑陆海平贪污公款？你们纪委监委的人已经把我们家的存折，还有陆海平送给我的唯一一件首饰——那条假红宝石项链拿走了。存折上一共就只有不到十万元，那是我们每月从工资里省出来的。贪不贪污，你看看不就明白了？”

郑海生连忙说：“不，不是。红梅，你不要误会我的意思。站在一个朋友的立场上，我也不希望陆海平有什么事情。可既然有人举报，我们就得查清楚，而且只有这样，才是证明陆海平是否清白的唯一方法。”

丁红梅终于忍不住了，泪水顺着面颊往下流淌。

郑海生只好安慰她说：“你先别着急，假如老陆跟你联系，你最好还是劝劝他，让他回来把事情说清楚。”

丁红梅“嚯”地站起身，气呼呼地走了。郑海生把丁红梅送到门口，看着她远去的背影发呆。

夏志杰过来了，郑海生还在发呆。

夏志杰问：“怎么样？想什么呢？”

郑海生转身进门说："唉！这两口子！不应该呀！"

夏志杰也跟着郑海生进来坐下后说："看来，她真不知道陆海平在哪儿。"

晚上回到家，郑海生问女儿："小雅这两天在学校怎么样？"女儿说："她这两天不知道怎么了，话也不愿跟我说，还自己偷偷地流泪。"

郑海生说："可能陆海平叔叔出事儿了，你多注意注意她。"

女儿奇怪地问："陆海平叔叔？他能出什么事儿？"

郑海生说："不该你打听的事情别打听。你最近多陪陪小雅就行了。"

七

郑海生突然想起了老秦，就给老秦打了个电话约他见面。

老秦转业后，拿自己的转业费开了一家洗车行。几年下来，挣了一点儿钱。后来又引进了水循环处理系统，洗车位从刚开始的三个发展到了九个，而且还拓展了业务经营范围。从刚开始的单一洗车，发展到喷漆、汽车装潢，洗车行生意经营得有声有色。

老秦看见郑海生很高兴，拉着他就去了街面上的一家酒馆。他说日子长没见面了，得喝两口。

郑海生心里惦记着陆海平的事儿，又不知道他们到底是因为什么翻脸的，就想问清楚。

"最近见陆海平了吗？"刚一落座，郑海生就问老秦。

"以后别在我面前提这个人——太不仗义。"老秦一边招呼服务员一边不快地回答。

郑海生问："哎？怎么回事儿？"

"人家陆海平是领导，我这平头百姓高攀不上嘛！"老秦神情冷淡地说。

“陆海平可不是那种势利小人，你别误会了他。”郑海生一句话还没说完，老秦就跟他嚷嚷开了：“不是？我看他就是。什么东西！找他是看得起他，他竟然还人模狗样地给我打起官腔来了。”

“什么事情让你这么生气？”郑海生问。

老秦气呼呼地说：“海生，咱们这么多年了，我对哥们儿怎么样，你最清楚了吧？我一复员就老老实实地干洗车，能有多少家当？他买房的时候钱不够，一开口就跟我借五万。可既然自己哥们儿开口了，我二话没有，取了钱就给他送家里去了，连借条都没让他打一个。我也从来没有催过他还钱——我知道他两口子，那点工资，又要供房又要养孩子，过得不容易。不管怎么说，我比他们过得要宽松些吧。你说我老秦对他陆海平怎么样？可他呢？两个月前，我有个朋友来找我，说想跟陆海平他们公司合作谈个项目，让我把陆海平介绍给他认识。我想这要谈成了，也是他姓陆的工作业绩啊。现在的话说不是叫什么‘双赢’吗？于是我就张罗了个饭局，可他姓陆的居然一点面子都不给我，当着一饭桌的人，说他从来不在私人场合谈公事，要谈上他办公室去谈！还劝我以后不要再做什么捐客。”

“是掮客。”郑海生纠正老秦。

“掮客是什么意思？”老秦问郑海生。

“掮客就是介绍人的意思。”郑海生答道。

“他姓陆的要是觉得我的做法欠妥当，私下里跟我好好说嘛，何苦当着我朋友的面给我难堪？”老秦越说越气。

“这是陆海平没拿你当外人看。他后来又找过你吗？”郑海生说。

“后来他给我打过两次电话，我都没接。有一次红梅给我打过一个电话，请我去他们家吃饭，我拒绝了。这种人还有什么可交的！”老秦说。

郑海生说：“老秦，这就是你不对了。老爷们儿嘛，不要那么计较。怎么说咱们都是二十多年的交情了，谈工作只有两个场所，一个是办公室，一个是饭桌上，但那要看是什么工作。据我所知，只有厨师比赛的评委，是在饭桌上谈工作的，其他的工作当然要在办公室谈了。要我说呀，他这么做是对的。现在上哪里再去找像我们这样的朋友呀？”

老秦叹一口气，端起酒杯一饮而尽。郑海生看得出来，老秦的心里也并不好过，毕竟是二十多年的朋友了。

“你今天来找我，不是来给陆海平做说客的吧？”老秦问郑海生。

“有人到我们纪委监委举报陆海平贪污公款并携款潜逃，我就想来问问，你最近有没有见过他？”郑海生说。

“什么？这绝不可能！”老秦脱口而出。

八

调查结果很快就出来了，陆海平伪造合同、篡改单据，贪污五十万。至于丁红梅说的那条假红宝石项链，经过鉴定，链子是铂金的，红宝石是天然的，价值十万多。经过对陆海平家财产状况的了解，他们没有其他可疑的收入。

所有人都对陆海平的犯罪行为感到不可理解。林枫说：“这种幼稚拙劣的犯罪手段，简直就像考试不及格的小学生，用蜡笔涂改考卷得分一样。这陆海平也算一知识分子，如此犯罪手段未免太低级，太没含金量了。真是太让人匪夷所思了。”

夏志杰说：“存折和护照都没带走，说明陆海平现在很可能还在国内。目前证据充足，申请批捕，马上联络警方！”

九

陆海平找到了，但当时他身受重伤，是在西山被一群玩耍的小孩儿发现的。很快，有人给120急救中心打了电话，陆海平被送进了市医院。

郑海生一听说就急着要去医院看看。夏志杰对郑海生说："你作为陆海平的朋友去看他，我没有权力拒绝你，但你只能以你自己的身份去。"郑海生当然懂这些规矩，郑重地点点头后，和夏志杰他们一起赶到了医院。

丁红梅扒在重症监护室门外，看着里面躺在病床上昏迷不醒的陆海平，边哭边抽噎着："陆海平，你醒醒。你到底怎么了？"

夏志杰走上前，轻声地说："丁大姐，我们是纪委监委的。"

郑海生站在旁边，心情沉重地看着昏迷中的陆海平。

丁红梅擦了一把眼泪，冷冷地看了他们一眼没有说话。

夏志杰问医生："病人伤势严重吗？是被人打伤的吗？"

医生说："看样子不像被人打伤，更像是摔伤。"

郑海生赶紧问："有没有危险？"

医生看看他们问："你们是他的什么人？"

郑海生抢着说："是他的朋友。"

医生说："危险嘛，暂时是脱离了危险。你们谁去交住院费？"

丁红梅沉默地转身走去，夏志杰示意叶涵跟了过去。

郑海生走到夏志杰面前说："夏书记，陆海平爱人现在的情绪很不稳定，毕竟我跟他们夫妻是多年的朋友，我想我跟她沟通可能会容易些……"夏志杰有点迟疑，郑海生马上说："请你相信，我以党性原则保证，不会跟她有私下一对一的接触。再说，案卷我也没有看过。"

夏志杰点点头说："那好吧。"郑海生立刻紧跑几步，追上丁红梅和叶涵，与她们一起来到缴费处。丁红梅带的现金不够，郑海生刷卡为陆海平垫付了住院费。

“红梅，家里有什么困难，你就言语一声，别不开口啊。”郑海生对丁红梅说。

“丁大姐，你也别太伤心了，人救回来了就好，我们也会在这儿守着，能帮忙的我们一定尽力的。”叶涵安慰丁红梅说。

丁红梅一听叶涵这话，立刻不快地说：“你们什么意思？我丈夫人都这样了，你们还怕他跑了吗？我家的存折、首饰，你们不都搜回去了吗？查出有什么问题了吗？我们一辈子干干净净，不做亏心事，不怕鬼敲门。”

“至少陆海平没有告诉你，那条红宝石项链是真的。”叶涵平静地说。

“什么？”丁红梅一下子呆住了，过了好半天才喃喃地说，“就算那条项链是真的又怎么样？陆海平肯定是怕我嫌贵，所以才不敢告诉我啊！”说完就痛哭起来。

郑海生上去劝她：“红梅，你先冷静冷静。”

丁红梅不理睬他，一直哭了有半个钟头才平静下来，她眼巴巴地望着郑海生和叶涵：“我，我应该怎么帮陆海平？”

郑海生和叶涵彼此对视一眼，二人一脸欣慰——丁红梅真是一个识大体的好女人。

郑海生坐到丁红梅身边说：“红梅，谢谢你。说心里话，听到这个事情，我也很意外，我相信陆海平的人品，我不相信他会做出这种事情来。你现在唯一能帮陆海平的，就是好好配合我们调查。”

丁红梅默默地点点头。

陆小雅突然出现在几人面前。

“妈，我爸他怎么了？”

丁红梅强忍住泪水，说“小雅，你回去！这儿没你的事儿。”

陆小雅不走，继续追问：“我爸他到底怎么了？”

“医院不是你待的地方，赶紧回家去！”丁红梅强行把陆小雅推到电梯口。

陆小雅对郑海生喊着：“郑叔叔，我爸到底怎么了？能不能让我看看他啊？”郑海生安慰她说：“小雅，听妈妈的话，你先回去吧。”

郑海生突然看见缩头缩脑的女儿。

陆小雅怨恨地看了母亲一眼，猛地涌上满眼的泪水，一把推开匆匆赶上来的郑晓菡，扭头就走。

“你怎么来了？”郑海生一把拉住女儿问。

“你不是让我多留意陆小雅吗？放学的时候，我看她不大对劲儿，怕她出事儿，就跟来了！我跟人技术还不错吧。你就这么点儿优点遗传给我了！”郑晓菡不无得意地说。

“胡闹！我让你多陪陪她不是让你跟踪她！赶紧回家去！”郑海生哭笑不得。

“我也是想帮你啊！你们这帮大人真难伺候！”郑晓菡哼了一声，转身跑下楼。

陆小雅冲到楼下，跑到花坛边，委屈地靠在墙上抽泣起来。

郑晓菡在奔跑中看到了她，猛地刹住脚步，犹豫了一下慢慢走近她。

陆小雅发现了郑晓菡的靠近，转身就要走，郑晓菡急忙喊住她。

“还挺巧的啊，走哪儿都能遇上你……”郑晓菡结结巴巴地说，“我……我上这儿来是找我爸要电卡的……我家又快没字儿了，我爸也不操心。再不买，又该跟上次一样，大半夜黑灯瞎火的了。他老干这事儿……”

陆小雅缓缓转过身，看着郑晓菡：“你一路都跟着我，你以为我不知道？”

“你不是答应要帮我问问，我爸到底是怎么回事儿的吗？你爸都跟你说什么了？”见郑晓菡哑口无言，陆小雅又问她。

郑晓菡不好意思地挠挠头：“他真的什么也没告诉我……”

陆小雅失望地看着郑晓菡，泪水又涌了出来。

“你别担心，我爸跟陆叔叔那么好，肯定会帮他的！”郑晓菡真心地安慰着她。

陆小雅喃喃而坚定地说：“我相信我爸，他是好人，不会做坏事的！”

“我也相信陆叔叔是好人！”郑晓菡说着掏出纸巾塞给了陆小雅。

“哦，对了，你饿不饿？我请你吃麦当劳！”见陆小雅接过纸巾擦着泪水，郑晓菡也松了一口气，拉起陆小雅的手说，“放心吧，我家的财政大权都是我一手掌控的！”

十

丁红梅默默地低着头坐在椅子上，郑海生看了一眼叶涵，冲着丁红梅努努嘴。

“丁大姐，陆海平是哪天离开家的？”叶涵问。

“三天前，陆海平说他要回乡下去看看他母亲。他以前也有一出去两三天不回来的情况，所以我也根本没往心上放。”丁红梅答。

“您能说说您家庭的真实财产状况吗？”叶涵问。

“我家的钱一直都是我管，除了存折上的钱和我那串红宝石项链，就没有别的了。”丁红梅说。

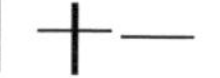

十一

郑海生和叶涵在监护室外面守了一晚，在病床边守候的丁红梅，此时也已昏昏睡去，陆海平依然没有醒过来。

医生介绍说，陆海平虽然多处受伤，但好在都是外伤，而且头部伤得并不严重，也没有伤到脑干。

“按理说他早该醒了啊？”医生有点疑惑地说，然后又不解地耸了耸肩，“不过也说不好，总之什么情况都有可能发生。”

郑海生看着病房里沉睡的两个人，心情复杂。叶涵止不住困倦地打了个哈欠，郑海生说：“再熬一会儿，林枫马上过来替你。”

八点半，林枫准时来了，郑海生让叶涵去休息，然后下楼去给大家买早点。

“林枫，留点儿神啊！”下楼的时候，郑海生把林枫叫到门口，特意叮嘱了他一句。

“放心吧，一个重伤晕迷的人，还能出什么事。”林枫看一眼病房里的人不以为然地说。

叶涵说：“我先去擦把脸。”说完就向卫生间走去。

等郑海生下了楼梯，林枫掏出手机打电话，楼道里的护士忍不住责备他：“请您小声点儿，这是医院！”林枫急忙走到僻静处打电话。

这时，躺在监护室病床上的陆海平，蹑手蹑脚悄无声息地坐了起来。他看着靠在躺椅上昏睡的妻子，脸上闪过一丝隐痛。片刻后，他无声地下床绕过妻子，推开监护室的门走了出去。

叶涵走出卫生间路过监护室时，从门上的玻璃往里看了一眼，突然发现陆海平的病床上空无一人。她猛地一下推开门，林枫也不在里面。她想是不是林枫陪陆海平上卫生间了，于是就站在门口等着。

郑海生买早点回来，看到监护室的门开着，里面只有丁红梅还在沉睡，就问叶涵：“林枫和陆海平呢？”

叶涵说：“我交代给他就去卫生间了。我从卫生间出来病房里就没人，是不是陆海平也上卫生间，林枫陪他去了？”“不对！陆海平还没有醒过来呀！”叶涵激灵一下想了起来。

“林枫，林枫。”郑海生大声喊林枫。

“郑主任，我在这里。”林枫从一个拐角跑出来。

“让你看的人呢？”郑海生不由得火起。

林枫一看空空的病床，慌张地说：“我就打个电话的工夫，他人就不见了？”

郑海生的喊声把丁红梅也吵醒了，她看着空空的病床，不知所措地问郑海生：“陆海平呢？他怎么不见了？”

“快，去医院保安室。”郑海生把早点往椅子上一扔，拉过一个护士让她马上带他们去保安室。

郑海生对医院保安室的工作人员说：“你把监护室门口的监控录像给我调出来，要快！”

录像里陆海平正快步往楼上走着。

“去楼顶。”郑海生马上往楼顶跑，等他们从楼梯口冲到通往楼顶平台的门时，却发现门已经被反锁了，林枫和保安猛撞门板。

而此时，一路跟着他们的丁红梅早已情绪失控，她大哭大叫：“陆海平，陆海平，你千万别做傻事。”

门终于被撞开，郑海生和林枫跑上了楼顶平台，陆海平正站在楼顶边缘。

“陆海平！”郑海生和丁红梅几乎同时冲他喊，他茫然地回过头看着他们。

陆海平一脸泪水，对他们喊道：“你们都别过来！”

“陆海平，你到底是为什么呀？”丁红梅哭喊着。

“陆海平，你有什么都说出来，我们帮你！”郑海生喊道。

“不，谁也帮不了我，早死早解脱。”陆海平看一眼楼下。

“红梅，我对不起你，对不起咱们这个家，我唯一舍不下的就是你和女儿。”陆海平缓缓地说。

“陆海平，不管什么事情，我和你共同面对，你不能丢下我们母女二人呀。”丁红梅一步一步朝陆海平走去。

陆海平摇头，神情恍惚地说：“让我死……我死了这一切就都结束了，都干净了。”

“陆海平——”丁红梅哭喊着晕倒在地。

“红梅，红梅！我对不起你呀！我对不起你！”陆海平冲过去抱着昏迷的丁红梅摇晃着。

十二

陆海平被带到了谈话室。负责谈话的林枫问他为何受伤。

陆海平说他是遭遇抢劫被人打成了重伤。

“什么时间遭遇的抢劫？抢劫你的是什么人？抢走了你什么财物？”林枫一连串地发问。

“两天前，在福运路附近。那天晚上我经过那里，一个黄头发的小混混用刀子逼着我交出钱，并上来抢夺我的手机，我和他厮打起来，被他打成重伤。”

“没抢你银行卡？”林枫问。

陆海平迟疑了一下说：“我不用卡，我家的钱都我爱人管。”

对那条红宝石项链，陆海平说：“这是我积攒了十年的稿费买的，这笔钱是干净的，所有稿费的单据我都保留着。”

对那另外五十万，陆海平不置可否：“那五十万是我贪污的，我对不起单位领导对我的信任，我对不起党和国家对我多年的培养。我，我对不起所有人。”

林枫语带讥讽地说：“凡是查出事儿来的人，最后都这么说！那五十万呢？”

陆海平平静地摇头：“我都花光了。”

林枫问：“都花了？花哪儿了？”

陆海平含糊地说：“不记得了。”

林枫问：“不记得了？五十万花到哪儿了不记得了？！为什么跳楼自

杀？”

陆海平说：“看到你们纪委监委的人来到医院，我知道这笔钱的事情败露，所以就想一了百了。”

林枫问：“这个案子你还有没有其他同伙？”

陆海平摇头：“没有，所有的一切都是我一个人干的。”

这时夏志杰走进谈话室：“你好，我是纪委监委主任夏志杰。”

夏志杰走到陆海平面前说：“陆海平，你爱人刚刚来过，给你带了几件换洗衣服，并托我们把这封信转交给你。”说着递给陆海平一封未封口的信。

陆海平拿信的手指颤抖着，他取出信，展开信纸，信上的笔迹他再熟悉不过：

陆海平：

我们夫妻二十多年，我了解你，我知道你不是那种贪钱的人！到底发生了什么事情，让你非得走到这一步？！陆海平，我想说，不论发生了什么事情，我都愿意与你共同面对。你记住，任何时候你都有我。

妻　红梅

陆海平看完信后，双手把信揉成一团，低下头，攥着信的手用力抵着额头，一副痛苦不堪的模样。

夏志杰等他平静了一会儿后说：“你在医院的时候，你爱人一直守着你，她很担心也很着急。我可以告诉你，这个案子也牵连到她，她也在我们调查的范围内。”

陆海平一惊，连忙说：“不，不，那笔钱跟我爱人没有任何关系。”

夏志杰说：“可那五十万究竟上哪儿去了？就算你花了，也总得有个去处吧？那五十万的去向要是弄不明白，你和你爱人都脱不了干系。”

陆海平想都没想脱口而出：“那笔钱我上次去澳门的时候，在赌场输光了。这件事和我爱人没一点关系。”

讯问陆海平时，郑海生一直坐在谈话室隔壁的一间办公室里等待着，夏志杰推门出来看见郑海生说：“都认了。”

郑海生无奈地叹口气说：“真没想到！”

“郑主任，这么多年了，这种事儿你看得还少吗？”夏志杰说，刚走出两步，他又问道，“郑主任，你和陆海平认识这么多年，知道他有赌博的爱好吗？”

“赌博？他平时连扑克都不打。”郑海生疑惑地说。

“陆海平说他把那五十万都赌了！”夏志杰说。

“这绝不可能。陆海平最讨厌赌博打牌之类的娱乐。以前在部队，看到别人打牌，他总说是低级趣味。转业后这么多年，他也是从来不摸牌的。”

十三

夏志杰请示了周书记后，最后决定让郑海生参与陆海平一案的调查，但不许参加对陆海平的讯问。理由是郑海生和陆海平是战友，希望郑海生能以朋友的身份给陆海平做做工作，促使他早点儿把问题交代清楚。于是，郑海生又进了陆海平案的专案组。

专案组对陆海平说自己被打劫一事进行了大量调查，发现陆海平在这个问题上撒了谎。

因此，第二次提讯陆海平时，郑海生先叫住了林枫说：“林枫，讯问陆海平的时候，我希望你能……”林枫说：“我知道！郑主任的老战友，我会把握分寸的。”看着林枫进去后，郑海生坐进了监控室。

看着面前无精打采的陆海平，林枫说：“陆海平，我们已经调查过了，你根本就没被人打劫过。公安局把福运路监控探头的录像调出来，前两天福运路根本就没有发生劫案。医院的大夫说你身上的伤是摔伤，你自己说说是怎么回事。”

陆海平沉默不语。

“那五十万你也没有赌掉。你今年一月份的确是去过澳门出差，可是你在澳门就停留了一天，也根本没有去赌场，你的同事说想拉你一起去开开眼你都不肯。而且当天接到你女儿生病的消息，你当天晚上就乘飞机返回了。”

陆海平还是沉默着。

“你说你从不用银行卡，可是你们单位的财务科长说，所有人都有一张工资卡，每个月的工资不发现金，直接打到员工的工资卡上。你妻子丁红梅说，你的工资卡平时都由你自己保管。你的工资卡呢？”

陆海平依然沉默无语。

“你老婆说你出事两天前被一个老乡叫走了，你这老乡是谁？是哪里人？”林枫问。

陆海平固执地沉默着。

见此情景，夏志杰说：“陆海平，关于你的过去，海生已经跟我们介绍过了。对于你走到今天这一步，我们都感到很遗憾。希望你能迷途知返，把事情全部交代清楚，把赃款退出来。退赃不但能弥补国家损失，还能给你减刑。我想你也不希望自己被多判几年吧？那笔钱你到底弄哪儿去了？”

陆海平喃喃地说：“谢谢你们的好意。既然已经到了这一步，我是咎由自取，我已经没什么好说的了，你们赶紧把我判了吧。”

夏志杰说：“你妻子为了给你减刑，已经决定把房子卖了，还到处借钱，想尽办法要给你退赃。你妻子她想要见你，可是按规定，你们是不能见面的。我们为她拍了一段录像，你看看吧。”

夏志杰示意林枫放给陆海平看。林枫把电脑的屏幕朝向陆海平，陆海平抬起头看电脑，屏幕上丁红梅一脸的憔悴，声音疲惫无力：

“陆海平，我已经决定卖掉房子，加上我们的积蓄，再跟亲戚朋友借一些钱，应该能把那五十万的亏空补上了。

“以前我觉得我是最了解你的人，可你这次出事儿了我才知道，原来你有那么多事情瞒着我……你曾经对我说过，咱们走到今天不容易，咱们夫妻之间没什么不能说的！陆海平，你知道这些日子我是怎么过的吗？我整夜整夜地睡不着觉，老是做噩梦。一闭上眼，满脑子都是你。陆海平，我最难过的，不是你贪污了那五十万，也不是你要跳楼寻死。我是你妻子，难道你连一句实话都不肯给我吗？！求你了陆海平，我不想到头来糊里糊涂地看着你坐牢，看着你被枪毙，都不知道是为了什么！”

陆海平看到这里已经泪流满面，双腿一软，坐回到了椅子上，痛苦地捂住脸庞，歇斯底里地喊道：“你们赶紧把我判了吧，我没有什么要说的！”

十四

陆海平什么也不肯说，没办法，只好先把他关进纪委监委办案点留置区。

随后，夏志杰安排林枫去电话局，调取陆海平这一周的通话记录。同时，安排叶涵、靳兰、刘大奎三人，分头对全市的银行进行筛查，看看是否有人拿陆海平的工资卡取过款。

调查结果很快就出来了，陆海平那一周频繁接到一个手机号码打来的电话，那个号码不需要身份证登记，随便在街头花几十元钱就可以买到，所以电话记录上无法显示机主的姓名。叶涵他们按照那个号码打过去，可对方一直都是关机状态。

叶涵、靳兰和刘大奎对市里所有的银行进行了排查，没有人用陆海平的工资卡取过钱。

这下调查陷入了困境。无奈之下，夏志杰说：“只能再从陆海平身上找突破口了。走，去纪委监委办案点留置区提讯陆海平。”

陆海平穿着纪委监委办案点留置区的黄马甲被带到夏志杰面前。他低着头不看夏志杰，对夏志杰所有的问题都是沉默。看守带走陆海平后，夏志杰叹了口气，问纪委监委办案点留置区的一个警察说：“陆海平在纪委监委办案点留置区这几天，情绪怎么样？”

那位警察想了想说：“刚来那两天看着挺平静的，饭也吃得下，觉也睡得香，没事也不跟人多说话，就是一个人待在纪委监委办案点留置区的阅览室看书。不过，最近这两天感觉他好像心事特别重，情绪特别低落，胡子也不刮，脸也不洗。在阅览室里看书时，常常发呆走神。”

“阅览室？我能去那里看看吗？”夏志杰说。

“可以。”警察同志把夏志杰领到阅览室。

“我可以看看借阅记录吗？”夏志杰说。

阅览室的工作人员把一本厚厚的借阅登记册递给夏志杰，夏志杰翻了翻，对旁边的刘大奎说：“把陆海平借的这些书的名字都抄下来。”

刘大奎抄完后，夏志杰让工作人员把这些书都给找出来，工作人员手脚麻利地从沿墙摆放的几个书架上，快速地抽出夏志杰要的书，堆放在桌子上。夏志杰拖过一把椅子，坐在桌子旁边耐心地一本一本翻看。

其中一本书的一页书眉旁边，夏志杰看到一幅漫不经心的圆珠笔涂鸦，画的是一个泪流满面的卷发女人。

夏志杰合上书对工作人员说：“这几本书我们想拿回去用一下，用完后就给你们还回来。麻烦您再给我找个袋子。”

工作人员马上从柜子里拿出一个塑料袋，帮夏志杰把书都装进了袋子里。

回到单位，夏志杰把大家召集到会议室，刘大奎把从纪委监委办案点留置区拎回来的书，稀里哗啦地倒在会议桌上。

“纪委监委办案点留置区的警察说，陆海平最近这两天情绪特别低落，经常在看书的时候发呆走神。这些书都是陆海平曾经借阅过的，我刚才在纪委监委办案点留置区阅览室随便翻了翻，发现有点小问题。”夏志杰说着找出那本有涂鸦的书，翻到那一页展示给大家看，“我隐约觉得这幅图好像有什么意思。”

郑海生伸手拿过那本书，看着封面上的书名念出声：“《诛仙》？这是一本什么书？”

林枫一听，停下在书堆中翻检的手，抬起头说：“这是一本现在特别畅销的仙侠类奇幻小说，是网络当红新锐作家萧鼎的原创作品，特别受年轻人的追捧。”

郑海生一听奇怪地问：“奇幻小说，写什么的？”

林枫简短地说：“神仙鬼怪，妖魔灵异。”

郑海生疑惑地翻了翻书说：“陆海平怎么会看这种书呢？这可不是他的风格。”

夏志杰说：“郑主任，你和陆海平是老战友，也是好朋友，陆海平平时爱看哪一类的书？”

郑海生顺手拿起桌上的一本《老子心解》说：“陆海平的阅读趣味，像他的为人一样，古板守旧，平时就好看些‘之乎者也’的书。在部队的时候，我们都看金庸的书，就他没兴趣。他怎么会看这种奇幻作品呢？”

夏志杰听了郑海生的话沉思了一会儿说：“林枫，你把这堆书按照品种归归大类。叶涵，你配合林枫做记录。”

“好。”林枫和叶涵应声道。

林枫开始把桌面上的书一本本拿起来逐一念道：“《中国制造》官场小说，《老子心解》解读古籍，《市长与司机》官场小说，《老子他说》解读古籍，《边缘调查》属于社会问题图书，《当代中国社会问题透视》社会问题图书，《驻京办主任》官场小说……”

分类结果是，官场小说、解读古籍和反映社会问题的图书，占了陆海平借阅图书的最大比重，那本《诛仙》在这堆图书里显得特别扎眼。

夏志杰看着面前的这堆书说：“今天上午，咱们把手头的工作都先放下，咱们先把这些书，一本本，一页页，仔细翻看检查一遍。凡是有用笔做过标记或是有信手涂鸦的页码，都折个角记下来，有缺页的也记下来。这本《诛仙》我来检查，现在开始吧。”

会议室立刻陷入了安静，只听得见翻阅书页的唰唰声。

经过汇总统计，一共发现十处用笔做过标记和有涂鸦的地方，还有几本书里有一些书页被人撕掉了。经过和原书比对，发现那几页撕掉的书页，大都是描写男女激情情节的。

把那些标记和涂鸦逐一分析后发现，就《诛仙》里的三处涂鸦最值得怀疑。

在《诛仙》的 26 页，画的是一个紧闭的嘴唇上，压着一把刀柄朝上、刀尖向下滴血的匕首；在 120 页，画了一个流泪满面的卷发女人；在 241 页，画了一座被大火吞没的房子，旁边有看似漫不经心写下的一句成语：同归于竟。有意思的是，涂鸦者错把“尽”写成了“竟”。

“你们不觉得这三幅画好像在说什么吗？”夏志杰问。

“陆海平难道被什么人威胁不成？”林枫说。

“我也觉得他可能被什么人恐吓。可是他人在纪委监委办案点留置区，又是什么人胆大包天，敢在纪委监委办案点留置区做这种串供的事情？”刘大奎说。

“这第一幅画挺容易看明白，明显是在警告什么人不要开口说话，否则的话就将以刀刃相见。”郑海生说。

“那第二幅画上这个哭泣的女人是什么意思呢？”叶涵问。

“你们看 241 页的这幅画和这个成语‘同归于竟’，其中这个‘竟’字明显是个错别字。这个涂鸦者‘竟’‘尽’不分，由此可以推断，这个涂鸦者的文化水平不是很高，估计也就初高中毕业。”夏志杰说。

“这是不是在说与你全家同归于尽的意思？”林枫说。

夏志杰想了想说：“我们明天去纪委监委办案点留置区，跟他们的负责人谈谈，让他们在纪委监委办案点留置区举办一个文化摸底考试，把这个人找出来。”

十五

和纪委监委办案点留置区的负责人沟通，他们表示愿意大力协助调查取证工作。于是夏志杰很快准备好了一份听写试卷，在这份试卷里，他特意把“究竟”“竟然”这两个词混搭了进去。

第三天，夏志杰安排林枫把试卷送到了纪委监委办案点留置区。听写考试由纪委监委办案点留置区的警察组织进行。

二十分钟的听写结束后，纪委监委办案点留置区的警察把试卷收上来，交给等待在所长办公室的林枫，林枫立即带着试卷回到了纪委监委。夏志杰、郑海生、刘大奎、林枫、叶涵、靳兰立刻对试卷进行分析筛查，结果发现一共有十一个人把“究竟”写成了“究尽”，把“竟然”写成了“尽然”。

夏志杰又安排郑海生和林枫，把这十一个人的名单送到纪委监委办案点留置区。

“我们想再看看阅览室里的借阅记录，看看这十一个人里谁曾经借过《诛仙》这本书。”郑海生对纪委监委办案点留置区所长说。

很快，纪委监委办案点留置区的同志把阅览室的借阅登记簿给他们拿来，郑海生又仔细地把借阅记录筛查了一遍，最后发现有三个人曾经借过《诛仙》这本书。

这三个人分别是：

胡勇，28 岁，因行贿被判五年。

梁家山，35 岁，因贪污罪被判一年半。

陈刚，32 岁，因受贿被判两年。

技术部门把这三个人试卷上写的“竟然”，和《诛仙》这本书里“同归于竟”的“竟”做了笔迹比对，结果证明《诛仙》这本书里的“同归于竟”，是那个叫胡勇的笔迹。

“大奎，你和我马上去提讯胡勇和陆海平。”夏志杰说。

到了纪委监委办案点留置区，夏志杰和刘大奎先来到阅览室。“我们想跟您了解点情况可以吗？”夏志杰对图书管理员说。

“可以，您问吧。”纪委监委办案点留置区的图书管理员说。

夏志杰从包里掏出那本《诛仙》说：“胡勇借这本书的时候，您有没有什么特别的印象？”

管理员拿着书翻了翻，想了一会儿说：“也没有什么特别的印象，他倒是借过好几次这本书。”

夏志杰说让他再想想。

“对了！”管理员一拍脑袋说，“他来还书的时候说，他觉得这本书写得不错，挺吸引人的，他想推荐给陆海平看——当时陆海平就坐在阅览室里看书。”

夏志杰先提讯了陆海平，他不承认自己认识胡勇。

胡勇一开始也说不认识陆海平。但当夏志杰把他的笔迹鉴定结果、借阅记录以及图书管理员的证词给他看时，他低下头不说话了。

“你知道串供的后果吗？你为什么威胁陆海平？”夏志杰问。

“不是我要威胁他，是严家伟让我这么做的。”胡勇抹了一把头上的汗水说。

“严家伟是谁？”夏志杰问。

“严家伟是我们定县人，是过去和我一起玩的哥们儿。他有一次来纪委监委办案点留置区探望我，趁人不备撩起衣袖，他手臂上画了三幅画——就是我在《诛仙》里画的那三幅画，他让我把这三幅画照原样想办法传给一个叫陆海平的男人。还说事成之后，等我从纪委监委办案点留置区出去就给我五万块钱。”胡勇说。

十六

夏志杰立即履行审批程序，通过定县警方对严家伟进行了秘密调查，并取得了他的照片。

严家伟今年 37 岁，是定县一个出了名的混混。三年前，他的妻子由于无法忍受他整天不务正业，还好吃懒做，愤然与其离婚并远走他乡。离婚后没人管束的严家伟，更加自由放纵，凭借着一副讨女人喜欢的好皮囊，四处拈花惹草。据说他和一个叫小梅的女人已经同居两年了。据邻居们反映，严家伟没有正经工作，每天就是打麻将玩牌，小梅也是仅靠给人带孩子做家政赚些钱。这两个人，以前日子过得一直紧巴巴的，可是最近一年，他们的生活突然好了起来，两个人出手大方，吃的穿的都挺贵，严家伟还买了一辆高档摩托车。

陆海平和这个叫严家伟的男人难道有什么瓜葛吗？郑海生说："按照陆海平的交友原则，他是绝对不会跟这种街头的混混有什么瓜葛的。"严家伟为什么要威胁陆海平？大家都百思不得其解。

"陆海平不说那五十万去向的隐情，我也许能够猜出一点了。"郑海生对夏志杰说，"他也许从头到尾都是为了一个人——他妻子丁红梅，他不想伤害到她。"

"此话怎讲？"夏志杰问。

"你看，这第一幅画和第三幅画都很好理解，可这第二幅画里这个哭泣的女人，你觉得指的是谁？"郑海生说。

"你觉得是丁红梅？"夏志杰问。

郑海生说："没错，严家伟一定是拿丁红梅来威胁陆海平。"

"海生，把这个严家伟的照片拿上，你和我去一趟陆海平家和陆海平单位，让陆海平妻子也辨认一下，看她见过这个人没有。还有，陆海平妻子不是说陆海平的老乡是找到他们单位，去告诉他他母亲摔伤的吗？看看他们单位有没有人见过这个严家伟。”夏志杰说。

十七

陆海平的妻子丁红梅，见到夏志杰和郑海生就急切地说：“房子已经有买主了，他们愿意一次性付清购房款，我很快就能拿到全款，我又跟亲戚朋友借了点儿钱，加上那条红宝石项链，差不多能凑够五十万给陆海平退赃了。”

郑海生和夏志杰对视了一眼。丁红梅问：“陆海平还是什么都不肯说吗？”

夏志杰和郑海生都没有说话，丁红梅叹了口气缓缓地说：“我不知道他到底是为了什么，就算他再有难言之隐，对我还有什么不能说的……这么多年的夫妻，这么多苦日子都一起熬过来了，还有什么不能一起扛的，让他非要走到这一步？”

郑海生说：“红梅，你有没有想过，其实陆海平之所以一直不肯说出真相，是不想伤害一个人。”

丁红梅抬起头，不解地看着郑海生。

“我们想来想去，也就只有这一个可能。陆海平之所以隐瞒不说，也许是不想让你知道，因为他怕这个真相……会伤害到你。”郑海生说。

“怕伤害到我？”丁红梅一脸迷惑地看着郑海生。

夏志杰拿出严家伟的照片，递给丁红梅：“丁大姐，你仔细看看，你认识这个人么？”

丁红梅接过照片，看了看说：“不认识。”

出了陆海平家，夏志杰和郑海生立即驱车到了陆海平的单位。很快，陆海平单位有人认出了照片上的人，就是之前到单位找陆海平的那个人。

严家伟很快就被当地警方控制。

十八

当夏志杰把严家伟的照片递给陆海平时，陆海平的脸色变得煞白，双手紧紧地绞在一起。夏志杰沉默地注视着他。陆海平觉察到了夏志杰的目光，有些痛苦地别过头。

夏志杰说："其实就算你不说，我们也有足够的证据，证明你和严家伟是认识的。就算你不说，我们也一定能把事情的真相搞清楚。你否认你和他的关系，我想一定是跟贪污案本身有关系。陆海平，你到底在隐瞒什么？你以为你能隐瞒得住吗？"

陆海平痛苦地摇头："我求求你们，你们别再问我了，你们就赶紧把我判了吧……我，我什么都没有隐瞒……我不认识他……我不认识他！"

夏志杰注视着痛苦的陆海平："你家的房子已经有了买主，你妻子还在四处借钱。"

陆海平痛苦地用双手使劲扯自己的头发。

夏志杰说："因为你的罪行而连累你的妻子，你不觉得对不起她吗？我知道，你心里一直觉得亏欠她，可是你现在这样拒不交代，只会让你欠她更多，更加伤害她！"

陆海平痛苦不已地捂住脸庞，压抑的低声喊道："求求你别说了！"

夏志杰又抛出最后一颗重磅炸弹："你们单位的人，认出照片上的这个男人去找过你。"

陆海平开始小声地哭泣，夏志杰默默地拿过一包纸巾放到他面前。哭了一会儿，陆海平抬起头，神色痛苦而茫然："两年前，我被调到定县去监督一个项目，在那儿一住就是大半年。住房是公司给租的，由于工作忙，平时没时间洗衣服做饭收拾屋子，就请人介绍了一个叫小梅的小时工。熟悉后，我就把我住房的钥匙给了她。有一天晚上，小梅来了，她说喜欢我，主动上了我的床，我没有拒绝她。后来工程结束离开时，我给了小梅一笔钱，告诉她从此以后不要再来找我。我以为一切就这样结束了，可是有一天，小梅和那个叫严家伟的男人到我单位来找我，说小梅怀孕了，孩子是我的。他们开口就要五十万，说一次给清了，这事儿就算结了，否则就到我们单位去闹得我身败名裂。无奈之下，我想尽办法东拼西借，可还是凑不够五十万，因此就打起了公款的主意。我给了他们五十万，打发走了他们，我以为他们不会再来纠缠我了，可是怕什么来什么。前段时间，小梅和严家伟又跑来勒索我，一开口又要五十万，我拒绝了他们。结果严家伟带着小梅又跑到我们单位去找我，威胁我说，不给钱就把我的所作所为告诉我妻子，还要到公安局报案。我被他们逼得实在是走投无路了。一天，严家伟又打电话约我出去跟他见面，我不敢不去。我跪下来求他们放过我！可他们就是不肯，言语冲撞之下，我和他们打了起来。小梅和严家伟下毒手打我，搜走了我身上的所有财物。临走威胁我，让我一周内把钱准备好，否则他们就去找我妻子。我感到很绝望，觉得对不起妻子和孩子，我妻子为我们这个家付出的太多了。她一再告诫我：清廉换得百年福，贪欲引人上死路。我在单位负责采购部的工作，一直牢记着妻子的话，不该拿的钱，一分一毫也不敢拿。可是……我怎么跟她交代呀！”陆海平又失声痛哭起来。

过了一会儿，他逐渐平静了下来，又继续说：“我也不知道该怎么填上那五十万的亏空。于是，走投无路之际，我想到了死，只有我死了，才能结束因为我带给妻子和女儿的耻辱。她是那么信任我。我，我却把她的一片心给糟蹋了！于是，我坐车到郊区，爬上西山从山顶跳了下去。”说到这里陆海平痛苦地抱着头。

十九

丁红梅和陆海平的这套八十平米的两居室，卖了三十七万元。拿到房款，丁红梅就把钱交到了纪委监委。

根据陆海平的供述，警方很快将严家伟和小梅抓获。

两人对合伙以陆海平强奸严家伟妻子为由，对陆海平进行敲诈勒索的犯罪事实供认不讳。

最后警方从小梅和严家伟那里追回赃款 20 万元。

老秦在自己公司为丁红梅和女儿安排了一套一居室的住房，但丁红梅不愿搬过去，郑海生和老秦做了大量工作，硬是让她们母女俩搬到了这里。

由于丁红梅配合纪检监察机关对陆海平涉案赃款作了积极退赔，加上追回的部分赃款，五十万元被全部追回，且陆海平在案件调查终结前如实交代了犯罪事实，最终，他被判处有期徒刑十年。

陆海平在接到判决后没有上诉。

第三章 深夜举报

“证据得你们去查啊，我手上有一些。时间是……啊！救命呀！你们要干什么——”电话那端的人一声惨叫，接着就是一阵“扑扑扑”好像棍子抽打在人身上的声音。

“喂，喂，你怎么了？喂？喂？”林枫不由自主地站了起来，可是电话就此挂断了。

一

夜色深沉，纪委监委办公大楼只有寥寥可数的几个窗口还亮着灯。在纪委监委值班办公室里，值夜班的林枫一个人坐在电脑前聚精会神地整理着工作日志。他飞舞十指敲击着键盘，键盘发出的“噼噼啪啪”声，在这夜深人静之际，听起来格外清楚。突然，一阵清脆的电话铃声响起，把正全神贯注在电脑前工作着的林枫吓得浑身一个激灵。

林枫放下手中的工作，看看墙上的挂钟，时间已经是凌晨两点了。“是谁在这个时候打电话？”林枫一边想着一边伸手拿起电话。

“喂，是纪委监委吗？我要举报。”还没等林枫开口问话，电话那端的人就急不可耐了。

林枫立刻按下录音键说：“对，这里是纪委监委，您请讲。”

“我要举报市粮油集团副总李春山，他在下面两个粮库的基建设备招标中，拿了兴友商贸公司的好处费，把标底透露给了他们，兴友公司才能签下这单合同。”电话那头的声音焦急而压抑。

林枫赶紧问：“你是谁？哪个单位的？”

“我是谁我不敢告诉你们。”电话那端的人语气慌张。

林枫又问：“你有证据吗？受贿的具体地点、时间，还有钱数是多少？”

“证据得你们去查啊，我手上有一些。时间是……啊！救命呀！你们要干什么——”电话那端的人一声惨叫，接着就是一阵“扑扑扑”好像棍子抽打在人身上的声音。

“喂，喂，你怎么了？喂？喂？”林枫不由自主地站了起来，可是电话就此挂断了。

林枫赶紧向带班的领导作了汇报，领导当即指示拨打 110 报警。

早晨一上班，林枫就把凌晨两点接到的报案电话向郑海生做了汇报，正在这时，郑海生接到了马上到 301 会议室参加案件线索排查会的通知，二人相视一笑。

半小时后，郑海生对林枫说：“让大家都去小会议室，把电话录音给大家放一遍。”

很快，大家就集中到了小会议室。

听完录音后，郑海生让大家先谈谈。林枫说：“我看这个举报人凶多吉少呀。”

刘大奎说：“我就不明白，既然举报，为什么不找个合适的时间、地点？”

林枫说：“可能是举报人一直在被人跟踪？不对呀，假如有人想阻止他举报太容易了。”

靳兰说：“也可能举报人一直在犹豫之中，但可以肯定的是，他们之间发生了分赃不均或者其他的什么矛盾，致使他们其中的人反水。”

刘大奎补充说：“这个举报电话背后肯定有好戏。”

郑海生说：“既然大家都觉得有问题，那咱们就先对举报人提供的线索进行秘密调查。至于举报人是谁，他昨天半夜是不是真的遭遇不测，这些公安机关会查清楚的。咱们这边必须马上接触李春山。刘大奎，你和我现在就去传讯李春山，林枫和叶涵去李春山家搜查。靳兰，你跟公安局刑警大队联系，看他们查没查出凌晨两点的报案电话是从哪儿打过来的。开始工作吧。”吩咐完毕，大家纷纷站起身……

二

郑海生和刘大奎很快就到了滨海市粮油集团。在办公大楼门前，他们与正准备出门的总经理王振宇不期而遇。王振宇热情地请郑海生和刘大奎到自己办公室去坐坐，郑海生简明扼要地把有人举报李春山的情况和王振宇谈了一下。王振宇表现得特别惊讶：“李春山？他出什么事了？”见郑海生和刘大奎都不说话，王振宇又忙说："知道了，你们有纪律，我这就给他打电话叫他来。"

郑海生说："先等等，你把李春山的情况先给我们介绍一下，他平时在单位的表现怎么样？"

王振宇说："还可以。他升任副总刚半年多，主管基建。年轻人，新官上任有热情有冲劲，工作很认真。"

郑海生问："你对李春山的家庭情况了解吗？"

王振宇说："对他的家庭了解不多，只听说他好像是出生在农村，七岁的时候父亲就去世了，家里兄弟姐妹四个，李春山是家中唯一的男孩子。为了供他读书，他两个姐姐早早就辍学回家种田，全家人靠一点点微薄的收入供他读完中学和大学。对了，前不久他母亲生病，从老家过来做了个手术，听说手术花了不少钱。我也见过他母亲，一看老人家就是个本分人。"

郑海生说："好，那先这样吧。"

刘大奎叮嘱他说："别说我们纪委监委的人找他。"王振宇配合地点点头。

王振宇立刻给李春山打了个电话，让他到自己办公室来一下。

李春山很快来了。

王振宇看了一眼进来的李春山，斟酌着说："刘总，这两位是市纪委监委的，他们有些事要找你了解一下。"

郑海生拿出监察人员工作证让李春山看了看说："我们是市纪委监委的。"

李春山一时反应不过来，吃惊地问："纪委监委？"

只见李春山一脸迷惑，没有惯常见到的惊慌和掩饰。郑海生打量着眼前的这个男人，心里暗自道："看来，这个人要不是被诬告，就是城府很深，不是那么好对付的！"

"你们找我了解什么事情？"李春山一脸懵懂地问郑海生。

郑海生说："请你跟我们去一趟纪委监委，我们想找你了解点儿情况。"

李春山说："了解什么情况？不能到我办公室去说吗？"

郑海生说："请吧。"

王振宇在一旁阴阳怪气地插话："春山同志，好好配合纪委监委的调查。"

等郑海生和刘大奎带着李春山回到单位时，林枫和叶涵也已经从李春山家回来了。

在谈话室里，李春山比郑海生想象的要平静，他看着郑海生的目光很镇定，既没有惊慌失措，也没有躲躲闪闪。

郑海生倒了杯水放到他面前，他礼貌地说："谢谢！说吧，你们有什么就尽管问吧。"

郑海生示意林枫发问。

"今天凌晨两点左右你在哪里？"林枫问道。

李春山回答："今天凌晨两点？我说同志，我不是十几二十岁的年轻人，深夜两点还不着家！两点是后半夜了吧，我晚上十一点睡觉，早晨六点起床。这个习惯已经保持了十年了。"

"有人证明吗？"林枫问。

李春山说："我母亲。你们问这些干什么？"

郑海生说："能谈谈你的家庭吗？"

李春山说："我生在农村，七岁的时候父亲就去世了，我家兄弟姐妹四个，我是唯一的男孩子。为了能让我上学，两个姐姐都辍学回家帮我妈种田，靠一点点微薄的收入，我一直读完中学大学。"说到这里，李春山的手颤抖着，举起杯子又喝了口水。继续讲着："我妈虽然没文化，但是个正直的人，对我从小就很严格。小学三年级的时候，家里穷得连一块橡皮都买不起，每次写错字都是用手蘸点唾沫擦，本子上常留下许多窟窿。一天放学的时候，同桌落了块橡皮，我就把它带回家，被我妈发现了，不仅打了我，还让我在屋外罚了一夜站。第二天一大早，她就带着我到学校，把橡皮还给同桌了。那是长这么大，我妈第一次动手打我。"李春山的眼睛湿润了，郑海生、刘大奎和书记员静静地听着，“从那以后我就记住了，不属于自己的东西绝对不能要。不为别的，为了我妈也不能干这种事，这是朝她的胸口戳刀子啊……”

大颗的眼泪从李春山的眼睛里流出来，大家在监控室静静地看着，都有些动容。

林枫说：“说说兴友公司跟你们集团的合作经过吧。”

李春山说：“兴友公司？我上任后主抓的第一个项目，就是两个粮库的设备采购，兴友公司是通过招标招来的。”

林枫说：“就这么简单？你和兴友公司的总经理陆兴友私交怎么样？”

“我跟他以前不认识，更没有私交。他是参加我们两个粮库的招标并中标后跟我认识的，我们之间的来往，完全是工作关系。”李春山说。

林枫说：“我们接到举报，说你在两个粮库的基建设备招标中，拿了兴友商贸公司的好处费，把标底透露给了他们，因此兴友公司才能和你们集团签下合同。”

李春山说：“我拿了兴友公司的好处费？办案人员先生，我可以负责任地告诉你们，我自始至终没拿过陆兴友一分钱，我也没有拿过任何人的钱。粮库基建设备招标，完全是按照正规合法的程序，透明公正地进行的。兴友公司中标后，陆兴友为了感谢我，曾经两次给我送钱。第一次是在我办公室，他把三万块钱装在一个大信封里给我，但我让他拿了回去。第二次，他是借去医院探望我母亲的机会，偷偷在我母亲病床枕头底下塞了三万元钱，他走后很快就被我发现了。这笔钱，我第二天就当着王振宇王总的面，交给财务部了——这你们可以去调查。”

林枫拿起桌上的三张卡抖了抖说：“你能说说这三张卡是怎么回事儿吗？”

李春山看看林枫手中的卡疑惑地问：“哪三张卡？谁的？”

林枫说：“你不认识？”

李春山说：“我的卡一直在我身上，你拿的卡显然不应该是我的。”

林枫问："你能看出这是什么卡吗？"

李春山看看后说："好像是购物卡吧？"

林枫说："对，是购物卡。"

李春山愣了愣说："购物卡？能把那三张卡给我看看吗？"

林枫起身走到李春山跟前，把那三张卡递给他。李春山从林枫手里拿过卡来仔细地看了看说："这三张卡不是我的，我没见过这三张卡。"

林枫说："你这不是睁着眼睛说瞎话吗？这三张卡可是从你家里搜出来的。"

"什么？你们去我家搜查？还竟然搜出了三张购物卡？还搜出什么了？"李春山腾地一下从椅子上站起来，不满地嚷嚷道，"我母亲才刚做完手术，你们跑我家去搜查？！我告诉你们，我母亲要是有什么好歹，我跟你们没完！"

"刘总你放心，你母亲很好。我们已经跟居委会打过招呼，他们会安排人照顾老人家的。"郑海生对李春山说。

李春山看了郑海生一眼，眼神里有感激，但他什么也没说坐回椅子里。

"我确实没见过这三张卡！"李春山耐着性子解释道。

李春山说："我的卡一直在我身上，我不知道你们的这三张卡是怎么来的。"

郑海生说："你说你的卡一直在自己身上，能拿出来让我们看看吗？"

李春山从身上掏出钱包，把钱包递给郑海生说："随便看。"

郑海生问："你的这几张卡上有多少钱？"

李春山说："工行的牡丹卡是我的工资卡，上面可能有八万四千多块钱，是我这几年的工资奖金。两张超市购物卡，沃尔玛的超市购物卡上应该有八千，家乐福的购物卡上可能有五千。"

林枫问："你为什么有两张超市购物卡？"

"这有什么奇怪的，逢年过节，我们单位都会给职工发超市购物卡当作福利。卡上的钱用完了，超市就会把卡收回去，没用完就自己留着，购物卡又没有消费时间的限制。”李春山说。

“好，刚才你一直在说你身上的卡。你对这三张卡能说清楚吗？”林枫继续问。

李春山说：“我只有身上的这三张卡，至于你们说的那三张卡我不知道。”

郑海生有点被李春山的回答弄蒙了，他看着可真不像是在装糊涂，郑海生看看他说：“刘总，我的同事去商场查过，这三张卡都是超市购物金卡，三张卡上的金额加起来总共有三百万。”

“什么？这不可能！你们一定搞错了。”李春山一下子提高了声音，瞪大了眼睛看着郑海生和林枫说。

林枫说：“这种事情上，我们从来不会犯错。”

沉默了一会儿，李春山又说：“君子坦荡荡，小人常戚戚。我做人问心无愧，在工作中是曾有些客户提出给我提成或回扣，我都拒绝了。平时，办公室里来个人撂下些烟酒，我也从来都是当天就交到财务部的！我的人品官品如何，你们可以去了解。关于这三张购物卡，你们去查吧，我李春山不怕查。”

郑海生说：“我们是要查的。我们也希望你能有一个健康的心态来配合我们调查。”

结束对李春山的讯问后，郑海生召集专案组开会。

叶涵看看大家说：“我怎么觉得咱们是不是搞错了？”

林枫说：“同志们，立场一定要坚定，不要被鳄鱼的眼泪给欺骗了。”

夏志杰回头嘱咐叶涵：“你给李春山所住小区的居委会和派出所打个招呼，让他们照顾一下他母亲。”

叶涵说：“郑主任已经交代过，都打过招呼了。”

三

兴友公司的老板陆兴友看到郑海生和叶涵的到来很是热情，一边张罗着让人倒茶一边说："说出来不怕二位笑话，我这个人从来就胆子小，犯法的事情我是不敢干的。我这个公司虽不大，可我是个正正经经的生意人。"

没等他继续说，叶涵就打断他说："陆总，看来你记性不太好，我提醒你一下吧，兴友公司六年前因为偷税漏税被工商局罚过款，也因为卖'三无'产品被勒令停业整顿过，就这样还好意思说你是正经生意人？"

陆兴友听见这话并不生气，照旧一脸笑容说："俗话说，年轻人犯错误连上帝都会原谅。何况当时公司刚起步，资金紧张，能省就省。你们也知道，现在有几家公司不偷逃税款？我知道这很不光彩，所以以后就再没有干了嘛。不信？你们到税务局去查！我以前是犯过错误，可这不代表我就会永远一错到底吧。现在我还是纳税光荣户呢。"

叶涵闻言笑了笑，拍着手上的一摞资料说："以前的事我们查得出来，现在的事我们也能查出来，今天找你，就是看你的态度。"

陆兴友眨了眨眼睛不说话。

郑海生说："看来陆总真的什么也想不起来了。我提醒你一句吧，陆总认识滨海粮油集团的副总李春山吧。"

陆兴友说："认识，我们公司和李总的公司有业务关系。"

叶涵问："什么业务关系？"

陆兴友答："滨海粮油集团面向社会公开招标，我们公司参加投标并中标了。"

叶涵说："我们接到举报，说你给了李春山好处费，李春山把标底透露给了你们，因此你们兴友公司才能和粮油集团签下合同。"

陆兴友一听就急了，说："这纯粹是栽赃陷害。我公司没有采用任何违法手段竞标。"

叶涵说："李总说你曾经给他送过三万元钱。"

陆兴友反应很快，忙说："原来你们是说这三万元钱呀。对，我是给过他三万块钱！"

叶涵问："什么时候？在什么情况下给的？"

陆兴友说："招标结束后，知道我的公司中了标，我想表示感谢。一天我带了三万元到李总办公室，但他坚决不要。我想可能是因为我们不是很熟悉，他不敢要。后来我听说李春山的母亲做手术住院，我就去医院探望，趁李春山不注意时，我把钱塞到他母亲病床的枕头下了。后来李春山发现了钱，打电话叫我把钱拿回去。我没去，最后他就再没提这事儿。"

郑海生问："那后来呢？你把钱拿回来了吗？"

陆兴友摇摇头说："没有。我对他说这是我孝敬老人家的。我这不算行贿吧？当时标也中了，合同也签了，我就是为了表示感谢，没别的意思。"

叶涵问："除了这三万块，还有别的吗？"

陆兴友说："没有了。"

叶涵追问："真的没有了？"

陆兴友说："我发誓，真的没有了。"

郑海生问："你为什么不给别人送钱？李春山只是个副总。"

卢兴友说："这很简单呀，李春山是具体负责滨海粮油集团粮库基建设备招标的副总，我当然要跟他搞好关系呀。"

这时，陆兴友办公室的门被推开了，兴友公司的法律顾问严峰进来了。陆兴友赶紧向双方作介绍。陆兴友指着严峰说："这是我们兴友公司的法律顾问严峰律师。"又指着郑海生和叶涵对严峰说："这是市纪委监委的郑主任和叶办案人员。"

严峰一听，就赶紧十分热情地伸出手跟郑海生和叶涵握手。一边握手一边说："哇！纪委监委的？我有一个大学同学就在你们纪委监委。"

郑海生问："是谁？"

严峰说："他叫林枫。我们大学四年，在一个宿舍住了四年。怎么样，他混得还不错吧？”

叶涵说：“那你得问他去。”

四

郑海生安排林枫和叶涵再到滨海粮油集团董事长王振宇那里去落实一下那三万元的事情。

林枫又和叶涵来到了滨海粮油集团总经理王振宇办公室。

当叶涵向王振宇问起那三万元钱的事时，王振宇吃惊地说：“有这回事吗？我怎么没有印象？让我仔细想想……没有啊，他从来没上缴过钱。”

叶涵说：“王总您再好好想想，假如他真的上交了，那公司财务部门那里应该会有记录的吧？”

王振宇说：“他要是真上缴了，当然有记录，不过，在我的印象里好像没有。”

林枫说：“您再好好想想。”

王振宇看看林枫说：“我的记性还没有糟糕到连这种事都记不起来吧？哎？我说这李春山是什么意思嘛，莫名其妙地怎么把我给扯进来了。你们要是不放心，咱们去财务上查查不就清楚了吗？”

“王总，你们以前和兴友公司有过合作吗？”靳兰问。

王振宇摇摇头说：“从来没有。兴友公司是李春山上任后招标招来的，我也听下面的人私下议论过，说兴友公司提供的产品价格比以前的公司高了一些。不过这也没什么可奇怪的，东西不一样，价钱上有点差别也可以理解。既然李春山负责这一块，他就有权力选择供货商。”

林枫说：“王总，麻烦您让财务部的人，把李春山上任以来经手的所有合同和账目拿出来，我们想看看。”

“没问题，我这就让他们准备。”王振宇说着从办公桌前站起来。

王振宇陪着叶涵和林枫来到财务部。

王振宇先向林枫和叶涵介绍了财务部的一位中年男人说：“这是我们的财务部部长。”又向财务部部长介绍说：“这两位是纪委监委的同志，你把李总上任以来经手的所有合同和账目，给这二位同志找出来。”

“好的，我这就找。”财务部部长起身打开文件柜。

王振宇站在一边看着，叶涵对他笑笑说：“王总您忙您的，不用在这儿陪我们了。”

“没事，我不忙……”王振宇没有想离开的意思。

财务部部长问王振宇说：“董事长，财务室的摄像监控探头又坏了，您看……”王振宇有些不耐烦地说：“这种事情也要问我吗？你们打个报告不就行了吗？”

会计说：“报告已经打了，可是办公室说咱们已经跟宏达公司中止合作了，宏达公司说产品已经过了保修期，我们可以找任何一家维修公司来维修，他们不管。”

王振宇说：“那就让办公室去安排。”

财务部部长说：“我们找过一家公司，他们来人看过后……”

王振宇的手机突然响了起来，他看看叶涵和林枫说：“对不起，接个电话。”说着走出财务室。

“王总说得轻巧，到哪儿去找呀？”办公室的一个人说。

财务部部长说：“是啊，咱们下面的有些事情，王总也不了解。以前的那个宏达公司已经终止合作了，现在这个兴友公司是李总招标招来的，现在李总又是这个情况，你说怎么报修呀？”

“摄像头怎么了？”叶涵随口问。

“摄像头坏了。这玩意儿可真不经用，安装完后，三天两头出问题。”财务部部长答道。

“什么牌子的摄像头？”叶涵问。

财务部部长说："还是一外国的牌子呢。有时候还真不能迷信外国货，维修费用又贵又不好使。"

正说着，王振宇接完电话走进来，他不满地训斥会计道："哪来这么多废话，赶紧给纪委监委的同志找东西。"

出了粮油集团，林枫开着车，叶涵沉默地坐在一旁。林枫看看她问："想什么呢？跟你说话都听不见。"叶涵转过脸来看着林枫："你觉不觉得王振宇的反应有点奇怪？一看我们查以前的账就紧张，他在紧张什么？"林枫笑着说："我没觉得他紧张，倒觉得你有点神经过敏。是咱们自己说的只查李春山经手的合同，他提醒一下也没什么。"

叶涵说："可是他给我的感觉有点奇怪。"

林枫看看叶涵说："我发现你说话的语气越来越像郑主任了，动不动就来感觉。不过，我也感觉李春山就是有问题！"

叶涵说："你现在就下结论，是不是为时过早？"

这时，正在开车的林枫接到严峰的电话，严峰想请他坐坐。

林枫说："现在我这儿一大堆事儿，哪儿有时间坐呀，就是坐也得等闲了以后。"

见林枫挂了电话，叶涵问林枫："你这个同学严峰看起来挺油的。"

林枫说："当律师的嘛，每天就练的一张嘴。上大学那会儿，我们一个宿舍睡上下铺，他家穷得连学费都交不起，还是我发动大家募捐帮他凑的学费。毕业的时候，我们都想进纪委监委，他成绩不如我，没进来。没想到，现在倒混得有房有车，人模狗样的。"

叶涵问："怎么了？我看你酸溜溜的，心里不平衡了？"

林枫说："这有什么心理不平衡的？当律师挣钱多，那太正常了。"

五

警方有关神秘举报人的线索也很快有了眉目。根据纪委监委提供的举报电话，警方查出此部电话是一部公用电话，警方把当晚公用电话所处的那条路段的监控录像调出来，排查了所有来往车辆，最后证实，其中有部捷达车是兴友公司的。

接到这个消息后，郑海生马上向夏志杰申请封存兴友公司的所有账目，并立即带着林枫驱车赶往兴友公司。

郑海生和林枫赶到兴友公司时，眼前的混乱情景把他们惊呆了。只见三辆消防车正停在公司大院里，乌黑的脏水在地面肆意横流，兴友公司的一间办公室已经被烧得面目全非。火虽然已经被扑灭了，但潮湿的空气中依然充斥着烧过后的焦煳味。有几个消防警察正在勘察火灾现场，兴友公司的员工聚在一旁小声议论着什么。

一脸沮丧的陆兴友蹲在一边，一个劲儿地抽烟。严峰正在跟消防员说着什么。

郑海生一把拉过陆兴友问："怎么回事？"

"财务室昨晚失火了。"陆兴友沮丧地说。

林枫说："早不失火晚不失火，偏偏就在我们要查你账的时候就失火了？"

陆兴友哭丧着脸说："我怎么知道！"

严峰一看林枫来了，就赶紧跑过来跟林枫打招呼："林枫！"

严峰也看见跟林枫在一起的郑海生，又跟郑海生打了个招呼。

林枫一看是老同学严峰就问："你怎么在这儿？"

严峰说："我是兴友公司的法律顾问，郑主任知道的。"

林枫顾不上和严峰寒暄："噢，对了，你给兴友公司当法律顾问有多长时间了？"

严峰说："林枫，我知道你们正在调查兴友公司，我敢说你们到头来是白忙活一场。"

为了了解失火原因，郑海生和林枫踩着满地黑色的污水，走进了刚刚被火烧过的财务室，两位消防警察正忙着勘察现场。郑海生作了自我介绍后，其中一个消防警察，边用手指着被烧得面目全非的办公桌边说："根据现场情况看，火源就在这里。"只见被烧得不成样子的办公桌上，一堆儿被烧得认不出何物的东西下面的地面上，一个烟灰缸被烧得黑乎乎的。

他用手扒拉着烟灰缸里面及其周围的灰烬说："这是香烟和纸张燃烧后留下的灰烬。也就是说，这场火灾是先由烟灰缸内燃烧着的香烟引燃纸张，燃烧着的纸张又引燃了这堆儿东西而引起的。"

郑海生用手指着那堆被烧得无法辨认的东西问陆兴友："这个原来是什么？"

"是传真机。"陆兴友说。

一行人从财务室出来，郑海生问陆兴友："你昨天什么时候得知失火的？"

陆兴友说："今天凌晨一点多了吧。我躺在床上刚关了电视不久，快睡着了时，接到电话说公司失火了，我就着急忙慌地赶来了。我来的时候，消防车已经到了。"

"你昨天几点下班走的？"郑海生问。

"我到了五点半下班时间就走了，我走的时候还有几个员工在加班。"陆兴友答道。

"你马上把那几个员工召集到大办公室来，再把他们的姓名和联系电话给我列个名单。"郑海生说。

陆兴友很快把那几个员工召集来了，郑海生问："昨天晚上是你们几个在办公室加班的吗？"

几人回答说是。

会计说："我今天一大早要赶去交税，昨天晚上我就让他们帮我核对一下发票和单据。所有的票据核对完，大概是夜里十点钟，又收拾一下才走的。”

郑海生又问：“你们五个人，谁抽烟？”大家面面相觑，什么也不说。

郑海生拿起烟灰缸说：“不抽烟怎么会有烟灰缸？”

“我们都抽烟。”其中一个人回答。

“是，我们都抽烟。”其他人随声附和。

“昨天晚上你们谁最后离开办公室的？”郑海生又问。

“昨天晚上是我最后一个离开的。”会计回答说。

郑海生问会计：“你从办公室出来时，注意烟灰缸了吗？”

“注意了。我们公司有明确规定，每个办公室的人下班走之前，都必须要把烟灰缸清理干净，然后关灯、锁好门才能走。我出来前特意把烟灰缸里的烟头、烟灰倒到了垃圾桶里。”

陆兴友接过话茬说：“这是我们公司为了安全和节约，做的硬性规定。”

“但是……”会计嗫嚅着。

“但是什么，接着往下说。”陆兴友催促道。

“但是，我快出单位大门时遇到了正往回走的孙强。我问他怎么又回来了，他说手机忘拿了，他回办公室取手机。”会计看着一个三十岁左右的瘦小男人说。

那个叫孙强的男人脸一下涨得通红，结结巴巴地看着郑海生说：“是，是的，我是回来了一趟。我把手机忘到办公桌上了，我拿了手机就锁上门走了。”

在孙强说话的时候，郑海生注意到他有个时不时吸一吸鼻子的习惯。

郑海生转过头问陆兴友：“你们公司的那辆捷达车平常谁开？”

陆兴友答：“谁有事谁开。”

郑海生问：“你平时开那辆车吗？”

“我平时只开自己的本田。”陆兴友说。

郑海生又问：“捷达车的钥匙是谁在保管？”

陆兴友说："那把捷达的钥匙就放办公室抽屉里，谁用谁拿。"

郑海生问："二号那天晚上谁开过那辆捷达？"

会计想了想说："二号？白天我去银行取钱开过，晚上……不知道，晚上没有事我们都不开——公司有规定，不能把车开回家的。"

其他几个人也纷纷摇头，都说自己二号晚上没有开过那辆捷达车。

六

严峰给林枫打电话，约他晚上吃饭。

林枫说："现在忙得焦头烂额，哪有时间呀？"

严峰说："越是忙才越要放松放松嘛。就这样定了。吃完饭后我再请你到夏威夷练歌房唱唱歌。晚上七点。"严峰不容置疑地说。

林枫只好说："那好吧。"

林枫如约来到了一家湘菜馆。

"约你见面喝个酒真不容易呀，不就是那些案子吗？"严峰似抱怨地说。

林枫说："我说你这话怎么不像是个律师说的呀？要是你手头有案子没办完，你有心情去吃饭唱歌吗？"

严峰说："好了，好了，我又让你抓住把柄了。怎么样？陆兴友洗干净了没有？"

林枫说："咱们今天约法三章，不谈工作，不谈案子，不谈家庭。"

严峰说："好好好！听你的。今天咱们只谈过去，不谈现在，只谈友谊，不谈工作。"

小包厢里有一台卡拉 OK 点唱机。

二人一边喝酒一边聊起了上大学的日子。严峰问林枫："哎，当时你跟咱们班的班花刘小凤，不是已经海誓山盟了吗？怎么最后没有和她在一起？”

林枫说：“别提了，人家傍大款去了，哪里能看上咱们这个清水衙门里的小衙役？”

严峰长叹一口气说：“唉！有眼无珠呀！”

林枫说：“你说，为什么女人都这么虚荣？”

严峰说：“女人虚荣？这话有毛病吧？男人就不虚荣了吗？你敢说你不虚荣？你不虚荣，为什么当时看上咱们班的班花了？你为什么没看上那个外号叫马面的马桂花？”

林枫说：“这跟虚荣不虚荣没有关系。男人谁不想找个漂亮的女人当老婆？”

严峰说：“找漂亮女人当老婆可是要冒风险的，女人太漂亮了脾气就大，脾气大了男人就受气，你愿意让一个漂亮老婆整天动不动就给你不痛快吗？”

林枫说：“漂亮女人也不是都不讲理。再说了，你把工资交给她，她还能老给你不痛快吗？”

严峰说：“哎！林枫，我不知道你发现没发现，或者听说没听说，漂亮女孩儿都去歌舞厅坐台当小姐去了。”

林枫说：“去！少瞎说了。还有你呀，老在这种地方泡着，就不怕闹一身病！”

严峰没有反驳，继续说道：“我还发现，大街上年轻漂亮、穿着暴露的女孩儿，基本上都是白天睡觉晚上上班的小姐；开着好车的漂亮女孩儿，基本都是二奶三奶。所以我说你呀，找老婆千万不能找太漂亮的。”说得林枫直摇头。

不知不觉两人就喝了一瓶酒。严峰说：“不能再喝了。”说完就趴到电脑屏幕前点歌。“还记得这首歌吧？上大学的时候咱们经常唱的。”音乐前奏响起，林枫一看电视，屏幕上出现几个字——“睡在我上铺的兄弟”。

“一唱这歌，我就想起你。”严峰举着话筒唱起来，林枫在旁边听了几句，抢过严峰手上的话筒，扯着嗓子也吼起来……

严峰又坐到了沙发上，从自己口袋里掏出一张购物卡，塞进了林枫放在沙发的衣服口袋里。

七

因为兴友公司的火灾，陆兴友陷入了一种十分受怀疑的境地，他一个人在办公室紧张地走来走去，等待着严峰的到来。

严峰推门走进来。

陆兴友抑制不住的恐慌，一把抓住他说：“你可来了！怎么办，纪委监委现在盯上我了，刚才打电话让我去一趟！他们怀疑是我故意放的火，你说现在怎么办？”严峰说：“陆总您跟我说实话，火灾是怎么回事？”

陆兴友一改往日的威风无奈地说：“我真不知道呀！”

严峰低声地说：“陆总，纪委监委正在查咱们，这个时候公司失火，这未免也太巧合了，他们肯定会怀疑您。现在我们能做的，也只能是等纪委监委的调查结果了。”

陆兴友垂头丧气地瞪着严峰说：“唉！那么多合同单据账本都烧了，我还不知道该怎么办呢！”

严峰安慰他说：“陆总，你别着急！到了纪委监委，您就好好配合他们调查，该说什么说什么。真的没事儿，他们不会冤枉你的！”

陆兴友急了：“怎么可能没事儿？！我听说李春山已经被审了好几次了，他们不会真的觉得我这算是行贿吧？！节骨眼儿上又摊上这么个事儿，我怎么说得清楚啊？！你跟那个纪委监委的人不是朋友么，我……我要不要在他身上想点儿办法？！”

严峰急忙说："这么干绝对不行！这是行贿，到时候就更说不清了！陆总，失火这事真跟您没关系？"

陆兴友一听生气了："严峰，你这话什么意思？你以为我傻呀？自己没事儿给自己放一把火？就是想放火，我也不会在纪委监委正盯着我的时候放吧？"

八

夏志杰一到办公室，就听到几人在谈兴友公司失火的事情，他就过去听他们对这起莫名其妙火灾的看法。靳兰说："兴友公司失火，财务室的单据合同都烧了。而且刑警大队查到举报人失踪那晚，兴友公司的一辆'捷达'在现场出现过。"

叶涵说："那就是说，举报人失踪和兴友公司有关。不过，根据调查的结果，他们公司的员工没有失踪的，举报人可能不是他们公司的。"

林枫气愤地说："那也可能是什么了解底细的人啊！事情明摆着，陆兴友和李春山这是在毁灭人证物证！"

靳兰觉得不可思议："他们胆子够大的。"

林枫说："胆子大说明问题也大。夏书记，他们能干到这一步，就决不止三万块钱甚至三百万的购物卡那么简单。"

"简不简单就靠咱们查了。"郑海生从门口走进来说，"夏书记，陆兴友带回来了。"

夏志杰点点头："准备一下，马上询问吧。"

林枫手机响，看看来电显示，是严峰打来的。

严峰说自己就在纪委监委大门口，马上就上来，林枫说自己在办公室等着他。

很快，严峰就到了林枫办公室。

林枫问严峰："怎么？我们刚把陆兴友带来，你后脚就跟来了？不是来给他当说客的吧？"

严峰说："是吗？看来我来得不是时候，要不我还是走吧。"

林枫说："别，我话还没说完呢。你有何贵干呀？是不是没等到我给你打电话，你自己先憋不住了？想问问我那张购物卡用了没有？"

严峰说："早就想好好感谢感谢你，不就是一张超市购物卡嘛。"

林枫拿出购物卡看看说："你小子什么意思啊？！行贿行到我头上来了！这居然跟我在李春山家搜到的购物卡是同一家购物中心！李春山家里搜出的卡也是你送的吧？是谁让你干的？陆兴友？"

严峰使劲摇摇头："不瞒你说，这卡是企业给的，但跟陆兴友没有关系！"

林枫愤恨地说："你少来这套！他是你的客户，你想保他！你把我当什么人了？！严峰，你胆子也太大了，亏你还是当律师的！"

严峰甩开林枫："我是律师，我知道自己该做什么，不该做什么。林枫，不是只有你一个人懂法，我也是学法律的，我知道那么做后果的严重性。你也太小瞧我了，我不会干那种知法犯法的事情！我告诉你，我每年能收到至少七八张企业给的购物卡！我给他们打官司，官司打赢了，他们给我一张购物卡，这怎么了？他们不算行贿，我也不算受贿！"严峰越说越激动，声音越来越大。

林枫反倒冷静下来："好好说话，这么大声干什么？你给企业打官司，打赢打不赢都要收费吧？"

严峰说："对，当然要收费了。"

林枫问："那他们为什么还要给你购物卡？"

严峰奇怪地看着林枫问："你不是从外星球来的吧？"

林枫说："什么意思？"

严峰说："什么意思？这太正常了！"

林枫问："这卡真的跟陆兴友没关系？"

严峰瞪大眼睛说："我要怎么说你才相信？要不要我诅咒发誓？"

林枫问："那你好好的给我这个干吗？！"

严峰说："就是为了报答上学时你对我的帮助！"

林枫愣了一下，皱了皱眉头："我拿你当兄弟才帮你，又不是要你报答我！"严峰看着林枫不知道说什么。

林枫又问："那你现在给我送卡，不会跟陆兴友有关系吧？"

严峰叹口气说："不管怎么说，他都是我的客户，我也不想他出事。"

"是啊，他出钱请你当法律顾问，你不得保着他啊？你别出招让他跟我们兜圈子就行了。你可以劝劝他，让他实话实说，配合我们调查！"

"他是我的客户，我当然会尽一切力量维护他的正当权益，这是我的责任！可如果火真的是他放的，我也绝不会睁着眼睛说瞎话！"严峰松了口气，看着林枫的眼睛恳切地说，"哥们儿，律师这行我见得多了。为了挣点儿钱，能把黑的说成白的，可我严峰不是那种人！是，客户出钱就以为自己是大爷，我跟孙子似的天天跟在他们屁股后面，你不知道我有多羡慕你！"

"我有什么可羡慕的！"

"你的工作有尊严，不用看别人眼色，我算什么。"严峰抖抖身上的衣服，"看我开跑车，穿名牌，活得挺滋润吧，其实，你是只看到贼吃肉，没看到贼挨打……"

严峰说得自己竟然沮丧万分。听着他的话，林枫若有所思。

九

郑海生和林枫再次来到谈话室，对李春山进行提讯。这一次，李春山表现得情绪十分激动。

“不可能！王振宇说谎，我把钱当他的面交给财务了，他睁着眼睛说瞎话。”李春山嚷嚷道。

“你先不要激动，我们已经去你单位查过了，你经手的有些账目找不到了。”林枫说。

“什么？这不可能？王振宇这个人太不地道，我明明当他的面交的钱。”李春山气呼呼地说。

“不对，郑主任。这里面有问题。”李春山像突然明白过来什么似的说，“一定是王振宇做的手脚，他存心要恶心我。”

“你这么说有什么根据？”郑海生问。

“我没升任副总前，王振宇是负责基建的副总。王振宇在任时，我们粮油大厦和下面几个粮库的电梯、各种管道器材，还有监控设备，都是从宏达公司进的，维修也是宏达公司负责。我上任后，发现从宏达公司进的这批设备，经常出毛病。就说那监控探头吧，经常出毛病，自动旋转探头经常不转，固定监控探头也经常录不到影像。找宏达公司维修，每次维修完了，最多一个月，就又出毛病，维修费用还高。我看到这种情况，就立即终止了和宏达公司的合作。为这事，宏达公司的老板成大器找过我，说是为祝贺我上任，要送贺礼给我，被我当场拒绝了。事后王振宇旁敲侧击地对我说，成大器人不错，够朋友，我一笑置之——我上任前就听说王振宇和成大器的关系很好。后来我说，以后公司的大宗采购，都必须经过招标来进行，不能光看朋友的面子。王振宇当时也很爽快地同意了。成大器听说后曾经来找过王振宇，我不知道他们是怎么说的，但很快成大器又带着两万块钱来找了我。我很反感，不客气地拒绝了他。我说你要是真的还想干，就参加投标吧，公司决定要招标，并对他提供的监控设备质量低劣进行了批评。但他没有投标。经过招标，我们重新签了一家设备公司。后来成大器又打电话请我吃饭，说什么买卖不成仁义在。他说就是叫几个朋友一起坐坐，不谈工作，王振宇也跟我说不去可能不好。他说你刚提起来，不能让人觉得你李春山架子大，不好相处，这对以后开展工作不利。但在饭局上，我发现成大器这个人特别能钻营。饭后过了没几天，他又约我吃饭，我对他没有好感，就拒绝了他。我告诉他说，假如你的产品质量没问题的话，我们可以考虑继续跟你合作，但你得先把我们监控系统现有的问题全部解决。否则，不管你请我吃几次饭也不行。他很生气，说我不知好歹，将来会有苦果吃。没想到我上任才没多长时间，苦果就来了。一定是我的上任，影响到了某些人的利益。”李春山说。

林枫说：“你的意思是……”郑海生狠狠地白了林枫一眼，林枫马上把后面的话给咽进肚子里去了。

“对，一定有人故意陷害我。那三万块钱，我明明把那三万块钱当着王振宇的面交给财务了，他居然说没有这回事，而且这笔账目居然找不到了，这说明什么？！还有一件事，当年成大器下海做生意时，曾挪用过集团的公款，就是王振宇签的字。您说这能不能成为他俩相互勾结侵吞国家财产的证据？”李春山越说越冲动。

郑海生眼睛一亮，鼓励李春山把具体情况说一说。李春山神色犹疑地说：“具体细节我也不清楚。当时我在另一个部门，只是听财务部门的人提过。不过你们可以到公司财务部去查一下，应该能查得出来。”

接着，李春山又急切地望着郑海生说：“郑主任，我说的全都是实话！不信，你们可以去滨海粮油集团公司调查，去宏达公司调查！老实说，我现在挺知足的，房子有了，车是公司配的，月薪也不低。再说了，我妈年纪大了，身体又不好，我是独子，她的晚年全指着我一个人。要是我犯了错误，出点儿什么事情，她怎么办？！我能那样做吗？！我敢那样做吗？！”

郑海生和林枫都静静地看着李春山，半天没有说话。

良久，郑海生说：“我们希望你说的都是真的。”

十

再次提讯李春山后，专案组开了个案情讨论会。

夏志杰问郑海生："对李春山说的王振宇和成大器的事情，你怎么看？"

"也许是个线索，我想顺着这个线索查查看。我感觉，李春山的表现一点都不像是装傻充愣，他太坦然了——如果不是他太会演戏，就是真被人诬陷了。"郑海生想了想说。

"就算王振宇和成大器有问题，也不能证明李春山就是冤枉的啊，否则那三张卡怎么解释呢？"林枫说。

夏志杰问："关于那三张购物卡，他是怎么解释的？"

林枫说："他一直拒不承认那三张卡是他的。"

大家一时间都沉默不语了。是啊，那三张卡又作何解释呢？

夏志杰对郑海生说："先按照李春山提供的线索查查看，说不定能有更大的发现！"

这时，叶涵把一个摄像头和一叠产品资料拿给夏志杰说："夏书记，这个摄像头是我从粮油大厦拿来的，他们公司的维修人员说，里面的配件型号都不一样。我也查了，的确不一样，这个摄像头好像是攒的。这些资料，是这个品牌的所有产品介绍。我在网上查过了，没发现粮油集团使用的那种型号。"

郑海生吃惊地问道："你怎么想到去调查摄像头的？"

"上次去粮油集团查账，我听到他们财务室的人说摄像头坏了，我随口问了会计几句，王振宇听到后训斥会计多嘴。我当时就觉得他有些反应过激。财务室的人就说了个摄像头坏了，他何至于那么紧张？看他紧张的样子，我感觉很奇怪。事后我去找了他们公司的维修部，说服他们给我取了这个摄像头。我决定明天去一趟代理商那里，看能不能取得一些有利证据。"叶涵说。

夏志杰说："干得不错，叶涵。我看就由你来协助郑主任继续调查此事吧。"

郑海生看看叶涵，小姑娘听到表扬后脸上波澜不惊的，并没有喜形于色。

夏志杰扭头问郑海生："兴友公司失火的原因查出来了吗？"

郑海生说："还没有。"

"会不会是陆兴友自己放火烧毁合同单据？陆兴友和李春山这是在毁灭物证！"林枫说。

"从我跟陆兴友的接触来看，这个人胆子挺小的。上次我们一诈，他就把三万块钱的事撂了。他是个聪明人，他肯定知道，这个时候烧毁单据，反而会让自己更加洗不清。我觉得他没那么蠢。"叶涵分析道。

"那也保不齐他狗急跳墙！谁说胆小的人就不敢放火？"林枫反驳道。

"这场火灾到底是什么情况，咱们还得接着查，意外的可能性很小。如果真不是陆兴友干的，那么背后一定还有更大的……"夏志杰话音未落，就听见楼道里有人嚷嚷着要见领导。

坐在门口的林枫打开会议室的门，原来是王振宇带了两个人送锦旗来了。

王振宇望着屋内问："请问哪位是纪委监委的夏书记？"

夏志杰站起身说："我就是，请问你有什么事情吗？"

王振宇连忙走上前，紧紧握住夏志杰的手激动地说："您就是夏志杰副书记？久闻大名，没想到这么年轻。幸会，幸会。"说着，他从跟随的工作人员手中拿过红色的锦旗，毕恭毕敬地递到夏志杰手上："夏书记，这是我们集团的上级领导嘱咐我给你们送来的，真不知道怎么感谢你们才好。你们以高度的责任感，帮我们集团挖出一个大蛀虫啊！"

夏志杰说："王总，现在就给我们送锦旗，是不是早了点儿啊？"

一丝尴尬从王振宇脸上一掠而过。他说："不早，不早，迟早都得送的。"

夏志杰把锦旗递给林枫："林枫，挂起来。"

林枫抬头环视会议室被锦旗占满的四面墙说:“没办法,只能挤挤了。”说完搬过一把椅子踩上去,把锦旗挂了上去。

“正义卫士。”王振宇看着锦旗,大声地念着上面四个金色的大字,然后目光转向夏志杰说,“你们各位就是光荣的正义卫士呀!”

夏志杰客气地笑笑说:“你过奖了,这都是我们应该做的。”

王振宇笑眯眯地看着夏志杰说:“夏书记,上级领导还让我问一下,李春山的案子目前到什么程度了?”

“案情比较复杂,还在查。”夏志杰说。

王振宇叹口气,语气沉痛地说:“唉,真没想到,我们集团会出这种事。李春山的行为,在集团内造成很不好的影响,都捅到市委去了。昨天上面还打电话,问情况进展得怎么样。上级领导的意思是案情已经很清楚了,希望尽快结案,李春山这种国家的蛀虫,必须接受法律的严惩!”

夏志杰说:“王总,正好你来了,我们还有些事情需要向你了解一下。”

王振宇心里一惊,但装作若无其事地说:“行!没问题。”

夏志杰就对郑海生说:“郑主任,你带王总到你的办公室去聊聊吧。”

王振宇心里忐忑不安地到了郑海生的办公室。

郑海生让王振宇先坐下,又给他倒了一杯水。

郑海生问他:“你们跟宏达公司合作有几年了?”

王振宇说:“宏达公司的前身是粮油集团的子公司,后来成大器与集团脱钩后就一直有业务往来。”

郑海生说:“我们发现成大器给粮油集团进的监控设备,都是假冒伪劣产品。”

王振宇吃惊地说:“冒牌货?这我真不知道。设备采购我都交给成大器负责了,你们应该去问他!”

“就算你不知情,但你作为集团公司的负责人,最起码是你工作没有尽到职责。”听郑海生这么说,王振宇愣在那里,身上一下子冒出了冷汗。

郑海生问："所有的票据都有你的签字，你们没有安排专人对他进的设备进行验收吗？"

王振宇说："没错，我们是财务一支笔。所有票据都必须由我来签字后才能在财务上做账。不过，我们的确没有专人对设备进行验收。"

郑海生问："那宏达公司这几年从粮油集团借款高达三百多万元，这算不算挪用公款？"

王振宇说："因为宏达公司是从粮油集团分离出去的，在没有分家的时候，粮油集团就经常给他们垫付资金，当时是为了扶持子公司。后来分出去了，这种情况依然存在。扶上马再送一程嘛。这很正常。"

郑海生说："且不说你们的这种做法合不合理，但首先是不合法的。而且宏达公司一直没有还钱是吧？你们跟宏达公司的经济往来，是一笔糊涂账。当然，查清楚这些还需要时间，不过我们会查下去。"

王振宇看着郑海生强作镇定地说："好！真的应该好好感谢你们。你们给我敲响了一次警钟啊！"

王振宇走后，林枫说："这个王振宇也太心急了吧，也不怕自己表演过头了？"

郑海生说："他肯定有问题。"

午饭时，众人围着会议室的桌子吃盒饭，夏志杰一边吃一边问："大家对李春山提供的情况怎么看？"

林枫嘴里嚼着饭，含混不清地说："我看他就是死不认账，再突击突击快扛不住了。"

"海生，你觉得呢？"

郑海生停下筷子说："我觉得从他们公司的人反映的情况来看，李春山这个人平时行为是没什么问题，倒是因为工作要求太严格，好多人对他不满，业务往来上也得罪过人，要说有人陷害他，也有这个可能。我看我们应该寻找新的突破口。"

"他不是说宏达公司曾经向他行贿么？我觉得应该去宏达公司了解一

下情况。”叶涵说。

“突破口还在陆兴友那儿。根据之前从银行和工商局调查的情况看，兴友公司财务上肯定不干净。”林枫肯定地说。

郑海生说：“我觉得宏达公司肯定有问题。不行我们再在调查宏达公司上下点儿工夫。”

十一

郑海生很快查清楚了成大器的宏达公司和粮油集团关系的来龙去脉，叶涵也掌握了摄像头的详细资料。

专案组联系了销售这种品牌摄像头的大区代理黄经理。黄经理拿着这种摄像监控探头，一看就说这是假冒他们的产品。他说他们公司也已经发现了有人在销售假冒自己代理的产品。

黄经理说：“我是大区经销商，正规厂家是不会给除了我之外的任何经销商发货的。我为了拿总代理，光代理费就一次性交了五百万元。当时我们员工发现市场上销售的这种型号的监控设备，跟我们代理的产品一模一样，就立即向我做了汇报。我们以客户的名义去做了暗访，他们信誓旦旦地说他们是总经销。我立即跟厂家作了汇报，厂家说绝对没有向除了我以外的任何单位和个人发过货。于是我把搜集到的一些证据交到了工商局，但一直没有下文。你们知道吗？这些没有经营权的公司卖我的东西不说，而且还是假冒的，我的损失是双重的。一个是客户对我们的产品质量产生了怀疑，我总不能一家一家地去解释他买的是假冒伪劣产品吧？第二个是我的经济损失，因为这直接影响到了我的销售份额。”

郑海生听完黄经理的满腹怨气后，明白了成大器在销售假冒监控设备。郑海生问他：“你愿意配合我们揭穿这个宏达公司的真相吗？”

黄经理当即欣喜地说："那当然愿意了。这是我求之不得的。"

郑海生和叶涵带着黄经理和他公司的技术员，把握十足地来到了成大器的办公室。

看到郑海生他们登门，成大器并没有惊慌。他热情地把郑海生他们四人让到接待室的沙发上坐下来，吩咐员工给他们上咖啡。

"咖啡里一定要兑煮开的热牛奶，口感才香醇。我就不爱喝外面卖的咖啡，端上来温吞吞的，加一点凉奶油，没一点儿滋味。"成大器端起咖啡抿了一口，一副很享受的样子。

"成总很会享受生活嘛。"郑海生说。

成大器说："我这个人平时不抽烟不喝酒，就只有这么一点爱好。每天工作忙起来觉得困倦时，喝杯咖啡特别提神。四位不用客气，请用。"

叶涵说："谢谢。"

成大器笑了："不客气，请你们喝咖啡是我的荣幸。咱们这儿的纪委监委，相当于香港特区的廉政公署吧？我前些日子去香港，还听那边的朋友开玩笑说，谁如果被廉政公署请去喝咖啡，谁就要大祸临头了。哈哈哈！"他干笑了几声。

他看郑海生他们四人都没有说话，就继续说："没想到今天能有机会请纪委监委的同志喝咖啡。四位今天找我了解什么情况？"

郑海生盯着他的眼睛问他："成总，您和市粮油集团的副总经理李春山熟悉吗？"

成大器眉毛一挑："李春山？他怎么了？我跟他认识，但来往不多。我跟他以前是同事，下海办公司之前，我也在粮油集团工作，不过当时我们不在一个部门。粮库招标时我也想参加，跟他谈过。"

叶涵说："能说说具体经过吗？"

成大器为难地说："哎呀，这事儿，不好说啊。我知道既然你们上门找我，肯定是掌握了些情况，不过我是真的不愿再提。"

"成总，作为公民，你有配合纪检监察机关调查的义务和责任。"郑海生说。

成大器说："我知道，我知道，好吧，那我就实话实说。那是李春山上任不久，我听王总说李春山这个人城府很深，有点儿六亲不认的感觉。我不相信，我还从来没见过不贪的人。为了跟他搞好关系，我特意为他摆了一桌酒席，一来祝贺他高升，二来是想把我和集团的关系更加稳固一下。他不但不领情，甚至当着饭局上的朋友，说我的产品质量不行，这不是明摆着要我难堪吗？他说，我可听不少朋友说过，成总你在生意场上向来都是独来独往，不过现在这个年代讲究的是资源整合，优势互补，这样才是双赢。你们说，他这话是什么意思，不是明摆着跟我要好处吗？我给他送过一次钱，当时我是想跟他把关系搞好。我打电话问他在哪儿见面，他说让我到他办公室去，我带了两万块钱就过去了。我当时看出来了他在犹豫，他就是嫌我送的钱少了嘛。最后他拿着两万元在桌上拍拍问我，成总，在你心里，我这个副总就值这两万块吗？这不是明显觉得钱太少吗？可是我的钱也不是大风刮来的。他李春山什么事儿都没给我办，我凭什么把自己辛苦挣来的钱，往他这个黑窟窿里面填？后来我还给他打过几次电话，想跟他再谈谈，不过他真是不见兔子不撒鹰，听出我没有给他回扣的意思，连面都不见。"

叶涵问："那成总就不担心失去这个大客户？"

成大器说："失去也没办法，行贿的后果是什么，我很清楚，总不能为了赚钱做违法的事吧？后来我压根儿就没参加招标，因为我知道，参加了也会被踢出局。"

郑海生说："你给李春山送两万块钱难道不是行贿吗？"

成大器一下愣住了，张口结舌地说："我……我那是试探试探他的水有多深，没想到我这根篙子太短，探不到他的底。"

郑海生问："成总对兴友公司了解吗？"

成大器摇摇头："不太了解，听说是个小公司，刚起来，不过好像发展得很快。来来来，喝咖啡，凉了就不是那个味了。"

郑海生说："我们今天来，是想跟成总了解一下，你以前和粮油集团的一些合作。"

成大器说："有什么尽管问，我成某人明人不做暗事，没有什么不敢摆到桌面上谈的事情。"

郑海生说："好，既然成总这么爽快，那咱们就开门见山吧。听说你当初开公司的第一笔资金，是粮油集团出的？"

成大器犹豫了一下说："是的。宏达成立的时候，国家正在实行价格双轨制。为了单位福利，也为了摸索经济市场的规律，公司领导决定让我来做第一个吃螃蟹的人。谁让咱是共产党员呢？集团为了扶持自己的子公司，先行垫付了启动资金。再说，当时用这种方法办公司是合理合法啊！几年以后，和集团剥离前，我就把那笔钱全部还上了……"

"还钱的时候你们就算是脱离挂靠关系了，是吗？"郑海生追着问他。

成大器小心翼翼地说："是——"

郑海生问："你是在几年以后跟粮油集团脱离的？"

成大器说："好像是四五年吧。具体记不清了，但粮油公司肯定有档案的。"

郑海生说："我们已经查过了，宏达和粮油集团还存在挂靠关系的五年里，宏达公司就从来没给粮油集团上缴过任何利润……"

成大器一听，马上辩解道："当初是我们经营不善，本来以为每年交集团一点儿利润，我自己好好做生意就一切太平，可没想到……唉，连续四五年，公司就没有顺过。我是不想再拖集团的后腿了，所以一咬牙把钱还上了，就独立出来了……"

郑海生笑笑说："真的是经营不善么？成总，据我们了解的情况，可不是你经营不善没有利润，你们宏达靠着粮油集团，给自己挣的钱可不少啊。"

成大器闻言一愣，有些心虚地看着郑海生。

郑海生接着说："宏达公司还没有脱离粮油集团的时候，你有两条快速致富的途径，第一，以粮油集团的名义，在各县市以极低的价格收上来的陈化粮，又以市场价卖给粮油集团。每年你光是这一块的利润，就高达三百万到五百万元。你大大地挣了一笔。第二，你同时还在做国家粮食储备库的各种设备。当然，你的这些设备，大都是不合格的伪劣产品。你把这些不合格的产品和设备，卖给了粮油集团，这里面你又大大地捞了一笔。而且经我们调查，你从中赚取的利润，已经够你再成立好几个分公司了——子公司不给总公司上缴利润，反倒靠着总公司发财，这算是哪门子挂靠关系？成总，你能跟我解释明白么？”

成大器看着郑海生一言不发，郑海生示意叶涵发问。

叶涵说：“我们现在还不想查你在原始资本积累过程中干过哪些违法的事情，我们只想了解一下粮油大厦和它下面几个粮库现在用的监控设备，这些设备都是贵公司采购的吧？我们查了一下国内的代理商，并没有你们的进货记录，所以想了解一下你们的进货渠道。”

成大器沉着脸，端起咖啡抿了一口说：“我们公司给客户安装的监控设备，都是从国外厂家直接进的货，这都是好几年前的事情了。当时这个牌子还没有在国内设代理商，我是通过一个国外客户的关系联系到厂家的，代理商那里没有进货记录，应该是属于正常现象。”

叶涵问：“可是现在市场上并没有贵公司进的这批DZ-188型号的产品，这又是怎么回事？”

成大器不慌不忙地说：“哦，这个呀，因为当时粮油集团经费紧张，提出价格要便宜，所以厂家提供的是即将淘汰的一批尾货，现在已经不生产了。”

叶涵说：“那请成总把当初的购买合同和原始单据拿给我们看一下。”

成大器说：“哟，这我得让下面的人找找看。时间这么久了，又过了保修期，还在不在都不好说。这批货有什么问题吗？我可都是按程序走的，该交的关税一分钱都没少交。”

叶涵指指坐在身边一直没有开口说话的代理商黄经理说：“忘了给你

介绍了，成总，这位就是视频监控设备国内代理商，他也有些问题要问你。”

黄经理拿出一叠资料和那个摄像头说：“根据我们的检验，这个摄像头里面的配置都不是统一规格，也不是厂家的原始出厂配置。很显然，你们是在冒用正规厂家的产品。同时，你严重侵害了我的合法权益。这是检验报告。”说完就让技术人员把检验报告递到成大器面前。

成大器把黄经理带来的检验报告拿起来翻了翻，吃惊地瞪大眼睛说：“你们？就凭你们公司的检验报告，就说我卖的产品是假的？”

叶涵拿出一份滨海市产品质量检验局开具的质检报告，问成大器：“他们公司的你不相信，那这个应该没有问题了吧？”

成大器一看，有些乱了方寸，结结巴巴地说：“这，这是怎么回事？不可能啊！”

郑海生和叶涵静静地看着他，都不说话。

“我必须向厂家问清楚。不过，我听说这家厂子，这两年变动挺大，又是合并又是转让股份的，不知道现在的董事会还认不认账！——这种事情你们纪委监委也管？”成大器边在抽屉里翻找什么边说。

郑海生把一叠资料放到他办公桌上说：“这些是监控设备生产厂家提供的材料，证明宏达公司从来没有通过任何第三者，在他们厂购买过任何产品。这些是海关的资料，证明宏达公司也从没为这批监控设备交过关税。”

黄经理对成大器说：“我们马上就要向法院对宏达公司提起诉讼，你必须要赔偿我的损失。”

成大器说：“随便你好了。我没有对你造成侵权，你告到哪儿，我也不怕。”

叶涵说：“成总，口才不错呀，说起话来滴水不漏。走吧，跟我们去纪委监委好好聊聊吧！”

十二

成大器被郑海生和叶涵带到纪委监委谈话室后，郑海生没有立即对他进行谈话，而是告诉叶涵说先晾晾他。

刑警大队大队长给郑海生打电话，说已经把举报人查出来了。

郑海生赶紧让林枫去刑警大队把有关证据拿了回来。

林枫一回来郑海生就问："怎么样，举报人有什么消息？"

林枫说："拿到了举报人的录音带。"

郑海生说："都来听听，看能不能发现什么线索。"

所有人都围过来。叶涵感慨说："希望录音带里有点有价值的东西吧。现在，兴友公司失火，所有直接证据都已经化为灰烬，调查取证的难度大了。"

刘大奎说："陆兴友是死猪不怕开水烫，我看，咱们只能先从纵火嫌疑人孙强那儿打开缺口。"

郑海生说："对！现在主攻孙强。弄不好，报案人也是他。"

郑海生开始播放，听报案人的声音。

他注意到举报人说话时有吸鼻子的习惯，一拍脑门，瞪着林枫说："林枫，你仔细听听这个录音。"

林枫问："怎么了？你发现什么了？"

"你听听。"郑海生把录音又放了一遍。

"你听出来了吗？这个举报人和孙强都有说话吸鼻子的习惯。"郑海生说。

林枫又听了一遍说："对呀，我怎么没发现？这个声音跟举报电话里的很像。"

郑海生说："如果孙强真是那个举报人，他又被兴友公司的车接走，那这件事情实在太蹊跷了！陆兴友不可能指使自己公司的员工去报案捅自己吧，并且还让他放火销毁证据，这太不合乎情理！”他对林枫说：“你马上去进行声音比对。”

声音比对的结果显示，这个声音和孙强是同一个人。郑海生安排林枫立即传讯孙强。

在谈话室里，孙强矢口否认自己纵火：“没有，我没放火！你们诬赖好人！”

林枫说：“你老实点！没有证据，我们能把你带到这里来？你以为我们办案就是靠捕风捉影和凭空想象吗？失火前的那天晚上，你一个人返回办公室，到底是干什么去了？？”

“我就是去拿手机了。”孙强心虚地说。

“好吧。那你说说，你那晚从单位出来后，又去附近的亚商酒店商务中心干什么去了？”林枫转移了话题。

“我从单位出来就直接回家了，这有我老婆证明，根本就没去你说的什么酒店。你们说我去了那个酒店，你们拿出证据来呀。”孙强的语气明显变软了。

“别急，这就给你看证据。”林枫把失火那个晚上，孙强在亚商酒店商务中心发传真的录像放给孙强看，孙强眼珠一翻说：“这能证明什么？”

林枫严厉地说：“能证明什么？这能证明你一直在说谎。你们公司没有传真机吗？”

孙强说：“当然有了。”

林枫问：“那你为什么还要到外面去发传真？”

孙强说：“这很简单，公司的传真机有点儿毛病，老卡纸。再说了，我发传真怎么啦？那些文件都是重要文件，本来应该留在公司的，”孙强吸吸鼻子说，“一加班我忘了，怕第二天早上陆总要用，可我已经从单位出来了，就想发传真传过去……”

“我已经问过严律师，你发的那些文件都是废合同，你们陆总要这些废文件有什么用？”郑海生说。

孙强无话可说，但他又不想就此认输，颓丧着脸沉思了一会儿说：“能给我一支烟吗？”郑海生递给他一支烟。

孙强接过烟，郑海生又给他点上，他深吸了一口，立即被呛得剧烈咳嗽起来。

郑海生说：“你不要着急，我们知道，就凭你是没有这么大的能量和胆子的。说吧，是谁指使你的？”

孙强还是想做最后的顽抗：“我在兴友公司工作，你们也不想想，公司垮了对我有什么好处？”

林枫继续耐着性子问孙强：“孙强，本月二号晚上你在哪儿？”

孙强一愣：“你们不是已经调查过了吗？！那天晚上我在家，我老婆可以为我作证。”

林枫打开录音机，把二号晚上举报人的录音放给孙强听：“你仔细听听这个。”

“这声音熟悉吗？”林枫问。

“不熟悉。”孙强狡辩说。

林枫不耐烦了，拿起几张资料稀里哗啦地在孙强面前抖着：“孙强，看来，你真的是不见棺材不落泪呀。那你听得出我的声音吗？我就是那天凌晨接你电话的人。有一种技术叫声音比对，你知道吗？不管你说话时怎么压低或者改变自己的声音，通过技术分析，照样能证明说话的人就是你。经过比对，电话里的声音就是你的。你还想抵赖吗？说吧，谁指使你干的，交代出主谋，法律上在量刑时会考虑对你从轻处罚。我想你不会放弃立功赎罪的机会吧？”林枫把那几张资料往桌上一拍。

孙强面如土色，低下头去：“我……我……”

“说，是谁让你这么干的？”郑海生目光如炬。孙强面如死灰，低下头去：“我……我……是……是……”声音有气无力，“那些都是成大器让我干的。”

郑海生说：“好！你现在就交代吧。”

孙强想了想说："我现在全部交代算不算投案自首？"

郑海生干脆地说："不算！"

孙强问："那算什么？"

郑海生说："怎么，还想跟我们讲条件？"

林枫说："孙强！我告诉你！你没有任何资格跟我们讲条件！你现在唯一的正确选择，就是老老实实地交代你和成大器是怎么策划这些犯罪行为的！只有这样，在法院判决的时候，才有可能在你的刑期上酌情考虑。"

孙强说："那干脆我就全说了吧。举报李春山是成大器让我干的。因为我打牌输了十多万，债主三番五次上门讨债。我找陆兴友，想从他那里借点儿钱，他说借钱可以，但要让我用我住的一套房子作抵押。我们从小一起长大，在他陆兴友当初还没有办公司的时候，我孙强也没少帮他。可是现在我遇到了难处，他竟然一点儿也不愿意帮我。没办法，我又找了成大器，成大器说陆兴友太不仗义，他当时就给了我五万块钱，说事成之后再给我五万。还许诺我说，只要把兴友公司从粮油集团的建设项目中挤出来，他就让我到宏达公司当市场部经理。一天，他给我三张购物卡，让我想办法偷偷地放到李春山家里去。我就趁李春山不在家的时候，假装成抄水表的物业工人混进李家，趁他家老太太不注意的时候，把卡塞进了他家抽屉里。"

林枫问："就算你伪装成抄水表的，那你也只能在水表附近，你是怎么把卡放进李春山家的抽屉里去的？"

孙强说："我进他家之前，把手电筒里的电池反过来装进去，抄表时电筒不亮，我让李春山他母亲给我找个手电筒。我趁她给我找手电筒时，把卡塞进他家写字台的抽屉里。"

郑海生："接着说。"

"财务室着火那天晚上九点半，我们加完班后，我先离开了办公室，想造成我已经离开单位的假象。过了大约二十分钟，我觉得人都已经走了，于是就往回走。没想到，返回到大门口时，正好碰上刚从财务室出来的会计李俊。他问我怎么又回来了，我说我把手机忘到办公室了，回来拿手机。我进到财务室后，先在传真机里安上满满的传真纸，把传真机移到了桌子边上，把烟灰缸放在正对着传真机下面的地上，又点了一支烟放在烟灰缸里，然后把传真纸抽出来一节悬吊在烟灰缸上面，最后我就去亚商酒店的商务中心往回发传真……

十三

成大器坐在咖啡馆里，惬意地喝着咖啡等着王振宇。

王振宇匆忙走进咖啡厅的包间，成大器急忙起身。王振宇惊慌失措地说："你还说查不出事儿来，你搞得我有多被动你知道吗？纪委监委已经找我了！我告诉你！你要把屁股擦不干净，就别怪我翻脸不认人！"

成大器满不在乎地说："怕什么？纪委监委还找我了呢。我这不是好好的吗？"

王振宇问："你到底还瞒我多少事？"

成大器说："王总，坐下说，怕什么呢？我可什么也没瞒你，你别听纪委监委的胡说！他们那是诈你呢。"

"没证据他们能胡说吗？他们可是纪委监委！我以为你就是买些配置最低的设备，弄半天你居然卖假货！你也太黑了吧？"

成大器一听有点儿不高兴了："王总，不卖假货我挣什么钱？你的利润又从哪儿来？再说我也没卖假货呀！他们诈你呢！你没发现？这个时候你可不能先乱了自己阵脚！让他们抓住把柄！"

王振宇坐下来端起咖啡喝了一口说："你可是答应过我，出了问题自己担着，可别连累我！"

成大器说："我是想担，可你在关键的时候可不能往后撤。"

“你这是什么意思？我往后撤？”王振宇意识到声音太大，压低下来，“我看你是事到临头，想往后退是不是？要是早知道你瞒我这么多，我宁可不去撬姓李的！现在倒好，他的案子没结，还给我自己惹了一身麻烦！”

成大器凑近他，看看周围也很小声：“王总，这个时候不能慌，只要咬死什么也不承认，他们就拿咱们没辙……”

王振宇说：“纪委监委已经找我了。”

成大器说：“找就找呗！你想，他们现在咬上了李春山，能不找你这个‘一把手’吗？找你也就是了解点儿情况。你放心！咱们给李春山做的套儿，他一时半会儿也解不开。现在我还是那句话，出事儿了，我一人担着，绝不会耽误你的大好前程。但前提是你必须按咱们商量好的既定方针办。”

王振宇舒了口气，点上一支烟。

成大器得意地说：“现在，到目前为止，一切都还在按照咱们预先设想的方向发展。李春山进去了，一把莫名其妙的火，把陆兴友烧得焦头烂额，现在就看他们怎么向警方和纪委监委交代吧！都是无头案，一团乱麻。现在想想，我的头都大了。我敢说，公安局加上纪委监委，他们就是有三头六臂也查不出来！”

王振宇说：“我还是有点儿担心。不会出什么纰漏吧？”

成大器说：“能出什么纰漏？亏你还当了这么多年领导，这点事你怕什么？你想，李春山进去了，举报人失踪了。陆兴友为了掩盖事实真相，自己一把火烧了自己的财务室。就叫他们查吧，咱们现在就坐在这儿，看他们怎么把这出戏往下演就行了。等大幕拉上的时候，就是咱们大展身手的时候了。我早就跟你说过，李春山要听你的，那没事儿，他要是敢不听你的，那就把他彻底玩儿死！让他永世不得翻身。你就把心放在肚子里吧。你还看不出来吗？我把一切都安排得天衣无缝。”

十四

李春山终于被洗清了不白之冤。

夏志杰和郑海生在办公室里诚恳地向他道歉。

李春山问："林枫呢？我想见见他。"

郑海生说："李总，林枫正在调查兴友公司，假举报人是兴友公司的孙强，他交代说是宏达公司的老板成大器让他干的。成大器向他承诺说，事成之后再给他五万元。而且，据我们调查，幕后的黑手就是王振宇。这个案子是案中有案。林枫让我代表他先向您赔礼道歉，等这个案子结案后，他一定会登门向您表示歉意的。"

夏志杰说："关于这个案子，我们已经向市委领导做了汇报。关于你因为此案所遭受的精神损害，我们已经考虑了，对你给予适当的经济赔偿。另外，我们将在最近几天，专门到粮油集团召开职工大会，公开向你道歉。"

李春山说："经济赔偿我倒可以不考虑，但你们必须到粮油集团给我公开道歉。"

一个月后，案情真相大白。王振宇与成大器早已狼狈为奸，李春山负责粮油集团的基建设备工作后，发现了宏达公司向粮油集团提供的一些设备质次价高。经过了解后，他果断地终止了与宏达公司的合作，并要求以后所有需要采购的设备都要进行招标，以杜绝不正之风和贪污受贿行为的发生。同时，他向市委领导反映了粮油集团的问题，这触动了成大器和王振宇的利益，于是他们便策划了一系列阴谋，想以收受贿赂为名向纪委监委举报李春山，没想到搬起石头砸了自己的脚。

经过详细调查，没有陆兴友直接参与这起案件的证据，兴友公司财务室的失火，是王振宇和成大器策划、孙强具体实施的，目的是为了转移警方的视线，第一是让警方缠住陆兴友、打击李春山，第二是孙强的借机报复。

两个月后，王振宇被"留置"，成大器和孙强被批准留置。

第四章
无路可逃

“你愿意回去坐牢吗？真不该把你带出来！带上你就是个错误！”

“警察正在找咱们！你想往哪儿跑？你以为咱们能跑掉吗？”

一

晚上十一点，滨海市解放路霓虹闪烁、灯火通明。滨海市科技服务中心主任周立群和会计任美兰，相拥着走出了湘春园酒楼一间包厢。周立群揽住任美兰的腰要吻她，任美兰推开他说："立群，别这样了，刚才还不够呀？别让人看见。"

周立群说："看见就看见，怎么，怕了，我的美人？"

任美兰说："你喝多了，开车注意点儿。"

周立群说："没事儿，我拿驾照十年了也没出过事儿，还是我送你吧。"

任美兰说："不行！我老公马上就该来接我了。你快走吧。"

两人站在酒楼门口的路边，周立群一把又把任美兰拥在怀里。

任美兰又使劲推开周立群，说："立群，别这样，让人看见咱们就完了。"

不远处，一个人拿着 DV 机把这一切都拍了下来。

周立群脚底下有些发飘地开车走了。

当天晚上，滨海市港口路发生了一起交通事故。勘验现场的交警和 120 急救车，很快就到了现场。

交警勘验车祸现场时发现，肇事车是一辆尼桑轿车，尼桑车的车头几乎全部钻进了货车尾部，司机被挤压在车内无法施救，车内弥漫着一股酒气。交警一边通知消防队过来抢救伤者，一边根据车牌查找肇事车辆的车主。很快，肇事车辆的单位被查清，是市科技服务中心的。因为是下班时间，交警一直无法与市科技服务中心取得联系。一辆消防车很快就来到了肇事现场，消防队员们先将尼桑车拖出来，后又拿着破拆工具将尼桑车被撞扁的驾驶室拆开，才将司机拉出来。

120 急救人员赶紧上去对受伤的司机进行施救，但司机已经不行了。交警怀疑司机是酒后驾车，要求急救人员立即对死者进行抽血化验。急救车拉着死者走了。

货车司机在接受交警询问时说，自己刚刚装上了二十五吨货准备连夜赶路。刚出货场没多远，正准备向南拐上高速路时，随着一声撞击声，就觉得自己的车被什么东西猛地顶了一下，他赶紧停车，下来一看，这辆尼桑已经钻进了自己车的尾部。

第二天早晨一上班，市科技服务中心就接到了市交警大队的电话通知，说他们单位的一辆尼桑轿车，昨晚在港口路发生车祸，驾车人已经当场死亡，让他们立刻派人去辨认尸体。市科技服务中心的所有人都大吃一惊，因为他们单位只有一辆尼桑轿车，而这辆车平时都是主任周立群在开。办公室主任一边向中心副主任汇报，一边拨打周立群的手机。手机通了，接电话的是市交警大队的一名警官。这名警官证实，在死者身上发现了周立群的身份证。

听到这消息，市科技服务中心会计任美兰，立刻在单位给丈夫孙福祥打电话，说他们单位主任周立群昨天晚上出车祸死了。孙福祥问："消息可靠吗？"

任美兰说："绝对可靠！刚才交警大队已经打电话来了。"

孙福祥遗憾地说："他妈的！他死得太不是时候了！老子正准备再找他弄点儿钱，他就死了！哎，你也别太难受啊。"

任美兰一听丈夫这话不对味儿，立即生气地说："胡说什么呢你？"说完任美兰就"啪"的一声挂了电话。

很快，孙福祥又把电话打了过来。他说："我还有话没说完你怎么就挂了？"

任美兰说："你要说就快说！"

孙福祥说："我刚才想了想，他这一死其实也是个好事情，这是天助咱们！他的私章不是一直在你那儿保管着吗？你赶紧把牵扯到你的单据签名，都改成周立群的签字，不好改的就直接销毁。假如有一天有人来查账，都推到他身上就行了。"

“你疯了吗？我挪用了那么多的钱，涂改那些单据，纪委监委的人要是看出来了怎么办？”任美兰说。

孙福祥说：“以前又不是没干过！怕什么？现在他死了，死无对证！再说了，哪儿那么容易就看出来了！”

任美兰说：“那好，我现在就弄。”

孙福祥说：“你要抓紧时间啊！”

二

郑晓菡学校放暑假了，她又回到家里。

晚上下班回来，郑海生问她这一学期考试考得怎么样。

郑晓菡说：“考得不错。”

郑海生说：“不错？我可是了解过了，你这一学期的成绩可是不怎么样啊。”

郑晓菡说：“你放心，保证能考上高中。”

郑海生问：“那要考不上高中呢？”

郑晓菡说：“考不上高中我就到日本留学去。”

郑海生看着女儿有些奇怪地问：“到日本留学？是不是你妈跟你说什么了？她答应把你办到日本去？就你这成绩还去日本留学？别给中国人丢脸了！”

郑晓菡说：“好了，好了，我去给你做饭去。”

郑晓菡抢着要做饭，郑海生只好随她去了。很快，厨房里就叮叮当当地响了起来。

手机响了，正坐在沙发上看电视的郑海生，把电视声音调低后接通电话，原来是自己的前妻吴敏打来的，说自己已经回来了。郑海生吃惊地问她："你不是说一个月后回来吗？"

吴敏站在酒店房间的落地窗前，看着窗下的车水马龙问："晓菡怎么样？"

郑海生说："晓菡挺好的，没事我挂了。"

吴敏说："你先别挂，我有事情要跟你商量。"

郑海生说："是不是你跟晓菡说过要让她跟你到日本去？你这趟回来就是想把她接走是吧？我告诉你，绝不可能！"说完郑海生就挂了电话。

第二天一大早，郑海生就接到夏志杰打来的电话，说让他快点到单位开会。

等郑海生赶到会议室时人都到齐了，夏志杰正安排叶涵给大家分发材料，看见郑海生进来，示意他赶紧坐下。夏志杰等大家都坐好了，便开始介绍情况："前段时间，省纪委监委，查处了省委组织部干部调配二室主任贪污受贿的案子。昨天早上他交代，三年前他在咱们市任市委组织部部长时，市科技服务中心正对'一把手'的候选人进行考核。当时还是科长的周立群为了买官，曾经向他行贿二十万，通过运作后顺利当上了市科技服务中心主任。由于这个案件牵扯到咱们滨海市的单位，省纪委监委的意思是让咱们纪委监委协助调查。海生，现在你带叶涵去一趟市科技服务中心，把周立群传回来。传票我已经开好了。没什么问题吧？"

郑海生说："证据齐全，没什么问题。"

夏志杰说："那好，你们现在就去吧。"

郑海生和叶涵并肩刚走出纪委监委大门，郑海生就看见刚下出租车正向大门走来的前妻吴敏。

郑海生问："你来干什么？"

吴敏看看郑海生身边的叶涵，酸溜溜地说："挺忙啊！这姑娘不错嘛，你的同事？以前怎么没见过。"

郑海生脸色一沉，说："跟你有关系吗？"

吴敏说："我想跟你商量晓菡的事情。"

郑海生说："商量什么都可以，但你想把晓菡弄到日本去不行！没得商量！"

吴敏笑着转头看叶涵，"也是，身边有这么个漂亮的姑娘，眼里怎么还会有我这个明日黄花。"

叶涵被这个突然杀出来的女人搞得不知所措，郑海生一时也没反应过来。

吴敏指着叶涵问："海生，不介绍介绍？"又朝叶涵伸出手去，"我是吴敏，听过这名字吧？郑海生的前妻。"

叶涵迷茫地看着她，吴敏观察着叶涵的反应："没听说过？海生，这就是你的不对了。虽说咱们离婚了，可你的过去也应该向人家交代清楚嘛。"

郑海生说："吴敏，我们很忙，没有时间听你瞎扯！"

吴敏说："怎么啦？这么不耐烦。我的突然出现，是不是打搅你们了？"

"郑主任，要不你就别去了，我自己去吧。"叶涵看看郑海生说。

郑海生说："不行！咱们一起走。"

郑海生说完不再理会吴敏，径直向停在不远处的警车走去。

吴敏呆呆地站在原地，看着郑海生和叶涵上了警车。很快，警车向大门外驶去。

一到科技大厦，郑海生就发现气氛不对，好像这里出了什么事儿。在大楼一层传达室登记时，传达室的工作人员问他们找谁，郑海生说找主任周立群。对方一听，奇怪地看看他们，说了一句："找周立群？你们来得不是时候。"

郑海生问："怎么不是时候？他出差了？"

对方说："这趟差他可就回不来了。"

叶涵赶紧问："他怎么了？"

对方说："你们没听说？前天晚上，他酒后驾车，撞上了一辆大货车，听说还没送到医院就死了。"

“科技服务中心主任周立群？”郑海生和叶涵一听，吃惊地瞪大了眼睛。

“车祸死了？”郑海生问。

“你们没看昨天的晨报吗？”对方说着把自己已经看完的晨报递出来让郑海生看。

郑海生一看，大字标题是：昨晚港口路发生一起车祸，死亡一人。底下小字写着：一辆黑色的尼桑车，在疾驶中与一辆大货车追尾。

郑海生看看叶涵说：“那咱们先回去吧。”

夏志杰一听说周立群车祸死了，也大吃一惊。

“周立群早不死晚不死，偏偏这时候死，这有点太巧合了吧？”林枫说。

“是啊，我们正要去查他，他却死了，这里面会不会另有隐情？”靳兰说。

刘大奎说：“他不会是因为发现自己的问题暴露了，畏罪自杀的吧？”

郑海生说：“不像是畏罪自杀。不过一切都要等调查结果，现在你们都不要猜测了。”

夏志杰说：“人死了，账得继续查下去。这个周立群，升主任前当了五年的财务副主任，又当了三年多的‘一把手’，你们觉得他身上会不会只有那笔买官钱那么简单？老刘，你去交通大队了解一下情况。郑主任，你带叶涵和靳兰再去一趟科技服务中心，把周立群在任期间的账目都查一遍。不仅查三年前的，把周立群在任期间的所有账目都要查清楚。这么多账，够你们查一阵子的。主管部门我去打招呼。”

三

市科技服务中心今天显得格外的冷清，郑海生带领叶涵和靳兰，敲了几个领导的办公室的门都没人。一位男同志走过来问他们找谁，郑海生向他说明身份和来意后，他说："我们中心主任周立群，大前天晚上出车祸死了。我们单位的几个副主任，现在都在医院和交通队处理后事。"

"我们想找你们的会计了解一些情况，会计现在在吗？"靳兰问。

"她应该在吧。你们跟我来。"那人说着带他向财务室走去。

敲开财务室的门，那人指着一位三十多岁，长相很漂亮的女同志对他们说："这位就是我们中心会计任美兰。"

接着他又对任美兰介绍说："任美兰，这三位是纪委监委的同志，他们想找你了解一些情况。"说完，就轻轻地带上财务室的门走了。

任美兰一听说面前的几个人是纪委监委的，眼睛里明显流露出紧张和慌乱来。她让郑海生和叶涵、靳兰三人在沙发上坐下，蹲下身从茶几下拿了三个纸杯，各放进一些茶叶，然后去饮水机前给他们接水。

他们三人默默地看着她做这些事。

这真是一个漂亮精致的女人，郑海生在心里感叹。他相信此时此刻，叶涵和靳兰也和自己有着同样的感叹，因为她们两人的目光也和郑海生一样，从一开始就没有离开过这个女人。

任美兰把水接好放在他们面前问："请问你们想了解什么情况？"

靳兰清了清嗓子说："任美兰同志，我们想查查周立群在任时的所有账目，麻烦你现在准备一下。"

任美兰面色为难地说："所有的？周主任上任后的有些账目没放在这里。"

郑海生和叶涵狐疑地相互看看。

郑海生问她："那放哪儿了？"

"我们中心一年多前装修办公室，我们从五楼搬到一楼，那些没用的账，都封存放在以前的老办公室里。"

"那好吧，那麻烦你先把这里现有的账目找出来给我们，其他的，你一会儿去给找出来。"郑海生说。

任美兰点点头，走到一排文件柜前打开柜子，捧出一摞账本放到茶几上说："这两年的都在这儿了。"

靳兰说了声谢谢，把账本分给郑海生和叶涵。

"三位先看着，我现在就去楼上老办公室，给你们拿以前的账本。"说完任美兰就走了。

任美兰走后，叶涵感叹说："可真是个美女呀！"

"是挺漂亮。哎，叶涵，她那一身裙子可得好几百吧？"靳兰问叶涵。

"好几百？那可是宝姿这一季的新款连衣裙，两千都挡不住呐！"叶涵感叹道。

郑海生说："到底是女人，就对衣服感兴趣啊。"

叶涵和靳兰说："女人不对衣服感兴趣还能对什么感兴趣？"

翻看了一会儿账本，靳兰发现了问题，她把账本摊到郑海生和叶涵面前说："你们看，这几笔账和底单好像对不上号。"

叶涵仔细看了看说："好像有人涂改过账目。"

靳兰说："还有，这些账不全，七月以后的都不见了。"

郑海生突然发现，已经一个多小时了，任美兰还没有回来。她会不会跑了？郑海生站起来说："这个会计怎么还不回来？我到五楼看看去。"

郑海生刚走到门口，就迎面碰上了急匆匆赶来的任美兰。

郑海生忙迎上去："任美兰同志你总算回来了，我们可等你半天了。"

"对不起，对不起，刚才我出来一看时间快中午了，我中午要给儿子送饭，我想这些账本你们要查一阵子的，就赶紧先回了一趟家，做好饭给儿子送去就赶紧赶了回来。回来晚了。"任美兰脸色微红，歉意地说。

郑海生说："没事儿，照顾孩子也是应该的。"

任美兰说："那我现在去五楼把账本都拿下来。"

郑海生说："这样吧，你也别楼上楼下地跑了，我们上去到五楼去查，这样也不会影响你们的正常工作。"

四

事实上，任美兰一出财务室，就赶紧给丈夫打了个电话，问他在哪儿。

任美兰的丈夫孙福祥正在棋牌室打牌。一看手机上是妻子的电话，他就站起来说："我出去接个电话。"

任美兰着急地说："怎么办？周主任刚死了两天，纪委监委就来查账了。你说我该怎么办呀？"

孙福祥问："我让你把账面都改成周立群的签字，你改完了没有？"

任美兰说："我还没改完，纪委监委的人就来了，我哪知道他们来得这么快——人一死就来了。现在我们该怎么办呀？你还是快想想办法，赶紧把钱还上！"

孙福祥说："钱肯定要还，可是现在你让我到哪儿去弄钱？你不是不知道，外面好多账一时半会儿也收不回来。"

任美兰着急地说："那怎么办？那怎么办？二百多万呀！要是查出来，我就完了！"说完任美兰就"呜呜"地哭了起来。

孙福祥安慰她说："你别慌张，不是才刚开始查嘛。你现在一定要稳住，别让人家看出来。另外，赶紧把咱们挪用的账做平，有些东西你就干脆销毁，纪委监委查的时候，就说周主任拿走了。你先别着急。"

任美兰说："哎呀！你说得轻巧！我能不着急吗？这么大的窟窿！"

孙福祥说："你着急怎么办？办法我也在想，事情还没到最坏的一步，别让单位看出什么来。"

郑海生和叶涵、靳兰在查账时，果然在账面上发现有些地方有涂改过的痕迹，他们把疑似涂改过的地方都一一做了记号。

郑海生拿着做过记号的几本账本问任美兰，为什么好像有涂改过的地方。任美兰脸色有些不太自然地说："有些地方是当时写错了，就改过来了，当时周主任都知道的。"

郑海生发现了任美兰的紧张情绪，但他没有点破。

晚上，任美兰回到家哭着对孙福祥说：“我已经撑不住了！我觉得他们已经开始怀疑我了。”

孙福祥不耐烦地说：“我看你是疑心生暗鬼！如果他们已经开始怀疑你了，那他们怎么没有找你谈话？怎么没有把你抓进去？任美兰！你怎么这么沉不住气？真烦死了！”

任美兰哭着说：“都是你！都是你！要不是因为你，我也不会挪用这么多公款！”

孙福祥一咬牙说：“事到如今，你要是觉得躲不过去，那咱们只有一条路了。”

任美兰哭着问：“什么路？”

孙福祥说：“跑！实在不行也只能跑了。”

“你想往哪儿跑？你以为能跑得了吗？”任美兰看着孙福祥说。

孙福祥说：“不跑等着他们来抓你？你现在就把儿子先送到你妈那儿去，我在家里收拾收拾东西。”

任美兰说：“抓我？我挪用的钱还不是都给了你？抓住我你也跑不了！”

孙福祥说：“任美兰，你怎么还不明白？就算我们两人都被抓住了，那你也是主犯，我是从犯。没有你，我从你们单位一分钱也弄不出来！要判刑的话，二百八十万，你最起码要判十五年，而我最多也就是判个五年。你自己先想好了。”

“还钱呀！趁纪委监委的人刚开始查，你把钱赶紧还上。只要把钱还上了，说不定咱们就没事儿了。”任美兰哀求道。

“这么短的时间，你让我上哪里去弄那么一大笔钱？他妈的周立群这个王八蛋！晚点儿死多好！我正想再从他那儿弄点钱出来。”孙福祥嚷道。

“你以为好弄吗？那些钱呢？我几次给你的那二百多万，你都弄哪里去了？”任美兰追问道。

“那些钱不都做生意用了吗！还有给你装修房子，给你买衣服，给你买首饰，这些难道都不需要用钱吗？”孙福祥气呼呼地说。

“那你做生意赚的钱呢？”任美兰追问。

“现在生意哪有那么好做！你以为赚钱很容易吗？你一天到晚就知道要吃得好、要穿得好、要住得好，光知道打扮得漂漂亮亮享受生活，潇潇洒洒地跟那个周立群约会，你想过我有多难吗？”孙福祥控制不住大吼大叫。

任美兰一下不干了，大叫道：“孙福祥！你想说什么？”

孙福祥说：“我想说什么你还不知道吗？”

任美兰哭着说：“我还不是为了咱们这个家！再说，你不逼我弄钱给你开公司，我也不会跟他走那么近！何况我也没有跟他怎么样！”

孙福祥说：“想看看吗？这是你们前天晚上在湘春园门口的镜头。”孙福祥说完就把DV机拿了出来。

任美兰一看大怒，抓起DV机就狠狠地砸在地上。她指着孙福祥大骂：“孙福祥！我真瞎了眼！怎么没有发现你这么无耻？我冒着危险给你弄钱，你倒去跟踪我？！你还有没有良心？”

孙福祥一看任美兰真的急了，赶紧息事宁人说：“我知道你是为了我，为了咱们这个家。再说，我也没有说你什么。好了，好了，我现在最遗憾的，就是不能拿这个去要挟那个姓周的了。”

任美兰说：“现在怎么办？他们已经开始怀疑我了。要不我们去自首吧，我可不想过担惊受怕的逃亡生活。再说，我走后我妈可怎么办？”任美兰说着大声哭泣起来。

“自首？我不去，要去你自己去！我刚才已经说了，我们现在只有一条路，那就是跑！”

任美兰哭喊道：“你跑了，难道你要我一个人去承担罪责吗？你还是个男人吗？你还是人吗？我冒着犯罪的风险挪用公款，给你炒股票，给你开公司，你自己没有能耐把钱糟践光了，事到如今，你想让我一个女人去承担一切？”

孙福祥长叹了口气，搂过任美兰，轻轻地拍着她的后背安抚道：“亲爱的，别担心，刚才是我不好。你放心，任何时候都有我在你身边，我怎么忍心让你一个人去承担这一切呢？好了，咱们一起跑吧，先躲过这一段时间，我公司在外面还有一笔大款子没收回来，咱们这就去把它要回来，填补你账面上的亏空。”

“真的吗？”任美兰抬起一双泪眼看着孙福祥。

“当然是真的，相信我，亲爱的。”孙福祥给任美兰抹去泪水。

任美兰只好把儿子的衣服简单收拾了一些装进一只旅行箱里，然后抱起儿子去了母亲家。

孙福祥看妻子出了门，就赶紧打开保险柜，把里面的现金和一些单据收拾了一下，装进自己的一只旅行箱里，又匆匆忙忙把自己的换洗衣服收拾了几件装进去。

半夜十二点，一辆帕萨特轿车悄悄开出了小区大门。

五

郑晓菡在学校接到母亲吴敏打来的电话。吴敏说自己已经到了，住在银杏宾馆 1407 号房间，她让女儿放学后到宾馆来见面。

郑晓菡问：“我爸爸知道你回来了吗？”吴敏说：“他知道。我跟他说了。”

郑晓菡挂上电话后高兴地跟同学们炫耀说：“我妈妈从日本回来了。”

郑晓菡很快就来到了宾馆，找到 1407 号房间。她刚一按门铃，房间里就传来了吴敏的声音：“是晓菡吧！”

房门打开了，吴敏笑吟吟地站在门口，朝郑晓菡伸出双手，神情激动地说：“晓菡，是我，妈妈啊。”郑晓菡既意外又高兴：“妈！”

吴敏搂过女儿，上下打量着她：“都长这么高了……”

吴敏赶紧让女儿进来说："晓菡，妈妈给你带回来了一些礼物。"说着就打开了一只旅行箱。很快，她就拿出了几套新衣服，并让女儿穿上试试。

郑晓菡换上一身新衣服站在酒店的镜子前，前后扭动着身子。吴敏在一旁又是给她抻裙角，又是捋领口，一边欣赏女儿，一边夸奖自己："真合身，我就是看照片估摸着买的，比量身定做的还合适，母女就是母女，心有灵犀。"

郑晓菡有些不放心地问："是不是有点太露了？"

"小小年纪比我还保守。对了，再送你件礼物。"

吴敏转身又拿出一个精致的盒子，打开问郑晓菡："会化妆吗？"

郑晓菡摇摇头，吴敏从盒子里拿起一支口红拧开，帮她抹口红："你现在这年纪没必要化浓妆，自然最美，抹点口红，再刷点睫毛膏点缀一下就足够了，这叫锦上添花。"

吴敏帮女儿化好妆，把她的肩膀扳过来对着镜子："漂亮吧？"

郑晓菡看着镜中的自己笑了："我爸要是看见，不知道会是什么反应。"

"你管他呢！你现在是大姑娘了，应该有自己的生活，别什么事都听你爸爸的。"

吴敏问女儿："你现在功课怎么样？"

郑晓菡说："我最讨厌的课就是历史课了。这种东西就是死记硬背，我最不爱背书了。一想到中考要背那么多书，死的心都有。"

"妈，当初你为什么丢下我们就出国了？"

"我没丢下你们。出国的时候跟你爸商量过，他还鼓励我出去闯闯。后来我在国外站稳脚跟，就想把你们接出去，可你爸就是不愿意，还非让我回来……"

"那你也不应该跟他离婚啊！"

"当时我不是真的要跟你爸爸离婚，只是想吓唬吓唬他，让他跟我出国，可没想到他马上就答应了，我怀疑他早就想跟我离婚。"

"真的？"

"妈妈还能骗你？晓菡，不是妈不管你，是你爸一直拦着不让我管。这么多年，你不知道我有多想你，你一直是我奋斗的动力……"说着说着吴敏擦起了眼泪，郑晓菡将信将疑。

吴敏转身又从旅行箱里拿出一沓照片说："晓菡，给你看看妈妈在日本拍的一些照片。"吴敏一张张地介绍给郑晓菡，"这是我在东京的公寓，是一套复式楼，站在这大平台上就能看见东京塔。这是那套别墅，三层楼。"

郑晓菡说："妈，你这张穿泳衣的照片好可爱！"又用日语说了一遍"可爱"。

吴敏很是惊奇，心里一股暖流流过："你还会说日语？"

郑晓菡说："就学了几句。"

吴敏看着女儿说："晓菡，学语言一定要有语言环境的，这样学起来就特别快。我这次回来，就是想跟你商量一件事情。"

郑晓菡说："你说吧。"

吴敏说："妈妈是想让你跟妈妈到日本去。"

郑晓菡说："那我走了谁来照顾爸爸呀？"

吴敏说："你别着急呀，妈妈是这样想的，你先到日本把日语学好，就算再回到国内找工作，也比别人好找得多，因为你有语言优势，薪水也会比别人高得多。"

郑晓菡听到妈妈这样说，一时不知道该不该高兴。吴敏看女儿并没有想象中那样表现出喜悦之情，接着劝说："你去日本可以直接上高中，我都联系好学校了，不用考试。等你再长大一些，我可以送你去美国，或者欧洲，澳大利亚也行，你想去哪儿上学都可以。这样你就能躲开你讨厌的历史了。"

郑晓菡问："那你跟我爸爸说过了吗？"

吴敏说："我这次回来，就是想跟他商量这件事情的。"

郑晓菡说："那他要是不同意呢？"

吴敏说："为了你的前途着想他也不能不同意。"

郑晓菡问："我爸怎么还不来？要不我给他打个电话吧？"

吴敏说："我已经给他打过电话了。他说最近正在查办一个案子，特别忙。你饿了吧？你要饿了咱们就不等他了。包厢我已经订好了。"

郑晓菡说："我不饿，咱们还是等等我爸吧。"

吴敏又给郑海生打了个电话，问他什么时候能过来。郑海生说："你们不要等我了。"

于是，吴敏带着女儿到了一楼餐厅的一间包厢。

服务生躬身问："就你们两位？"

吴敏对服务生说："我们还有一位要迟点儿到，你先把菜谱给我拿来，我先点几个小菜。"

服务生给吴敏递上菜谱。

吴敏看着菜谱点了几样小菜后说："再给我们来一瓶红酒。"

一会儿的工夫，服务员就在餐桌上摆放好了几样精致的小菜，又给她们两个的杯中倒了些红酒。吴敏举起红酒杯跟郑晓菡碰杯说："来，为我们母女重逢，更为我漂亮的女儿，干杯！"

郑晓菡抿一口酒说："妈，我记得你以前不喝酒的。"

吴敏说："在外面做生意总要交际应酬，红酒是好东西，美容养颜，日本的温泉还有专门的红酒浴。我在郊区的别墅就能泡汤。"

"别墅里还有温泉啊？"郑晓菡还真是第一次听说。

郑海生把手头的事情处理完，就急匆匆地往银杏宾馆赶。

郑海生一进到包厢，第一眼就看到了桌子上的红酒，于是目光中充满不满地盯着吴敏说："晓菡才多大，你就让她喝酒？"

郑海生又把目光转到晓菡身上："还有这衣服，你想把她打扮成什么？这是中国不是日本！一个学生怎么能穿这种衣服？"

郑晓菡看着郑海生说："爸！你干嘛啊？一来就挑我毛病！"

吴敏并不生气，平静地说："好了，让服务生赶紧上菜吧。"

吴敏叫服务员快点儿把自己点的菜端上来。

郑海生说："我不饿，不想吃。"

吴敏说："不饿？不饿是假的。我知道你是心里不舒服，不是不饿。"

一家三口吃了顿寡然无味的饭。

吃过晚饭后，郑海生对女儿说："晓菡，你先回家去吧。爸爸跟妈妈有些事情要商量。"

郑晓菡说："那好！我先回去。不过呢，今天晚上我要跟妈妈住在这里。"

郑海生说："不行！"

郑晓菡委屈地说："你为什么老要粗暴地干涉我的自由？"说完后站起来一摔门就走了。

吴敏悠然自得地坐在一边看着他，摇摇头，略带讽刺地说："没想到你们父女俩关系处成这样，要不要我去劝劝女儿？"

郑海生冷冷地说："我们关系什么样是我们的事情，你没有必要插手。"

吴敏说："我是晓菡的妈妈，当然有权利管自己女儿的事情。"

郑海生说："你现在想起来是晓菡的妈妈了？告诉你，晚了！当初你执意扔下她出国的时候，就已经放弃了做母亲的权利！"

吴敏"唰"地站起来喊道："郑海生，请你说话讲讲良心！当初我出国可是跟你商量过的，你是同意的，怎么能说是我抛弃女儿？"

"可我没同意你一去不返！这么多年你管过女儿吗？晓菡生病发烧叫妈妈的时候你在哪儿？学校开家长会的时候你又在哪儿？现在女儿大了，你就回来了，还好意思说是她妈妈！"郑海生一肚子委屈和怨气，今天终于爆发了。

吴敏说："当年我要是听你的回国，能变成今天这样吗？是，这么多年我是没照顾晓菡，可我在国外辛辛苦苦打拼是为了什么？还不是为了女儿，为了这个家吗？这么多年，我从来没不管她！"

"你所谓的管，就是每个月寄钱回来。告诉你，你寄来的那些钱，我一分都没动过。"

"那些钱是给女儿的，不是给你的。花不花，怎么花，都是女儿说了算。

你没有权利帮她处理。”

郑海生说：“吴敏，我告诉你！晓菡还不满十八岁，我是她的监护人，在她十八岁以前，她的事情我有权力处理。”

吴敏也针锋相对地说：“郑海生，我也告诉你，晓菡永远都是我女儿，谁也夺不走她，你也不行！”吴敏愤怒地瞪着郑海生。

郑海生说：“你要做什么，我心里清楚得很。别说这种毫无意义的话，我不想跟你吵架。”郑海生说完站起来就走。

吴敏说：“等等，我有话要跟你说。”

郑海生说：“有话以后说，我现在没空听。”

吴敏在他身后说：“其实你知道我要跟你说什么，逃避是没有用的。”

郑海生站住了说：“我不知道！也不想知道！”

吴敏说：“我想把晓菡带到日本去。”

郑海生一听，不由得火冒三丈，怒气冲冲地转身对吴敏说：“吴敏！你想把晓菡带到日本去？我告诉你！这决不可能！我决不允许你把女儿带走！”说完就大踏步地朝包厢门走去，把吴敏甩在后面。吴敏追上几步吼道：“郑海生！晓菡是我们两个的女儿，你要真的想让她好，就别阻止女儿的前途。你自己好好想想，晓菡是跟着我能有一个好的未来呢，还是跟着你有前途？你自己整天忙着办你那些永远也办不完的案子，你在生活上、在精神上，能给她多少关心？我这次回来，说什么也要带女儿出国！”

郑海生把门“啪”地带上，吴敏被关在了门内。

六

任美兰失踪了。

星期一早晨，当郑海生和叶涵、靳兰又到科技服务中心财务室查账时，却迟迟等不到任美兰来上班。郑海生拨打任美兰的手机时，她的手机已经关机了。

郑海生觉得不妙，就赶紧向夏志杰进行了汇报。他说任美兰到现在都没来上班，怀疑她可能跑了。夏志杰命令他带着叶涵和靳兰，立刻到任美兰可能去的地方寻找，郑海生立即带着她俩向任美兰家赶去。

当他们赶到任美兰家时，只有她年迈的母亲一人在家。当他们问任美兰的去向时，她母亲说："美兰前天晚上把儿子送过来，说她要去出差，可能要一个礼拜或者十来天才能回来。你们是？"

郑海生说："我们是任美兰单位的同事，有些事情需要找她。"

任美兰母亲说："那她出差你们不知道呀？"

郑海生问："您女婿呢？"

任美兰母亲说："女婿！唉！别提了！整天不务正业。开个公司，你说你就好好开吧，可是他倒好，只听他们说干这个投了几十万赔了，干那个投了十几万又赔了。你说，照他这样开公司有多少钱够他赔呀？"

郑海生问："您女婿叫什么名字？"

任美兰母亲说："孙福祥，叫孙福祥。"

郑海生问："他的公司叫什么？"

任美兰母亲说："叫什么天地商贸公司，就在五里桥。"

郑海生说："那好，谢谢您了啊。"

任美兰母亲看郑海生他们要走，就追到门口说："你们要看见他，替我好好说说他，让他好好干。"

郑海生说："我们会的。"

当郑海生他们来到孙福祥的公司时，老远就看见公司大门口聚集了一帮人，一个三十八九岁的男人正在指挥几个身强力壮的男人往外搬着桌椅、电脑等物品，一名公司的年轻职员阻拦着他们说："你们到底什么人啊？怎么随便乱搬别人的东西？"

这个三十八九岁的男人说："我们是什么人不重要！欠债还钱，天经地义。你知道孙福祥欠我多少钱吗？就你们公司的所有东西，都不够还我三分之一的钱。既然他不打算还我钱，我就搬他的东西，有错吗？”

孙福祥公司的年轻职员说：“你们的事情我不知道，我就是个打工的，孙总出差了，他把公司交给我看着，你们这样把东西都搬走了，他回来我怎么跟他交代？等他回来你们再说不行吗？”

“不行！”

“出差？他是做缩头乌龟躲起来了吧！”另外一个男人骂骂咧咧地招呼着人把东西往车上搬。

年轻职员拉着这个指挥模样的人说：“那你也应该让我知道你叫什么名字吧？”

这个指挥模样的人说：“行不更名坐不改姓，老子叫钱广！”

郑海生一看就对叶涵和靳兰说：“我先去制止一下，假如制止不了，你们就打 110 报警。”说完后就给夏志杰打电话：“夏书记，我们已经到了任美兰丈夫孙福祥的天地商贸公司，有一群人正在孙福祥的公司搬东西，看来他们两口子真的是跑了。”

夏志杰问：“怎么回事儿？现场很混乱吗？”

郑海生说：“我们也是刚到这里，具体情况还不清楚，好像是找孙福祥要钱的，就看见有七八个年轻人正在从里面往外搬东西。”

夏志杰问：“你们报警了没有？”郑海生说：“我想先去制止一下他们，实在制止不了再报警。”

夏志杰说：“那好，你是个男同志，首先要保护好叶涵和靳兰两个女同志，尽量说服他们。另外，你们要注意安全。”

挂了电话后，郑海生带着叶涵和靳兰，三人赶紧过去制止他们。

郑海生快步赶过去，掏出自己的监察人员工作证大喊道：“我是市纪委监委的监察人员！你们都给我住手！”

正在搬东西的人都愣住了。

钱广说：“纪委监委的怎么了？我是来讨账的！孙福祥这个王八蛋，

借了我七十五万，三年了不还我。我来要了几次，每次他都拿话搪塞我，今天早晨我又来要账，没想到这个狗日的竟然跑了！”

郑海生说：“他跑了，你可以到法院去起诉他，但不能擅自搬东西，你们这是违法的知道吗？”

钱广说：“我违什么法了？他欠我钱，我要不上就搬东西，这违了哪一条法了？就是把他的东西都搬完，也不够还他欠我的钱！继续搬！”

几名他的手下又开始往车上装东西。

郑海生连忙制止那几个手下：“等等！你们先听我说完！我是市纪委监委的郑海生！孙福祥欠你们老板的钱不还，你们老板可以到法院去起诉他，由法庭依照法律来判他归还欠款，但像你们老板这样做，就从受害人变成了加害人！而你们这是什么行为知道吗？你们这是抢劫！抢劫是要坐牢的！你们知道吗？其实刚才我就可以打110报警的，但是我没有这样做！为什么？因为一旦110来了，你们就会都被带到派出所，起码定你们个抢劫未遂吧？我想你们要能听我的，把搬出来的东西再搬回去，今天这件事情就这样过去了。要是不听也可以，你们都是成年人，我相信你们都有正常的思维和判断力。我们是法治社会！每一位公民都必须对自己的所作所为负法律责任！我想你们不会为了帮你们老板，把自己送进牢房吧？好了！我想对你们说的都说完了，你们是继续搬呢，还是把搬出来的东西再搬回去，你们自己决定！我还想再提醒你们一句！窃贼在没有人看见的时候实施盗窃都难逃法网，而你们在没有得到所有人知情同意的情况下，大白天到别人的公司搬东西，就算我不打110报警，但是你们觉得你们能逃得掉吗？”

七八个人都停住了手，看着自己的老板钱广。

钱广一下蹲在了地上，双手抱着头唉声叹气地说：“我怎么办呀？七十五万呀！”他猛地一下站起来大喊道：“孙福祥！有种你就跑吧！老子倒要看看你能跑到天涯海角？抓住你，老子要活剥了你的皮！”

郑海生说：“我给你提个醒，既然他欠了你的钱不还，你现在就可以到法院起诉他，并要求对他名下的财产进行司法保全。”

钱广说：“那我现在就去。”说完就要走。

郑海生说：“慢着，麻烦你让你的手下，把搬出来的和已经装上车的东西再搬回去。”

钱广对手下说：“你们把东西再搬回去吧！我现在要到法院起诉孙福祥去。”

七八个人又嘟嘟囔囔地从车上往下卸东西。

孙福祥公司的年轻人跑过来对郑海生说：“哎呀！我真要感谢你！要不是你，他们就把东西拉走了。刚才我怎么拦都拦不住，可是你几句话他们就不搬了。”

郑海生问他：“你是孙福祥公司的？”他说：“是的，我是公司的行政主管。我姓田，田地的田，我叫田水旺。”

郑海生问：“那你知道孙福祥到哪里去了吗？”

田水旺说：“我当然知道。孙总走的时候专门给我打了个电话，说他要出去收账，可能需要一个星期，让我把公司看好就行了。”

郑海生问：“他没告诉你到哪儿去收账？”

田水旺说：“他没说到哪儿去收账，好像是常溪市吴县一个乡镇企业还是供销社？以前我听孙总说过，但具体我记不太清了。孙总从他们那儿订了一百二十万元的茶叶，说是给新加坡的客户订购的，但对方一直没有发货。他为这事儿没少给他们打电话催，有好几次都发火了。最后，新加坡的客户收不到货，就不跟我们公司合作了。孙总说一定要去把已经付的钱要回来。我想他可能是去那儿了吧。”

郑海生问：“能到你们公司去看看吗？”

田水旺说：“可以。”

郑海生和叶涵、靳兰三人跟着田水旺进了天地商贸公司。

孙福祥公司里一片狼藉，文件纸张撒得到处都是。郑海生蹲在地上，一张一张捡起来查看着。

“这乱七八糟的就像是刚被打劫过。”靳兰嘟囔着。

叶涵说：“可不是吗！”

钱广的几名手下把最后一张桌子也搬了上来。其中有一人对郑海生说：“东西我们都搬上来了啊。”

田水旺说：“我得下去看看。”说完就赶紧下楼去了，他想确定一下，看他们是不是把车上的东西都搬下来了。

郑海生一边翻检着一边说：“全部捡起来带回单位，废纸篓和垃圾桶里的东西也倒出来，所有纸张都带回去。”

叶涵说：“公司能开成这样，这孙福祥可真有本事。”

七

因为孙福祥和任美兰跑的时候没有任何征兆，警方在接到协查通报后，就立即调集了所有出城的高速路上收费站以及路口的监控录像，开始查找孙福祥的车。

警方通过对全市各个路口监控录像里往来车辆的排查，发现孙福祥的车曾在十七号半夜一点四十三分从王家窑收费站通过，这是通往安徽省方向的高速路。可随后又发现，他们的车在中途一个出口下了高速，然后就不知去向了。

“安徽省？任美兰母亲好像是安徽省口音。任美兰会不会是藏到老家去了呢？”林枫说。

“马上到市公安局户籍科，查一下任美兰祖籍的具体地址，查清后立即给当地公安局发出协查通报。对了，同时把孙福祥的情况也查一下。”夏志杰立即给郑海生安排了下一步的工作。

任美兰和孙福祥并没有去安徽省。从高速的出口下来后，孙福祥就疯了似的猛踩油门。

“咱们现在这是去哪里？”任美兰问。

“咱们先去常溪市吴县棋盘镇。我和他们一个公司做茶叶生意，是新加坡一个客商订的货。他们发给我的货我又发到新加坡，结果人家检验后说砷超标，货被退回来了。我一看就让他们停止发货，但他们一直不给我退钱，到现在他们还欠我八十万的茶叶款没有给我。我们先去把这笔钱要回来再说。”孙福祥说。

“还是走高速吧，高速不是快吗？”任美兰说。

“你傻呀？高速公路上都有监控探头，警察一看就能找到咱们的行踪。”孙福祥说。

孙福祥驾车很快就进了常溪市吴县棋盘镇。

孙福祥看见前面不远处有一个饭馆，饭馆门外摆放着几张桌子，于是就把车停在路边这个小饭馆外对妻子说：“你就在这里等着我，我取上钱就来接你。”

任美兰下了车。孙福祥递给任美兰一部新手机之后，又要过任美兰的旧手机摔坏扔进垃圾桶，叮嘱任美兰说：“咱们两个原来的手机一定都被监听了，你联系我用这部手机。”

任美兰点点头说：“要是要不上呢？”

孙福祥说：“我一定要要上！”

任美兰说：“你千万别跟他们打架，要快点儿回来呀。”

孙福祥把车门一关，又继续往前开去，来到一个杂货商店，下车后进去买了一把剔骨尖刀。

孙福祥把刀揣进外套口袋里，一踩油门，车子飞快地向前驶去。

棋盘镇花溪茶业有限公司的胡老板一看孙福祥突然进来了，大吃一惊。但很快他就冷静下来，特别热情地说：“孙老板，怎么也不打个招呼就来了？我也好准备准备呀。”

孙福祥说：“我怕我一打招呼你就出差了，所以就没敢跟你打招呼。”

胡老板说："孙老板真会开玩笑。今天来了就别走了，晚上我好好陪陪你。"

孙福祥把胡老板办公室的门一关，并从里面锁上了。

胡老板一看立马紧张得站了起来，说："孙老板，你这是……"

孙福祥说："你别误会，我不想让你手下的人看见，怕影响你的声誉。"

胡老板又坐下。

孙福祥说："胡老板，吃饭喝酒就免了吧，我今天就是专程来找你的。我公司最近账面上有些紧张，你看你欠我的那笔款，今天能不能给我解决了？"

胡老板叹口气说："我就知道兄弟你是为这笔钱来的。说实话，我确实是对不住兄弟你呀。可是你也知道，我收购茶叶前就已经把定金都给了茶农了。你这一退货，茶农们一听我不要他们的茶叶了，都快把我撕碎了。"

孙福祥说："不是兄弟我不仁不义，如今我这真是遇到大难处了，否则我也不能亲自登门呀。今天无论如何你也得给我解决了。"

胡老板说："哎呀！你这就叫我为难了。我的损失一点儿也不比你小啊。"

孙福祥问："这么说你是不打算还我的钱了？"

胡老板说："孙老板，你听我说，我也不想让你受损失，可是我……"

孙福祥说："胡老板，老胡，胡兄，胡爷爷！我真的是遇到大难处了，我也欠了别人的账，对方找了一帮黑社会的混混，天天到我公司来催账，已经快一个月了。我知道你也有难处，所以一直没有催你。可是我好话说尽，他们还是非逼着我还钱，我是真被逼到绝路上了，我给他们跪下了都没有用。我实在是没办法了呀！"

胡老板无奈地说："哎呀，对你的处境，我十分理解，可是我现在也实在没有办法呀。"

孙福祥一个快步到了胡老板的面前，还没等他反应过来，一只手已经牢牢地揪住了胡老板的衣领，另一只手抽出刀顶在了胡老板的后腰上，恶狠狠地说："姓胡的！我现在给你明说了吧，我今天就是来拿钱的，而且我只给你一个小时。一个小时我拿不到钱的话，那一个小时以后就是你的死期！"孙福祥说完，就用刀在胡老板的腰上用力顶了一下。

胡老板一看吓坏了，赶紧说："孙老板，别这样，别这样，有话好好说，有话好好说。这笔款早该给你结算了，可是我公司账面上最近也很紧张呀。孙老板，你看能不能再给我点时间？"

孙福祥说："废话少说！这笔钱你已经拖了一年多了。今天我必须拿到钱！"

胡老板说："可是我现在真拿不出这么多的钱呀……"

胡老板的话音未落，只听"当"的一声，孙福祥把刀尖扎在了桌子上，说："胡老板，我再说一遍，我必须在一个小时之内拿到钱！"

胡老板哆嗦着说："可我一时半会儿也给你凑不齐八十万呀。"

孙福祥说："那你现在有多少现金？"

胡老板很是无奈地说："我财务室里的现金也就六七万吧。"

孙福祥一听急了："什么？才六七万？你打发叫花子呢？"

胡老板忙安抚道："孙老板，实在是对不起，就只有这么多了。"

孙福祥说："你公司账户上呢？我就不相信一分钱都没有了？让你们会计马上去银行把钱给我提出来。"

胡老板犹豫了一下，说："账上真的没什么钱了。"

孙福祥一听站起身，三步并作两步走到胡老板椅子后，一把搂住他的脖子，把刀横在胡老板的脖子上说："那好！钱我不要了，我知道你家在哪儿，这八十万，今天我就先买你一条命！然后再到你家里去把你一家都宰了，然后再放一把火！反正我是没有活路了，你们全家就陪我一起上路吧！"

胡老板吓得声音都变了："孙老板，别冲动，别冲动，有话好好说嘛。"

孙福祥搂着胡老板脖子的手松开了，但刀子又顶到了胡老板的腰上："胡老板，我这也是被逼无奈，你马上给你会计打电话，让他去银行把所有的钱都提出来，连同你公司的现金一块送这儿来。”孙福祥恶狠狠地说。

胡老板颤抖着手拿起了电话。孙福祥按住他的手说：“别耍花招！要是把警察招来了，你应该知道是什么后果。干脆我给你说明白吧，只要我看见有可疑的人，第一时间先宰了你！”孙福祥说完就按下了免提键。

胡老板定定神，拨通了财务室的电话：“小李，咱们账面上还有多少钱？”

电话里传来出纳的声音，说账面上还有九十多万。

胡老板说：“啊，还有九十多万？”胡老板挂掉电话对孙福祥说：“你也听到了，账面上只有九十多万，你看我能不能先给你还上四十万？”

孙福祥斩钉截铁地低声说：“不行！”

胡老板说：“孙老板，我这儿也求求你了。要是把这些钱都给了你，我下个月连员工的工资都发不下来了。”

孙福祥说：“胡老板，不是我逼你，我现在的情况你知道吗？钱拿不回去，我就没有活路了！你不就是工资发不下来了吗！工资发不下来，你自己想办法，我总不能再让你拿着欠我的钱，去给你的员工发工资吧？利息我可以不要，但八十万一分都不能少！”

胡老板一听，只好又拨通财务室的电话说：“这样吧，你现在立刻去银行提出八十万。滨海市天地商贸公司的孙总又来催账来了，咱们欠人家的八十万该还给人家了。”

出纳说：“你不是说先……”

胡老板赶紧打断出纳的话说：“叫你去你就去！哪儿那么多废话？孙总现在就在我办公室里等着拿钱呢，你快点儿！”孙福祥一把按下了电话说：“想让你的人报警是吧？我看你真是舍命不舍财呀？”

胡老板说：“不是，不是！我是想让她快点儿去提钱。”

孙福祥依然刀尖不离胡老板的后腰说：“我劝你不要玩儿火！”

胡老板说：“你放心！我绝对不会给我自己找麻烦！”说完后想了想又问：“我再给出纳打个电话行吗？”

孙福祥说："行！你打！"胡老板拨通电话，电话里出纳问他："我一人怎么去提钱？八十万要出点儿事怎么办？"

孙福祥说："我和你跟她一起去。"

胡老板对着电话说："要不你先到我办公室来，咱们一起去。"

胡老板放下电话长出了一口气，又擦擦额头上渗出的冷汗。

孙福祥说："你别紧张，等会儿去银行提钱时，你们坐我的车。你要是敢让出纳看出有一点儿不正常，我就先杀了你！"说完孙福祥把尖刀别在了自己的腰带上，拿出香烟抽出两支，给胡老板递了一支。接香烟时，胡老板的手还在微微颤抖。孙福祥说："我说过了，只要钱一拿上，你就安全了。你现在别发抖，钱拿不上再发抖不迟。"

胡老板说："没有，没有。"

孙福祥说："把你手机给我。"

胡老板乖乖地把自己的手机给了孙福祥。

孙福祥接过手机打开后盖，取出电池，又取出手机卡，又把手机还给了胡老板。

出纳很快就来了。

出纳一看孙福祥跟胡老板正在聊天，就跟孙福祥打招呼。孙福祥跟出纳开玩笑说："哟！快一年没见，小李是越长越有味道了啊！老胡！别再跟我哭穷了啊，一看小李，就知道你这是个养人的好地方。"

小李笑笑说："孙总过奖了。"

胡老板站起来说："那好，咱们走吧。"

孙福祥紧紧挨着胡老板走出办公室，三人来到孙福祥的车前。

孙福祥对胡老板说："你开车吧。"

胡老板只好坐上了驾驶座，孙福祥坐在了副驾驶座位上。

八

话分两头说。这边，郑海生发现任美兰跟丈夫孙福祥都失踪了，就赶紧向夏志杰作了汇报。夏志杰一方面向周书记汇报，一方面安排郑海生查清任美兰和孙福祥的祖籍。同时，他们又找到一家会计师事务所，来协助查任美兰的所有账目。

接到配合纪委监委追查孙福祥车的任务，市公安局刑警大队立即开始对孙福祥可能要去的地方进行布控。

对孙福祥的调查结果很快就出来了。夏志杰召集专案组开会通报案情。

夏志杰说："通过对两人外围关系的调查我们发现，孙福祥两口子跟周立群来往密切。孙福祥和周立群都嗜赌成性，这两年他们两个带着老婆，光是澳门就去了两次。现在我们已经和安徽方面取得了联系，公安局那边都打过招呼了，他们会全力配合继续搜捕。我们在这边继续查任美兰和孙福祥的外围关系，看看还能不能找到更有用的线索。叶涵和靳兰就辛苦辛苦，跑一趟安徽任美兰和孙福祥的老家。"

夏志杰大概介绍了一下当前的情况后，又让郑海生介绍他们调查的情况。郑海生说："我们在任美兰和孙福祥家里搜到了一个任美兰的秘密账本，上面详细记录了自己的犯罪经过。她是因为贪慕虚荣，周立群就利用了她的这个弱点，刚开始用一些小恩小惠拉拢引诱她，并怂恿她挪用公款，作假账，就这样两人慢慢就勾结到了一起。据科技服务中心的人介绍说，他们两人的私人关系也很不正常。孙福祥做生意资金短缺，任美兰第一次挪用公款，是在三年前五月的一天。当时，市科委刚刚给他们科技服务中心下拨了一笔八百万元的专项资金，她试探地找到周立群，想让周立群同意把科技服务中心的专项资金，借五十万给自己丈夫孙福祥周转一下，没想到周立群很痛快地就答应了。条件嘛，就是任美兰答应做他的秘密情人。这笔钱在前年年底还上了。以后任美兰就多次挪用公款，但都是拿走的多还回来的少。不到三年，她已经贪污挪用了二百八十万。科技服务中心账面上短缺的七百多万，看来有四百多万都是周立群通过任美兰弄出去的。这里面有任美兰的详细记录。”郑海生说完把一个笔记本给了夏志杰。

林枫说：“这还不明摆着？两个赌徒合谋，在任美兰的配合下把钱弄出来都去赌博了。”

夏志杰又安排叶涵和靳兰到任美兰母亲家里去。他说：“你们两个去了以后，要把任美兰的情况跟任美兰母亲说清楚。假如任美兰给她母亲家里打电话，就劝她回来投案自首。”

“任美兰也是，挪用公款两百八十万都让老公赌光了，你说她自己知不知道？”靳兰感叹道。

“要是不知道，只能说明这个女人太迟钝；要是知道还这么干，就说明她不是傻了就是疯了。”刘大奎说。

郑海生说：“好了，不要议论了，行动吧。”

叶涵和靳兰两人立刻起身去了任美兰母亲家。

九

坐在陌生的棋盘镇的这个小饭馆门前，任美兰觉得每一分钟都是那么漫长，心里忐忑不安地想着自己的过去，她知道自己的未来已经全部毁了。她越想心里越没有着落，不知道纪委监委的人是不是已经到母亲家里去过了。她等得心里着急，就决定冒险到旁边的小商店里给母亲打个电话。

任美兰在电话机前站了很长时间，犹豫不决，不知道该不该打这个电话。不打吧，心里挂念着儿子和母亲；打吧，要是家里真有纪委监委的人，或者家里的电话被监听了怎么办？那不是把自己和孙福祥都暴露了吗？任美兰看看时间，孙福祥已经走了一个小时了，估计他可能也快回来了。现在不打，等他回来那就没有机会打了。任美兰手颤抖着拿起电话，拨通了母亲家里的电话号码。

十

任美兰母亲和儿子都在家里，任美兰不知道的是，叶涵和靳兰也在她母亲家里。叶涵和靳兰已经把任美兰和科技服务中心主任周立群合伙贪污挪用公款几百万元的实情，告诉了任美兰的母亲。任美兰母亲一听，当时就晕了过去。叶涵和靳兰赶紧给她做了急救处理。半天，任美兰母亲才苏醒过来。她说："不可能吧？你们是不是搞错了？美兰从小胆子就特别小啊，她不会这么干的呀。"

靳兰说："可是她就是干了。"

任美兰母亲问："她会不会判死刑？"

靳兰说："判死刑倒不会。但是她要这么跑下去，被抓住了那就会重判。"

叶涵安慰她说："任美兰要是打电话回来，你劝劝她让她回来自首吧。逃跑是没有出路的，法网恢恢疏而不漏。她要是能回来自首，我们在起诉到法院后，会建议法院在量刑时从轻判处，法院在量刑时会考虑的。"

这时，电话铃声响了。

叶涵和靳兰赶紧过去看看来电显示，靳兰把来电号码记下来。叶涵对任美兰母亲说："你接电话吧。"

任美兰母亲颤巍巍地拿起听筒。听筒里面没有声音。她问："喂，美兰吗？你在哪儿呀？你快回来吧！回来自首吧。"

任美兰只在电话里叫了一声"妈"，就失声痛哭起来。

任美兰母亲也哭了起来。

靳兰飞速地给郑海生发了一条短信，告诉他任美兰正在用这个号码给她母亲打电话。

叶涵接过电话说："任美兰吗？我知道你是任美兰，我是纪委监委的叶涵，咱们见过面的。也知道你放心不下你母亲和你儿子，你儿子团团很好，就是一直哭着要妈妈。任美兰，我劝你还是回来投案自首吧，就算我们不抓你，难道你就忍心丢下你母亲和你儿子？何况现在你的案子已经列入了滨海市今年的大案要案，大案要案都是省纪委监委督办的，你以为你们能跑到哪儿去？回来投案自首才是你唯一正确的出路。不要再执迷不悟了！"

电话里传来任美兰"呜呜"的哭声。

十一

胡老板驾车来到棋盘镇工商银行营业部门口。孙福祥对出纳说："小李，我们就不下车了，你自己进去吧。"

没有发现问题的小李说："那好吧，我自己去。"

胡老板的腰部，一直被孙福祥手上拿着的尖刀顶着。

两人看着出纳走进银行后就坐在车上等着。孙福祥又拿出胡老板的手机卡给他说："算了，你的手机卡我还给你。但请你记住，只要车跟前一出现便衣警察，我就一刀从这儿捅进去，再一拧，你就没救了。再高明的医生，哪怕是华佗再世也救不了你。我想你不愿死吧？这可是剔骨尖刀。"

胡老板紧张地说："你放心，我不会给自己找麻烦。"

孙福祥说："你是个聪明人。我这不是抢劫，我这是用野蛮的方式要回本属于我自己的钱。懂吗？"

胡老板说："我懂，我懂。"

孙福祥点上一支烟抽了一口，说："胡老板，对不住了，我这也是被逼到这一步了。只要钱拿上了，兄弟以后有机会再向你赔罪。”

半个小时后，出纳费劲地拎着一大包钱出来了。胡老板一看有跑的机会了，就说：“我下去帮帮她。”孙福祥用刀一顶胡老板的后腰，说：“你别动！我还不知道你打的什么算盘！想趁机跑了是吧？”出纳把装着钱的袋子提到车跟前，打开车门，放进车里，说：“八十万，都在这里了。你点点吧？”孙福祥说：“不用点了，辛苦你了。走吧，今天下午我请客。”孙福祥又趁出纳上车的工夫，小声但快速清楚地对胡老板说：“为防止你报案，你的欠条我先留着。”

胡老板说：“算了，下午我还有事情。晚上吧，我请你。你住哪儿？”

孙福祥说：“我住哪儿你就不用操心了，你下班前跟我电话联系就行了。”

“好的，好的。”胡老板说完就下了车。刚要走，又被孙福祥叫住了。“慢着，我刚才跟你说的话，你都记住了？”

胡老板说：“记住了。”

孙福祥开着车赶紧去接任美兰。在饭馆门前他没有看见任美兰，于是就停车下去找。饭馆里也没有，他问饭馆里的伙计：“刚才坐在门口的那个女的到哪儿去了？”

伙计说：“刚才坐在那儿哭了半天，现在不知道到哪儿去了。”

这时，任美兰哭得两眼通红地从小商店里出来了。

孙福祥一看觉得不对，就问：“你是不是给你妈打电话了？”

任美兰问他：“你把钱要上了没有？”

孙福祥说：“要上了。”

任美兰问：“要了多少？”

孙福祥恶狠狠地说：“全要上了，他敢不给我，今天就没打算让他活！走，上车！”

任美兰跟着孙福祥上了车。

孙福祥问：“我问你是不是给你妈打电话了？”

任美兰说：“咱们回去吧。”

孙福祥说：“那就是说你给你妈打电话了？跟你说了不能打电话，不能打电话！你为什么不听？”

任美兰哭着说：“纪委监委的人在我妈妈家里，他们说让我们回去……”

孙福祥狂躁地说：“不行！”

“我们拿着这笔钱去自首吧，这样也许可以减轻一点罪行。”

孙福祥喊叫着说：“你愿意回去坐牢吗？真不该把你带出来！他妈的，带上你就是个错误！”

任美兰哭着说：“那怎么办？你想往哪儿跑？纪委监委的人说……”

孙福祥说：“够了！够了！别他妈的跟我说什么纪委监委的人！我不想听！”

任美兰还是哭着哀求孙福祥：“警察正在找咱们！你想往哪儿跑？你以为咱们能跑掉吗？”

孙福祥说：“怎么跑不掉，咱们出国！有这八十万干什么不行？我在荣成认识一个朋友，他有办法把咱们弄到韩国去。”

任美兰说：“你疯了？警察到处在找我们，怎么办？再说我妈和团团怎么办？”

孙福祥说：“现在顾不了那么多了。咱们只有先出去再说，等风声过去了再把他们接过去不就行了？”

十二

郑海生一接到靳兰发来的短信，就立即安排林枫去查这个电话号码的具体位置。

林枫很快就查清了任美兰打来的电话的具体位置，这个电话是常溪市吴县棋盘镇的一个公用电话。

“常溪市吴县棋盘镇？他们跑得倒是挺快的啊。这两人去那里干什么？”林枫说。

郑海生说：“对呀，孙福祥公司的那个行政主管说过嘛！常溪市吴县！哪个乡镇他没说清楚，说他也不知道，现在这不是有了嘛！”

“海生、林枫，你们两个人马上赶过去。”夏志杰说。

郑海生和林枫连夜就往常溪市吴县棋盘镇赶，到那里已经是晚上十点了。两人没有顾得上吃饭，就开始驾着车在棋盘镇转着找那个公用电话。棋盘镇是个茶叶之乡，街上随处可见茶叶公司的招牌。郑海生他们开着车转了快一个小时后，终于在一个小商店门前的牌子上，看见了这部公用电话的号码。

郑海生和林枫拿着任美兰和孙福祥的照片，让小商店老板仔细辨认。商店老板拿着任美兰的照片认真看着说：“这个女的今天上午在这儿打过电话。”

郑海生问他上午几点，商店老板说：“大概是九点多吧。我看她一直在哭，就注意了一下。我想这么一个漂亮的年轻女人，肯定是遇到什么事情了，就想帮帮她。我问她怎么了，结果她没有搭理我。”

林枫说：“她的事情你可帮不了。”

郑海生问：“就她一人吗？”

商店老板说：“对，就她一人。”

林枫问：“这个男的没跟她在一起吗？”

商店老板说：“没看见有这个男的。”

郑海生问他：“这个女的打完电话后是怎么走的？”

商店老板说：“那个我就没注意了。”

郑海生和林枫出了小商店，先找了个饭馆吃了点儿饭，然后又找了个招待所住下。

林枫说：“你说他们会不会还没有离开吴县？”

郑海生说："也不一定，咱们必须要尽快找到这个跟孙福祥做生意的公司。"

林枫说："那也得等明天了。"

第二天早晨一上班，郑海生就和林枫先到了镇供销社，但供销社主任说，没有跟滨海市一个什么天地商贸公司做过茶叶生意。主任还说他们做茶叶生意已经有四十多年了，除了给省供销社完成收购任务外，还有固定客户。

郑海生问："全镇有多少茶叶公司？"

供销社主任说："全镇呀，起码有大小茶叶公司、茶叶商店七八十家。"

出了供销社后，林枫泄气了。这七八十家做茶叶生意的，到底是哪一家跟孙福祥有联系呢？

郑海生说："是不好查，关键是孙福祥出逃时把账本、票据都带走了。咱们没有具体线索。"

刘大奎给郑海生打来电话说，他们再次对孙福祥和任美兰的家里进行搜查时，意外地发现了两张杭城芙蓉宾馆的住宿单据。他们通过对孙福祥外围关系进行的调查了解到，他经常去杭城赌博。刘大奎说他们已经给杭城的公安局发出了协查通报，让郑海生看看有没有必要跑一趟杭城。

郑海生说，他们准备先在吴县棋盘镇的大小旅社宾馆找找看，因为头天上午九点左右，任美兰曾经在这里出现过。既然任美兰在这里，那么孙福祥就一定也在。

郑海生又与吴县纪委监委取得了联系，县纪委监委与县公安局配合，以棋盘镇为中心，对全县的所有宾馆旅社进行了搜查，但没有他们的踪影。郑海生和林枫决定到县公安局察看路口的监控录像。在监控录像中，郑海生和林枫发现了孙福祥的黑色帕萨特轿车。这辆车当时正在吴县解放路上由南向北行驶。县公安局交管大队大队长立即下令，让路口的交警以查验驾照为名拦下这辆车。

很快，交警在一个路口拦下了这辆车。郑海生和林枫跟着当地纪委监委的同志和警察，随后也赶到了现场。

一到现场，令郑海生和林枫大吃一惊的是，驾车人并不是孙福祥，而是一个当地人。他十分紧张地说："我真不知道这车来路不正。要知道这车来路不正，就是白送我，我也不会要的。"郑海生问他："你什么时候买的？"他回答说："昨天下午刚买的，车主说他急需用钱。我看它便宜就买了下来。"

郑海生问他："你是多少钱买的？"

他说："八万元。他把他的身份证复印件给我留下了，说让我自己去办过户。"

郑海生问："当时车上有几人？"

他说："车上还有一个女的，看起来好像心事很重，愁眉苦脸的。"

郑海生拿出孙福祥和任美兰的照片问他："你看看是不是这两个人？"他接过照片看看说："对，就是他们两个。"

十三

任美兰这几天跟着孙福祥颠沛流离，真切地体会到了什么叫有家不能回。她饭也吃不下，觉也睡不着，整天就是哭。孙福祥的心情也越来越糟糕。看着只会给自己添烦的任美兰，他决定把车卖了就找个机会甩了任美兰。

于是他对任美兰说："咱们先找一家小旅馆住一晚上再走吧，我太累了。"孙福祥给任美兰起了个刘萍的假名字，带着她住进了吴县的一个私人小招待所。孙福祥对任美兰说他决定把车卖了，任美兰说："把车卖了咱们怎么走？"孙福祥说："警察肯定在追查这辆车，再开着它，很快警察就会找到我们。再说，你给你妈打的那个电话，已经告诉了他们咱们在吴县，甚至警察可能已经知道了咱们就在棋盘镇。"

任美兰问他："那怎么办呀？"

孙福祥说："好办，咱们以你的假名字暂时先住在这里，我去买一辆当地的旧二手车，咱们换辆车就能甩开警察了。"

孙福祥先给任美兰买了点儿吃的，回来放下后就开着车出去了。

孙福祥把车开进了一家汽车修理厂，他找到修理厂老板，说自己父亲患肝癌，自己这几年已经为父亲治病花了七八十万了，医生说需要做肝移植，现在已经找到供体了，但自己钱不够，只能把车卖掉。修理厂老板在对车进行了一番细致检查后，以八万元的价格把车买了下来。孙福祥拿着卖车的钱，立刻到一个旧车市场买了一辆旧桑塔纳。

孙福祥把桑塔纳开回到小旅馆。上楼一看，任美兰睡着了。孙福祥悄悄拿起装钱的旅行袋离开了房间。孙福祥下楼时惊醒了老板，老板问他："刚回来就又出去呀？这么晚了还干什么去？"孙福祥拍拍装钱的包说："你也知道，现在不送点东西能办成事情吗？白天送又不合适，只能晚上送了。"

老板一听表示理解，就给他开了门，孙福祥拎着袋子出去了。

郑海生和林枫分头带着县公安局的两拨警察，连夜对全县的所有宾馆旅社进行了搜查。一直到天蒙蒙亮了，他们才搜到了孙福祥和任美兰入住的这家私人小旅馆。

郑海生把任美兰和孙福祥的照片拿给这家小旅店的服务员看，问他们见没见过这两个人。服务员说："有两个人看着挺像照片上的人，这个女的叫刘萍。"

郑海生问他们住在哪个房间，服务员说："他们住在 302 房间。"郑海生立即给林枫打电话，说自己这里已经发现两名犯罪嫌疑人了，让他带的那一组警察都到这边来。

郑海生让服务员立刻带着去 302 号房间！

服务员紧张得一边给郑海生带路一边说："男的好像是半夜一点多出去了，到现在还没有回来，也可能回来了我不知道。"

当旅馆服务员打开 302 的房门时，郑海生率先冲了进去。眼前的情景让所有的人都怔住了，房间里只有一个女人，披散着长发，穿了一身宽松的白色衣裙，呆呆地盘腿坐在床上。她两眼红肿，面如死灰，一脸的疲惫、茫然、绝望、无助。

郑海生叫了一声："任美兰？"这个女人憔悴得和之前见过的美女判若两人。

女人答道："对，我就是任美兰。"

"孙福祥呢？"郑海生问。

任美兰没有回答问话，她看了一眼郑海生和站在他身边的几名警察，一脸茫然地摇摇头说："我不知道。"郑海生突然间对这个女人产生了深深的同情。

两名警察立刻上去给她戴上了手铐。

林枫也进来了。

郑海生和林枫对房间进行了仔细的检查。房间里只有一个不大的旅行箱是任美兰的，箱子里面装着任美兰自己的几件换洗衣服。

郑海生不由得叹了口气，扭头对身边当地的刑警队长说："先带回你们队里突审一下吧。"

任美兰立即被带到了吴县公安局刑警队的一间提讯室里，郑海生立即对她进行了讯问。但无论郑海生怎么问，任美兰都一口咬定说自己不知道孙福祥去了哪里，但她交代了自己和孙福祥一起到吴县棋盘镇要账的经过。

郑海生问她是怎么要的账，任美兰说："我不知道。孙福祥把我放在一个小饭馆门口后，就说自己去要账了。我等了快三个小时他才回来。至于是在哪儿要的，怎么要的，我一概不知道。我劝孙福祥把要回来的钱还给科技服务中心，当时孙福祥说一定要还回去，他还说明天我们就回去还钱，结果半夜他就失踪了。"

接着，任美兰又告诉郑海生，孙福祥把原来的车卖了又买了一辆旧车，但买的什么车，自己不知道。郑海生问要了多少钱，任美兰说可能要了八十万。郑海生问这些钱都在哪儿时，任美兰又哭了，她说孙福祥把所有的钱都带走了。

吴县警方在该县境内没有发现孙福祥的踪迹。

十四

就在郑海生出差的这些日子，吴敏跟女儿郑晓菡一刻也不分开，她干脆让女儿也搬到了宾馆跟自己一起住。早晨在宾馆餐厅吃完自助餐，女儿也去上学了，她就开始给多年不见的老朋友们打电话，约他们或是在咖啡馆，或是在酒吧见面叙旧。下午女儿放学回来了，她就带女儿出去吃饭。晚上继续给女儿讲日本的好，诸如多么干净、环境多么好、人多么彬彬有礼等等。她决心这次一定要把女儿带出去。

终于，这天晚上郑晓菡动了心。吴敏把女儿拉到床前坐下，一边用手帮她梳着头发一边说："看到你在国内学习这么紧张，我真的心疼。晓菡，你要去了日本，第一年咱不上学了，给你请个家庭老师先补习日文。就算以后不上大学，回来也能找个好工作。"

"真的？"郑晓菡简直不敢相信自己的耳朵。

吴敏说："那当然了。你要是愿意，咱们明天就去办护照和签证。"

听妈妈说到这儿，郑晓菡又想起了爸爸，自己走了，爸爸怎么办？

吴敏说："你先到日本学两年日语。要是不喜欢日本，学完了再回来也行啊。到时候你想回来，妈绝不会拦着你。"

郑晓菡微微点点头，吴敏兴奋地抱住女儿说："就怕你出去就不想回来了。咱们明天早晨就回家拿户口本去办护照。"

十五

郑海生和林枫把任美兰押解回了滨海市。

任美兰被带进了提讯室，她与几天前判若两人。

当叶涵告诉她，她母亲因为接受不了这个打击，心脏病发作住进医院时，她一下子号啕大哭起来。郑海生和叶涵静静地等她哭完了，才开始问她。

"孙福祥去哪里了？"叶涵问。

任美兰凄然一笑："孙福祥跑了，丢下我一个人跑了。"

"他是什么时间跑的？"叶涵问。

"大前天半夜。当天下午他说出去买辆二手车，让我一个人在旅馆的房间里等着他。我一直等到半夜十二点，他也没回来，我太困了就睡着了。我也不知道什么时候他回来的，然后他又走了。我醒来后发现，他把他自己的东西都拿走了，钱也全都让他拿走了。"任美兰说。

"孙福祥跑了，你为什么不跑？"叶涵问。

"我不相信他会丢下我一个人跑掉，我以为他会回来，他答应我把要回来的钱还回去的。再说，我身上一分钱也没有，我能跑到哪里去呢？"任美兰说。

"你是从什么时候开始挪用公款的？"叶涵问。

"有一天我对孙福祥说想辞职，他问我为什么。我说周立群几次三番给我白条让我冲账，前前后后挪用公款快三十多万了，我怕将来周立群出事了，我做会计的也脱不了干系，所以就不想干了。孙福祥听后没说什么，可是过了两天，孙福祥来找我，说他的一个朋友能得到股票内幕消息，有一只股票最近要涨，让我帮他弄笔钱出来，几天后就还上。他还说机不可失，时不再来，错过这个好机会很可惜，我就偷偷挪用了十万。那一次，孙福祥在股票上赚了二十万，很快就还上了我挪用的公款。"任美兰平静地说。

"有了第一次，就有第二次是吗？"叶涵问。

任美兰低着头没有说话。

“孙福祥是什么时候开的公司？”叶涵问。

“孙福祥在股票上赚了钱后，就辞职开了一家商贸公司。”任美兰答。

“你知道他公司具体都做什么业务吗？”叶涵问。

“具体我不清楚，好像做得挺杂。”任美兰答。

“第二次挪用公款是什么时候？”叶涵问。

“之后又有一天，孙福祥来找我，说他的公司资金周转不灵，让我再帮他弄一笔钱出来，等他那边钱一到账，他马上就还我，我就又挪用了一笔钱。事后没几天，他就又把钱还上了。从那以后我就挺相信他。”任美兰说。

“你知道孙福祥有赌博的恶习吗？”叶涵问。

“赌博？我不知道。”任美兰吃惊地瞪大了眼睛。

“据我们调查，孙福祥光是去澳门赌钱就有两次。”叶涵说。

任美兰说：“什么？这不可能。我跟他一起去的。”

叶涵问：“当时你们一起去的还有谁？”

任美兰说：“还有周立群。”

叶涵问：“他到赌场去赌，你真的不知道？”

任美兰低下头不吭声。

叶涵说：“你还想隐瞒什么？”

任美兰说：“我不想隐瞒什么，既然事情都到这一步了，我还能隐瞒什么？”

叶涵看着任美兰。

任美兰说：“我们到澳门的第一天，周立群就怂恿孙福祥去赌场试试手气，孙福祥就答应了。当时我不让他去，他也答应我不去了。前两天我们都在一起游玩，好像是第三天还是第四天，他说他要自己出去一下，我因为太累了，就在酒店房间里休息。周立群来找我，我们就……”

任美兰低下头不说了。

叶涵说："你们两个就勾搭成奸？"

"事发后为什么要跑？"叶涵又问。

"周立群死后，我担心事情败露，就打电话给孙福祥，让他赶紧想办法把钱还上。可是他说公司账面上的钱都拿去做生意周转了，一时半会儿弄不到那么多钱。他说，反正周立群死了，不如把以前所有的账目都推到周立群身上。孙福祥让我把账目都改成周立群的签名，说只要过了这关，我们就一分钱都不用还了。我没办法，就冒险涂改了账目。可是我还没改完，你们就来了。我很害怕，知道躲不过去了，就跑到孙福祥的公司去找他。孙福祥说事到如今只能跑了，于是他把公司剩下的钱都取了出来，拉上我一起跑了。"任美兰说。

"你们跑的时候，孙福祥还剩多少钱？"叶涵问。

任美兰说："我不知道。"

"如果见到孙福祥，你想对他说什么？"叶涵问。

"我只想问问他为什么要这样对我，他为什么要这样骗我，他为什么要这样害我呀！"说完，任美兰捂住脸再次号啕大哭起来。

任美兰哭完了又说："他还说他在荣成认识一个人，能把我们弄到韩国去。"

叶涵问："他没说这个人叫什么名字？"

任美兰说："他没说。"

十六

郑海生回到家看女儿不在家，就给女儿打电话，女儿说正在宾馆内的冷饮店里跟妈妈吃冷饮。郑海生让女儿回家，郑晓菡不想回来。

吴敏拿起电话，说想跟郑海生见面，郑海生赶紧往宾馆赶去。

吴敏告诉女儿说："晓菡，妈妈跟爸爸有些关于你出国的事情要商量，你就先出去到同学家里回避一下，我们谈完了就给你打电话，你再回来好吗？"郑晓菡一百个不情愿地离开了。

吴敏看女儿离开了，就匆匆上楼回到房间里等郑海生。郑海生很快就来到了宾馆。

郑海生一看女儿不在房间里，就问："晓菡呢？"

吴敏说："我想跟你商量一下晓菡出国的事情，就让她先出去到同学家里回避一下。"

郑海生说："我不是跟你说过了吗？你想把她带出国，那不可能！"

吴敏说："我已经给女儿办好了护照和签证，就等着你回来。"郑海生一听暴跳如雷，说："你为什么不跟我商量，就要带走我的女儿？"

吴敏也毫不相让："我不是没跟你打过招呼。就因为你是晓菡的父亲，所以我一直在跟你好好商量，可你什么态度？笑话，你以为女儿是什么？是你个人的私有财产吗？我带女儿出国，也是为她今后的前途考虑！今天我就把话撂到这里，女儿这回去日本是去定了！我不管你同意不同意！"

郑海生说："我是她爸……"

吴敏笑了："得了吧你！别老拿这个说事。晓菡长大了，就算你是她爸，也没权力干涉她的自由！她去不去日本，咱俩说了都不算，让晓菡自己跟你说！"

说完，吴敏就拨通了女儿的手机："晓菡，你跟爸爸说，你想不想跟妈妈去日本？"

郑晓菡在电话里弱弱地说："爸……"

郑海生打断她："你什么也不用跟我说，说什么我也不会让你出国的。"

郑晓菡问："为什么？"

"就你妈那人，让你跟着她我不放心！我告诉你晓菡，你马上要中考了，这是你人生的关键时刻。如果你现在出去，就一切都要从头开始，那就什么都耽误了！"郑海生不由分说，挂断了电话。

吴敏顿了一下，真诚地说：“其实我一直都很感激你，你一个人把晓菡抚养大，付出了多大的心血，我心里明白。这么多年，你们父女俩相依为命，现在我突然要把女儿从你身边带走，换了我也接受不了。”

郑海生说：“你既然明白，为什么还非要这么做？”

吴敏说：“我说过了，做父母的应该为孩子的将来着想。这么多年我在国外打拼为什么？就是希望能带给晓菡最好的生活，以前我是个不称职的母亲，现在我有条件了，我想补偿欠她的一切。海生，实话跟你说了吧，我要结婚了。对方比我大十岁，有自己的企业，一儿一女都长大了，在美国，他答应我会把晓菡当亲生女儿一样对待的。”

郑海生问：“晓菡知道吗？”

吴敏说：“不知道，但我会找时间跟她说的。海生，你为了晓菡，这么多年都是一个人，我知道你过得不容易。现在女儿长大了，你也该有自己的生活了。”

郑海生说：“我的事情不用你操心。”

吴敏说：“我是真的为你好，信不信随便你。即便这次晓菡不去日本，终归有一天她也会离开你。到那时候，你要一个人孤独终老吗？”

“你的意思是说，你带走晓菡是为我考虑？”

“我的意思是说，你别老想着女儿出国后自己会寂寞，会孤独，其实你正可以趁这个机会，开始自己的新生活。”

郑海生生气地说：“我没你想的那么自私！”

吴敏说：“扪心自问，你不让晓菡出国，难道就不是自私？”

郑海生觉得吴敏这次是铁了心要把女儿带走了，就说：“我想跟晓菡单独谈谈。”

吴敏说：“那好，我打电话叫她回来。”

郑海生说：“不用，我自己打。”但吴敏已经拨通了女儿的手机。

郑晓菡并没有走远，她一直就坐在宾馆的花园里。她又想跟妈妈去日本，又怕爸爸坚决不同意，还怕爸爸妈妈为自己的事情吵架，就这样怀着忐忑不安的心，坐在花园里一个石凳上等着。突然手机响了，她一看又是妈妈打过来的，赶紧接听电话，吴敏说让她回宾馆房间里去。郑晓菡一路小跑地回到了宾馆房间。

吴敏赶紧让女儿坐下。

郑海生看女儿坐下了就说：“晓菡，爸爸想问问你，你真的打算跟你妈去日本吗？”

郑晓菡看看吴敏，吴敏鼓励地对她握握拳头。

郑晓菡说：“我想到日本好好学学日语，这样就算以后回来也好找工作呀。”

郑海生想了想说：“晓菡，咱们出去吃饭吧。”

郑晓菡问：“那妈妈呢？”

郑海生说：“她要愿意去那就一起去吧。”

在一家并不豪华的餐厅，桌子上的菜虽然不奢侈，却很丰盛。郑海生给郑晓菡夹菜：“多吃点儿鱼，补脑。”

“我不爱吃鱼。”郑晓菡面对父亲的温柔有些不习惯。

郑海生尴尬地停住筷子说：“是吗？连你不爱吃鱼我都不知道，看来我真是个失败的父亲。晓菡，你实话告诉我，对于去日本是怎么想的？到日本可是要经常吃鱼的。”

郑晓菡说：“我……我就是想出去看看，学学日语。”

郑海生说：“你有没有想过，出去后你在国内的学业就荒废了，一切都要从头再来。”

郑晓菡说：“我这么年轻，怕什么？”

郑海生被晓菡噎得说不出话，只好呆呆地看着她。

郑晓菡说：“爸，我想过了，趁年纪还小，出国多见识见识，多学点东西，对我以后的人生会有好处。”

“你是真的长大了……那你走吧。”

郑海生一仰头，喝干了杯中的啤酒，眼角溢出了泪水。

十七

滨海市警方根据任美兰提供的线索，到荣成抓捕孙福祥，但没有结果。

任美兰因为挪用公款二百八十万，且没有追回，但认罪态度较好，最终被法院判处有期徒刑六年。

十八

郑海生家门口，郑海生提着行李送郑晓菡和吴敏出来。郑晓菡恋恋不舍地回头望着房子和站在跟前的爸爸，吴敏把行李放进出租车里："上车吧，晓菡。"郑晓菡抬脚上车，又停下了。"怎么啦？快点，还得赶飞机呢。"吴敏催促她说。

郑晓菡转身对吴敏说："妈，我想了想，我觉得我还是不能跟你去。"

吴敏诧异地问："你开玩笑吧？晓菡，妈妈可经不住吓……"

郑晓菡坚决地说："对不起，妈，我不想出国了。"

吴敏说："为什么？舍不得离开爸爸？放假就可以回来看他啊，要不然让他去看你，费用包在妈妈身上。"

郑晓菡拼命地摇着头："不是我舍不得爸爸，是爸爸离不开我。那天他说同意我出国，我看到他哭了。这么多年一直是我照顾他，给他做饭，给他洗衣服，连衬衫都是我帮他熨……要是我不在他身边，他就只能天天吃方便面了，衣服穿臭了也想不起来洗。妈，没有我照顾，爸一个人不行的……"郑晓菡哽咽着。听到这番话，吴敏的眼睛也湿润了："晓菡，那我呢？我也离不开你呀。"

"可你没有我，也会把自己照顾得很好啊。妈，放假的时候我去看你。"

吴敏沮丧地靠到了出租车上。

十九

四年后，孙福祥在河南安阳落网。

潜逃了四年的孙福祥，自作聪明地以为不会再有什么危险，最终耐不住寂寞，偷拿了哥哥的身份证，跑到烟台去会见女网友。当孙福祥和女网友到宾馆前台登记住宿时，宾馆的服务员感觉此人的相貌，似乎与网上通缉的某在逃犯特别相像，于是迅速打开旅馆业信息系统网站，赫然看到一则公安部 A 级通缉令：孙福祥，身高 175cm 左右，体态偏瘦，出逃时头发较乱，蓄须，上身着咖啡色皮夹克衫，脚穿棕色皮鞋。

服务员仔细看了看通缉令上的照片，又抬头看了看眼前的这个男人，不动声色地给他们办理好住宿登记，等孙福祥和女孩上楼后，马上拨打了报警电话。

警察赶到后，服务员立刻带警察乘坐电梯来到五楼 503 房间门口。打开房门后，却不见孙福祥，只有一名穿了件粉色吊带睡裙的年轻女孩坐在床上。

女孩看到警察很吃惊，慌忙抓过一件外衣披到了身上。警察把门关上后对女孩说："把身份证拿出来。"

女孩赶忙拿起沙发上的皮包，从里面拿出身份证递给警察。

"陈欣。多大了？"警察看着身份证说。

"二十四岁。"女孩不敢看警察。

"干什么工作的？"警察问。

"学生。"女孩说。

"和你一起的那个男的呢？上哪里去了？"警察问。

“他出去买烟去了。”女孩怯怯地说。

“他叫什么名字？是哪里人？”警察问。

“张宇。漯河市的。”女孩说。

“他是你男朋友吗？”警察问。

“他，他，他是我网友。”女孩说。

“网友？你们以前见过面吗？”警察问。

女孩摇了摇头。

见再也问不出什么，警察在房间布下埋伏，大约过了十几分钟，孙福祥回来了。他刚迈进门，就被等候的警察当场抓获。

第五章 3·18专案

林枫说：“我想，在公安局他不可能有机会，唯一的缺口应该是在第三医院，那是郭达富的地盘，他极有可能在我们眼皮底下玩花招。可他到底是在什么时间签的名，又是什么人递给他的借条呢？”

刘大奎和叶涵面面相觑。

一

滨海市第三人民医院副院长郭达富，这两天老觉得心里发慌。他坐在办公室里，看着放在墙角的保险柜发呆。这个保险柜买回来时间不长，里面装着二十万美元！这二十万美元已经静静地在保险柜里躺了一个月了。

他昨天晚上在酒店吃饭时，去洗手间路过一个包厢，无意中听到没关严的门里传出一个声音说："三医院管医疗设备采购的郭达富，迟早要出事儿。"回到包厢后，他就再也吃不下了。

郭达富思来想去，决定把这笔钱先以设备质量保证金的名义，放到医院的财务科去。他开开门探头往外看了看，楼道里静悄悄的没有一个人。他赶紧缩回去，把门轻轻带上，小心翼翼地在里面上锁，尽量不发出一点声音。他又把所有的窗帘都轻轻拉上，再次抬头看了看四周，确定安全后，从办公桌里拿出一个黑色的公文包来到保险柜旁。他打开了保险柜的锁，里面整整齐齐地躺着二十万美元，他把这些钱全部装进了黑包里。他刚把保险柜的门关上，桌上的电话"叮铃铃"骤然响了起来。郭达富猛地一惊，吓得手上的钥匙掉到了地上。他顾不上去捡起地上的钥匙，就赶紧过去拿起听筒，原来是院长通知开会。

郭达富把装满了美元的黑包又塞进保险柜里，就赶紧来到三楼的会议室。会议还是讨论医院上三甲硬件设备要跟上的议题。姜院长、郭达富、王副院长及院里的其他几位核心领导都在场。因为郭达富是负责医疗设备采购的副院长，姜院长说："为了能早日达标，成功评定三甲医院，咱们应该尽快进行总额一千六百万元的采购项目。如果大家没有异议的话，这个项目的招标事宜，还是交由郭达富副院长来负责，怎么样？"

王副院长带头点头："好！看看其他人，我没意见。"众人都频频点头表示同意。

等大家散去，郭达富磨磨蹭蹭地收拾面前的几张纸，赶到姜院长身边说:“姜院长,有个事我要向您承认错误。”姜院长放下文件,惊讶地看着他。

郭达富为难地说:“上次八百万元的设备,因为是第一次跟CYS公司合作,我怕质量上有问题,就问他们要了二十万美元的质量保证金。当时我答应他们说,要是设备连续运行三个月没有问题的话,这钱还要退还给他们,所以我就没跟您汇报。再加上又忙着咱们新办公大楼的基建,跑设计院、跑建材市场了解价格,跟建筑单位沟通,这些事情也弄得我焦头烂额。这些钱就一直放在我办公室的保险柜里。现在我想还是跟您说一下,以免万一出了什么事儿了我说不清。”

姜院长示意郭达富坐下来:“啊?二十万美金的保证金?这么大的事你还真能沉得住气呀?现在才告诉我。”郭达富在椅子上坐了下来,双手紧张地来回搓着椅子的把手说:“要不我把它先放到财务科去?”姜院长说:“老郭呀,这事儿你告诉我就对了,你要不说,不出事则已,要出了事你还就真说不清了。可以,先把它交到财务科去吧。”

郭达富站起来准备走又站住了,姜院长问他还有什么事情。他说:“当时CYS公司的代表要求我不能跟别人说。他说付质量保证金,整个行业都没有这个惯例。所以,他们怕万一说了出去,会遭到同行业的排挤。当时我也没多想,反正我的目的只有一个,让他保证供货质量,所以就答应了。因为考虑到这笔钱财务不好入账,就一直放在我办公室的保险柜里。”

姜院长摇摇头:“好了,好了。我知道了,你再说就越描越黑了。老郭呀老郭,不是我说你,这是严重违纪行为,你知道吗?”

郭达富显得是那么的无私:“我知道。但是如果能保证我们医院所采购设备的质量的话,我愿意冒这个险。”

姜院长静下来考虑了一会儿说:“这样吧!你先把钱交给财务室,告诉许科长另外存个户头。其他的事以后再说吧。”郭达富非常服从地点点头。

二

JBN 医疗器械公司代表陈林，一走进纪委监委接待室就迫不及待地说：“我要举报！”

值班人员问他：“举报什么？”

陈林说：“举报第三人民医院副院长郭达富，在医院招标中收取高额回扣。”

值班人员问他有什么证据，没有。陈林说自己是做医疗器械的，虽然没有直接证据，但郭达富的贪腐很多人都知道。只要纪委监委认真去查，就一定能查出来。值班人员对陈林提供的口头间接证据进行了登记，又让他留下了联系方式和真实姓名，以便今后跟他取得联系。陈林一听要留下真实姓名，就有些犹豫。值班人员看他有心理负担，就告诉他说：“我们不接受不具实名的举报，何况你还没有具体的证据。假如你诬告了别人，我们怎么找你？”

陈林一听就急了，赌咒发誓地说：“我决不是诬告他！假如你们向他泄露了是我举报了他，他报复我怎么办？”

值班人员说：“这一点你可以放心，我们会为举报人保密的。这是我们的工作制度。假如你对你的举报有十分把握，就请你留下你的真实姓名。”

陈林一再叮嘱值班人员，千万不能泄露自己的真实姓名，然后才拿出了自己的身份证给值班人员看，并在举报材料上留下了自己的真实身份。

值班人员告诉他，承办办案人员会在最近找他继续了解情况。

很快，陈林实名举报第三人民医院副院长郭达富，在医院招标中收取高额回扣的材料，就转到了郑海生手上。

郑海生看完举报材料后，立即约见了陈林。

陈林立刻就来到了郑海生的办公室。

郑海生请他落座后问：“你有什么线索能提供吗？”

陈林气愤地说：“我没有直接的证据，但我了解这个行当的规则。第三人民医院上一次那笔八百万的采购合同，经手人一般可以拿到百分之十的回扣。郭达富是这个项目的负责人，我与郭达富交往了很久，他们医院的这个项目，我跟了快一年，一直以为这单子他会给我做。可就在一周前，他却最终确定由CYS公司来做。CYS公司本来就不是我们这个地区的销售商，竟然能在这么短的时间拿到项目？！而且，我们公司和CYS公司，代理的都是同一家国外公司的设备，优惠条件是一样的。郭达富为什么会突然决定购买CYS公司的设备？明眼人都能想到，除非他收受的好处超过百分之十，甚至更多。”

郑海生打断他说：“等等，你这都是推测，有没有什么确实的证据？”

陈林说：“具体证据我没有。不过医药行业的潜规则，行内人都很清楚。”

郑海生说：“你这个举报既没有具体事实，也没有直接证据，我们怎么查？”

陈林一听急了，说：“我敢以我的脑袋担保，郭达富绝对收了谭立龙的钱！我要是诬告，我愿意坐牢！”

郑海生和林枫互看了一眼，没说什么。他们知道，在陈林身上不会再得到更多有用的线索了。

陈林走了以后，郑海生向夏志杰作了汇报。夏志杰说：“现在中央对医疗卫生系统关系民生的问题高度重视，对此类案件抓得很紧，我看应该马上着手去查，我们决不能放过任何一个线索。”

案件被定名为“3·18专案”。

郑海生根据夏志杰的指示，立刻翻出陈林留下的CYS公司商务代表谭立龙的电话，给他打电话请他来了解情况。谭立龙说自己在外地，郑海生让他立即回来，到纪委监委接受调查。第三天，谭立龙来到了纪委监委。郑海生开门见山地问他：“谭先生，有人到我们纪委监委举报，说贵公司为了拿到第三人民医院一笔八百万项目的采购合同，给项目负责人郭达富支付了高额回扣。”

谭立龙一听立刻紧张起来，说话也开始结结巴巴：“没……没有的事情。这是有人造谣胡说。”

郑海生说：“不会吧？举报人知道诬告是要坐牢的。我们还是想请你把事情经过讲一讲。你是怎么跟郭达富认识的？”

谭立龙头上的汗立即就下来了。他说：“我们是朋友介绍认识的。”

郑海生立即问：“什么时间？”

谭立龙说：“春节前。”

郑海生说：“你们做医疗器械都有自己的片区是吧？”

谭立龙说：“是的。”

郑海生问：“据说滨海市不是你的业务范围，那你为什么要到这里来做业务？”

谭立龙说：“我们是做生意的，哪儿有利润，哪儿好做，就到哪儿去做。你们也知道，现在不管是做生意，还是办事儿，有关系就容易嘛。”

郑海生说：“郭达富没有向你索要回扣吗？”

谭立龙说：“没有。”

郑海生问：“你跟郭达富认识多久了？”

谭立龙说：“我们认识有十多年了吧。”

郑海生问：“那你对他们家很熟悉了是吧？”

谭立龙说：“对，很熟悉。”

郑海生问：“那你知道他妻子叫什么名字吗？”

谭立龙一下被问住了。

郑海生又问：“他有几个孩子？都多大了？”

谭立龙说：“我们虽然认识时间很长了，但是我还真没有到他家里去过。”

郑海生说：“你刚说过，你跟他春节前才认识，当然不会知道他妻子的名字了，更不会知道他有几个孩子。谭立龙，我们希望你端正态度，好好配合纪检监察机关调查。”

谭立龙一看自己说漏了，就只好说："办案人员，我可没有向他行贿。我全说了吧，这个事情我也老觉得心里堵得慌。"

谭立龙立刻就竹筒倒豆子，一五一十地把怎么跟郭达富认识的，怎么刚认识两个月就做成了一笔大生意全交代了出来。

原来，谭立龙听说滨海市第三人民医院准备进一批医疗设备，于是就千方百计打听到医院主管此事的是副院长郭达富。他又托朋友把郭达富请出来，在滨海银杏大酒店安排了一场饭局，并在饭局后给郭达富送了一条五千多元的项链。之后，谭立龙就提出了想跟医院做这批医疗器械的要求，郭达富当时没有表态。谭立龙又请郭达富吃了几次饭，又给他送上了两万元的红包，郭达富说他可以先把报价单拿出来。

谭立龙说："我知道，我错了。可是他主动向我索要的，否则就不跟我们公司签合同。"

郑海生问谭立龙："你给了郭达富多少回扣？"

谭立龙抱怨说："姓郭的太他妈黑了，借口说为了确保医院所采购的设备质量，要向我们CYS公司收取二十万美金的质押金。我一下子上哪儿去弄二十万美金呀，东拼西凑，这个朋友换点，那个朋友借点，才给他凑齐。哎，我这一年算是白干了。"

谭立龙出了纪委监委后左思右想，觉得自己应该先给郭达富打个电话，说说这事儿，于是就坐在车上给郭达富打电话。他说不知道是谁举报说，自己跟郭达富来往过于密切，医院从自己这儿进的医疗器械有作弊的嫌疑。

郭达富问他："纪委监委怎么就找到你了？"

谭立龙说自己也不知道，可能是因为有人没拿上这一单生意心里嫉妒。

郭达富问他："你没有胡说八道吧？"

谭立龙说："怎么会呢，咱们什么关系！我给你打电话，就是想让你有个心理准备。"

郭达富挂了谭立龙的电话，点上一支烟，陷入苦思冥想之中。他在想到底是谁干的。他隐隐觉得可能是陈林干的，因为这单生意本来说好是要给他做的，最后让谭立龙抢走了，他肯定心里不平衡。他想给陈林打个电话，最后想想又觉得没必要就没打。

他知道纪委监委很快就会找到自己了。

三

郑海生和林枫直接来到第三人民医院姜院长办公室，出示证件说明来意后，向姜院长介绍了有人举报郭达富收受贿赂的情况。姜院长听完郑海生介绍后说："这八百万采购项目的事我知道，这件事情并不是像你们所想象的那样，当时郭院长也是为医院着想。"

郑海生有点蒙了，问："那就是说，您知道郭院长收取CYS公司二十万美金的事情？"

姜院长点点头说："是的，这事他向我汇报过。现在那钱还在院里财务室呢。"

林枫说："您还记得郭院长是什么时候给您汇报的吗？当时他是怎么说的？"

姜院长想了想说："就前几天吧……他说为了确保医院所采购的设备质量，就向CYS公司要了二十万美金的保证供货质量的质押金。他说收那二十万美金时欠考虑，虽然完全是为了医院，却是好心办错事。如果需要的话，他愿意在院长办公会上做检讨。"

郑海生问："郭院长这个人平时在医院表现怎么样？"

"这个人平时交往广泛，活动能力挺强。这次我们医院办公大楼的建设，就是他一手运作的。原来我们申请的建筑面积是二千七百平米，最后批了四千五百平米。这个面积不仅是申请三甲够条件了，而且也解决了医院未来十年发展可能面临的办公用房紧张问题。”姜院长说。

郑海生听后若有所思，顿了一下问道：“这都是郭院长亲自跑的？”

姜院长说：“是的。”

郑海生问：“郭院长现在在不在？我们想见一下他。”

“他应该在办公室吧，当然可以，我带你们去。”姜院长说着站起身来。

姜院长带着郑海生和林枫来到了郭达富的办公室门口。

郭达富虽然已经有了思想准备，但一看纪委监委的人真的来找自己了，还是有点儿慌乱。郑海生向他出示了监察人员工作证后说：“有些事情需要你到纪委监委去核实一下。”

郭达富问：“不能在这里说吗？”

郑海生说：“这里不方便，你还是先把手上的工作处理一下跟我们走吧。”

郭达富只好跟着郑海生和林枫来到了纪委监委。

郑海生把郭达富带到了接待室，给他倒了一杯水后说：“我们接到举报，说你在医院三月份进的医疗设备中有收受贿赂的嫌疑。”

郭达富满腹冤屈，激动地说：“收受贿赂？你们也知道的，现在业务不都是在饭局酒场中谈下来的吗？我也当然不能免俗。就拿这次购进八百万医用仪器的项目来说吧，为了最大限度地替医院节约成本，我可没少受罪。今天陪这家公司喝，明天陪那家公司喝，今天去这边考察，明天去那边考察。作为医生，我非常清楚这样对健康不利，可没办法呀！为的是什么？还不是为了医院。没想到最后，自己的一片苦心倒成了别人的话柄了。”

郑海生一直静静地听着，等郭达富说完后说：“郭院长，你别激动！今天也没别的意思，既然有人举报，按照法律规定我们就必须调查一下，希望你理解！”

郭达富点头说：“理解，我当然理解，都是为了工作嘛！你们有什么想了解的就问吧。”

郑海生问："在这次采购中，你就没有收受过贿赂吗？"

郭达富坚决地说："我以我的党性担保没有。"

郑海生问:"你收了谭立龙一条项链和两万元现金,这是怎么回事儿？"

老奸巨猾的郭达富一听，说："我收了谭立龙的一条项链和两万元现金？这是谭立龙说的？"

郑海生说："你别管是谁说的，你就说有没有？"

郭达富说："没有。"

郑海生说："郭院长，好，咱们现在先不说项链和两万元的事情，我想了解你从 CYS 公司拿二十万美金的事情。"

郭达富一怔，忙说："这件事情我已经向姜院长汇报了，我的确做得不妥。当时也是担心那家公司的仪器设备不过关，才收的那笔质押金。"

郑海生问郭达富："你是什么时候把二十万美金交给医院财务的？"

郭达富想了想说："也就是上个星期吧。"

郑海生问他："你为什么收到二十万美金后不立刻交呢？"

郭达富笑了一下说："当时单位工程太忙了，我没有顾得上——我可没有独吞这二十万的意思！"

郑海生问："我想问一下，你当时把这二十万美金放在哪里了？"

郭达富说："就放在我办公室的保险柜里。"

郑海生和林枫又带着郭达富来到了医院他的办公室。

一进门，郑海生和林枫就都注意到这是一个崭新的保险柜。

郑海生问："你们医院领导办公室都有保险柜吗？"

郭达富说："也不一定，需要就配一个。"

林枫说："能打开保险柜让我们看一下吗？"

"当然可以。"郭达富欣然同意，起身拿钥匙打开了保险柜。

郑海生假装不经意地问："这个保险柜是什么时候、在哪儿买的？"

"买的时间不长，是财务科科长老许去买的。当时是考虑放一些重要文件，医院的人杂，怕这些文件丢了。"郭达富说。

“有没有保险柜的发票？”郑海生问。

“有，肯定有。都交财务了。”郭达富答。

郑海生说：“那咱们到你们医院财务室去一下吧。”

郭达富脸上略有不快地说：“可以。”

郑海生和林枫跟着郭达富来到医院财务办公室。郭达富对里面一个年龄大约五十岁的男人说：“他们是纪委监委的，他们要看一下我办公室保险柜的发票。”

五十岁的男人站起来。

郑海生说：“我们是纪委监委的，想看一下你们郭院长办公室的保险柜发票。”

五十岁的男人说：“我是财务科长，我姓许，言午许。”

老许说着就打开一个文件柜，翻出一本已经装订好的票据递给郑海生。

郑海生说：“我们要暂时借用一下这张发票。”

老许有点为难地说：“发票你们可以拿走，不过要尽快还，我们要归档。”

郑海生点点头说：“您放心，我给您打一张收条。另外，请您把郭院长入账的二十万美金的单据，也复印一份给我们。”

“可以。”老许说完就找票据。

郑海生问：“那二十万美金还在吗？”

许科长说：“在，在。”

郑海生说：“能让我们看一下那二十万美金吗？”

许科长说：“可以。”说着就让出纳打开了保险柜，保险柜里整整齐齐码放着两摞美金。

许科长把那二十万美金拿出来放在桌子上。

郑海生说：“你们医院的财务制度健全吧？”

许科长说：“健全，健全。”

郑海生指着那二十万美元说：“健全？这么大的一笔现金，为什么不存银行？不怕丢了？”

许科长说："哎呀，最近太忙了，没有顾上，我还想最近这两天就把它存上去。"

郑海生一张张地仔细看那二十万美金，发现这二十万美金居然是连号的，立刻让林枫用相机把这二十万美金逐一拍了下来。

回到纪委监委，郑海生立刻让林枫上网查一下保险柜发票的真假。很快林枫就查出来了，发票是真的，但查不出开票日期。

四

郑海生在办公室里突然接到一个陌生女人打来的电话。陌生女人问他："您是纪委监委的郑海生主任吗？"郑海生说："对，我是。你有什么事情？"对方说："我姓曹，我叫曹月娥。我在交友网上看到您的征婚启事了，觉得您的各方面条件都不错，您看咱们两个什么时候见个面？"

郑海生听得一头雾水，说："对不起，你弄错了。"郑海生挂了电话。

很快电话又响了。郑海生一看还是刚才的那个电话，就拿起听筒说："我告诉过你，你弄错了。我从来没有在什么交友网上征过婚！"

对方一听很不高兴地说："你从来没有在网上征婚，那你的资料是怎么跑到网上去的？"说完就挂了电话。

郑海生想了半天也不知道这事儿是谁干的。

晚上下班后，郑海生看女儿还没有回来，就打开电脑上网。他果然在交友网上看见了自己的征婚广告。他立即给女儿打电话让她回来。

郑海生关了电脑就去做饭。

很快郑晓菡就回来了。郑海生黑着脸又打开电脑，把她叫到电脑跟前来，指着交友网上自己的征婚启事问她："这是不是你干的？"

郑晓菡说："对呀。怎么样，我替你考虑得周到吧？"

郑海生大喝一声："胡闹！你看看你！学习越来越退步，不赶紧把自己的学习抓上去，倒操起我的闲心来了？谁让你干的？"

郑晓菡看爸爸一脸不高兴，就赶紧说："行了，行了，拜托你别生气了。我去替你做饭，你坐下，好好看看这些人的资料。没准还真能给我找到一个后妈呢。"郑晓菡嘻嘻哈哈地说。

"你真是瞎胡闹！"郑海生关了电脑，"晓菡，爸爸告诉你，你现在需要关心的是你自己的学习，大人的事情不用你操心！"说完就站起来走了。郑晓菡跟在后面说："爸！你该考虑考虑自己的感情问题了。我已经长大了，你不用担心我了。其实，我个人是很喜欢叶涵阿姨的，可是看你这样子，好像又没多大希望，所以我就……"

郑海生坐在沙发上："这是你小孩子操心的事吗？我再说一遍！管好自己的学习！"

郑晓菡依偎在郑海生身边："爸爸，我真的希望你能幸福！"

"什么幸福不幸福？你懂个什么呀？"

郑晓菡坐直了，看着郑海生："你别总以为我是小孩，什么都不懂。我都十五岁了！"

郑海生感叹："是啊！你都十五岁了。爸爸也老了。"

郑晓菡煞有介事地说："老不老的主要因素不是年龄，是心境。像你这样不懂生活情趣，不懂享受生活的人，哪怕只有二十岁，也是没有活力，没有激情的。"

一时之间，郑海生竟然不知道该如何应对自己十五岁的女儿了，只好说："我告诉你，你给我听着，把你的什么活力和激情，用到你自己的学习上去！"

五

纪委监委找过郭达富以后，郭达富暗自庆幸自己已经把那二十万美元交给了财务室，他想弄清楚是谁在背后捅了自己一刀。这一天在办公室里，郭达富坐在舒适的老板椅上，左右转着。他前前后后仔细地把这些事情想了想，从抽屉里拿出一张 SIM 卡，卸下手机电池，把 SIM 卡换上，拨通了一个电话：“谭立龙！你立刻到我办公室来一趟！”

谭立龙问：“郭院长，什么事儿？”

郭达富说：“少他妈废话！叫你来你就快点儿来！”

谭立龙说：“那好，我现在还有点儿事儿，可能要一个小时以后到。”

郭达富说：“你二十分钟必须到！我没有时间等你！”

从电话里，谭立龙听出了郭达富对自己的不满，就赶紧开着车往郭达富办公室赶。他一边开车一边想：纪委监委肯定已经找郭达富谈过话了，自己应该怎么应对郭达富的质问呢？还没想出头绪，车已经到了医院。

谭立龙一到郭达富办公室，郭达富就黑着脸问他：“是你到纪委监委举报了我吧？”

谭立龙一屁股坐下，一脸无辜地说：“郭院长！我有病呀？天地良心，我怎么会这么做呢，弟弟我还等着你把下一个一千六百万的单给我呢。”

郭达富问：“那纪委监委怎么知道你送我一条项链和两万元的事儿？你是不是到处跟人说你送我一条项链和两万元现金？”

谭立龙说：“郭院长，我怀疑是陈林干的，他因为没有拿上这笔订单，一直对你不满。”

郭达富不满地说：“跟你们这些商人打交道，真他妈的太危险！”

谭立龙走了以后，郭达富想证实一下是不是陈林举报了自己，就又拨通了 JBN 公司代表陈林的电话，为了诈出实情，他假装非常激动地说：“姓陈的，你想干吗？就这么一点儿事情，你就到纪委监委举报我？看来你是不想再跟我们医院合作了是吧？”

陈林一听郭达富怀疑了自己就说：“郭院长，你这话从何而来？我为什么要举报你？”

郭达富说：“我知道肯定是你干的，除了你不会有别人。”

陈林正开着车，慢悠悠地说：“郭院长，我早就跟你说过，你身边有小人，你不信，现在应验了吧？你也不想想，我不能因为你没把上次的生意给我，就给你挖坑吧？说实话，我还想继续跟你合作呢。在你身上花了那么多钱，把你送进去对我有什么好处？”

郭达富有点儿怀疑自己的判断了。

陈林说：“你放心，假如纪委监委的人找你，我给你作证，说你从来没有受贿。”

郭达富稍作平静说：“那是谁这么缺德？”

陈林说：“我还正想给你打电话呢，我想既然八百万的项目，你没有给我那就算了，但第二批一千六百万的采购项目，你可一定要给我啊。”

郭达富想挂电话了，就生气地说：“等过了这一段再说吧。”

陈林赶紧说：“你先别着急，我不是吓唬你，谁都清楚游戏规则。我是请求你，赏兄弟一个吃饭的机会。”

郭达富说：“第二批的采购合同要走招标程序，我做不了主。”

陈林显然也有点生气了：“你少在我面前装正儿八经的！这个项目你从中得了多少钱，你我都清楚。当然，下一个一千六百万的项目，我也不会亏待你。你自己考虑考虑吧。”说完就挂了。郭达富望着传来“嘟嘟”声的电话，神情木讷。

第二天中午十一点半的时候，郭达富正准备下班，电话铃响了，郭达富拿起听筒一听还是陈林。他有些不耐烦地问：“什么事情？快说。”

陈林说：“晚上八点，老地方见。”

郭达富说：“今天晚上我可能没有时间。”

陈林说：“既然你怀疑我举报你，这倒给我提了个醒，来不来随你便。”

郭达富放下电话后长叹一口气。

晚上八点，郭达富如约来到了位于樱花广场旁的咖啡馆，陈林已经等在那里了。郭达富在陈林对面坐下后问："什么事情一定要让我过来？"旁边一个服务员正在为他们泡茶。陈林朝服务员挥挥手示意她出去，服务员站起来走了出去。

陈林细细地品了一口茶说："郭院长，你知道，你们医院的这个八百万的项目，我跟了快一年了，在你身上也花了不少钱。总公司问我怎么样，我说应该没问题，可是我没想到，最后你把这个项目给了 CYS 公司的谭立龙。你可是狠狠地耍了我一把呀。我知道你们还要进设备，我不想这次再落空。我不是心疼花在你们身上的钱，我是没有办法给总公司交代啊。"

郭达富说："我知道你的心情，可是你也不能用这种方式威胁我啊。我和 CYS 公司的交往是清白的，所有手续都是按照招投标程序来的。"

陈林说："你觉得自己的解释可信吗？你是这个项目的负责人，你最清楚所有的规矩、细节！ CYS 公司本来就不是我们这个地区的销售商，竟然在这么短的时间拿到项目？！做这单生意的利润都是可以计算出来的，你至少拿了百分之二十的好处，否则你会给他吗？跟你说实话，我今天这么着急地给你打电话约你出来，是因为纪委监委已经给我打电话找过我了。"

郭达富说："陈林，你就演戏吧。我可以很明确地告诉你，我一分钱的好处没有拿！我是清清白白的，你也不用讹诈我……"

陈林一看，就拿出手机快速按了几下按键说："我可以告诉你一个电话号码，这是市纪委监委调查监察第七审查调查室的号码，你可以查一下。再说，我也没必要用这个来吓唬你。拿没拿 CYS 公司谭立龙的好处，你心里最清楚，是不是？我之所以这么说，是因为我有起码的证据。别忘了，我们都是做这一行当的，我没有必要威胁你，我就是想做下一单生意。你自己掂量掂量吧。"陈林站起来说："他们约我明天上午去一趟纪委监委，我希望你最好明天上午八点之前给我一个准话，我也好确定跟纪委监委怎么说，说点啥。”

郭达富一听立刻就呆住了。

六

郭达富没想到自己这么谨慎还是出了纰漏。

第二天一早，姜院长来到郭达富的办公室推门问他：“我看你最近气色不好，是不是还为那二十万美元的事情发愁？”

郭达富说：“可不是嘛！”

姜院长说：“算了，你先别想了，只要你没贪，就没事儿。”

郭达富长叹一口气说：“唉！就怕人在家中坐，祸从天上来呀！”

姜院长说：“老郭，跟你商量个事情。”

郭达富回过神来：“哦，姜院长，还是第二次招标的事情？”

姜院长打断他说：“老郭啊，我看这事这样吧，为了避免别人说闲话，我有个重新的考虑，想让王院长来负责这次的招标。你呢，把主要精力还是放在新办公大楼的基建上。”郭达富一下子蒙了，一脸的茫然。

姜院长语重心长地说：“老郭啊，你要知道，我这样做也是为了给你减轻一点儿工作强度，要不你干的事情太多了。”

郭达富说:“谢谢姜院长想得这么周到！我服从领导的安排。不过……”

姜院长问：“还有事？”

郭达富犹犹豫豫地说：“新大楼的装修预算有些不够，需要再追加一些。”

姜院长一怔：“还需要多少？”

郭达富想了想：“大概三百多万。”

姜院长问："不要说大概，准确数字是多少？"

郭达富脸有点红："我需要与承建单位仔细核实后才能定。"

姜院长说："你抓紧落实，把追加预算报给我。我还有个手术，得马上做。"

姜院长走了，郭达富更加焦躁不安，他不知道不让自己负责设备采购了，自己怎么跟陈林那儿交代。

七

本来郭达富觉得自己已经没有什么事儿了。这一天，郭达富刚上班就接到了纪委监委的电话。电话是郑海生打来的，让他去一趟纪委监委。郭达富慌慌张张地去了纪委监委。

郑海生这是第二次见郭达富了，郑海生和林枫问话，叶涵在一边做记录。

郑海生说："郭院长，想不到这么快我们就又见面了！"

郭达富强作镇定："不知道郑主任又有什么指示？"

郑海生直截了当地问："我想问一下，你交给医院的二十万美金是谁给你的？"

郭达富有点慌了："CYS 公司的代表谭立龙。"

郑海生笑了笑说："是吗？那我给你看一些材料。"

郑海生示意林枫放幻灯片，幻灯片上出现医院财务室连号的二十万美金。

"是这二十万美金吗？"郑海生问。

郭达富毫不犹豫地点了点头，说："没错。"

林枫说："这根本就不是你从 CYS 公司要的那二十万美金！"

郭达富假装糊涂："我不明白你这话是什么意思。"

郑海生示意林枫说："给他放录像。"

录像里 CYS 公司代表谭立龙急赤白脸地说："姓郭的太他妈黑了，八百万人民币的设备，他就要了我二十万美元的设备质量保证金，他说这是为了确保医院所采购的设备质量。我们 CYS 公司也是全球知名的大公司呀，我们的质量不可靠的话，还能在全世界设立二十多家分公司吗？可是不给他保证金，他就不跟我们做。我一下子上哪儿去弄二十万美金呀，东拼西凑，这个朋友换点，那个朋友借点，才给他凑齐……"

郭达富看着录像，脸色顿时变得煞白。

郑海生说："东拼西凑来的美金，可能是连号的吗？"

郭达富不说话。

郑海生再问："你是什么时候把那二十万美金放在保险柜里的？"

郭达富继续狡辩："我一拿回来就放进去了。"

"林枫，再给他看几样东西。"郑海生对林枫说。

林枫一边放幻灯片一边说："据我们调查，你是两个月前买的保险柜，而发票上的开票日期是半个月前。这是怎么回事？"

郭达富额头上一下子冒出汗来，说话也开始结巴："这……我是早买了，只是当时忙，没顾得上开发票，是后来才补的。"

郑海生盯着郭达富，说："郭达富，CYS 公司的谭立龙给你的二十万美金，哪里去了？这连号的二十万美金，又是哪儿来的？"

郭达富铁青着脸不说话。

郑海生说："你可以不回答。但我告诉你，你收取谭立龙给你的二十万美金，在法律上已经可以认定你受贿的行为。这第二笔钱，即使你不交代，至少也可以认定是巨额财产来源不明。我希望你如实交代，争取宽大处理。"

郭达富想了一下说："这后面的二十万美金，是从一个朋友那儿暂时借的。"

林枫说："什么样的朋友，能一下子借给你二十万美金？"

郭达富说："一个很好的朋友，叫胡义。"

郑海生问："胡义是干什么的？"

郭达富说："胡义是宏达建筑公司的总经理。"

郑海生问："有借条吗？"

郭达富犹豫了一下说："当然有。"

郑海生问："宏达建筑公司，这不是承建你们医院新办公大楼的那家公司吗？"郭达富躲避着郑海生的目光不说话。

郑海生对叶涵说："你现在去准备一下法律手续，对郭达富立案调查。"

叶涵领命快步走了。十几分钟后，她办好了手续回到提讯室来。郑海生拿着刑事拘留书和一支签字笔，走到郭达富面前说："我代表纪检监察机关，宣布对你立案调查，请在刑事拘留书上签字。"

郭达富的手不停地哆嗦着，在刑事拘留书上签下自己的名字，刚放下笔，他就一下子晕倒过去。

郑海生赶紧拨打了120。

叶涵问郑海生："郑主任，送哪家医院？"

"当然是最近的。"郑海生说。

林枫说："三院最近，可郭达富……"

郑海生打断他说："救人要紧。叶涵，你和刘大奎负责盯着医院那边，一旦郭达富脱离危险，就马上转入公安医院。林枫，你现在就跟我去紧急传讯胡义。"

八

当郑海生和林枫敲开胡义家门的时候，他一副睡眼惺忪的模样，但等看到郑海生出示的监察人员工作证件，他一点睡意也没有了。

把胡义带回办案点里已经是深夜一点半。胡义不满地嚷嚷道：“你们这是侵犯人权，我要抗议，我要投诉。”

到了提讯室，郑海生问：“胡义，你知道我们为什么请你来吗？”

胡义表情无辜地说：“我哪知道，我可是遵纪守法的良民呐。”

夏志杰觉得好笑：“你还良民？你好好想想，最近你做过什么违法犯罪的事吗？”

胡义一副赖皮样：“我想不起来，要不你提醒我一下？”

郑海生说：“不知道？那好，我现在告诉你，你涉嫌行贿！”

胡义说：“行贿？笑话！我涉嫌给谁行贿了？”

郑海生说：“你给郭达富送过二十万美金吧？这么快就忘记了？”

胡义辩解说：“这算什么事呀！我还头一回听说，这借钱也算违法犯罪吗？那是我借给他的。”

夏志杰问：“你凭什么借给他，他给了你什么好处？”

胡义强辩：“我们是朋友。”

夏志杰追问：“是吗？是什么样的朋友？”

胡义抬头看着天花板：“我有必要回答你吗？”

郑海生问：“有借条吗？”

胡义犹豫了一下说：“当然有了。”

郑海生问：“借条呢？”

胡义说：“交给我公司财务室了。”

胡义走了以后，郑海生问林枫：“你刚才发现问题了没有？”

林枫说：“好像你问他打借条了没有时，他犹豫了一下。”

郑海生说：“对，看来这里头有问题。我看咱们得去查查。”

九

已是后半夜了，在第三人民医院重症监护室外，刘大奎和叶涵都困得昏昏欲睡。病房里，还没有苏醒的郭达富，闭着眼睛静静地躺在病床上，坐在旁边椅子上的小护士也昏昏欲睡。监护仪器的心电图跳跃着，发出正常心电图的声音。

刘大奎忍不住打了个大大的哈欠，叶涵也禁不住打了个哈欠。刘大奎对她说："你靠椅子上眯一会儿，等人醒过来我叫你。"

"好吧，咱俩换着休息会儿，一会儿我来盯着。"叶涵说完就趴在椅子上闭上了眼睛。

又过了一会儿，刘大奎看没什么情况，就悄悄起身去了卫生间。

这时，一名穿白大褂、戴着白口罩，腋下夹着一个硬板夹的医生，探头往病房里看了一眼，悄无声息地进去了。

他径直来到郭达富的床前，轻轻推了一下郭达富，郭达富睁开了眼睛。他把硬板夹和笔快速递给郭达富，郭达富立刻快速地在上面写了几个字，就又闭上了眼睛。

刘大奎从卫生间出来，一进病房，就发现郭达富的病床前站着一个医生，正拿着听诊器俯身在听郭达富的心跳。护士还趴在椅子背上睡着。

职业的敏感，让刘大奎顿时清醒，他赶紧走过去，先飞快地朝心电监护仪看了一眼，又看了看医生，刚要问话，医生转过脸看着刘大奎，用很轻的声音问道："病人醒过了吗？"

刘大奎说："好像还没醒，您是？"

医生说："我是值班医生，做些例行巡房检查。特别是像这种被你们监控的病人，那就更要多多注意了。"

刘大奎说："那谢谢您了。"

刘大奎注意到，这个医生的眼镜腿上缠了块不大的白胶布。

刘大奎又低声问医生："他没什么危险吧？"

医生说："现在看来没什么危险。但像这种心脏病病人不能受刺激。"

大夫检查完离开时，刘大奎又随口问了一声："大夫，他什么时候能醒？"

"明早应该没有问题。"大夫说。

刘大奎马上精神起来了，看看手表说："明早？那他脱离危险了？"

"还不能确定。"大夫边说边走了出去，他的检查甚至没有惊醒护士。

大夫走后，刘大奎继续坐回去闭目养神。可是他老想着刚才来的那个医生，虽然也没看出他有什么异常，但老觉得心里不踏实，就这样迷迷糊糊熬到了天亮。

早晨七点半时，另外一个大夫走进病房，用仪器量郭达富的血压。刘大奎等大夫检查完毕，问："病人情况怎么样？"

大夫说："已经醒过来了，只是还很虚弱。"

刘大奎突然想到后半夜来的那个医生，就又问："你们一般晚上有几位医生在病房值班？"

医生看看他说："那不一定。没有危重病人的话，也就一两个吧。有危重病人时，三五个都是少的。"

刘大奎把悬着的心放进了肚子里，问："要是没有危险了，我们能不能把他转入公安医院？"

大夫说："可以。但恐怕还不能马上配合你们调查，郭院长有心脏病的历史，需要特别注意。"

十

早晨八点半，郑海生和林枫到达胡义公司的时候，他们公司的人已经来上班了。他们找到会计，让他把郭达富给胡义写的那张二十万美金的借条找出来，会计很快就把借条给他们找了出来。

回到单位，郑海生立刻让林枫把借条拿到院内的司法鉴定中心作了鉴定。鉴定结果很快就出来了，鉴定中心工作人员说：“根据墨迹，这张借据应该是新的，不会超过二十四小时。”

郑海生听后大吃一惊，他的怀疑被证实了。他立刻召集专案组所有人开会。

郑海生拿出郭达富签名的借条和物证鉴定报告说：“这张借条请鉴定中心的同志鉴定过了，签名的确是郭达富的。不过，鉴定中心的同志说，根据墨迹，这张借据应该是新的，不会超过二十四小时。”

刘大奎和叶涵异口同声：“怎么可能？过去二十四小时，郭达富一直在我们的控制之内，怎么可能签这个名呢？会不会是鉴定中心的同志弄错了？”

林枫说：“当时我也这么想，但鉴定中心的同志说不可能弄错。”

郑海生说：“这就是我这么着急叫大家回来开会的原因。这过去的二十四小时内，郭达富不是在提讯室，就是在医院，而且身边一直都有我们的人看着。他是怎么签下这个名的呢？我想大家一起来分析分析。”

林枫说：“我想，在公安局他不可能有机会，唯一的缺口应该是在三医院，那是郭达富的地盘，他极有可能在我们眼皮底下玩花招。可他到底是在什么时间签的名，又是什么人递给他的借条呢？”

刘大奎和叶涵面面相觑。

十一

刘大奎刚进三医院的电梯，手机的短信提示音“嘀嘀”响了。他随手在电梯的控制键盘上摁了个“6”，就打开手机看短信。从电梯出来，刘大奎收起手机左右看看，找了个路过的护士问道：“请问这是脑外科住院部吗？”

护士笑了：“这是妇产科住院部，脑外在八层。”

刘大奎问：“那这是几层？”

“六层。”护士答。

刘大奎不好意思地说：“呵呵，瞧我，谢谢啊！”转身向电梯走去。他从护士站经过的时候，一个大夫正跟护士交代对产妇的护理情况。刘大奎本来已经走过去了，但下意识地回了一下头，一眼就看到了大夫眼镜腿上那块显眼的白胶布。

刘大奎心里直犯嘀咕：“郭达富是心肌梗塞，那天的值班大夫怎么可能是妇产科的呢？这里边一定有问题。”

刘大奎停下脚步，站在医疗宣传栏前，假装浏览上面的文章。等那位眼镜腿上缠白胶布的大夫离开后，刘大奎赶紧走过去问护士：“请问刚才那位是脑外科的大夫吗？”

护士头都没抬一下，不耐烦地说：“这里是妇产科，怎么上这儿来找脑外科的大夫呢？那是我们科的王彬大夫。”

出了医院，刘大奎就直接来到医院对面的快餐店里，要了一杯饮料，边喝边坐等医院下班时间。刚过五点，医院的员工陆续下班出来了，妇产科大夫王彬驾驶一辆白色富康车驶出医院大门。刘大奎赶紧追出来，打了一辆出租车跟上王彬。两辆车一前一后，驶过大街，穿过小巷。富康在一个住宅区门口的马路边停下，王彬下车往小区里走去，刘大奎下车在小区门口静候。

这时，一辆白色的本田雅阁在马路对面停下，但没有人下车。刘大奎看了一眼，没在意。这时王彬急匆匆地走出小区，直奔那辆本田雅阁而去，一到就赶紧拉开门坐了进去。刘大奎急忙拦住一辆出租车坐进去。“跟着那辆本田雅阁。”刘大奎对司机说。

可是本田雅阁并没有开走，十几分钟后，王彬从车里出来了，站在路边对车里的人点头哈腰，一脸恭敬相，嘴里还在不停地说着什么。出于职业敏感，刘大奎掏出笔，记下了车牌号。

刘大奎很快查出，本田雅阁的车主叫郑天霞。这郑天霞可是滨海市的一位名流，她的老公就是滨海市卫生局主任毕光明。

王彬和郑天霞是什么关系？

专案组很快传讯了王彬。

十二

在谈话室里，王彬紧张得手心出汗，他不停地在裤腿上擦自己的手掌。

郑海生问他："王彬，你作为一个有着高学历的医院科室副主任，应该具备一些简单的法律常识。你也知道，我们调查你也不是一天两天的事了，你自己考虑清楚，是我们把你做的事说出来呢，还是你自己交代。这两者性质可完全不一样。"

王彬的手控制不住地哆嗦，他颤抖着声音问："可以……给我一支烟吗？"

刘大奎看看郑海生，郑海生点点头。刘大奎拿着烟盒走过去，抽出一支烟递给王彬说："王大夫，好好想想，别给自己挖坑！"

王彬接过烟，刘大奎帮王彬把烟点燃。王彬狠狠吸了一口，顿了一下说："好，我说，是郑天霞让我干的。郭达富住进三院的那晚十二点左右，郑天霞给我打的电话，让我拿着事先拟好的借条混进病房，想办法让郭签名。我当时因为想升妇产科正主任，有求于郑天霞，而郑天霞也一再保证，出了问题他们完全有能力抹平，我就答应了。"

"你升职为什么要求郑天霞？"郑海生问。

“郑天霞在医疗系统内部影响极大，很多人有事情需要毕主任出面的时候，都会直接找郑天霞。为了升职，我曾给郑天霞送过十万块钱。”

十三

郑海生把王彬交代的情况如实汇报给夏志杰，夏志杰百思不得其解说：“胡义借给郭达富二十万美金，郑天霞帮郭达富做伪证，郑天霞和胡义认识吗？如果认识，那他们又有什么关系？这事会不会和毕光明有牵连？你的意思呢？”

郑海生说：“我的意思是立刻对胡义的公司和郑天霞展开调查。”

夏志杰想了想说：“同意！现在正值全面打击医疗卫生系统贪腐的高潮时期，说不定此案能带出更大的线索来。”

经过专案组的调查，胡义的宏达建筑装饰工程有限公司的资金，全是境外的投资，幕后老板叫毕强，是毕光明和郑天霞的儿子。此外，胡义名下还有一个医药公司。而宏达公司的业务，九成和医疗系统有关，他们绝大部分的经营收入也都来自和医疗系统的合作，其中包括三院的新大楼承建及装修工程。胡义的医药公司最近刚通过市卫生局的批准，向全市各大医院和乡镇医院推销了一批据说是可以扩张血管、对心脑血管狭窄有特殊疗效的新药。

在机场登机口，专案组办案人员截住了正要到外地去的胡义，胡义直接从机场被带到提讯室。在提讯室里，胡义一副无所谓的样子，歪歪斜斜地坐在椅子上。林枫严厉地说：“坐好！你以为这是夜总会啊！”胡义满不在乎地撇撇嘴。

郑海生拿出有郭达富签名的借据问：“这个，你见过吗？”

胡义说：“见过，这是郭达富写给我的借据。”

郑海生问：“什么时候写的？”

胡义显得很不耐烦："当然是借钱的时候写的啦。"

郑海生问："具体时间？"

胡义说："哪能记得那么清楚。我的事很多，不可能每件事都能记住。"

郑海生说："经过技术鉴定，这张借条是新的，这应该是郭达富住进三院重症监护室时签的名吧？"

胡义不说话。

郑海生说："胡义，有很多事情不是你想隐瞒就能隐瞒过去的，我们还是希望你能老老实实地向我们供述。"

胡义沉默了一会儿问郑海生："那你们到底想知道什么？"

郑海生又问胡义："这张借据，是谁指使让郭达富签完名后，交到你公司财务上的？"

胡义回答说："没有谁。都是我安排的。"

郑海生问："包括找混进去的妇产科大夫？"

胡义平静地说："是的。那大夫也是我自己找的。"

郑海生突然意识到，胡义有可能把事情全揽在自己身上，遂灵机一动："既然你说是你找的，那你应该知道那个女大夫叫什么。"

胡义不知其意，大咧咧地说："当然知道，叫王彬。"

郑海生差点控制不住心里的激动："我再问一遍，你确定那女大夫叫王彬？"

胡义说："我确定。"

林枫反驳道："你可能不知道，三院妇产科叫王彬的大夫只有一个，是男的。"

胡义一脸茫然。

郑海生问："据我们调查，宏达公司的资金全是境外的投资，幕后老板叫毕强。"

胡义答："不是毕强。"

郑海生问："那你公司的注册资金是谁注入的？"

胡义答："我自己。"

郑海生问："你自己？你从哪儿来的钱？"

胡义答："我从澳门赌博赢回来的。因为怕有麻烦，当时就让赌场走境外账户再汇回来给我。"

郑海生盯着胡义看了好一会儿，说："胡义，我有必要告诉你，你所说的一切，都会记录在案，所以，有些话我希望你能考虑清楚再说。其实，在整个案件中，你扮演的不过是马仔的角色！那二十万美金，如果你说不清楚来源，我们随时可以以行贿罪对你进行立案，而你与郭达富的串供，也已经涉嫌包庇罪。"

胡义开始头顶冒汗，可以看出他在做激烈的思想斗争。郑海生示意林枫："给他看看王彬和郭达富的证词。"

林枫把提讯王彬的录像和提讯郭达富的录像放给胡义看。录像里郭达富说："为了单位进三甲，在大楼建设招标过程中，我事先将标底透露给胡义了。那二十万美金，是胡义从郑天霞那里拿给我的，他们也不想我出事……"

胡义看着录像，汗出得越来越密集，呼吸也变得急促起来。

这时，靳兰走进提讯室，俯身在郑海生耳边低声说了几句话。听完后郑海生叹了口气，望着胡义说："胡义，今天上午，有人拿着五十万的存折去你家，说是替你孝敬你母亲的。你母亲感觉你出事了，突发心脏病，现在正在医院抢救。"

"什么？妈——"胡义失声痛哭起来。

十四

胡义的母亲报病危了。经请示上级领导批准，郑海生带着胡义去医院见他母亲一面。林枫驾着车飞快地往医院赶，车里的胡义坐立不安地看着前方，郑海生对胡义说："现在是特殊情况，我们不希望老人家在人生的最后时刻对你失望，你明白吗？"

胡义感激地看着郑海生说："谢谢郑监察人员的成全！大恩不言谢，我知道我该怎么做。"

胡义在办案人员的陪同下直奔抢救室。胡义的姐姐一见胡义，哭得更伤心："胡义，你都做了些什么呀？妈已经去了。你不知道妈多想再看你一眼，她老人家走得不甘心呐！妈，你睁开眼看看吧，你最疼的儿子来了。"

胡义一听他姐姐的话，扑向病床号啕大哭："妈！妈！你醒醒，儿子来晚了，儿子我还没机会好好孝敬您呢……"

郑海生对胡义采取了攻心为上的策略，安排了几个人陪着胡义忙了三天，一直帮着把胡义母亲的后事料理完。同时，郑海生在卫生局和三医院调查胡义时，竟然又有一个惊人的发现：好几家医院在短短的几天，就有数人因使用了胡义通过卫生局卖给医院的专门治疗心脑血管疾病的药物而丧生。

在提讯室里，郑海生对一直低头抹泪的胡义说："你知道你母亲的死亡原因吗？"

胡义摇摇头说："我不知道。怎么了？难道是医疗事故？"

郑海生说："要说医疗事故也不准确，因为医生没有在技术上犯错误。"

胡义问："那是怎么回事儿？"

郑海生说："是因为使用了你进的那批专门治疗心脑血管疾病的药。已经有四家医院都发生了类似的情况。"

胡义一听就快崩溃了。他"扑通"一下跪倒在地，哭着喊着："毕强！是你杀了我妈妈呀！我饶不了你呀！"

郑海生一直耐着性子等他发泄完了，问他："你还想替他们隐瞒吗？"

胡义说："郑主任，我真没想过，我做的那些事情，竟会报应在自己的亲人身上。我后悔莫及呀！我说，我全都说。借条是郑天霞指使王彬混进病房让郭达富签名后，再送给我们公司会计的。郑天霞借我的手把药推销给医院。我公司的境外投资者，就是郑天霞的儿子毕强。”

郑海生问：“郑天霞是如何利用你的手，把新药推销给医院的？是由你去跟医院的人谈吗？事前，郑天霞会先打电话跟对方沟通吗？”

胡义说：“郑天霞会先找机会约上他们和我一块吃饭，吃饭时郑天霞就暗示对方，我是她的人，以后有些事需要我去具体办，让大家多照顾一些。”

郑海生问：“医院里的人你亲手给过钱吗？”

胡义说：“没有。这种事，郑天霞从来都是亲自办的。”

郑海生说：“那药商呢？给过你钱吗？或者让你转交给郑天霞的钱？”

胡义说：“也没有。我只是去医院联系的时候当当跑腿。”

郑海生问：“郑天霞给了你什么好处？”

胡义突然冷笑起来：“哼……好处？我要是说没有，你们相信吗？”

郑海生说：“没有给你好处，凭什么替她跑腿？”

胡义冷笑说：“是啊！我也问过我自己，凭什么呀？连我母亲的命都搭上了？！我图个什么呢？”

沉默了片刻，胡义抬起头说：“我以前是开黑车的！有一次我在酒吧街等活儿，遇到毕强和一个女孩儿喝醉酒出来，毕强坐我的车把那女孩送回家后，又让我载着他回到酒吧街，一出手就给了我二百元，还说今晚就算包我的车，让我在外面等着他。可我一直等到第二天天快亮了，毕强才醉醺醺地从酒吧里出来，看到我还在外面等着，他很吃惊，问我：‘你还在呀？’没想到，就因为等了他这个晚上，让他觉得我人可靠，他就让我去当了他的专车司机了。”

郑海生问：“当时做什么工作？”

胡义说：“那会儿毕强刚从国外念书回来，正准备开公司。其实也不只是司机，平时他家里有个什么事也会让我去帮忙。说白了，就是他家的一个男保姆罢了。”

郑海生问："就是那时候你跟郑天霞相熟了？"

胡义说："是的。经过接触，郑天霞认为我这人可靠，后来毕强开宏达公司的时候，也是她主张让我当总经理。当然我心里也明白，他们是考虑到有些事情自己不方便出面，所以才会用我这个外人的。"

郑海生问："只给你一份工资你就那么卖命？连犯法的事情都替他们做？"

胡义叹了口气："你们是不了解我这种人的心情的。当所有人都看不起你，突然有人那么信任你，给你一份体面的工作，一份稳定的收入，那简直就是再生父母、救命恩人一样了。"

十五

专案组再次召开会议讨论案情。

根据胡义提供的线索，因为郑天霞的压力，不止一家医院进了那种不合格的药，目前已确定牵涉在内的有多个医院的领导层。可以说，郑天霞拉倒了滨海市医疗系统一大批干部。这件事，过几天调查组会对外公布。关于郑天霞，因为她没有直接与医院接触，所有事情都是由胡义出面，所以目前她概不承认，说一切都是胡义个人所为，与她无关。

夏志杰说："根据目前的证据，可以正式以受贿罪留置郑天霞。至于毕强，目前已潜逃国外，需要国际刑警组织的协助，引渡回国。"

郑海生带着刘大奎和叶涵找到郑天霞家的别墅时，郑天霞正在和三个女人打麻将。看到郑海生他们，郑天霞的眼睛还盯着手里的麻将，根本没把他们当一回事。郑海生向她出示证件，郑天霞的三个麻友见这场面，都急忙站起来告辞。郑天霞不高兴地说："什么事？我很忙的。"

叶涵正色道："对不起！按照法律规定，我们有权力要求您配合我们的调查。”

郑天霞说：“走可以，但我得先打个电话。”说着拿起了桌边的电话。

刘大奎一把按住电话：“对不起！您现在不能打电话。”叶涵向她出示了搜查令，几人开始在她家里进行细致的搜查。

很快郑天霞就被带到了纪委监委。

在提讯室里，郑天霞态度傲慢。

郑海生问她：“三院的王彬大夫，你认识吗？”

郑天霞不屑一顾地说：“不认识。不过他肯定认识我。”

刘大奎问：“为什么？”

郑天霞说：“难道你们不知道吗？滨海市医疗系统的人大都认识我。”

刘大奎喝了口水，强压住心头的怒气继续问：“你是不是曾经指使王彬，在夜里潜入郭达富的病房，让郭达富签了一张借据？”

郑天霞好像没听见一般，没任何反应。靳兰只好又重复了一遍，郑天霞还是一样的淡然，好像说的事与己无关。

郑海生问：“据我们调查，三院妇产科大夫王彬，为了晋升为妇产科主任，曾送给你十万元人民币，有没有这样的事？”

郑天霞不回答。不管再问什么，郑天霞都是一如既往的沉默。

郑海生拿着清单对郑天霞说：“这些都是从你家里搜出来的。名牌手表十五块、名贵珠宝三十七件、名人字画九幅、手提电脑四台、手机十一部……这些是怎么来的？”

郑天霞沉默了一会儿说：“这些都是我自己买的。”

刘大奎问：“你买了十五块男式手表？在哪儿买的？有没有发票？”

郑天霞不说话。

郑海生问：“你汇给毕强的钱从哪儿来的？”

郑天霞说：“我做生意挣的。”

郑海生问：“做什么生意？和什么人做的？”

郑天霞说：“都是和朋友做的，什么都做。有时炒股也挣点。”

郑天霞态度强硬："是他胡义自己做的事，怎么就赖我头上了？我说过了，与我无关！"

郑海生说："与你无关？医院采购药品凭什么要听胡义的？"

郑天霞不以为然地说："郑主任，你不知道'有钱能使鬼推磨'这一说？"

郑海生说："我还知道一句话——要想人不知，除非己莫为！"

郑天霞撇撇嘴，鼻子里哼了一声，偏过头去。

郑海生说："几个医院负责采购的人，都指证是由于你的压力，不得不购进一些新药、高价药，甚至不合格的药，对此你有什么解释？"

郑天霞抬头，眼神并不看着任何人，而是看向郑海生身后的挂钟说："口说无凭，你们有证据吗？"

郑海生说："当然有！"

郑天霞说："那好呀！既然有证据，那就判我好了。"

看郑天霞什么都不愿说，郑海生让叶涵先把她带下去。

专案组经过几天细致的调查，又发现郑天霞的银行账户上，几乎每个月都会提取大额现金，提取总额在千万以上。根据胡义提供的线索，专案组怀疑这就是她汇到毕强的海外账户的钱。

夏志杰在听取郑海生汇报后说："有这可能。毕强找到了吗？"

郑海生说："通过调查，初步证实毕强现在悉尼，正想办法通过国际刑警组织帮助追捕归案。"

十六

专案组根据对案件的大量调查，发现了案件背后毕光明的影子。夏志杰报请主任同意后，决定对毕光明进行立案调查。

专案组来到卫生局时，毕光明正坐在滨海市卫生局新闻发布会现场的主席台上，对台下各路记者慷慨陈词：“我们调查组代表省卫生厅，向滨海市人民保证，一周之内，对这一起因药物不适导致的患者死亡事件，给社会一个公正的说法，也同时请在座的各位媒体朋友做一个监督。如果真的是医院方面的失误，导致患者意外身亡，我将第一个引咎辞职。因为我们卫生局的监管不力而发生这样严重的医疗事故，我愧对滨海市两百五十万人民的信任。”

记者招待会一结束，郑海生就走上前拦住毕光明说：“我们是滨海市纪委监委的，请您跟我们到纪委监委走一趟。”

毕光明尴尬地说：“去我办公室不行吗？我一会儿还有个会，时间不多。”

郑海生说：“这恐怕不行。法律程序上的问题，还是麻烦您跟我们走一趟吧。”

毕光明很快就被带到了纪委监委，在接待室里接受了郑海生的询问。毕光明说：“家里的经济我从不过问，也不知道家里有多少存款。我妻子自己做生意，有时候偶尔听她说赚得不少。不过，我没细问。儿子在国外，没钱的时候好像也会跟他妈要一点儿。”

郑海生问他：“那如果我告诉你，你们家的财产已超千万，你怎么解释？”

毕光明显得很惊讶：“不会吧？有那么多？这怎么可能？”

郑海生问他：“那你是觉得我无中生有了？”

毕光明看看郑海生，装出十分吃惊的表情说：“我真的不敢相信。”

郑海生又问他：“你就没想过，这些钱与你有关？”

毕光明说：“这和我有什么关系？我又不需要她给我钱花，她也不需要花我的钱。从我们结婚那天起，经济方面一直都是各管各的。”

郑海生问：“你知不知道，你妻子、儿子都做什么生意？”

毕光明说：“好像是建筑方面的。”

郑海生问：“你从不过问？”

毕光明说："从不过问。"

郑海生说："虽然你一问三不知，但这并不影响对你的犯罪指控。"

毕光明似乎早已经知道会有今天的结果，并没有太大的吃惊。但还是问了一句："你们是不是搞错了？你们以什么罪名指控我？"

郑海生说："你涉嫌受贿和巨额财产来源不明罪。"

毕光明说："我儿子一直在国外，他又没有在国内做生意，我们家有点儿钱能说明什么？"

郑海生说："我们会调查清楚的。"

很快，郭达富、郑天霞、毕光明、谭立龙、胡义等涉案人员相继被移送公诉。而毕强也被引渡回国。

至此，"3·18专案"圆满落下帷幕。

第六章 旧案疑云

靳兰说："丁海生的儿子开的是黄宝云的车，黄宝云和夏宗伟是情人关系，夏宗伟又是丁海生在烟厂时的厂长。还有，黄宝云的公司每半年还给丁勇钱！"

林枫说："夏宗伟、黄宝云和丁海生之间绝对有很深的瓜葛！"

一

“你说如今的社会风气多糟糕，现在这些当官的，以权谋私都明着谋——都谋在明处。”一个女孩尖细的声音，清楚地落进叶涵的耳中。

正在进餐的叶涵，忍不住抬头看了看说话的人——是她旁边餐桌的一个女孩。职业的敏感，让叶涵忍不住竖起了耳朵。

“又是什么不平事，让你这个老愤青如此愤世嫉俗？”女孩的朋友打趣道。

“我有个客户叫宋涛，三年前认识了咱们市那个有名的富婆黄宝云。宋涛说他想拿进口烟草专卖权，却苦于不认识人，黄宝云说她认识市烟草专卖局副主任夏宗伟，她可以给他们牵线搭桥——其实这个黄宝云就是夏宗伟的情妇。宋涛和夏宗伟认识后，夏宗伟游说他投资三百万，和黄宝云合股开洗浴中心。宋涛为了拿到进口烟草专卖权，就投了这三百万。结果呢，不仅进口烟草专卖权没拿上，投到黄宝云洗浴中心的三百万也打了水漂。”

女孩的朋友说：“夏宗伟这不是打着合作的幌子变相索贿吗！后来呢？你那个客户就这样吃了个哑巴亏吗？”

女孩说：“那个洗浴中心，没多久就因为经营不善关门了，宋涛的三百万彻底打了水漂。后来夏宗伟也没有把进口烟草专卖权给宋涛的公司，宋涛觉得自己特别窝囊。听说他正在准备打官司呢。”

叶涵在一旁边吃饭边注意倾听，默默地把主要的信息记在了脑子里。

一回到办公室，叶涵就把这吃饭听来的线索汇报给了单位。

“这种道听途说来的线索，能当真吗？”林枫不以为然道。

“处处留心皆线索。道听途说来的，说不定还是一个大线索呢！去年河西区纪委监委办的那件公积金贷款的案子，不就是一位办案人员不经意间，从老百姓街头巷尾的闲谈中听来的吗。”叶涵反驳道。

靳兰说：“这黄宝云可是咱们市有名的女富豪。听说她经历挺丰富的，高中毕业后在商场当售货员，因为长得漂亮，被调到文化局招待所做服务员。后来移民去了加拿大，前几年回来做生意，又开公司又开酒楼的，好不风光。”

“夏宗伟，这名字听着可有点耳熟呀。七年前，我查过一家烟厂改制的贪污案，当时的厂长好像就是夏宗伟。”刘大奎若有所思地说。

郑海生闻言一惊：“查过他？”

刘大奎摇摇头说：“跟他没关系，涉案的是他手下一个姓丁的主任。这夏宗伟什么时候调到烟草专卖局当主任去了？”

郑海生想了想说：“这样吧，看能不能先找到这个宋涛，跟他了解一下具体情况。不过这事要是抖搂出来，他也脱不了干系。不知道人家愿不愿意说，耐心做做他的思想工作。”

二

果真不出郑海生所料，宋涛怕自己被牵扯进去，什么也不肯讲。

“你们请回吧，我真的没什么好说的，都是生意场上的事，跟你们纪委监委没关系。”宋涛迫不及待就想送客。

叶涵说：“我们知道您有顾虑，可就算您不说，纪委监委还是会查下去。如果到时候查出问题来，对您可就不是了解情况这么简单了。”

听叶涵这么一说，宋涛有点害怕了。林枫趁热打铁道：“宋总，那三百万也许还能要回来，只要您配合我们。”

宋涛端起茶喝了一口：“为了跟夏宗伟拉上关系，我这两年就给他送过一块我花了一万八千元买的和田玉手把件、一条八千元的天然红宝石项链。这事儿要抖搂出来，我还不得判个行贿罪？”

叶涵马上说：“如果您主动自首，积极配合我们的工作，能宽大处理。”

林枫说："最重要的是那三百万可以退赔。三百万就这么打水漂了，您就甘心呀？！"

宋涛气愤地说："我还真是不甘心呀！"

叶涵马上摊开笔记本说："说说你和夏宗伟认识的经过吧。"

宋涛说："三年前，我在一个饭局上认识了黄宝云。当时她的新酒楼刚开业，我经常带着朋友去给她捧场，一来二去就和她熟了。她听说我想拿进口烟草专卖权，就主动说她和烟草专卖局的副主任夏宗伟关系很好——我曾听说她和夏宗伟是情人关系。于是我请黄宝云给我牵线搭桥。后来她把夏宗伟请来了，我把想拿烟草专卖权的意思跟夏宗伟说了，夏宗伟说他考虑考虑。接着夏宗伟就说黄宝云想开一个大型超豪华洗浴中心，还缺三百万资金，问我是否有兴趣投资。我考虑到他们二人的关系，就答应了。那天谈完后没几天，黄宝云就拿着合同策划案来找我了，很快我们就签了合同，三百万也打到她公司账户上了。"

叶涵问："能把合同给我们看看吗？"

"可以。"宋涛把合同等文件找出来给叶涵和林枫看。

林枫翻看着合同说："一切都是合法的。"

宋涛说："是啊，光看这些合同，的确是我投资和黄宝云合股做生意，可中间要是没有夏宗伟这层关系，我怎么会投这个资？所以钱打过去以后，我根本就没过问钱花哪儿了，怎么花了。"

叶涵问："那后来呢？"

宋涛说："后来我一直问夏宗伟烟草专卖权的事，他也不出面见我，每次都是让黄宝云敷衍我。后来就连黄宝云的面我也见不着了，再后来黄宝云也不接我电话了！现在三年过去了，不仅烟草专卖权我没拿到，我那三百万也是肉包子打狗——有去无回。"

三

夏志杰把对宋涛的调查取证情况向省纪委监委作了汇报后，省纪委监委同意调查夏宗伟。

郑海生立刻把处里的同事召集到一起做部署："刘大奎，你和我对夏宗伟实施二十四小时跟踪监视。"

"二十四小时？"刘大奎显得有点不太乐意。

"当然要二十四小时了。他和黄宝云是不是情人，白天哪能看得出来，得看他们晚上是不是在一块儿！"林枫说。

"大奎儿子快高考了吧？！"靳兰说。

"这样吧，林枫，你和我去盯夏宗伟。刘大奎，你把你上次说的烟厂改制贪污案的材料找出来，看能不能找到一些有用的线索。"听了靳兰的话，郑海生立刻重新做了安排。

"谢谢头儿。"刘大奎说。

"靳兰，你去查黄宝云的背景。林枫，赶紧准备一下，你这就跟我走吧。"郑海生说。

郑海生和林枫驱车直奔烟草专卖局，他们俩坐在车里守候在烟草专卖局大门外。下午五点半，夏宗伟开着一辆黑色的丰田车出来了，郑海生马上命令林枫开车尾随。

夏宗伟开车来到烟草专卖局培训中心，郑海生和林枫把车停在培训中心门外不远处。一直等到晚上十点钟，才看到夏宗伟一副酒足饭饱的样子从培训中心出来，然后驱车直奔郊区，进入一片别墅区。郑海生和林枫一直静静地尾随着夏宗伟的车，只见他在一栋别墅前把车停下，下了车掏出一串钥匙，打开别墅的铁栅栏门，把车驶进院子停好，踏上别墅的台阶，又用手上的那串钥匙打开别墅的房门，推开门就进去了。林枫把他的所有动作，都一一用数码相机拍了下来。

“好了，现在咱们可以睡觉了，等明天早上天亮吧。”郑海生对林枫说。

凌晨五点钟，树林里的鸟儿们醒来了，叽叽喳喳地欢叫成一片。郑海生睁开眼睛打了个哈欠，推了推还在睡梦中的林枫：“别睡了，天亮了。听鸟儿叫得多好听，在市里还真听不到这么悦耳的鸟鸣呢。”

林枫迷迷糊糊地打开车窗吸吸鼻子说：“呀，空气真好。这一晚上可真是享受呀，听了一晚上的虫子叫。郑主任，你还别说，我还是头一次仔细倾听虫鸣，那都是些什么虫子呀，啾啾啾叫得真好听，这鸟叫得也好听。这住在郊区有住在郊区的好处呀。”

六点半，别墅门开了，一个女人和夏宗伟出现在门口，女人对夏宗伟说了句什么，夏宗伟对女人摆摆手，夹着包走下别墅的台阶，向自己的车走去。

林枫边按相机的快门边问郑海生：“这个女人是不是黄宝云？”

“林枫，你把夏宗伟车旁边的那辆红色宝马也给拍下来。”郑海生看着夏宗伟那辆黑色轿车旁的一辆红色轿车说。

“这女人够有钱的，又是别墅，又是宝马。”林枫说。

回到单位，靳兰看了林枫拍的照片后说：“这个女人就是黄宝云，这是我昨天找的一些有关她的材料。”说完，递给郑海生一叠资料。

“马上把照片先用彩色打印机打出来一份，回头再冲洗一套。”郑海生说。

“好的，现在我就去打。”靳兰拿着相机走了。

“大奎，你查的那宗烟厂改制的贪污案有什么线索吗？”郑海生转身问刘大奎。

“表面看起来好像没什么直接的联系。当时涉案的那个主任叫丁海生，因为一笔巨款交代不出去向，被判了无期。夏宗伟当时是那家烟厂的厂长。”

“刘大奎、叶涵，你们俩立刻去传讯夏宗伟。”郑海生说。

夏宗伟被带进提讯室，东张西望，一副很好奇的样子。郑海生问：“夏书记对这地方很感兴趣？”

夏宗伟笑了："有机会坐在这里也难得。郑主任，有什么问题就直接问吧，我工作很忙，没时间也没精力在这儿干耗着。"

郑海生点点头说："那好，我们不绕弯子，开门见山——你认识宋涛吗？"

夏宗伟眨了眨眼睛说："宋涛？是那个昌大贸易公司的总经理吗？我们认识。他怎么了？"

郑海生问："你们怎么认识的？"

夏宗伟说："通过朋友介绍认识的。"

郑海生问："你那个朋友叫黄宝云？"

夏宗伟点点头："是，黄宝云和宋涛是朋友，我们在一起吃过几顿饭。"

郑海生问："宋涛和黄宝云合股开洗浴中心的事你知道吗？"

夏宗伟说："知道，一块吃饭时听他们谈起过。"

郑海生说："宋涛说他投资是你介绍的，是这样吗？"

夏宗伟马上说："当然不是！他们俩本来就认识，又都是生意人，合作干事情很正常嘛，这跟我可是没有任何关系啊。"

郑海生说："可是宋涛说他是在你的极力游说下，看你的面子才答应出钱投资的。"

夏宗伟说："这不可能吧？现在的生意人都不傻，没利润的事情谁也不会干。"

郑海生问："是这样吗？你没有对宋涛进行游说鼓动？"

夏宗伟说："没有，但他们第一次谈这事的时候我在场，当时黄宝云说资金不够，我就随口问宋涛有没有兴趣。是宋涛自己觉得有钱赚才投资的。"

郑海生问："当时宋涛是不是想从你手上拿进口烟草专卖权——他有求于你，自然对你言听计从。"

夏宗伟笑："这个宋涛想得太多了。他把钱给了黄宝云，黄宝云又不会给我一分钱。说句不该说的，想巴结我，应该直接给我行贿嘛。后来宋涛的确找过我谈专卖权的事，我没同意。”

郑海生问：“你和黄宝云是什么关系？”

夏宗伟脱口而出：“我和她是朋友关系。她虽然是个女人，可是性格爽快，大大咧咧，爱交朋友，我和她比较熟。”

郑海生问：“真的只是普通朋友？”

夏宗伟说：“这种事有什么好隐瞒的。”

叶涵拿出他们昨晚拍的照片，一张张展示给夏宗伟说：“普通朋友能这么自由出入人家？还夜不归宿？”

夏宗伟看着照片吃了一惊，稳定了一下情绪，笑笑说：“什么也骗不了你们，没想到纪委监委的工作这么细致。不错，我和黄宝云是在谈恋爱，也是一年多前刚开始的——我妻子两年前去世了。不过认识宋涛的时候，我和她的确只是普通朋友。”

郑海生反问他：“既然这样，刚才为什么不承认？”

夏宗伟尴尬地说：“这事，怎么说呢？我们两人的关系过去一直对外保密，主要是因为我的那俩孩子不太接受她。我和黄宝云在一起一年多了，没敢告诉孩子，要是现在让孩子们知道了，我怕他们没有思想准备。我那俩孩子和我死去的妻子感情很好，我怕他们接受不了。再有，你们把我找来谈话，我也怕要是黄宝云真有什么事情把我牵扯进去。”

郑海生心里暗自嘀咕：这个夏宗伟回答起问题来，还真是滴水不漏呀！

正面接触夏宗伟没有达到预期的效果。郑海生站起来说：“夏书记，十分抱歉。我们接到有关宋涛的一些举报，他又扯出了黄宝云，可能我们对你有一些误会，希望你能理解。”

夏宗伟大度地伸出手与郑海生握手说：“没问题，我能理解，这是你们的工作嘛。”

郑海生把夏宗伟送出去。

郑海生站在走廊上看着他远去的背影，陷入沉思。

纪委监委办公室，林枫气恼地一拍桌子：“明眼人都能看出来，这家伙要是没有问题就怪了！”

刘大奎说：“可抓不住证据啊，每个问题都回答得滴水不漏。”

靳兰说：“是狐狸总要露出尾巴，接着查呗！”

郑海生进来说：“这家伙老奸巨滑，这次不应该这么早传他，看来我们已经打草惊蛇了。”

四

郑晓菡和同学在网吧里上网打电子游戏，一个男青年不断地在她侧面打量着她。同学发现了，悄悄跟她说：“你看，那个男的老看你。”郑晓菡一看自己不认识，就说：“看就看呗。”说完继续玩游戏。

男青年最后终于忍不住了，过来说：“我看你打得不错，敢不敢跟我比一比？”

郑晓菡看看他说：“比就比，你说怎么比？”

男青年说：“我要是赢了，你就做我的女朋友。”

郑晓菡说：“那你要是输了，就立刻从我眼前消失！”

男青年上下打量着她说：“这么自信？来吧。”

二人坐到电脑前……郑晓菡按下最后一个键，双手一挥：“我赢了！”扭头看男青年，男青年臊眉耷眼地说：“干脆我拜你为师吧？”

郑晓菡说：“消失！”

男青年站起来说：“我叫丁勇，咱们是一个学校的，你不认识我？”

郑晓菡和女同学看看他，好像有点儿面熟。

丁勇说：“想起来了吧？我是高二（五）班的，你们是初三（四）班的对吧？”

郑晓菡一下想起来了说：“啊！我说怎么有点儿面熟呢。”

丁勇说："走吧，我请客。"

郑晓菡说："好啊。你想请我们吃什么呢？"

丁勇说："随便，你说。要不咱们去吃麦当劳吧？"

郑晓菡和女同学站起来跟着丁勇出去，丁勇走到一辆宝马车跟前，郑晓菡问："这是你的车？"

丁勇说："哪儿呀！这是我干妈的。"

三人上车后，丁勇开着车走了。

五

郑晓菡正在教室上课，有人敲教室门。老师打开门一看，门外站着一个一只手里捧着一捧鲜花，一只手上拎着一盒蛋糕的速递员。老师问他找谁，速递员说，这是有人给你们班里的郑晓菡送的生日礼物。老师生气地说："现在是上课时间，请你下课再来。"说完就把门"砰"的一声关上了。

全班同学都看着郑晓菡窃窃私语，郑晓菡羞得满脸通红。

下课铃响了，老师走到门口一看，速递员还在门口等着，就训斥说："以后不要往学校教室里送这些东西！"

速递员说："那人家这地址上就写着这里，我不送这儿送哪儿？"

老师说："退回去！这里是学校！"老师说完就走了。

同学们看老师离开了，就叽叽喳喳地说："郑晓菡，快去拿蛋糕呀。"郑晓菡走到门口。速递员问："你就是郑晓菡吗？"

郑晓菡说："我就是。"快递员把鲜花和蛋糕送到郑晓菡手上，拿出单据，请她签收。郑晓菡捧着鲜花在里面找卡片，什么也没有，把花放在桌子上，一脸惊奇地说："这是谁送的？"同学们一拥而上说："管他谁送的，赶紧吃吧！"

郑晓菡高兴地说："对！不管是谁送的，今天我请客！吃吧！"

"没有刀怎么切蛋糕呢？"几个女同学说。

一个男同学已经拿出了一把小尺子说："让一让，让一让！看我的！"说着就打开蛋糕盒子。一个漂亮的蛋糕出现在眼前，上面还画着个大大的心形图案，图案的下方用红色的奶油写着"祝晓菡生日快乐"，郑晓菡惊喜地睁大眼睛。

郑晓菡还来不及细看，男同学就用尺子切起了蛋糕。一时间，教室里同学们的脸上都沾满了奶油。

放学了，郑晓菡把鲜花带回了家。她把鲜花摆放在客厅的桌子上，不由得把脸埋在花里，深深吸着气，陶醉地自言自语："真香！"

郑晓菡双手托腮，看着桌子上的鲜花陷入遐思中，嘴角还微微露出一丝笑意。门铃响起，把郑晓菡从遐想中惊醒过来，她兴奋地跳过去开门，郑海生出现在门口，她一看："是你啊，又没带钥匙！"

郑海生拍一下晓菡脑袋："开个门，瞧你这不乐意劲儿的。"

郑海生一进门，一眼就看到了桌子上的鲜花，脸色有些奇怪地问："这是怎么回事？"

郑晓菡说："人家送的。"

郑海生又问："谁送的？"

郑晓菡回答："不知道。"

郑海生奇怪地问："不知道？"

郑晓菡得意地说："是啊，我真不知道是谁送的。直接给送到我们教室去了，还有一个生日蛋糕！"

郑海生说："不知道？有人送东西怎么会不知道谁送的？"

郑晓菡说："他没留名字，我怎么知道是谁？"

郑海生说："你在外面认识了什么人，自己心里不清楚？"

郑晓菡说："我真的不知道。爸，有人喜欢你女儿应该高兴才对，瞪什么眼睛啊？"

郑海生说："别跟我嬉皮笑脸的！你一个女孩子家，整天在外面瞎跑，把不三不四的人都招惹到家里来了，我能高兴得起来？"

郑晓菡说："爸，您说话别这么难听好不好？也太小瞧我了，凭什么我认识的就是不三不四的人？都不知道人家是谁！"

郑海生说："别在这儿跟我打马虎眼！我告诉你郑晓菡，女孩子要知道自重，要不然，出了事后悔就晚了！"

郑晓菡一边收拾着桌子上的课本、作业本，一边生气地说："真是秀才遇到兵，有理讲不清。不跟您说了，我要写作业了。"

郑晓菡拎着书包走进书房，"啪"地把门关上，郑海生无奈地摇摇头。一会儿，房门打开，郑晓菡又走出来，把鲜花拿进了自己屋里。

六

郑晓菡低着头朝前走着，一辆车突然停在她身旁，丁勇下了车："郑晓菡！"郑晓菡一看："怎么是你？"

丁勇问："喜欢我送你的礼物吗？"

郑晓菡惊奇地问："什么礼物？那些花和蛋糕是你送的？"

丁勇说："对啊，喜欢吧？"

郑晓菡生气地抡起书包朝丁勇砸去："喜欢你个头！丁勇！你太过分了吧？"

丁勇笑着朝一旁躲闪："得了，得了，上车吧。"

郑晓菡气得红了脸："我要是知道是你送的蛋糕，我一眼都不会看就给你扔了，我才不稀罕呢！"

丁勇还缠着郑晓菡说："行，行，行，你不稀罕。哎，你现在到哪儿去？"

郑晓菡站住了，说："你这人脸皮可真厚。我……我决定从现在不认识你了！走开！”

丁勇笑嘻嘻地不动：“这附近就有一家飞鱼网吧，里面设施特好，全都是大沙发椅，一起去啊！”

“呸！想得美！”郑晓菡把丁勇使劲往旁边一推，径自走开。

丁勇在她身后大喊：“回家以后，你还会有惊喜的！我就在飞鱼网吧等你，一定来啊！”

郑海生走进楼内的电梯，惊讶地发现电梯里挂着气球，飘带上写着“郑晓菡！我喜欢你！”。郑海生气得一把将气球扯下来。楼道里也挂满了气球，都写着“郑晓菡！我喜欢你！”。几个邻居指指点点议论着。

“这郑主任家的晓菡才十几啊，小小年纪就谈上恋爱了。”

“现在的小姑娘开放着呢！别说谈恋爱，怀孕的都有！”

郑晓菡开门进来，惊讶地发现一地的气球，郑海生气急败坏地冲到她面前：“说，这小子是谁？”

郑晓菡莫名其妙地问：“谁啊？”

“还在这跟我装！”郑海生指着地上的气球，“人家都追上门来了，你还敢说不知道是谁？”

郑晓菡蹲下去，看清楚气球上写的字，不由得笑了：“还干这事儿，真土！”

“问你话呢，别打岔！他叫什么名字？哪个学校的？你们是怎么认识的？现在关系到什么程度了？”

“爸，你干吗呀？我又不是你们审问的罪犯！”

“你不是罪犯，但现在必须跟我老实交代！”

“跟你说了又怎么样？去打他一顿，还是把他抓起来？”

“你知道他是谁？这么说你一直在跟我撒谎是不是？郑晓菡，这件事不是开玩笑，必须严肃处理！”

郑晓菡生气地说：“你别老用这种口气跟我说话，我不是你的犯人！”

“你犯了错误，还不许我批评？”

“人家自己找上门来的，跟我有什么关系？”

“那么多女孩子人家不找，为什么偏偏找你？还不是你自己招惹的！”

“好啊，是我自己招惹的，我自己解决，不用你管！”郑晓菡转身拉开门跑了出去。郑海生追到门口喊道：“给我回来！”郑晓菡已经跑得没影了……

丁勇抽着烟，聚精会神地盯着电脑屏幕，熟练地按动键盘打着电子游戏。突然电脑被人关上了，丁勇刚想发火，一转过头去就转成了笑脸：“你来了，我就知道你会来的。”郑晓菡站在他身后，愤怒地瞪着他，突然伸手朝他脑袋上打去，并大吼大叫：“你个王八蛋！你到底要干什么？诚心毁我是不是？”

丁勇抱着脑袋躲闪着：“你干吗呀？”

“谁让你在我家楼道里挂气球的？我怎么得罪你了，你要这么毁我！”

丁勇抓住郑晓菡的手：“我是喜欢你，不是毁你。喜欢你也有罪吗？”

“有罪！我警告你，别再出现在我面前。要是再纠缠，我饶不了你！”

“这事你做不了主，脑袋和腿都长在我身上，我想去哪儿就去哪儿，想做什么就做什么。”

“你！你简直就是无赖！流氓！混蛋！”

“随便你怎么说，反正我喜欢你，就要追你。”看丁勇一副满不在乎的样子，郑晓菡无奈。

丁勇指着电脑：“再赛一局？”

郑晓菡转转眼珠子：“赛一局没问题，不过我有个条件。”

“只要是你提出来的，一百个条件我也答应。”

郑晓菡说：“只有一个条件，假如你输了再敢纠缠我的话……”

丁勇问：“怎么样？”

郑晓菡说：“我打得你让你妈都认不出你！信不信？”

丁勇连连点头说：“信！信！我信！现在的女孩儿都怎么了？一个个都跟山大王似的！”

很快,郑晓菡和丁勇的比赛结束了,郑晓菡又赢了。郑晓菡站起来就走。

丁勇在后面喊:“你等等,我有话想跟你说。”

郑晓菡头也不回地走了。

丁勇追了出去。结果刚追到门口,一不留神,跟进门的一个年轻人撞了个满怀。年轻人不愿意了,一把撕扯住丁勇骂了起来:“你他妈的没长眼啊?跑什么呢?”

丁勇正气他挡了自己的路,也骂了起来:“你他妈的骂谁呢?老子就撞了你了!你说怎么办吧?!”

男青年挥手就朝丁勇的鼻子上打了一拳,丁勇也不甘示弱,两人你一拳我一脚地打在了一起。郑晓菡一看丁勇为了追自己和人打了起来,就赶紧过来帮丁勇。丁勇一看郑晓菡来帮自己了,勇气倍增,三两下就把男青年打倒在地。丁勇拉起郑晓菡就跑,被打的年轻人爬起来一边追一边喊:“别跑!”

丁勇跑到车前打开车门说:“快上车!”丁勇上车立即发动,小车加着油一溜烟跑了。

坐在后排座位上的郑晓菡,看着丁勇的鼻子说:“你鼻子流血了,流了好多血!赶紧擦擦吧。”郑晓菡大呼小叫着,丁勇扭头看看她说:“没事儿。”恰在这时,一个人骑着自行车横穿马路,郑晓菡突然大声尖叫了起来:“啊!”

丁勇回过头来,车子正朝骑车人撞过去。虽猛踩刹车,但已经来不及了,车子将骑车人撞倒在地。

丁勇和郑晓菡都吓傻了,呆坐在车内。最后还是郑晓菡先反应过来,推着丁勇:“快下去看看啊!”

二人跳下车去,来到被撞的人身边,被撞的人紧闭双眼倒在地上,脑后汩汩地冒着血。丁勇吓得一个激灵,一下子跳出好几步:“是不是死了?”

郑晓菡大着胆子伸手去探这人的鼻息:“还在喘气!”她掏出手机,丁勇过来一把抢过来:“你干什么?”

“报警，叫 120！”

“不能报警！我没有驾照，报了警会被抓去坐牢的！”

“那怎么办？不能见死不救啊！”

“跑！”

“不行！”

丁勇拉着郑晓菡上车，郑晓菡使劲挣脱：“不能跑！跑了你责任更大！”丁勇推开郑晓菡，要上车，郑晓菡拦在车门口就是不让他上，丁勇转身就跑。

“回来！你给我回来！”郑晓菡追出去几步，丁勇已经消失在黑夜中。郑晓菡只好停下脚步，一边哭喊着：“胆小鬼！混蛋！”一边拿出手机打电话。

警察和 120 急救车很快就到了现场。

七

黄宝云的宝马车撞伤人了——领命前去调查黄宝云和宋涛合资开洗浴城的靳兰和叶涵，带回来这个惊人的消息。

乍一听到这个消息，把郑海生吓了一大跳。

“黄宝云人怎么样？”郑海生问。

“不是黄宝云撞的人。听办案的警察说，肇事司机是一个叫丁勇的高二学生，看见撞了人，吓得弃车逃跑了。和这个男孩在一起的，还有他的一个女同学。这都是交警到现场后那个女孩儿说的。”叶涵说。

“这个高中生是黄宝云家的什么人吗？”郑海生问道。

“黄宝云说她不认识肇事的司机，她也是刚发现车子被盗，正打算报警呢。”靳兰说。

“那个叫丁勇的高中生在哪个学校上学？”郑海生问。

“哎？对了，好像是在四十八中，晓菡是不是也在那个中学？”叶涵说。

郑海生思考了片刻说：“叶涵，咱俩现在去趟医院，看看被撞伤的人的情况。”

郑海生和叶涵到医院的时候，一看女儿也在医院。

郑海生心想坏了，可能女儿跟这个肇事的孩子认识，就把女儿拉到旁边问：“你怎么在这儿？”

郑晓菡诺诺道：“爸，没我的事情啊，是我打电话叫的交警和120。”郑海生一脸严肃地问：“怎么回事儿？”

郑晓菡说：“他跟人打架了，开车跑的时候，一不小心就撞了人了。”

郑海生抬手就是一巴掌，骂道：“你小小年纪不学好，净跟着二流子混！想干什么？”

叶涵赶紧拉住郑海生说：“郑主任，你怎么能这样？有话不能好好说吗？”

郑晓菡哭着跑了。

郑海生说：“说她她也得听呀！真该让她妈把她带到日本去。”

丁勇很快就被警方从乡下他奶奶家里找到，并被带到了交警队。

交警问他宝马车是谁的。

他说：“车子是我干妈的……”

交警问：“你干妈叫什么名字？”

他说：“叫黄宝云。”

回到办公室里，大家还在讨论着。叶涵看看郑海生疑惑地说：“黄宝云为什么要说谎，她为什么要说车子被盗了？”

郑海生说：“对呀，这里面肯定有隐情。”

靳兰说：“那孩子和她是什么关系，她就能把那么高档的轿车放心借给他？”

林枫说：“据我在学校了解，老师同学们都说丁勇平时花钱特别大方，他对同学说他父母死后给他留了一大笔遗产。丁勇平时住校，每个周末回乡下去看望一次奶奶。”

刘大奎在边上一直不说话，一副若有所思的模样。

“大奎，你怎么不说话，有什么看法？”郑海生问。

“你们等我一会儿，我去查些材料。”刘大奎没头没脑地丢下这句话就出去了。

过了一会儿，刘大奎拿着一叠材料兴奋地跑进来说：“同志们，重大发现！”

郑海生赶紧问：“什么发现？”

刘大奎把手上的资料放在桌上给大家看：“七年前我办过的那宗市烟厂主任丁海生的贪污案，你们猜猜，这个丁海生和丁勇是什么关系？”

林枫说：“他儿子？”

刘大奎说：“没错！你们不觉得这里面有问题吗？丁勇和丁海生是父子，丁海生当初有一笔巨款一直说不出去向，而丁海生当年是夏宗伟的下属，黄宝云又是夏宗伟的情人，你们说黄宝云和丁勇是什么关系，就能把自己的高档轿车借给丁勇开？”

“靳兰，你和我下午去银行查查丁勇的银行账户。”郑海生说。

当银行职员把丁勇的存款和取款记录交给郑海生和靳兰时，他们俩惊呆了。靳兰惊讶地说：“这孩子怎么这么有钱？每个月的消费比我这拿工资的还高。”

郑海生说：“居然还有公司每半年就往丁勇的账上打一次钱。”

靳兰看着郑海生手上的单据说：“冠云公司？这不是黄宝云的公司吗？”

他们出了银行，就立刻驱车直奔冠云公司去找黄宝云。一见到黄宝云，靳兰就拿出银行的单据让她看。黄宝云翻看着银行的单据，一脸的茫然。

郑海生看着眼前这个打扮入时的女人问：“这个丁勇就是偷你车的人，你说你不认识肇事司机，可为什么你们公司每半年还要给他的账户上打三万块钱？”

“这，我的确不认识他，打钱这事我也觉得奇怪呢，这要问问会计。”黄宝云低头摁一下电话键，“叫王会计到我办公室里来一趟。”

会计来后，黄宝云把单据递给会计问道：“咱们公司和这个叫丁勇的有什么关系？为什么每半年就给他打一笔钱？”

会计看看单据说：“这是房租啊！黄总你忘了，公司行政部曾经租了三套房子做员工宿舍，这丁勇就是其中一套房的房主。”

“原来如此。我真不认识这个丁勇。怎么这么巧，偏偏是他偷了我的车。”黄宝云看着郑海生和靳兰镇定地说。

出了冠云公司的大门，靳兰就说：“我不相信天底下有如此巧合的事情，偏偏就是丁勇偷了她的车。我看她是睁着眼睛说瞎话。”

八

滨海市监狱的监狱长一见到郑海生就说：“接到你的电话后，我就查了一下接待记录，丁海生的儿子上个月的接见日来看过他。”

在监狱提讯室里，丁海生面无表情地看着郑海生和刘大奎，郑海生问他：“丁海生，你儿子来看你跟你说什么了？”

丁海生说：“就说了点家常事，说他奶奶身体不好，很想我。”

“没说别的？”郑海生问。

丁海生摇摇头。

郑海生说：“你儿子开车把人撞伤后逃跑，已经被拘留，你知道吗？”

丁海生惊讶地瞪大眼睛说：“什么？我不知道。”

“还有更严重的，你儿子开的车子是偷来的，车主叫黄宝云。”郑海生紧盯着丁海生，丁海生面无表情地摇摇头，不说话。

郑海生问：“你认识黄宝云吗？”

丁海生说："不认识。"

刘大奎说："好好想想再回答。"

丁海生说："我进来都快八年了，以前的事就像上辈子发生的，什么都不记得了，也不想再记住。"

郑海生说："丁海生，你儿子这次偷车加肇事逃逸，罪行很严重。"

丁海生说："孩子大了，跟我感情也不好，对他的事我也是无能为力。"

郑海生问："关于当年那笔去向不明的巨款，你就没什么要说的？"

丁海生说："当年厂子改制，一切都乱糟糟的，那钱我没拿。这事儿我不想再说了，也没什么可说的。"

九

郑海生和刘大奎会见丁海生的第二天，接到监狱打来的电话，说有个叫夏宗伟的男人去看过丁海生。郑海生和刘大奎立刻去监狱，把丁海生和夏宗伟会面的监控录像调了出来。郑海生办了手续后把录像带借了出来，拿到纪委监委让大家看完了分析分析。

录像里，夏宗伟和丁海生在监狱会客室相对而坐。丁海生面无表情地看着夏宗伟，并不主动开口。

夏宗伟说："你放心，小勇的事情，在法律允许的范围内，我一定会尽我全力帮助他。"

丁海生说："谢谢夏书记。我已经老了，只能在监狱里度过余生，可我儿子还年轻，他不能像我一样。"

夏宗伟说："你放心，我一定帮忙。我担心的倒是你，小勇说你情绪不好，我特地来看看你。"

丁海生说："夏书记，你也是为人父母的，所以应该能体会我这个做父亲的心情。小勇出了这么大的事情，我不可能不心烦。他的事情一天不解决，我就一天不安心。”

夏宗伟说：“小勇的事情我答应你了，就一定会做到，你放心吧。”

丁海生说：“夏书记这么说，我就放心了。我就把小勇托付给你，他的事还麻烦你多多费心。”

夏宗伟说：“你放心，我言出必行。”

丁海生淡淡地一笑说：“我儿子要是出事了，我也不想活了！”

夏宗伟长久地盯着丁海生不说话。

看完录像，刘大奎说：“这两个人好像话里有话呀。”

靳兰说：“丁海生的儿子开的是黄宝云的车，黄宝云和夏宗伟是情人关系，夏宗伟又是丁海生在烟厂时的厂长。还有，黄宝云的公司每半年还给丁勇钱，她会计说是付房租，可半年三万块钱的房租也太贵了吧！”

林枫说：“夏宗伟、黄宝云和丁海生之间绝对有很深的瓜葛！”

叶涵说：“丁勇刚出事儿，夏宗伟就去探监，他们的关系绝对不一般！”

刘大奎说：“我怀疑丁海生隐瞒的那笔钱的下落跟夏宗伟、黄宝云有关系。”

十

由于丁勇肇事时还未满十八周岁，属于从轻处罚的对象，所以夏宗伟找人帮他办了取保候审，让他出来了。

丁勇出来后又到监狱去见了父亲。

丁海生一看见他就说：“你这孩子能不能让我省省心？看来钱给你留得太多也真不是个好事儿。”

丁勇说：“这不是已经把事情摆平了吗！我来就是跟你说一声，我不想上学了。”

丁海生问为什么，丁勇说：“出了这么大的事情，我多没面子呀！”

丁海生说：“多大的事情？不上学你以后怎么办？”

丁勇说：“夏宗伟不是跟你承诺过吗？等我高中一毕业就让我去加拿大留学。”

丁海生说：“你不是高中还没有毕业吗？”

丁勇说：“我已经听说了，学校要开除我，我还怎么去上？”

丁海生说：“那你回去找夏宗伟。”

丁勇出来后，就给夏宗伟打了电话，夏宗伟让他先去烟草专卖局培训中心住下，说他已经安排好了。

丁勇忐忑不安地来到烟草专卖局培训中心，对前台的工作人员说：“我叫丁勇，夏书记让我直接过来，说他都已经安排好了。”

服务员从柜台下面拿出房间钥匙递给丁勇说：“这是304房间的门卡。”

丁勇找到304房间，进去后反锁上房门等夏宗伟。

夏宗伟下了班直奔烟草专卖局培训中心，见到丁勇他说的第一句话就是：“你的事情我知道了，你黄阿姨都告诉我了，你这几天先别乱跑了。”

丁勇说：“夏叔叔，我爸让我来找你，我爸说你答应过他，等我高三毕业就送我去加拿大留学。”

夏宗伟忙问：“你爸爸还说什么了？”

丁勇说：“我爸爸还说，你会帮我把事情办妥的。”

夏宗伟说：“你先在这里休息几天，不要回家，更不要乱跑。听说被你撞伤的人死了，这下情况更严重了，警察也会盯得更紧。你要是做点什么不该做的又被抓回去，事情就难办了。”

丁勇一听有点儿害怕，说：“好的，我知道了，我不乱跑。”

夏宗伟从口袋里掏出钱包，拿出一沓钱放到桌子上：“小勇，这些钱你先拿着，下面有餐厅，想吃什么随便叫，没什么事不要出去。”

夏宗伟见过丁海生后，心里很是不安。他又说：“小勇，出国的事情你放心，我答应你爸爸的事情一定办到。”

丁勇迫不及待地说：“那我什么时候能走？”

夏宗伟安抚他说：“这事急不得，我已经托人办了。小勇，你爸还跟你说别的了吗？”

丁勇迟疑了片刻说：“没说别的，就说让我来找你，你肯定会帮我。夏叔叔，我不能坐牢。”

夏宗伟说：“我知道，我知道。放心吧，你不会坐牢的，我保证让你出去。你爸爸，他真的没再跟你说什么了？”

丁勇说：“他说只要我出了国，一切都好说。否则，到时候进监狱的，会不止我一个人。”

夏宗伟听了这话，脸色一沉，但很快又一脸笑容地说：“小勇，你爸有没有跟你提起过一份材料的事？”

丁勇一脸警惕：“没提过。”

夏宗伟继续诱导丁勇：“小勇，你好好想想，你爸被关进去后每次见你时，有没有提醒过你要特别在意什么东西，或者问过你家里东西的事？”

丁勇干脆地说：“没有！”

夏宗伟沉下脸说：“小勇，这份材料很重要，你必须帮我找到它。”

丁勇说：“重不重要我都没兴趣，我感兴趣的是什么时候出国。”

夏宗伟冷笑一声：“拿不到这个东西，我没法帮你办出国！”

丁勇一下从沙发上跳起来说：“你这是什么意思？跟我谈交换条件吗？”

夏宗伟说：“你这么理解也可以。”

丁勇咬牙切齿地说：“那我也可以告诉你，如果不把我办出国，我也不会把东西给你。”

夏宗伟吓唬丁勇说：“你不把东西给我，就等着去坐牢吧。你开车撞死人跑掉，那可是重刑。”

丁勇指着夏宗伟的鼻子喊道：“你以为我怕你，你现在就打电话叫警察呀，等警察来抓我的时候，我就把东西交给警察。你以为我不知道？我还没满十八周岁！不会判很重的！”

夏宗伟气得指着丁勇破口大骂：“你个不知好歹的小兔崽子，这些年你吃的花的都是谁的？你胆敢这么跟我说话。”

丁勇脖子一梗说：“我吃的花的都是我爸爸的——你欠我爸爸的。”

夏宗伟什么也没说摔门而去，丁勇打开一罐饮料咕噜噜喝下去，坐在沙发上想自己是不是该离开这个地方。

这时房间里的电话突然响了，丁勇一惊，盯着电话犹豫着。电话铃声一直不停地响着，丁勇拿起电话，电话那端传来黄宝云的声音：“小勇，是我，干妈。”

“干妈，你必须马上帮我办出国。”丁勇迫不及待地说。

“小勇，你别急，其实你误会夏叔叔了，他听说你的事情后，马上就找我来帮你办出国的事情。”黄宝云说。

“那我什么时候能出国？”丁勇说。

“手续都办得差不多了，不过有几份文件还需要你本人的签字，你现在马上来找我，我在人民路宝来大厦旁的路边等你。”黄宝云说完就挂断了电话。

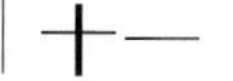

十一

黄宝云刚一走出酒店的旋转门，就被躲在远处的叶涵看到了。黄宝云走到酒店的停车场，上了一辆银灰色的丰田，叶涵马上钻进车里发动车子盯了上去。

黄宝云很警惕，漫无目的地在市区转了好几圈，然后故意在路边停下车，走到车头前打开车前盖，装作低头查看什么。后面跟踪的叶涵见此情况，只好开车经过她的身边。看到叶涵的车子开过去，黄宝云马上开车前行。

黄宝云看到在人民路口等待的丁勇，“唰”地把车停在他身边，推开车门说：“快上车！”丁勇钻进车里，车子飞快地开走。

黄宝云边开车边伸出一只手拿起一个文件夹递给丁勇，说：“你在这几份文件上签上你的名字。”

丁勇打开一看全都是英文——他根本看不懂。

“签在哪里？”丁勇翻看着文件问。

黄宝云边开车边说：“签在每页后面的那道横线上。”

“你夏叔叔是个急脾气的人，你不要太在意了。”黄宝云说。

丁勇哼了一声说：“夏叔叔说要把我交给警察呢！”

黄宝云说：“小勇，你听干妈跟你说。你夏叔叔怎么会把你交给警察呢，你被警察抓走了，对他有什么好处？他何苦干这种损人不利己的事情？”

丁勇说：“我不管，他答应我爸爸帮我办出国，他要是做不到，我就只能按我爸爸说的去做。”

黄宝云说：“你放心，你再耐心等几天就有结果了。”

丁勇说：“我可等不及了，这种提心吊胆的日子，我再也不想过了。你们也不想警察找到我吧？所以快快地把我办出国，对我和你们都有好处。”

黄宝云说：“那是当然了，可是这出国的手续也不是一天两天就能办成的事，这几天你最好哪里也别去，安心地藏好。”

丁勇突然又改主意了，他把文件放下说：“不行，这个东西我不能签名。我都不知道上面写的是什么，我怎么签？”

黄宝云眼睛里露出一丝毒光，但随即就消失了。她说：“那好，不签，不签你就先别出国。你这孩子怎么连干妈也不相信了？”

丁勇说：“我要拿到出国签证再签。”

黄宝云说：“这就是办出国签证的文件，你不签字怎么办？”

丁勇想了想说："我还是未成年人，你代我签吧。"

黄宝云没有说话。

丁勇说："出国之前我必须还要去看看我奶奶，我不能连她的面都不见一下就走。"

"你不能去看你奶奶，我会找人照顾她的。"黄宝云说。

"不行，我出国前一定要去看奶奶。"丁勇执拗地说。

黄宝云犹豫了一下，掏出手机说："这要问问你夏叔叔。"

给夏宗伟打完电话后，黄宝云对丁勇说："行，你夏叔叔同意你去看你奶奶。不过，你也不能就这样空着两只手去看奶奶吧。你夏叔叔让你先回培训中心住下，明天我去买些老年人吃的营养品，再开车来接你去。你看行不行？"

丁勇想了想，点点头。

黄宝云没有把丁勇送到烟草专卖局培训中心，而是在丁勇上车的路口让他下了车。

丁勇下车后说："你回去告诉夏叔叔，如果你们不马上把我办出国，我就把证据交给纪委监委，大不了咱们鱼死网破！"

十二

第二天，在西郊大道一个拐弯处，一辆宝马车翻到了路边的沟里。交警勘验现场时发现，驾车的是一个中年女人，副驾驶座位上坐着一个十七八岁的男孩儿。在女人身上找到了她的驾照和身份证，证明这个驾车的中年女人叫黄宝云。

两人被紧急送往医院抢救。

黄宝云终因抢救无效死亡，丁勇虽然脱离了生命危险，却一直昏迷不醒。

郑海生和林枫再次去监狱见到丁海生，并告诉了他丁勇出车祸的消息，丁海生吃惊地瞪大眼睛："什么？小勇出了车祸？这不可能！"

郑海生说："他和黄宝云坐同一辆车，黄宝云已经死了。他们车子的刹车片被人动了手脚，警察正在调查。丁海生，你认为是谁干的？"

丁海生喃喃地说："这不可能，这不可能……"

郑海生说："丁海生，你隐忍多年都是为了孩子，可现在丁勇躺在医院里生死难料，你这么做值吗？"

丁海生一下子跪倒在地，哭着求郑海生说："求求你们，让我见见儿子吧！"

看见浑身缠着绷带，紧闭双眼躺在床上的儿子时，丁海生禁不住泪流满面，他握着儿子的手说："小勇，是爸爸害了你，爸爸对不起你。你等着，爸爸一定要为你报仇！郑主任，我要揭发，是夏宗伟，都是夏宗伟干的！我有证据！"

丁海生急切地说："那笔钱是夏宗伟让我转走的，转到了黄宝云的户头上，她把钱存到了加拿大的银行。当时说好了我们三人平分，我的那份是打算留给小勇出国留学用的……"

郑海生一惊，问："你有证据吗？"

"证据就在小勇小时候玩的一辆玩具车里。"丁海生说。

"这个玩具车现在在哪里？"郑海生问。

"我出事后小勇就搬去和他奶奶住，黄宝云租了我们市里的房子做员工宿舍，小勇的东西应该都搬到他奶奶家去了。"

郑海生立即带领刘大奎和林枫赶到乡下丁勇奶奶的家里，在一堆杂物中找到了那个玩具车。拆开后，里面赫然出现一张微型光盘。

十三

郑海生他们拿到证据赶回市里时，已经是中午十二点了。叶涵推门进来，说："夏宗伟今天下午一点十分的飞机飞加拿大。"

郑海生说："马上去机场把人扣下来。"

当郑海生带领刘大奎、林枫赶到机场时，夏宗伟正在机场安检处排队。郑海生走了过去，轻轻地拍拍夏宗伟的肩膀说："夏书记，请跟我们走一趟吧。"

夏宗伟回过头来，万分惊讶："我……你别胡来！我这是公事出国，耽误了工作你担当得起吗？"

郑海生说："我们也是公事。"

夏宗伟说："是留置我吗？有留置证吗？"

郑海生拿出传讯通知说："这是传讯，不是留置。"

夏宗伟嚷嚷道："我犯什么法了？无凭无据，你们凭什么传讯我？"

郑海生说："你想想，我们没证据能专门到机场来传讯你吗？"

夏宗伟猖狂地说："证据呢？拿出来给我看看呀？"说完弯腰想去拎放在地上的包，林枫一把把包抢到手上。

"你们要干什么？我……你们胆子也太大了，你们这叫滥用职权，非法拘禁！我告诉你们，你们要为你们的行为负责，你会后悔的！"夏宗伟大叫大嚷。

"丁海生什么都说了，我们在他母亲家找到一张存储你们犯罪证据的光盘，你可以到我们纪委监委去好好看看。那里面详细记录了你是怎么利用黄宝云的户头进行转账，侵吞国家财产的。"

夏宗伟明白大势已去，脸色苍白地低下了头。

第七章
斩蛇拍蝇

也许你真的为兴源镇做了很多很多，可你不要忘了，功是功，过是过。不可能因为你为国家和人民做了多少贡献，你就可以拿国家和人民赋予你，为国家和人民谋福祉的权力，超越法律为所欲为，甚至违法犯罪，最终害了人民，误了国家。兴源镇永远也不可能是你一个人的家天下！

一

早晨八点半，上班的时间，纪委监委大门口，踩着点上班的人脚步匆匆往大门里走去。

人流中，一个蓬头垢面的男人，看了一眼纪委监委的大门就往里走，门口的武警一伸手，严厉地拦住了他。

他说："同志，我是来举报的，我要见纪委监委主任！"

武警指着旁边的传达室说："请先去传达室登记。"

郑海生正好要出去。刚走到大门口，传达室的老李看见了，就叫他："海生！"

郑海生站住了问："什么事儿？"

"哎，海生，这个人要找你们纪委监委的人。"

郑海生急忙走过去问："同志，请问您有什么事？"

那人刚要开口说话，衣兜里的手机响了，他掏出电话按下接听键。站在一旁的郑海生清楚地听到，手机里传出一个女人的苦苦哀求声："我求你了，你赶紧回来好不好，我们斗不过他们的。你这么不管不顾的，万一闹大了，出点什么事儿可怎么办？你考虑考虑我，考虑考虑儿子，考虑考虑咱们这个家，好不好！我求你了！"

男人气愤地对着电话吼道："我办不了他们，有人办得了他们！我就不信这天底下还没王法了！我都已经走到这一步了，没得可回头了。我今天一定得把事儿说出来——他们这帮人，我是告定了！"说完就愤愤地挂断了手机。

"你好，我是纪委监委的郑海生。"郑海生向那个男人伸出手。

男人急忙和他握了握手说："我叫张振亚，我要见你们纪委监委的夏书记，我有大案子要举报。"

郑海生说："那好，你先登记一下。"

老李让张振亚拿出身份证登记，登记完了之后郑海生就把他带进了办公大楼。

郑海生问他："你一定要见夏书记吗？"

张振亚说："对，一定要见夏书记。我要当面向他举报。"

郑海生说："那好，我带你到夏书记办公室去。"

见到夏志杰，张振亚特别激动，冲上去就握住夏志杰的手说："夏书记——您就是夏书记吧！我在报纸上看到过您，今天我可算是见到您了！我有情况要向您举报。"

夏志杰莫名其妙地看着张振亚身后的郑海生。

郑海生对夏志杰说："这位同志说有大案子要亲自向你举报。"

夏志杰说："你先别激动，有什么话坐下慢慢说。海生，你也一起来听一听。"

夏志杰指着郑海生对张振亚说："这是我们纪委监委的郑主任。"

郑海生说："刚才我想让他到我办公室去谈，可是他一定要见你。"

张振亚对郑海生说："郑主任对不起了，我不知道你……"

郑海生说："好了，没事儿，你说吧。"

张振亚一坐下就迫不及待地说："夏书记，情况是这样的，我是兴源镇镇政府分管计划生育的……"

夏志杰说："兴源镇？是那个电视上播过的亿元乡吧？我听说过，挺有名气的。"

张振亚情绪激动地说："哎呀，那都是假的！粪堆上撒黄土——假坟！我们镇上确实有不少工厂企业，可赚来的钱大部分都落到镇长李作荣他们那帮人手里了，老百姓的日子苦着呢！"

夏志杰说："你最好说具体点儿。"

张振亚说："多年来，镇长李作荣在镇政府的干部中培植了一批亲信，还豢养了社会上的一些混混儿组成了所谓的联防队，实际上就是他们的打手。他们无恶不作！去年广东一家私营化工厂因为污染被当地政府关闭，他们看上了兴源镇东下地村的一块好地。不知道李作荣是怎么跟他们谈的，就吃了几顿饭，洗了几次桑拿，又去歌厅唱了几次歌，广东老板就把李作荣摆平了。他们在东下地村强行骗征耕地一千亩！一千亩啊！都是高产田啊！就被李作荣以每亩一千元卖给了他们，而镇政府贴出的征地告示却说是每亩三百八十元卖的。他们每亩就贪污了六百二十元！这个事情你们调查一下，整个兴源镇没人不知道！当时大家都不愿意，但他们说那是港商，要按国家政策给予优惠，给予照顾，大家也只好无奈地默认了。什么港商？呸！假港商！”

郑海生问：“你怎么知道是假港商呢？”

张振亚说：“我有一个大学同学叫董明庆，现在是兴源镇的副镇长，当时是他告诉我的。那个所谓的港商，原来就是深圳宝安的农民，1973 年摇身一变成了香港人了。”

郑海生问：“你这个同学知道你要举报吗？”

张振亚说：“我不清楚，他可能猜到我要举报李作荣，因为我在他跟前议论过李作荣的违法乱纪行为。”

郑海生问：“那他对李作荣是怎么看的？”

张振亚说：“他呀？早就跟李作荣穿一条裤子了，整天跟在李作荣的屁股后头，就像是李作荣的小跟班。我就看不起这种人，为了一点儿私利，连人格都可以不要了。”

郑海生问：“怎么没人举报呢？”

张振亚说：“没人敢举报。他们的势力太大，更是太恶、太狠、太黑了。征地拆迁的时候，他们连蒙带骗加上威胁，让绝大多数村民都签了字。有一个叫杜永刚的村民不干，还说要去举报他们的违法行为，结果被李作荣指使联防队的人把他家里的东西全砸了，还把杜永刚和他老婆打了一顿。杜永刚被他们打得半个多月都起不了床。”

夏志杰问：“这个杜永刚现在还在村里住吗？”

张振亚说：“早走了，带着老婆孩子都走了，不敢再在村里住了。”

郑海生问："他到哪儿去了？"

张振亚说："不知道，有人说他到新疆去了，也有人说他在广东东莞打工。"

夏志杰问："他们还有别的违法乱纪的事情吗？"

张振亚说："还有一次是三年前，一个厂子，也是化工厂，要征用马村的一块地。本来拆迁款都拨下来了，可李作荣硬是按在手里头不给老百姓，说是要大家一起入股，将来赚大钱！那工厂建了快四年了，大家伙到现在一分钱都没拿到！夏书记，其实镇子上的人都知道，那些厂子都是李作荣那帮人的自家作坊，他们把乡亲们的活命钱都揣进了他们自己的腰包！乡亲们都害怕，从来没人敢言声，顶多是私下里议论议论。我实在是看不下去了！你们说，基层干部都像他们这样，老百姓还有活路吗？"

郑海生说："您别激动，慢慢讲。"

张振亚说："我在镇子里是管计划生育的，我发现村子里好多孩子一生下来心脏就不好，有的还不到一个月就夭折了。我翻了以前的统计资料，从来没发生过这种事儿。这都是从镇子里开始建那些化工厂开始的——孩子们的病全是让水污染给祸害的！污染最厉害的，就是那个假港商的天成化工厂。夏书记、郑主任，你们说这不是造孽吗？！那都是鲜活的生命啊！"

"你有什么具体的证据吗？比如说单据、合同、协议等？"夏志杰又问。

张振亚说："我不是他们线上的人，他们开黑会也不会让我参加，具体证据我没有。不过我老婆是镇政府的会计，她比我知道的情况还多，你们也可以去问问她！比如贪污征地款的事情，就是我老婆先跟我说的。"

夏志杰说："你最好能给我们提供具体的证据，因为你举报的案件涉及一级政府，我们必须要慎重考虑。对了，这事镇党委不知道？"

张振亚说："镇党委书记唐凯才来三个月，就带着党委委员老廖他们忙扶贫去了，他们倒是真心为百姓办事，但他们也不掌握镇政府这边的情况。这样，夏书记，我在兴源镇人熟，我回去后就开始收集证据。"

夏志杰说："务必注意保密和安全！请你给郑主任留下手机号，以后就由郑主任跟你联系了！"

张振亚给郑海生留下了自己的手机号码。

送走了张振亚，郑海生和夏志杰一起来到周书记办公室，把张振亚说的情况汇报给了他。周书记对夏志杰和郑海生说："按照管辖规定，这个案子，应该先由他们区的纪委监委负责调查。海生，你先跟区纪委监委联系一下，把举报人汇报的情况跟他们说一声，让他们立刻展开调查，随时把情况汇总传回到我们这儿来。"

夏志杰说："张振亚说他们镇上的人，都敢怒不敢言。搞不好，这个镇长是个一手遮天的角色，说不定是个土皇帝。"

周书记说："你们提醒一下区纪委监委的同志，让他们调查的时候尽量小心谨慎，注意保护被举报人。"

夏志杰的手机突然响了，他看看来电显示，立即站起来说出去接个电话，说着他就出了周书记办公室。很快，夏志杰就又进来焦急地对书记说："对不起，书记，我有点儿急事，能不能请半天假？"周书记刚一点头，他就急忙出门去了。

叶涵正捧着资料匆匆往办公室方向走，夏志杰边走边打手机："怎么搞的，好好的怎么会走丢？！"

夏志杰和迎面而来的叶涵擦肩而过。夏志杰头也不回地径直下了楼梯，叶涵有些诧异地看着夏志杰的背影，心想：这夏书记是怎么了？谁走丢了让他这么着急？

出了纪委监委，夏志杰就赶紧开着车来到了安定医院。他在医院门口停好车，就匆匆下车直奔医院住院部。在走廊尽头，一个正在跟护士说话的医生看到夏志杰，急忙迎了上来说："对不起，夏先生，是我们工作失误……"

夏志杰急了："你们怎么回事儿啊，你不是跟我说，二十四小时都有人看护她的吗？"

医生内疚地说："护士只是走开一下去拿吃的，没想到就出这种事儿——"不等医生说完，夏志杰推开医生径直冲进了病房，气喘吁吁地跑到病榻边。

病床上放着一张报纸，版头被撕下一大块。夏志杰捡起报纸，隐约可见被撕碎部分旁边的"先锋"字样。夏志杰揪心地把报纸攥紧在手里。医生说："我们已经报案了，监控录像也调出来看了……她走的时候穿的是病号服，找起来应该不困难。"

夏志杰痛苦地说："她跟三岁小孩儿没分别，过马路都害怕，万一出点儿事，怎么办？！"

夏志杰回头瞪着医生，医生尴尬地低下头："对不起，我们……"

夏志杰一把扔下报纸，夺门而出。

二

马路边一个发呆的老太太，她就是夏志杰的母亲黄顺惠，她手中紧捏着一块报纸的残片，目光茫然地看着来来往往的车流人流。她低下头，摩挲着手里的报纸。一对母子从黄顺惠面前走过，儿子大口大口吃着雪糕，母亲皱眉给儿子擦嘴："瞧你吃得一嘴一脸的……"

黄顺惠呆呆地看着走过的母子，脸上露出莫名其妙的笑意，挪动脚步跟了上去，根本没注意来往车辆。一辆出租车迎面而来，见前面有人，司机猛踩刹车，立即传出了刺耳的尖叫声。黄顺惠被吓得一个惊呼，跌坐在地上，出租车停在了离她不足一尺远的地方。司机急匆匆下车走到黄顺惠身边，呵斥道："过马路怎么也不看着点儿啊！"

黄顺惠不顾自己摔倒的疼痛，眼睛还看着远去的母子，用力地伸手够着，含糊不清地说："小杰，小杰啊……"

司机看出黄顺惠有些糊涂："您要去哪儿啊？我送您回去得了。"

"我……我……"

"您家住哪儿啊？"司机又问。黄顺惠含含糊糊地哼唧着。

司机发愁了，心想，这怎么办呀？

这时交警过来了，问怎么回事儿。司机说刚才绿灯亮了，我刚一起步，这个老太太就闯红灯过马路，差点把她给撞了。交警问黄顺惠："您没事儿吧？"

司机说："您问也白问，我觉着这个老太太好像精神有毛病。"

黄顺惠看着交警，笑着举起报纸说："我找我爱人！老夏，你一定认识他。"

报纸上，赫然印着夏志杰的照片。

交警接过报纸一看，上面是介绍市纪委监委主任夏志杰先进事迹的报道。

交警问："这上面是谁呀？"

老太太一把抢过报纸说："你不认识。"

交警说："这是你儿子吧？"

老太太说："我儿子是小杰。"

交警终于弄明白了，说："走吧，我带你去找你儿子去。"

三

中午了，纪委监委办公室里，大家聚在一起吃着盒饭。靳兰说："夏书记还没回来啊？这可奇了怪了！从来没见他为什么事儿，连工作都撇下不管了！到底出什么事儿了啊，是不是他家里出什么事儿了？"

刘大奎说："可不，出去半天了。夏书记又没老婆孩子，能出什么事儿啊？”

叶涵默默地扒着饭，没有说话。

靳兰说：“叶涵，要不你给夏书记打个电话问问，说不定咱们能帮上忙呢？”

刘大奎说：“你别给添乱了！你又不是不知道，夏书记最不喜欢人家管他的私事儿了！”

这时，门外传来林枫的声音：“哎呀，大妈，您慢点儿！”众人奇怪地回头，林枫领着黄顺惠进门，众人都愣住了。

黄顺惠看着办公室说：“哎呀……这个屋子比前阵子来大多了啊，真宽敞……”

刘大奎问：“哎？林枫，这是谁啊？你妈？”

林枫说：“我妈？我妈在家呢。一个交警把她送来的，说是找夏书记，还说夏书记是她爱人。”

刘大奎一愣，说：“那赶紧给夏书记打电话吧！”说着就拿起桌上的电话拨打夏志杰的手机。夏志杰此时正开着车满大街地转着，寻找自己失踪的母亲。一听刘大奎说有个老太太来单位找自己丈夫老夏，夏志杰就赶紧往单位赶。

办公室里，黄顺惠问：“老夏，老夏呢？”

靳兰见状，急忙扶着黄顺惠：“大妈，您等等，夏书记出去了，马上就回来。”

黄顺惠看着靳兰问：“你……你是谁啊？”

靳兰说：“哦，我是夏书记的同事啊。”

黄顺惠说：“我怎么从来没见过你啊？原来那个小王呢，怎么没见他啊？”

靳兰说：“大妈，您找夏书记有什么事儿啊？”

黄顺惠说：“你还说你是他的同事，他是我爱人你都不知道！我来找我爱人！”

众人一听，都愣住了，同时看向林枫。林枫一耸肩，意思是别看我啊，我什么都不知道。

叶涵端着一个盒饭，凑到黄顺惠面前哄着："您先吃点儿饭吧，老夏马上就回来了。"

黄顺惠推开叶涵的手说："我们家老夏呢，他上哪儿去了啊？"

众人面面相觑。夏志杰气喘吁吁地推门而入，一眼看到母亲，深深地松了口气。他刚要上前，黄顺惠已经起身扑了上去："你死到哪儿去了啊？！这么多天不回来！"

夏志杰顺从地忍受着，黄顺惠边说边捶打着夏志杰的胸口："你扔下我一个人不管，也不回家来陪陪我，你怎么这么狠心啊？！小杰呢？你把小杰给我弄到哪儿去了？"

众人识趣地退到门外。

夏志杰艰难地说："妈，我就是小杰啊！"

刘大奎等人凑在门口听着里面的动静。刘大奎说："原来这是夏书记的妈啊……"

靳兰说："哎哟，可从来没听说过……叶涵，夏书记以前不是你爸的学生么，你听说过这事儿没有？"

叶涵站在一旁不说话，表情复杂，摇了摇头说："没有。夏书记从来不提他家里的事儿。"

郑海生从走廊一头走来，看到几个人凑在办公室门口，就问："干嘛呢你们？"

林枫急忙回头，对着郑海生"嘘"。

屋内，夏志杰尽全力哄着母亲说："咱们先回家好么？小杰……小杰，我一会儿把他带过去让你瞧……"

黄顺惠揪着夏志杰的衣服拉扯着哭喊道："你又骗我！我不回去，我要去找小杰，你到底把小杰藏哪儿了？你把他还给我，还给我……"

夏志杰搀扶着母亲说："妈，我就是小杰，咱们回去吧。"

叶涵注视着这一幕，忍不住潸然泪下。

夏志杰带着母亲出去了。

靳兰说："唉，我看，夏书记的老妈病得不轻啊。真没想到，他还有这么一摊难事儿……我看那老太太连自己儿子都不认得，也真是够可怜的了。"叶涵看了看靳兰，没有说话。

大家坐下来吃着，靳兰继续说着："你说这事儿多闹心啊。也不知道这都多少年了，夏书记怎么扛下来的啊？也难怪他会得那个什么抑郁症。"

刘大奎打断她："行了，行了，越说越不像话！有吃的还堵不住你的嘴！"叶涵脸色复杂地抬头看了一眼众人，默默低头吃饭。

"我看夏书记啊，心里藏的事儿太多。他这人忒神秘，一起工作都一年多了，连句亲近话都说不上！"靳兰还是管不住自己的嘴。

林枫发现了叶涵脸色异常，赶紧说："行了，刘姐，你少说两句吧。"靳兰不再说话，低头扒拉着饭。林枫看着低头不语的叶涵，叹了一口气说："唉！家家都有一本难念的经啊！"

夏志杰把黄顺惠送回医院，医生给她打了一针镇静剂后，黄顺惠怀里抱着一个玩具熊躺在床上睡着了。夏志杰想拿走那个玩具，黄顺惠哼唧着翻了个身，把玩具抱得更紧，背对夏志杰呢喃着："小杰……"夏志杰心酸地注视着母亲，伸手替母亲拉好被子，转身走出了病房。

郑海生站在走廊上关切地问："……没事儿吧？"夏志杰说："没事儿，睡着了……"

郑海生犹豫了一下问："有没有我能帮上忙的？"

"不用，我自己能应付。"

郑海生同情地看着夏志杰，皱了皱眉，欲言又止。

四

区纪委监委的三名办案人员来到张振亚家里了解情况。

张振亚说自己不是他们圈子里的人，不可能有具体的证据，但自己的妻子高慧芳知道一些情况。

高慧芳脸色一变："你胡说什么？！"

"我怎么胡说了？他们在东下地村强行骗征耕地的事情，整个兴源镇谁不知道？他们没有征得村民的同意，就几个人做主，把一千亩耕地卖给了一家从广东迁来的化工厂不说，还私分侵吞征地拆迁款。这些不是你跟我说的吗？"张振亚的目光落到了高慧芳身上，高慧芳脸色一窘。

"高女士，你不要害怕，把你知道的情况如实说出来，纪委监委会调查清楚的。"一名办案人员鼓励她说。

高慧芳急了："我都告诉你们了，那些是我丈夫胡乱说的，你们别信他的！"

张振亚也急了："都到了这一步了，你还有什么好瞒的，我查出污染那事儿的时候，你不是也跟我骂过这帮人黑心吗？"

"我——他们黑心跟我有什么关系？"高慧芳一时不知道说什么才好。

"我告诉你，他们这帮人，我是告定了。就算你不说，我也会自己去找证据，大不了鱼死网破！"张振亚这次的决心比任何时候都坚定。

高慧芳看着张振亚，气得浑身发抖："你混账！"高慧芳夺门而出。张振亚喊着"慧芳，慧芳"追了出去。

见在张振亚家里暂时不会有什么大的收获了，区纪委监委的几个人就去了化工厂。

这天早晨一上班，夏志杰接到了一个电话，电话是区纪委监委值班室打来的。电话里说，区纪委监委的同志在兴源镇调查取证回来途中，遭遇了车祸。

听到这个消息，夏志杰立刻告诉了郑海生。郑海生立刻和林枫、刘大奎赶往医院。他们到达医院时，医生刚给一位受伤的区纪委监委办案人员做完检查，护士正在给那位办案人员输液，郑海生问医生：“其他人怎么样？”

医生说：“另一个办案人员在做手术，右腿骨折。司机伤得最重，胸部被方向盘顶了一下，正在抢救。”

郑海生问医生：“我们想和这位同志说几句话，可以么？”

医生说：“可以，不过他身体还比较虚弱，你们时间不要太长。”

郑海生凑到那位办案人员身边，他头上和胳膊上都包裹着纱布，看见郑海生虚弱地说：“对不起，郑主任，我们把事情办砸了。”

郑海生忙安慰他说：“别这样说。好好的怎么会出车祸呢？到底怎么回事儿？”

办案人员虚弱地喘了口气说：“我也不知道……市纪委监委领导交代下任务以后，我们就立刻开始行动了。我们人手少，所以只派了我跟小李一起去……我们到的第一天就去找张振亚，可由于他妻子有顾虑，不愿配合我们的调查，所以没有什么收获。我们又电话请示了一下，我们主任的意思是让我们先去厂子里摸摸情况，但不要打草惊蛇。下午六点多，我们从厂子里出来，本来想直接回去的，可那个厂长一定要拉着我们去吃饭。我们一再推辞，可他说酒店包厢都订好了，不去就太不给他面子了。我们三个人一想，既然这样，不去也确实不合适。饭吃了大概两个小时，后来我们就开车连夜往回赶。路上，我们接到那个叫张振亚的人打来的电话，他说他搜集到了一些证据，但是他说他第二天一早才能到家。我们的车开到离镇子没多远的地方时，见路上拦了一道围栏，有两个人说是前头走不了啦，翻了辆煤车，让我们走另一条小路。我记得在那条小路上走了没有多远，遇到了一个右转的指示牌，司机向右一打方向盘，我只感觉车身忽然猛地一颤——后来我就什么都不知道了。醒过来时，人已经躺在医院的病床上了，听说还是附近的老乡把我们送来的……”

郑海生安慰他说：“你们先好好休息，我们改天再来看望你们。”

郑海生和刘大奎、林枫起身正准备走，就听见走廊里传来一个男人的声音：“人在哪儿呢？哎呀！怎么会出这么档子事儿啊？”

郑海生给刘大奎和林枫使了个眼色，三人又坐了下来。

这时，两个男人匆匆走进了病房，其中一个穿着灰西服的胖男人，关切地对病床上受伤的办案人员说：“来迟了，来迟了，真是对不住你们纪委监委的同志啊。我才开完会，一听说你们这事儿我就赶来了。”

郑海生他们三人默默地注视着这个男人的一举一动。

只见这个胖男人招呼着和他同来的另一个四十岁左右的男人说：“快把东西给放下，放下！”

那个男人将手中的东西放在床头柜上说：“这都是我们兴源镇的土特产，还有一些治外伤的药——都是咱们农民自己配的药，又好用又好得快，还不伤身子。”

那位穿灰西服的男人注意到了郑海生、刘大奎和林枫，就问：“这三位是——”

那位受伤的办案人员介绍说：“这三位是市纪委监委的同志，听说我们出车祸了，来看看我们。”说完他又指着那个穿灰西服的胖男人，对郑海生说：“噢，郑主任，这位是兴源镇镇长李作荣，那位是副镇长董明庆。”

李作荣一听说旁边坐着的是市纪委监委的人，先是一愣，但马上又换上一副笑脸主动向郑海生伸出手来：“你好，你好，我是兴源镇镇长李作荣，这是我们副镇长董明庆。”

郑海生伸出手握了握他的手说：“你好。”

李作荣说：“真是幸会呀。我经常在报纸上看到市纪委监委查办大案的报道，你们可是反腐倡廉的先锋队啊！”

李作荣说着又和林枫、刘大奎一一握手：“今天真是有幸认识各位市纪委监委的同志呀！”

郑海生不动声色地说：“李镇长，你工作这么忙，还能这么快就赶来看望他们，我替区纪委监委的同志谢谢你的好意了。”

李作荣一愣，一脸愧疚地说：“是我的责任，我的责任啊！这路要是早点儿修好也不会出事儿，是我工作没做到位，我该深刻检讨啊！”

旁边的董明庆闻言，急忙解释说：“基建这块儿都是我负责的，是我的责任，是我督促不力。我们镇长，这几个月，一直都在忙着跟外商谈绿色农业合作的事儿。”

李作荣忙对郑海生说：“不不不，我是兴源镇的镇长，大大小小的事儿都是我管，出什么事儿我都有不可推卸的责任！事儿是在兴源镇出的，你们放心，不会让你们纪委监委出一分钱，医药费、营养费都由镇上出了！”

郑海生看着李作荣笑了笑说：“那好啊，我先替他们谢谢你了。”

刘大奎对郑海生说：“郑主任，咱们走吧？”于是三人又重新站起来。

见此情景，李作荣假装着急地说：“别走啊！既然来了，就在我们这里吃点儿便饭再走吧。”说完就让董明庆去联系安排。郑海生说：“不了，下次吧。我们确实还有任务在身。”

开车出了医院的大门，林枫说：“我觉得这个镇长是不是表现得太过了？这场车祸会不会就是他们搞的鬼？”

刘大奎说：“嗨，我看有可能。他胆子也够大的，这边刚出事儿，他就跑来猫哭耗子假慈悲。他也真不怕这戏演得太过了！”

郑海生沉吟着说：“其实他今天来的目的挺简单，就是想撇清车祸的事儿跟他没关系。你没瞧见吗，那个副镇长董明庆跟他一唱一和，配合得多默契。”

林枫说：“我看那个副镇长董明庆挺窝囊的，处处看着李作荣的脸色行事，一副谨小慎微唯唯诺诺的样子。”

刘大奎说：“可见这个姓李的平时有多么嚣张跋扈。”

“我也觉得这场车祸没这么简单。李作荣也是在官场混了这么多年的人，他应该知道区纪委监委的同志一出事儿，这案子只会引起更大的重视，他会做这种引火上身的事儿么？”郑海生觉得这里面一定有问题。

回到单位，他们马上联系了当地交警，询问车祸现场勘验的情况。当时到现场处理事故的交警说，那条小路因为资金的原因，修了一半就停工了，也一直没有通车，所以根本不可能有路标，那个路牌是后来有人安上去的。可以推定，这不是一场交通意外，应该是有人蓄意安排的。

夏志杰和郑海生把区纪委监委同志发生车祸的事情和调查结果，汇报给了周书记，周书记气愤地说："他们的气焰也太嚣张了。夏志杰，你安排一下，立刻派人下去调查！"

五

李作荣回到兴源镇后大发雷霆，指着他的干儿子王伟的光头，破口大骂："你个成事不足败事有余的东西！谁他妈让你搞那帮纪委监委的人了？！我之前跟你怎么说的？！我跟你说这事儿全听我的，你给我捣什么乱！你他妈不是把更大的对头往我这儿引吗？现在把市纪委监委的人也惊动了，你说怎么办？"

王伟看着李作荣的脸色小心地说："干……干爹，不是我想搞他们，这帮家伙在厂子里摸底，我怕他们真摸出点儿什么来就惨了！"

李作荣说："我所有的账目都做得滴水不漏，他们能查出什么来？妈的，还要老子去给你擦屁股，在那些人面前低声下气的！幸好是没死人，这要是真闹出人命来，连我都保不了你！"

王伟哈着腰低着脑袋，不敢说话。

一旁的董明庆忧虑地说："镇长，我们下面怎么办啊？我估计市纪委监委很快就会来人了。"

李作荣骂道："这还要你提醒，我当然知道！我倒要看看那个姓张的有几斤几两，胆敢动我。动我就是动整个兴源镇，我倒要看看他有没有这个能耐！整个兴源镇都在我手心里，我就不相信他能在这巴掌大的地方翻出片天来！”

董明庆小心地说：“镇长，您歇会儿吧，待会儿还有会呢。”

李作荣气呼呼地没说话，想了一会儿，指着董明庆说：“我现在最担心的就是张振亚！他到底掌握了多少情况，你知道吗？”

“他……他应该只是查到一点儿不痛不痒的事，按道理说他不知道……不知道内部的事……”董明庆结结巴巴地说。

李作荣说：“你去告诉张振亚，让他放聪明一点儿，趁早闭上嘴，不然我有的是办法弄死他！”

董明庆急忙说：“镇长，我了解张振亚，他这个人吃软不吃硬的！其实……其实他就是憋了一股子气，不是存心想跟您过不去的！他进镇政府的时候，性子直，说话难听，您把他调去搞计划生育了，他肯定是觉得受委屈了，所以才——”

李作荣眯起眼说：“你这么说是我的错了？”

董明庆慌忙说：“不是，我不是这个意思——”

李作荣说：“是他自己不识抬举。他是你介绍来的，我本来也想把他培养成自己人，给他个肥差，让他去搞基建，他自己榆木疙瘩脑袋不开窍，到处给我找漏！调他去搞计划生育，就是我对他开恩了。我没把他一脚踢出去，就算对他不错了！”

董明庆说不出话来。

李作荣瞪着董明庆命令道：“你去！探探他的口风，看他到底知道多少事情！你去跟他说，事情闹大了，对谁都没好处。他想要什么，我也不是不能给他，让他放聪明点儿！”

“我知道……”董明庆点头，转身快步走出办公室。

见董明庆走后，李作荣又指着王伟的光头说：“你！”

王伟忙上前一步：“干爹，您有何吩咐？”

李作荣骂道：“蠢货，纪委监委的车翻车了，公路上还干干净净的，你做戏不做全乎了，等着人来抓你小辫子啊？！”

“哦，我知道了，我这就去办！”王伟说完就要冲出屋子。

李作荣喝住他道：“废物！晚上再去。大白天的，你想让全镇的人都看见是怎么着？”

王伟忙说：“是，是，干爹说得是。”

六

半夜，张振亚骑着自行车回到家，熬红了眼睛的高慧芳一看张振亚回来了，就生气地问他：“你去哪儿了，怎么才回来啊？这个家你要不要了？我给你打电话，你为什么不接？”

张振亚说：“我白天去找人取证谁敢说？我只有晚上去呀！”张振亚说着从书包里翻出一个小录音机和纸笔，“我得赶紧把这些录音整理出来，你赶紧给我下碗面去，饿死我了。”

高慧芳生气地说：“你有功了？要你去收集证据，那还要警察、纪委监委干什么？没饭！我不伺候！”

张振亚耐着性子说：“纪委监委的人跟我说让我配合他们一下，你说这……”

高慧芳气呼呼地打断他的话说：“你配合？哟？看不出来呀！你能耐大了！区纪委监委的人第一天来调查，回去的路上就出车祸了，你知不知道？”

张振亚一惊：“你说什么？区纪委监委的人出车祸了？”

高慧芳哀求道：“张振亚，我求求你了，别再折腾了！咱们惹不起人家。就算不为你自己，你也为我和儿子考虑考虑，行不行？”

张振亚说：“到底怎么回事儿？”

高慧芳说："我怎么知道怎么回事儿，我也是听别人说的！他们说昨天晚上有辆煤车在公路上翻了把路堵了，区纪委监委的车走不了大路，走小路时翻车了。"

张振亚说："不可能！我就是从大路回来的，公路上根本没有见到煤渣！这一定是他们搞的鬼！"

高慧芳劝说道："他们连纪委监委的人都敢动，要弄你，还不就是动动手指头的事儿？你听我的，别再管这个事情了，好吗？"

张振亚怔怔地，一句话也说不出来。

董明庆来到张振亚家门口时，正听到张振亚老婆高慧芳在规劝张振亚。他在门外停住脚步，趴在门上侧耳听着，听到这里才伸手拍门。张振亚起身去开门，见是董明庆，立刻拉下脸问："你来干什么？"

董明庆说："张振亚，今天我难得有空……"

张振亚说："是啊，你是大忙人啊！日理万机嘛。"

董明庆说："听你说话的口气，我怎么觉得对我有气是吧？我正好想和你好好聊聊，咱哥俩也好久没一起唠唠了。我做东，出去喝两杯吧！"

张振亚没好气地说："算了吧。咱们早就已经不是一条道上的人了，喝什么酒？我们家也不欢迎你这种人，你走吧。"说完就要关门。

高慧芳见此情形，连忙走过来拉开张振亚说："明庆，快进来，张振亚这个臭脾气，你不要跟他计较。你坐，我去弄饭。"说完转身进了厨房。

董明庆尴尬地走进张振亚家，在沙发上坐下，张振亚把挎包往桌上一扔，转身不理他。董明庆看看张振亚的挎包说："张振亚，大学同学里就数咱俩关系最好，咱们这么多年的朋友了，你何苦这样？"

张振亚挖苦董明庆道："朋友？笑话，你董明庆是副镇长，是领导！我张振亚算什么？在你们眼里就是精神病！"

董明庆并不介意张振亚的尖酸刻薄："张振亚，你别这么说，我有不得已的苦衷……"

"得了吧你，什么苦衷，不就是为了点儿臭钱么？我算是看清了，你跟那个姓李的根本就是一丘之貉，为了抱他的大腿，你，连人格都不要了！”张振亚说。

董明庆说：“张振亚，我知道你性子直，很多事情看不惯，可有些事情没你想的那么简单！大家都睁一只眼闭一只眼，装作什么都不知道，你为什么不能？轻轻松松地拿工资过日子不是很好吗？你这么闹下去有什么好处！李作荣是什么人，你是知道的，他可是什么事情都敢干呀！我真的是为了你好！”

张振亚哼了一声说：“你别装好人！是不是姓李的让你来的？”

董明庆一怔，随即叹息：“张振亚，跟你说句掏心掏肺的话，人在屋檐下，不得不低头啊！你现在把自己搞成这样有什么好处？你不为你自己想，也得为慧芳和孩子想想啊！你是斗不过他们的。”

张振亚冷笑：“我是斗不过他们，可还有纪委监委！还有政府还有党！我就不信这兴源镇，他李作荣能够一手遮天！”

董明庆继续苦口婆心劝道：“你不是不知道李作荣的势力有多大，就算纪委监委真的来了，也未必能动得了他！他的手段多的是，他总有法子找到替罪羊来保全自己的！张振亚，你就听我一句，服个软儿，给自己留条活路吧！”

张振亚不屑地哼了一声：“你当然得这么劝我了，你跟他们都是一条贼船上的，他倒了你也就完了！明庆，我劝你趁早回头，把你知道的都说出来，也算你为兴源镇做了点儿好事，积了点儿德！”

董明庆说：“张振亚，我知道你心里头不舒服。也难怪，让你一个堂堂的研究生去搞计划生育。嗨，其实不就是一句话么。你想调到哪儿去，李镇长说了，只要你说出来，他一定满足你的要求。”

张振亚闻言一愣，愤怒地瞪着董明庆，手指着门说：“你给我滚！”

董明庆叹口气，无奈地站起身说：“你自己再好好想想吧，我们这么多年的朋友，我实在是不愿意看到你出点什么事。李作荣已经说了，你要再这么告下去，我估计他有可能要对你下黑手，要不我看你先出去躲些日子。”

张振亚说：“躲些日子？我张振亚一不贪污，二不受贿，没做过什么见不得人的勾当！我为什么要躲？我看，要躲也应该是他李作荣！”

董明庆叹了口气，转身离开，张振亚狠狠地瞪着董明庆离开的方向。

董明庆走后，张振亚气得把茶杯使劲放在茶几上，高慧芳说：“张振亚，你都听见了，连明庆都这么劝你！我求你，你别再管这事儿了！”

张振亚气得咬牙切齿：“他们……他们竟然还想拉拢我！老婆，你放心，车祸的事儿一出，市纪委监委的人很快就会下来了。有他们在，我们什么都不用怕。到时候，你只管把你知道的都说出来，我一定要搞倒这帮混蛋！”

高慧芳看着张振亚，气得浑身颤抖，忍不住甩了张振亚一个耳光。张振亚捂着脸，呆呆地看着老婆。

“你疯了……你真的疯了……”高慧芳无力地瘫坐在沙发上，泪流满面，“你心里根本就没有我跟儿子，你哪怕有一点点儿念着我们，都不会这么不顾死活地跟他们斗。”

张振亚看着老婆缓缓地说：“慧芳，你咋就不理解我呢，你看看现在咱们镇子里是个什么样子，我就不相信他李作荣真能永远一手遮天！”

高慧芳抽泣着说：“他们那些人的势力你不是不知道，俗话说强龙压不过地头蛇，纪委监委的人真能办得了他们吗？！再说，兴源镇好坏跟你有关系吗？兴源镇是你爷爷留给你的，还是你爸爸留给你的？别人都不管，就你能？让他们把你弄死了，我们娘儿俩怎么办？”

张振亚说：“慧芳，我们要想过安稳日子，就一定要把这些人弄倒。要不他们想欺负谁就欺负谁，到那时咱们就真没有活路了。你看那个王伟，那天那么打李顺平，顺平多老实呀，两口子都给他跪下了都没用。他们希望的，就是兴源镇一万多人，都对他们毕恭毕敬，顶礼膜拜。只有这样，他们才能想怎么贪污就怎么贪污，想怎么腐败就怎么腐败。”

高慧芳说：“他们已经知道你把他们给举报了，我……我真害怕……张振亚，我求你了，要不咱们先出去避避风头吧！”

“不，这事儿一天没结果，我就一天定不了心！事到如今，我也只能跟他们拼个鱼死网破了。”张振亚恨恨地说。

董明庆回到镇政府向李作荣汇报说，自己连张振亚家的门都没进去，就被张振亚骂了回来。

李作荣说他：“董明庆，不是我看不起你，你自己说，你能办成什么事儿？好了，我看张振亚这个不知死活的东西，是王八吃秤砣，铁了心非要跟我李作荣对着干了。王伟，你到联防队叫几个人，到他家里去教训教训他！”

王伟说：“好！我这就去！看我不打断他的腿，割了他那犯贱的舌头。看他还敢不老实！”

李作荣叮嘱说：“把握好分寸，别给我弄出人命来啊！”

王伟说：“知道！”说完他立刻就给联防队队长打电话，叫他带几个人到张振亚家去。王伟给联防队队长打完电话，对李作荣说了一句：“我这就过去了啊。”

张振亚家里，高慧芳已经收拾完了几件自己的衣物，拉起儿子的手说：“亮亮，走，咱们走！”

张振亚赶紧拉住妻子说：“慧芳！慧芳！你别这样！”

高慧芳挣扎着甩开他说：“你不是要告吗？你本事不是大吗？你去告啊！我拦不住你！我也不想跟着你整天过这种担惊受怕的日子！咱们离婚！”说着推开门就领着儿子往外走。

张振亚拼命按住妻子：“慧芳，慧芳……是我不好，对不起……对不起……”

高慧芳哭了出来：“你这么不管不顾地告，怎么样？你动了他们一根汗毛了没有？万一闹大了，出点什么事儿，你想过我没有，你想过儿子没有？”

“可这事儿一天没结果，我就一天定不了心！慧芳，现在镇子里是个什么样子，你也看在眼里的。乡亲们都害怕，从来没人敢言声，那我总得替他们出这口气吧！”

高慧芳说：“张振亚！你以为你是谁？你太高看自己了吧？”

“说得好！”已经站在门口的王伟拍着手笑着说。

张振亚一看，王伟身后还跟着几个身穿迷彩服的年轻人，每个人的手里都拿着一根二尺多长的木棒，一个个虎视眈眈的样子，都是联防队的。亮亮看到这些人，扎到妈妈怀里不敢出声儿。

张振亚问：“你们来干什么？”

王伟说：“干什么？这要问你自己呀？张振亚！我看你是给脸不要脸了？说实话，你还不如你老婆懂事儿！李镇长怎么就得罪你了？你像一条疯狗一样，不依不饶地到处告状，还说一定要把他告倒。李镇长大人不记小人过，可我们都看不下去了，今天来就是要让你明白：再敢像一条疯狗一样到处乱咬人，我的打狗队可要为民除害了！既然你是敬酒不吃吃罚酒，那就别怪我不客气了！弟兄们，先教训教训这个不知道天高地厚的东西！”

几名联防队员进来就一通乱砸。

张振亚过去就要拼命，被王伟和几个人一通乱棍打倒在地。

瞬间，张振亚家里的锅碗瓢盆、电视机、电冰箱就都被砸坏了。

亮亮被吓坏了，“哇”的一声哭了。可刚哭了没几声，就又憋了回去，不敢出声了。

七

王伟等人来给张振亚“下马威”，把家里乱砸一通，人倒是没被打坏。他们走后，高慧芳又把张振亚骂了一顿，流着眼泪开始收拾残破的家。与此同时，郑海生驱车驶向兴源镇。

临出发前，郑海生给张振亚打了电话，告诉张振亚，他们大约夜里十点左右到兴源镇。张振亚说："郑主任，我收集到一些证据，可能对你们有用。等咱们见面时我再详细告诉你。我晚上在镇子路口等你们。"

晚上九点半左右，张振亚估计着他们快到兴源镇了，就披件衣服出门了。月色很好，四野寂静无声，张振亚一个人在黑夜下的乡村公路上快步走着。忽然，远远地他好像听到什么动静，就猫着腰，蹑手蹑脚悄无声息地循着发出声音的地方走过去，藏身在一棵大树的背后。月光下，张振亚清楚地看见，王伟正带着几个人往公路上面倾倒着煤渣，嘴里还不停地小声呵斥着："动作麻利点，快！"

张振亚赶紧轻手轻脚地离开那里跑回家，从自己的包里拿出小型数码相机。

妻子高慧芳一看觉得奇怪，就问他："外面黑灯瞎火的，你干什么去？"张振亚说了一句："我又有证据了！"转身就往门外跑。

张振亚气喘吁吁地又跑回到路边的那棵大树下，半蹲着靠在大树后，举起手里的数码相机对准了王伟等人。

"咔嗒，咔嗒……"数码相机的快门轻轻地响着。

张振亚拍了几张后觉得差不多了，正准备离开，这时有人发现了他。

"那边好像有人吧？"有人嘀咕道。

王伟扭头看看说："过去看看！"

两个人朝大树方向走过来。

张振亚转身就跑，王伟立刻想到这个人是来监视自己的，于是大喊一声："快追！别让他跑了！"一边喊一边跑回去骑摩托车，带人就追了上来。张振亚跑了没多远，就被追上了。两辆摩托车四个人很快围住了张振亚。王伟也不说话，只一挥手，两个手上拿着短木棒的人从摩托车上下来，走到了张振亚面前。张振亚问："你们要干什么？"

这两个人也不说话，挥起木棒就朝张振亚头上身上乱打过来。

张振亚徒劳地挣扎着骂道："你……你们完蛋了，你们等着纪委监委来抓你们吧！"

王伟夺过张振亚手里的数码相机，恶狠狠地朝地上猛摔。这还不过瘾，又找了一块石头，使劲砸张振亚的数码相机，直到把相机砸碎了才住手。很快，张振亚就被打得奄奄一息了。

王伟捡起几个大些的被砸碎的数码相机碎块儿，装进一个袋子掂了掂，对那三个人说："把他绑起来塞到车上去。"

王伟一行人并没有直接回镇政府，而是拐了个弯，去了趟张振亚家。敲开张振亚家的门，王伟二话没说，推门就迈了进去。高慧芳一看是王伟，吓得大气都不敢出一口，王伟把装着数码相机碎块儿的袋子，往高慧芳脚底下一扔，阴森森地看着高慧芳说："你看看，这是你男人的吗？"

高慧芳一看赶紧问："王主任，张振亚他怎么了？"

王伟说："怎么了？你男人胆子不小啊！他是不是精神不正常呀？怎么老跟我们过不去？想把我们都送进监狱是吧？把我们都送进监狱，兴源镇就是他这个精神病的天下了对吧？你们两口子的算盘打得不错呀？！"

高慧芳吓得惊慌失措，拉住王伟的胳膊哀求道："王主任，张振亚他怎么了？求求你们，张振亚是一时糊涂做错事，你们放过他吧！"

王伟嘿嘿冷笑一声，甩开高慧芳，打量着张振亚家的客厅，最后看着墙上的一幅全家福照片说："你儿子长得挺招人疼的呀。"

高慧芳继续恳求王伟说："王主任，我求求你们，张振亚他不知好歹，你们大人大量，别跟他一般见识。我保证他以后不会再做出格的事情了。"

王伟一脸阴郁，沉声说道："你保证？你能替他保证？你男人张振亚嘛，我们暂时替你照顾几天，修理修理他这副贱骨头。你放心，他暂时死不了，只要我们没事他就死不了，至于你——该怎么做，怎么说，你心里应该有数吧！"说完就带着人摔门而去。

高慧芳呆呆地一屁股坐在沙发上，看着地上数码相机的碎块儿，眼泪哗哗地流着。

高慧芳"呜呜"地哭了一会儿，站起身，去卧室里翻出张振亚的挎包，把里面的东西一股脑地倒到了地上。她看也不看，就把几页纸唰唰地撕了个粉碎。又从一部随身听里抠出一盘录音带，歇斯底里地把录音带的磁带扯出来拽断扔在地上，又狠狠地踩了几脚，一边踩一边说："告！你告！我让你告！"

八

郑海生他们到达镇子路口时，没看见张振亚，于是郑海生就拨打张振亚的手机，可手机始终是无人接听状态。郑海生诧异地说："咦？怪了，怎么就打不通了呢？张振亚别是出什么事儿了！走，去张振亚家看看。"

一行人来到张振亚家门口，可是不管怎么敲门，就是没人来给开。

刘大奎说："怪了！明明他家里有人呀？怎么就不给开门呢？"

林枫也在门外喊："张振亚！我们是来……"郑海生拉了他一下，轻声说："别喊了，他们家不开门，就很可能是受到了威胁。你这么大呼小叫，这不是更给他们家找麻烦吗。"

正在这时，张振亚家的门开了一道缝，高慧芳侧着身子探出了头。

"你好，我们是市纪委监委的，请问这是张振亚同志的家吗？"郑海生看着眼前这个一脸愁苦的女人说。

高慧芳红肿着双眼说："张振亚出门了。"

"他没说去哪里吗？"郑海生问。

高慧芳手扶着门，似乎并没有请他们进去的意思："没有，他已经出去好几天了。"

郑海生看看林枫他们几个，他们几个也诧异地看着郑海生。

"我们出发前还给张振亚打过电话，他说会在镇子路口等我们呢！"林枫说。

“您是张振亚同志的爱人高慧芳吧，张振亚跟我们说起过您，听张振亚说您是镇政府的会计。”郑海生说。

高慧芳不说话。

“高大姐，能和您谈谈吗？”郑海生问。

高慧芳冷淡地摇摇头：“我跟你们没什么好谈的。”

“高大姐，能让我们进去坐坐吗？”郑海生说。

高慧芳犹豫了一下，但还是松开了扶着门的手，放郑海生他们走进她家。

一进门，眼前的景象让郑海生他们惊呆了，客厅里的电视机、电冰箱、茶几都被砸坏了，碎片散落了一地。几个人也同时注意到了废纸篓里的碎纸片和绞成一团乱麻的磁带。

郑海生问：“这是怎么了？”

高慧芳说：“我们打架了。”几人面面相觑。

“高大姐，能问您几个问题吗？”郑海生说。

高慧芳冷漠地说：“我什么也不知道。你们还是到别处去问吧。”她的话刚说完，卧室里边传来儿子亮亮稚嫩的喊妈妈的声音，高慧芳起身快步向卧室走去。郑海生立刻给林枫使了个眼色，林枫马上心领神会，飞快地把废纸篓里的碎纸片和那团乱麻一样的磁带拿出来塞进包里。

高慧芳从卧室出来后，一脸歉意地说：“实在不好意思，太晚了，孩子要睡觉了。”

郑海生他们只好告辞。

高慧芳在他们身后说：“你们以后再也不要找张振亚了，他就是一个精神病。”

郑海生他们都站住了。

高慧芳说：“他一直老觉着有人要害他，回来经常发脾气。”

出了张振亚家的门，林枫说：“张振亚一定出什么事情了，你看他老婆的眼睛都哭红了。”

刘大奎也说："两口子就算打架，也不能把电视机、电冰箱都砸了吧？"

"高慧芳好像有什么难言之隐似的，别是被什么人威胁了吧！"靳兰说。

"不是没有这种可能。走吧，我们先找地方住下，其他事情明天再说。"郑海生说。

九

早晨一上班，李作荣就得到了市纪委监委有人已经来了的消息，他赶紧找来几名心腹，安排部署如何应对。

高慧芳来到镇政府，哀求着李作荣要见自己的丈夫。李作荣说："你丈夫到哪里去了我怎么知道？"

高慧芳说："镇长，我求你让我见他一面吧，我什么都是按照你教我的说！我保证决不让他再给你们添麻烦！"李作荣看了看表，又看了看门口，没有搭理高慧芳，高慧芳只好转向董明庆。董明庆安慰她说："我们这会儿要去接市纪委监委的人，你先回去吧。"高慧芳哽咽地说："我求你们了，你好歹让我跟他见个面说几句话。纪委监委的人到我们家里去了，我说张振亚是精神病，让他们不要相信他说的。"

李作荣冷冷地说："你做得对。这样就对了嘛，只要我们没事了，你丈夫就能回家了。"高慧芳一愣。李作荣接着说："我要是你，就老老实实在家待着等消息。"

高慧芳还想说些什么，董明庆急忙拦住她，使眼色，低声说："你赶紧回去吧，千万别再添乱了。"

李作荣带着镇上的其他几位领导，开着车到招待所来看郑海生他们。

"郑主任，下来怎么不提前打个电话，我好给你们接风呀。住这里怎么行呢，这里环境太简陋。明庆，马上安排市纪委监委的同志住到镇上的海蓝大酒店。”李作荣对一旁的董明庆吩咐道。

“不用麻烦，我们住这儿挺好的。”郑海生赶紧说。

李作荣一脸假笑，说：“那怎么行呢，郑主任，你们下来检查工作，住不好吃不好，我心里怎么能过意得去呢？今天中午我在酒店设宴为各位接风。”

郑海生忙说：“李镇长，您的好意我们心领了，吃饭就算了。我们这也正打算去见见您，您要是现在有时间，我们去您的办公室谈谈，行吗？”

“没问题。”李作荣挥挥手。于是，郑海生带着自己的人跟着李作荣一行来到了镇政府。

李作荣的办公室气派非凡，一色紫檀木的办公家具，墙上还挂了几幅名人字画。郑海生打量着他的办公室说：“挺气派啊。”

“嗨，撑撑门面嘛。来，请坐请坐。哎哟，对不起，你瞧我这儿。”李作荣顺手收拾着沙发上的文件，“要看的东西太多了，都没处放。哎，小王，回头给市纪委监委的同志拿两条烟，再送点儿水果过去！”

一旁忙着给他们倒水的小王忙不迭地答应着。

郑海生忙说：“李镇长，您太客气了，不用麻烦了。”

“你们来兴源镇，我也没什么好招待的，送点烟送点儿水果，不犯错误吧？都是些我们这儿的绿色产品，你们在市里吃不到的。乡下也没什么好东西，吃点儿水果降火嘛！再说我们有接待费的。”

在一边的董明庆说：“上次周市长带着外地的几名企业家到我们这里考察，三天我们的接待费就花了五万。”

李作荣瞪了董明庆一眼说：“去吧，你干你的事儿去。”

董明庆知道自己失言，便赶紧说：“好，好，你们忙吧，我还有事儿。”说着就赶紧走了出去。

李作荣还在跟郑海生他们客套着，又是递烟又是让茶。

郑海生打断李作荣的客套说：“李镇长，咱们闲话少说。我们这次下来，主要是来核实了解一下东下地村一千亩耕地被卖给化工厂的情况。”

李作荣急忙说：“有，有这回事儿。东下地村的一千亩地都是低洼处的盐碱地，产量一直也上不去，很多地因为农民都进城打工去了就撂荒了，最长的地撂荒有快十年了吧。农民们也都不太愿意种，我一直在想着怎么把它利用起来，让它产生效益。正好前年有一家广东的化工企业来考察，我就带他们看了这块地。后来我们领导班子又开了好几次会讨论，会上大家一致同意把这块地卖给广东这家企业。我这也是为了改善老百姓的生活嘛。怎么？有人举报我了？”

郑海生问：“有当时的会议纪要吗？”

李作荣说：“有，有。”说着就让秘书去找当时的会议纪要。

李作荣说：“我知道有人向纪委监委举报，说我以权谋私，强行征地。不过我李某人不做亏心事不怕鬼叫门。哎呀，你们不理解基层工作，基层工作很难做啊！当然，群众有情绪也是正常的，这也说明我们政府的工作做得还不够到位。你要说我有没有做过违法的事情，我可以明确地告诉你，有！”林枫等人一怔，相互对视了一眼。

李作荣站起身，越说越激动：“1979 年，我们这里还没有进行土地承包的时候，我刚从部队复员回来，在上马村当村支书。我看着乡亲们过的苦日子，心里那个难受呀，整天就想着怎么能让乡亲们吃饱饭。那时我就已经看出来了，乡亲们都惦记着能承包一些土地自己种，以解决温饱问题。于是我就顶着压力，悄悄把土地分给大家承包。在那个时候，我这样做，的确就是做了违法的事情！可在我心里，我李作荣就是把脑袋挂在裤腰带上出去拼命，也不能让老百姓戳着我李作荣的脊梁骨，说我要活活饿死他们！不管我当时是不是做了违法的事情，我只知道后来我们兴源镇不但脱贫了，现在还有好几个有名的千万元乡村，老百姓的日子都过得红红火火的！”李作荣滔滔不绝地说着，郑海生和刘大奎、林枫都静静地看着他。

小王进来说：“镇长，您上午十点还有会呢。”

李作荣顿悟似的说：“哦，对啊，我怎么给忘了啊……哎呀，实在对不起啊郑主任，你瞧我这……这样，我让副镇长董明庆陪你们到处走走，来一趟也不容易，你们要上哪儿让他带你们去。小王，你去把董副镇长叫来，陪着郑主任他们。”

郑海生问小王：“我们要的会议纪要呢？”

小王不好意思地说：“哎呀，对不起。就在前几天，镇上管档案的小刘说她母亲病重，请了半个月假回家照顾她母亲去了。”

李作荣一拍脑袋说：“哎呀！我也忘了。郑主任你看这样吧，会议纪要我一定快点给你们。”

郑海生说：“那好，会议纪要先不着急。我们先自己出去转转，就不麻烦镇领导了。”

李作荣坚决地说：“那不行。既然你们来了，不管怎么说，我们也应该为你们的工作提供一点儿方便嘛。”

很快，董明庆就来了。

“明庆，你今天的任务就是陪着市纪委监委的同志，一定要把我们的贵客照顾周到。”李作荣站起身说。

郑海生看甩不开，只好接受李作荣的安排。

董明庆跟他们出了李作荣的办公室。

郑海生看看身边的这个副镇长问：“董镇长，听说张振亚跟你是大学同学？”

董明庆说：“对，我上大学时家里生活特别困难，他还发动同学们为我捐过款。”停了一会儿，他又说：“他到兴源镇还是我介绍来的。”

郑海生问：“那你们的关系不错了？”

董明庆叹了一口气说：“唉！现在他跟我有点儿误会。”

郑海生问：“什么误会？”

董明庆说：“哎呀，张振亚这个人嘛，人挺好，工作能力一直挺强的，也能吃苦，就是有点轴。不过他一个研究生，让他去搞计划生育，是有些大材小用了。所以他一直觉得委屈，有点情绪。本来呢，李镇长是想年底就给他调个部门，把他调到镇土管所去，已经上会讨论过了。”

董明庆闪烁其词地问：“举报李镇长就是他干的吧？”

郑海生看着董明庆的脸，没有理睬他的问题，反过来问他：“镇政府骗征农民土地，还强迫村民将拆迁款入股，有没有这事儿？”

董明庆摆摆手说：“其实在这个事情上，他是误会李镇长了。”

郑海生问：“在你眼里，李镇长是个什么样的人？”

董明庆说：“李镇长嘛，办事果断，雷厉风行，就是有时候不太注意工作方法，可能得罪过一些人。”

郑海生说：“我们想去天成化工厂看看。”

董明庆说：“天成化工厂正在停业整顿。你们看咱们是不是……”

林枫打断他问：“为什么？”

董明庆说：“还不是因为污染。镇上已经对他们进行过好几次处罚了。”

董明庆带着郑海生他们开车来到了天成化工厂，可工厂大门紧闭。大门口的保安员对他们说：“厂子正在停业整顿呢，我们厂长回香港了。”

林枫凑近问郑海生：“头儿，现在怎么办？”

董明庆急忙说：“郑主任！这正好也到饭点儿了，我已经在镇上的酒店安排好了。”

郑海生打断他说：“哦，不用了，我们回招待所吃就行。”

郑海生给林枫使了个眼色，转头对董明庆说：“董副镇长，我们先回去了。需要什么帮助我会再找你的，谢谢你。”说完他们就驾车而去。

董明庆尴尬地看着他们一行人离去，表情极为难堪。

林枫边开车边说：“哪儿有那么巧啊，我们一来就正好赶上停产，这厂子肯定有问题！”

林枫看了一眼后视镜，发现后面有一辆车一直在跟着他们。说：“郑主任，那辆车从刚才起就一直跟着我们。”

郑海生回头看了一眼自嘲地说：“咱们也有被人跟踪的时候呀。”

“那现在怎么办？”林枫焦急地问。

郑海生想了想说:“他们无非是想知道我们的行动。现在我们明他们暗，而且这是他们的地头，想甩掉也不容易！不管他，回招待所！”

回招待所吃过午饭，郑海生和刘大奎开始研究带来的材料，林枫和靳兰则开始摆弄从张振亚家捡回来的碎纸片和乱麻一样的磁带。

林枫坐在桌前，用一根铅笔整理着被弄坏的磁带。靳兰在一旁看着，忍不住说：“你行不行啊，粗手粗脚的，不行我来弄！”

靳兰拿过透明胶带和剪子说：“你把磁带顺着往外慢慢拉，我来粘！”

这时有人敲门，是李作荣的秘书小王。小王提着两条烟和一袋水果说：“郑主任，李镇长让我来给你们送两条烟和一点儿水果……”

郑海生急忙推辞：“哦，不用不用……”

小王不容分说，就要把东西往桌上放，说：“郑主任，我知道你们纪委监委的干部清正廉洁，可这些东西是我们镇长的一点心意，没别的意思，您就收下吧，我也好回去交差！”

“我们不能要，你都拿回去！”郑海生推开他的手说。

见郑海生推辞，小王干脆把东西往门口一堆：“我就给您搁这儿了，我走了啊！”说完就一溜烟地跑了。

郑海生皱着眉头看着门口的东西，林枫走过来把东西提起来放在桌子上，拿出两条用报纸包着的烟，刚一打开报纸就惊呼道：“中华！好烟哎！抽吧，不抽白不抽，抽了也白抽。”说着就打开一条，顺手掏出一盒给刘大奎扔了过去。

两人拆开烟盒更是大吃一惊，烟盒里塞满了一卷一卷的百元人民币，他们四个人惊呆了。郑海生拿过另一条烟拆开，也是塞满了人民币。

“太过分了，他们也太胆大了，竟然这么明目张胆地贿赂我们。”林枫气愤地说。

郑海生把两条烟往装水果的袋里一塞说：“先放着吧。”

十

张振亚被王伟和几名联防队员带到了派出所。

派出所所长问王伟："张振亚这是怎么了？"

王伟把所长拉到一边说："这是个兴源镇的社会不安定因素，他自己不好好上班倒罢了，还到处串联鼓动一些农民告状，净给领导添乱，给兴源镇的安定团结和招商引资制造障碍。不修理修理他，他就不知道马王爷有三只眼！"

最后，张振亚因"扰乱社会治安"，被关进了一间空荡荡的屋子。

张振亚说："你们这是非法拘禁！"

王伟说："就是拘你了怎么样？张振亚呀，你是给脸不要脸嘛！李镇长是什么人？他都亲自给你说了多少好话？你以为你是谁？你是唯恐天下不乱呀！对于你这种整天不好好上班到处告状的人，我们这是客气的了。你就好好在这里待着反省反省自己吧。"

蓬头垢面的张振亚被铐在暖气管子上。王伟起身走到他身旁，狠狠地踢了张振亚胸口一脚："我让你再他妈的告！"张振亚剧烈地咳嗽了起来。

派出所所长推门走了进来，王伟急忙迎上去："所长！"

所长说："好了，你不要打他，打坏了我不好交代。"

王伟说："好的好的。不过这个小子太气人了。"

十一

郑海生带着刘大奎、林枫，再次来到李作荣的办公室，郑海生不客气地把那两条烟扔在他面前说：“李镇长，您的香烟太高级，我们抽不起呀！”

李作荣假装不解地看着郑海生和林枫说：“郑主任，您这是……”

“李镇长，您这是什么意思啊？”郑海生打开烟盒给他看。

李作荣一怔，脸色一变喊道：“这……这怎么回事儿啊？小王！小王，你来一趟！”

小王闻声匆匆忙忙跑了进来，李作荣把烟盒使劲拍在桌上问：“这怎么回事儿啊？谁送的，啊？”

小王一看，吃了一惊，连忙解释：“啊？……我……我不知道，平常有人来送个烟呀酒呀什么的，都放在接待室的柜子里。这些东西您也不往家里头带，您让我去给郑主任他们送点香烟和水果，我就随手拿了两条烟送去了……”

李作荣拿起烟往桌上狠狠地一掷说：“查！去给我查清楚，这是谁送来的！看我不治死他！行贿行到老子这里来了？胆子还真不小！”

郑海生、刘大奎和林枫三人冷眼看着李作荣不说话，李作荣换上一副笑脸对郑海生说：“郑主任，看这事儿弄的，这事儿一定得查清楚！太不像话了，我大会小会说，公开私下说，说了多少次了，我从来不干这种事儿，不知道是谁这么胆大妄为地胡来。”

林枫看着李作荣的样子，怒上心头：“是不是你干的，你自己心里头最清楚，别以为跟我们要这些花花肠子有用。我们已经查到线索了，我们肯定会顺着查下去的！”

“林枫！”郑海生制止林枫，林枫瞟了一眼李作荣不再说话。

李作荣一怔，随即笑着说：“这位林同志，不要激动嘛，看来我们是有点儿误会。哎，反正清者自清浊者自浊。不管你们要查什么，我们都会尽一切努力配合你们。”

郑海生不动声色地说：“李镇长，我也希望这一切都是误会。我们先走了，您继续忙吧。”

林枫哼了一声，跟着郑海生出去了。

郑海生他们前脚出门，董明庆后脚就跑去对李作荣说："你怎么能这么干呢？这不是明摆着让纪委监委的人抓小辫子吗？！"

李作荣瞪着董明庆呵斥道："教训我是吧？你他妈该怎么跟我说话？昏头了你！"

"镇……镇长，我的意思是……哎，你这步真的走错了！"董明庆立刻软了下来，颓丧地坐在沙发上。

李作荣狠狠地捻灭烟蒂，冷冷地说："我没走错，至少我现在知道他们是帮什么人！哼，敢当着我的面儿叫我难堪？"

"那现在怎么办？"董明庆小心地问。

"厂子都关了，他们能查到什么？！"李作荣不以为然地说。

"可那只能躲过一时，厂子总有开工的一天吧！"董明庆说。

李作荣说："你慌什么！那厂子就是咱们的印钞机，他们这次来耽误我们多少事儿，你以为我不着急吗？！"

郑海生他们的车一出镇政府的大院，林枫就砸着方向盘恨恨地骂道："他还真能装，那些钱分明是他送的，狗胆包天的！"

郑海生说："我看不出来吗？要你拆穿他？我还没说你呢，怎么这么沉不住气！这毕竟是他们的地盘，敌暗我明。要是一旦激化了矛盾，你知道他们会做出什么事情来？"

十二

找不到张振亚，郑海生他们的线索也就断了，可是调查必须要继续进行。郑海生决定再到张振亚家里去看看。

高慧芳在家里听见有人敲门，赶紧过去，打开门一看，原来是郑海生他们站在门口，高慧芳面无表情地问："你们来干什么？"

郑海生问："张振亚还没有消息吗？"

郑海生对于今天的拜访并不抱有多大的希望，但是目前唯一可以找到突破口的也只有高慧芳了。

"我没什么好说的。"高慧芳说着转身进了客厅。郑海生和林枫对视了一眼，跟进屋里。

高慧芳的儿子亮亮一看来了陌生人又害怕了，怯生生地趴在卧室门边看着："妈……"

"你出来干什么？快进屋去！"高慧芳连推带搡地将儿子推进屋，带上房门。

郑海生说："我看出来了，你是有顾虑，我们希望你能打消顾虑。不管是谁腐败，我们都会一查到底，决不会姑息手软。"

高慧芳说："我真的什么也不知道。你们别听张振亚的，他受刺激了，脑子不清楚。"

郑海生说："高女士，我跟你丈夫交谈过，他的思维很清楚，我们没有看出他脑子有任何不清楚的迹象。"

高慧芳冷冷地说："他就是病了，他觉得所有人都要害他。"

林枫问："那他有没有留下什么东西给你，或者线索之类的，或者他失踪前跟你说过什么？"

高慧芳烦躁地说："没有，我什么都不知道！"

郑海生问："高女士，其实我怀疑你丈夫张振亚的失踪没有那么简单，是不是有人抓了他？！"

见高慧芳不说话，林枫着急了："是不是有人威胁过你们？"

高慧芳拼命摇头："没有，没有！你们别再逼我了，我什么都不知道！"

她头也不抬地说："你们走吧。"

三个人只好离开张振亚家。

刘大奎说："我看咱们找找村民去了解了解情况吧。"

郑海生说："对，咱们就去东下地村。"

郑海生、刘大奎和林枫开车驶出兴源镇，向东下地村驶去。

林枫又一次发现了后面跟踪的那辆小车。“你们看后面那辆车又跟上咱们了。”林枫瞟了一眼后视镜说。

“别理他。”郑海生说。

在一块农田前，他们看见有几名村民正在地里劳作，郑海生说：“问问他们吧。”

林枫把车停在路边，后面不远不近一直跟着的那辆小车也停了下来。车里下来两个人，他们打开引擎盖子，一边假装修车，一边偷偷向郑海生他们这边打量着。郑海生说：“不理他们。”三个人向地里走去。

林枫上前问一位老大爷：“大爷，您是东下地村的吗？”

老头儿看看他们问：“你们是干啥的？”

林枫说：“我们是市纪委监委的。”

老头起身就走。

林枫赶紧跟上几步问：“跟你老人家打听个事儿，咱们村前年卖给天成化工厂的一千亩地是怎么征的？”

老人家有些戒备地慌忙摆手说：“我不知道，我不知道，你们去问别人吧……”说着走得更快了。

刘大奎紧追上两步说：“大爷，我们只是找您了解点儿情况……”

老人家不理他们，径自往前走了。郑海生看着不远处正在向这边张望的几位农民说：“咱们再去那边问问。”

他们又向那几个人走去。结果更令他们难堪，那几位农民一看他们向自己走来，竟然纷纷收拾起工具匆匆离开。

林枫说：“我就不信，整个东下地村找不到一个敢说话的人？”他们又开着车继续往前走，这时后面的车又跟上了。刘大奎问林枫：“能不能把尾巴甩掉？”

林枫从倒车镜上看看后面说：“咱们对这里的道路不熟悉，甩掉他们我看难。”

郑海生说："不管他们！叫他们跟着吧。"

终于在另一块地里，他们又看见几位正在地里忙着的农民。一切都跟刚才一样，后面的车又停下了。但这一次，这些农民在他们过来时都没有离开。

郑海生下车时对刘大奎和林枫说："咱们先不要急着了解情况，先跟他们拉拉家常，慢慢地聊，看能不能聊出一些有用的信息。"

郑海生走到几名正在干活的农民跟前，跟一位年龄五十多岁的壮年汉子搭话："你这地里的红薯长得不错嘛！看来今年是个丰收年。"

被赞扬的农民不冷不热地说了句："再丰收也比不上你们城里人哪！"

刘大奎说："我们是市纪委监委的，想来你们村里了解点儿征地的情况。"

农民抬头看看刘大奎，就只顾低头干自己的活儿去了。

旁边一位农民说："征地咋啦？征地不也是为了发展经济吗？我们农民就靠这点儿地，一年到头撅着屁股干，还不是靠天吃饭？"

几位农民都没吭声。

郑海生问："你们村卖给天成化工厂的一千亩地，是好地还是赖地？"

一个农民说："农村的地，好赖都不值钱。"

郑海生看问不出个结果了，就说："走！过去看看一直跟着咱们的那辆车去！"

三个人又回到路上，林枫驾车调头。

跟着他们的那辆车一直停在路边。林枫把车开过去后三个人下了车。那辆小车的前排座位上坐着两个年轻人，司机座位上坐着的剃了个光头。

郑海生过去敲敲车窗，示意他们把车窗摇下来。对方摇下车窗问："什么事情？"

林枫气呼呼地问："什么事情？我们倒想问问你们，你们是干什么的？为什么一直跟着我们？"

刘大奎问："你们这一路都在跟着我们，你们到底想干什么？谁让你们跟踪我们的？”

光头的年轻人装得一脸莫名其妙地说：“跟着你们？笑话！我们没事儿干了？你们是谁我们都不知道，跟着你们干什么？”

坐在副驾驶座上的年轻人说：“这条路是你家开的啊，只许你们走？”

郑海生问：“你们是干什么的？”

两人说：“我们是干什么的，你管得着吗？”

郑海生声音不大，但低沉而有力地说：“我们是市纪委监委的，在执行公务，希望你们好自为之。”

林枫还想上前教训他们，但被郑海生拉住了。郑海生说：“林枫，算了，算了！咱们走！”

林枫一边往车跟前走，一边扭着头警告他们：“别以为我收拾不了你们这帮人。再跟，回头让你们吃不了兜着走！”

看着郑海生他们远去的车，光头狠狠地朝地下吐了口唾沫说：“看老子怎么整治你们！不给你们点儿苦头吃，你们就不知道兴源镇水深水浅！”

坐在副驾驶座位上的同伙说：“我就觉得咱们这么一直老跟着会被他们发现。他们好歹也是纪委监委的人，我看咱们还是少惹，别回头把咱们自己装进去！”

光头想了想为难地说：“那咱们怎么跟老大交代？老大说必须掌握他们都去了哪些地方，找了什么人，不跟着怎么办？”

同伙指着前面地里正在干农活儿的几个人说：“他们刚才不是在向他们打听什么吗？咱们过去问问吧。”

光头发动车，他又想起刚才警告他们的林枫，恶狠狠地说：“他妈的！刚才那个最嚣张的，你听见那个年龄大点的叫他什么？林枫？”

同伙说：“好像是姓林。”

光头一边开着车一边说：“对！就是姓林！他妈的！老子一定要治治他！”

同伙问：“怎么治法？”

光头说："我有办法！我先问问老大，看能不能查出他的手机号。"说着就拿出手机拨打李作荣的手机。他告诉李作荣说，自己在跟踪纪委监委的三个人，他们去了东下地村，但自己被他们发现了。

李作荣问："现在他们人呢？

光头说："往南走了，我是没法儿再跟了。你不知道，刚才那个姓林的小子骂得多难听！"

李作荣问："怎么骂的？"

光头添油加醋地说："他指着我的鼻子问我，是不是李作荣让你们跟踪我们的？回去告诉你们的主子，不要叫我们抓住他的尾巴！我说你们是谁？这条路是你们家的？许你们走就不许我们走？"

李作荣打断他的话说："好了，好了，我知道了！他们都跟谁接触了？"

光头说："一个是田宝库他爹田老汉，还有一个是李二愣子。"

李作荣说："好，你们先问问他们，看纪委监委的那些人都问了他们什么，他们都是怎么说的。"

光头说："我们这儿正要过去问呢。"

李作荣说："好了，问完赶紧回来！"

十三

郑海生他们跑了一上午，几乎没有一点儿收获。回到招待所吃过午饭，大家都感觉又累又乏，提不起精神头儿，躺在床上不想动也不想说话。

郑海生说："大奎，老乡们一听我们打听征地的事情，都一副讳莫如深的表情，眼神躲躲闪闪的，什么都不肯说。你说这里面有没有问题？"

刘大奎说："我看绝对有问题！而且是大问题！"

郑海生说："看来，他们已经提前向老百姓做了工作了。"

林枫气得一拳捶在墙上："还不是怕姓李的那个地头蛇！"

郑海生说："大奎，下午你和林枫到马村再跑一趟，去了解一下那里的情况。我去镇上打听打听张振亚的消息。林枫，你要注意工作方法，遇事不要那么急躁。不知道靳兰那个磁带粘得怎么样了。"

"她说快完工了。"刘大奎说。

下午一点半，刘大奎和林枫开车去了马村，郑海生一个人步行去了镇上。

郑海生怎么也没有想到，就是他不在的这个下午，会节外生枝发生一段不愉快的小插曲。

十四

刘大奎和林枫还没到马村，林枫就接到一个陌生的电话，打电话的是一个陌生人，他口气神秘地说："喂，是纪委监委的人吗？我今天上午在地里看到你们在跟人打听什么，我有情况想向你们反映。"

林枫一愣："你反映什么情况？"

"我要见了你的面才能说……"陌生人说。

刘大奎在一旁听出了电话的端倪，问林枫："怎么回事？"

林枫冲刘大奎摆摆手，继续对着电话说："请问你现在在什么地方？"

电话里陌生人说："白天人多嘴杂，不方便。你要愿意了解的话，晚上十一点，我在镇南一家叫好心情的歌舞厅 B2 包房等你。"

林枫一听是歌舞厅，就犹豫了一下问："不能换个地方吗？"对方说："这个歌舞厅是我们家亲戚开的，保险。"

"那好，晚上十一点，我一定去！"林枫说。

"等等！你一个人来，不要带其他人！我怕被人盯上报复。"陌生人说。

“好，我到了那儿跟你联系！”林枫说完挂断手机，扭头对刘大奎说，“我们今天上午在镇子四周转，有人看到我们了，想跟我们反映情况。”

刘大奎说：“那好啊，晚上咱们一起去。”

林枫说：“他说必须让我一个人去。”

刘大奎说：“你一个人去？这里头会不会有诈呀？”

林枫说：“不会吧？”

“那就下午回去后先跟郑主任汇报一声。”刘大奎说。

下午回到招待所，林枫向郑海生汇报了那个电话的事情。郑海生说：“那就让刘大奎跟你一起去。”

晚上十点二十，刘大奎和林枫就出了招待所，两人一路晃晃悠悠地来到好心情歌舞厅门外。

歌舞厅的大门装饰得花里胡哨，俗不可耐，一根软管霓虹灯弯成的“好心情歌舞厅”几个字，歪歪扭扭一闪一闪的，就像是一个倚门卖笑的风尘女郎，在向过路的人不断地抛着媚眼。

林枫拿出手机给要举报的联系人打了个电话，说自己已经到了，对方说自己已经在 B2 包厢里了，让他上去。

林枫让刘大奎待在外面等他，刘大奎一听，急忙拉住林枫说：“我觉得还是咱们两个都进去吧，万一有个什么事情，也好有个照应。”

“算了吧，我又不是去赴鸿门宴！怕什么？”林枫笑着说。

刘大奎说：“咱们出来前，夏书记宣布的纪律可是规定了，要行动就必须两个人或者两人以上。再说这事儿，怎么说，反正我觉得不太对劲，你就让我跟你一起进去吧。”

林枫不以为然地说：“咱们这就是两人行动呀，你在外面掩护，我在里面打探情报。你就放心吧！没事的！我半个小时就出来。”说完看看手表，就急匆匆走进了歌舞厅。

刘大奎还是有些担心，他看着林枫的背影消失在了歌舞厅的门内，就又拨通了郑海生的电话：“头儿，我现在在好心情歌舞厅门口，林枫不让我进去，他说对方指名道姓只见他一个人。我怎么总觉得这个事儿不太对劲呀！”

郑海生听后问：“会不会是那个举报者，担心自己被人盯上遭到报复，所以才这样做？”

刘大奎说：“那也不至于搞得这么神秘吧？”

郑海生问：“他进去多长时间了？”

刘大奎说：“刚进去。”

郑海生说：“这样吧，你就在门口注意点儿动静，有什么异常及时通知我。”

刚挂了郑海生的电话，刘大奎就看见几辆车身喷有“公安”字样的警车，突然悄无声息地开到了歌舞厅门口，几名便衣一下车就往里面冲。刘大奎一下子呆住了，但很快又醒悟了过来，紧跟着也想往里冲。但刚到门口，就被两个便衣拦住了。一名便衣问：“你是干什么的？身份证拿出来！”

刘大奎赶紧一边掏工作证一边说：“我是滨海市纪委监委的，我的一位同事正在里面执行任务。”

便衣一把推开他的工作证说：“满大街都是办假证的电话。你要公安部的工作证，我三天就能给你办出来。身份证拿来！”

刘大奎怒火中烧，又不能发作，只得赶紧拿出身份证。这位便衣接过刘大奎的身份证往自己身上一装说：“现在我们正在执行任务，明天上午到鸡街派出所去拿。”

刘大奎问两名便衣：“你们这是执行什么任务？”

一名便衣看看他问：“这是该你问的吗？”

旁边一名看热闹的人说：“肯定是抓吸白粉的嘛！”

刘大奎又对两名便衣说：“我的同事也在里面执行任务。”说着就拿出手机，想给郑海生打个电话。这时，一名便衣眼疾手快，一下就把刘大奎的手机夺了过去。

刘大奎说：“你这是干什么？我给我们主任打个电话不行吗？”

拿着刘大奎手机的便衣说："现在不行。等我们的人出来以后，你想给谁打电话都行。"

林枫在歌舞厅里沿着一排走廊寻找 B2 包房。看到 B2 包房的门牌，他毫不犹豫地推开房门走了进去。只见包房里烟雾缭绕，几个瘾君子东倒西歪，丑态毕露，吸食毒品的工具散落在茶几上和地板上。他马上意识到情况不对，转身就想走出去。但是已经晚了，眨眼之间，十几个便衣警察冲了进来，不由分说地扑上来，就把他和那几个瘾君子都按倒在地。

林枫一边奋力反抗着，一边大声地说："你们干什么？！放开我，我是进来找人的，我不是跟他们一起的！我是来找举报人的，我是市纪委监委的！"

便衣警察们根本不理睬林枫的话，嘁里喀喳就把他和另一个人用一副手铐给铐上了，然后只管押着往外走。

刘大奎心急火燎地站在歌舞厅门口，只一会儿工夫，七八个年轻人就被十几名便衣警察押了出来，林枫也在其中。

林枫一边被推着往外走，一边辩解着说："你们弄错了！你们弄错了！我是市纪委监委的！"

刘大奎一看，就赶紧跟身边的便衣警察说："同志，你们一定是误会了，这位就是我的同事。我们是市纪委监委的，我们正在执行公务。"一名便衣警察说："你放心，我们是抓吸毒的，回所里甄别以后，假如没有他的事情，他就会回去的。"林枫和一帮吸毒的一起被押上了警车。

门口的便衣警察把刘大奎的手机还给了他。

刘大奎赶紧给郑海生打电话。

郑海生一听赶紧说："好！你告诉他们，我马上过去！"

刘大奎对两名便衣警察说："我们主任马上就来。"

一名便衣警察说："让你们主任到鸡街派出所去。"

刘大奎追到警车跟前说："你们一定是搞错了。"

一名便衣警察说："你说没用，我们可分明看见，他跟那些嗑药的在一块儿待着呢！行了行了，跟我们叫冤没用，赶紧走！”

刘大奎见再说什么也不会有效果了，转而宽慰林枫：“林枫你别着急，我让头儿来救你！”

几辆警车在围观的人群注视下，拉着警笛呼啸着开走了。

刘大奎赶紧又打电话告诉郑海生，林枫已经跟那些涉嫌吸毒的人一起，被带到鸡街派出所去了。

正在往好心情歌舞厅赶的郑海生，接到刘大奎的电话后，赶忙边开车边给李作荣打电话，说了林枫被鸡街派出所当成吸毒人员误抓的情况。李作荣接到电话说：“是吗？我现在在市里，今天赶不回去呀。这样吧，你别着急，我给他们派出所所长打个电话，说明一下情况。不过我说话不一定管用，派出所不归我管呀。”郑海生知道这一定是李作荣搞的鬼，但现在也只能先吃个哑巴亏了。他开着车来到好心情歌舞厅门前，刘大奎着急地在那儿等着他。看见郑海生，刘大奎急忙跑过来说：“郑主任！”

郑海生问：“怎么回事儿？你没跟他们说是纪委监委的在执行任务吗？”

刘大奎哭丧着脸说：“说了！怎么没说？这哪儿是警察？简直就是一帮土匪嘛！根本不听我和林枫解释！”

刘大奎上车后，郑海生开着车就去了鸡街派出所。

到了派出所，一下车，刘大奎就问值班的警察：“所长在吗？”值班的警察说所长早就下班了。郑海生问：“现在你们所里谁在负责？”值班的警察说自己负责。他看着郑海生和刘大奎问：“你们是干什么的？”

郑海生一边拿出自己的监察人员工作证让他看一边说：“我们是市纪委监委的。”

刘大奎着急地问：“刚才是你们所在好心情歌舞厅抓了一些涉嫌吸毒的人？”

值班警察说：“对。”

刘大奎说：“你们误抓了我们的一个同事。”

值班警察说："哎呀，这个我不知道，我在值班。"

郑海生问："他们现在关在哪里？"

值班警察说："就关在我们的临时拘留室。"

刘大奎说："你们误抓了我们的人，他当时正在执行任务。"

值班警察说："哎呀，这个事情你们跟我说没用。明天吧，明天早晨上班以后，你们再来跟我们所长说吧。"

郑海生问："你们所里晚上没有带班领导吗？"

值班警察说："平时有的，今天晚上领导有事儿出去了。"

刘大奎问："那我们见见我们的同事吧。"

值班警察说："哎呀，你这就给我出难题了。你们也知道，刚抓进来的犯罪嫌疑人，是不允许与任何人会见的。"

刘大奎一听就火了，大喊道："他是一名堂堂正正的监察人员！不是犯罪嫌疑人！"

郑海生劝刘大奎说："算了，算了。"刘大奎气呼呼地掏出一支烟点上，到门外去了。

郑海生问值班警察："麻烦你把你们所长的手机号码告诉我。"

值班警察说："对不起。我只能给你我们所长办公室的电话。"

郑海生说："那算了，不过我告诉你，你必须把我们的同事和那些涉嫌吸毒的人分开！"

值班警察说："这个我做不了主。"

"那好，你现在就给你们所长打电话。"值班警察见无法再推托，只好给所长打了个电话。郑海生拿过电话，对所长说明了情况，要求所长必须给值班警察下令，把林枫跟那些涉嫌吸毒的人分开关押，所长说所里没有多余的留置室。郑海生大发脾气："我再告诉你一遍！我是滨海市纪委监委第七审查调查室的主任郑海生！我们一行三人是来兴源镇办案子的！你的手下误抓了我的人，我现在命令你，把他跟别的犯罪嫌疑人分开！你没有任何选择，必须执行！"所长一听，只好让值班警察打开小会议室，把林枫单独关进小会议室里。

郑海生看着戴着手铐的林枫被带出来，哭笑不得。林枫说：“有人给我设了个套，我让这帮人装进去了！”

郑海生问：“你见到跟你联系的举报人了吗？”

林枫说：“进门前我给他打过一个电话，他说他就在上面房间等着我呢，让我进去。没想到这真是他们给我设的一个套！”

郑海生说：“算了，算了，这不单单是对你一个人来的，这是他们想给我们一个下马威！看来这里的水还挺深。你今晚就先委屈委屈在这儿待着吧，明天早晨一上班我们就过来。”

回来的路上，郑海生就把晚上发生的事情，通过电话向夏志杰作了汇报。夏志杰说自己马上向市委政法委汇报请示。

第二天一早，郑海生就带着刘大奎又来到了鸡街派出所。所长还没有来，林枫仍然被关在小会议室里。郑海生让值班的警察给所长打电话，让他立刻来所里。很快，所长来了。值班警察指着刚进派出所的一个人对郑海生说：“这就是我们所长。”看上去，所长也就三十八九岁。

郑海生迎上去问：“你就是所长吗？”

所长看看郑海生说：“你是郑主任吧？”

郑海生说：“对，我叫郑海生。我们同事的事情，昨晚在电话里我已经跟你说过了，你看怎么解决？”

所长说：“先到我办公室去吧。”

郑海生和刘大奎跟着所长到了他的办公室。

所长说：“我们是接到群众举报，说好心情歌舞厅的包厢里有人聚众吸毒才过去的。当时他人就在包房里，跟那些吸毒的人在一块儿，我们就给一起抓回来了。他说他是执行公务，可……可当时那个情况……”

郑海生耐着性子说：“这其中肯定有误会，他是去找一个举报人的。”

所长说：“是，这你已经说过了。昨天晚上我们就让他打电话联系那个举报人，可他根本就联系不上那个举报人，这怎么证明他是清白的呀？

哎呀，这个事情我也很为难呀。我们要对所有昨天晚上被抓进来的人进行血液化验，只要你们的人血液中检不出毒品成分，那他就会没事儿的。”

正说着，李作荣推门进来了。一进门他就赶紧握着郑海生的手说：“郑主任，对不起了，这肯定是一场误会。”

李作荣又转向所长训斥道：“你们这不是胡闹吗？胡闹！简直就是胡闹！抓吸毒的，怎么能不分青红皂白，把纪委监委的同志也抓进来了？这事儿要传出去，还让纪委监委的同志怎么工作？你们赶紧，赶紧把人放了！”

说完又转过身，赔着笑脸对郑海生说：“实在对不起啊，郑主任，我让他们马上放人！”

所长假装为难地说：“镇长，这……这不太好吧？”

李作荣一瞪眼：“我说放就放！就当没出过这事儿，以后谁也不许再提，知道吗？赶紧！放人放人！”

郑海生看着李作荣的嘴脸，脸色越来越难看，平静地说：“不用了，刚才所长不是说要进行血液化验吗？你们就化验吧！”

李作荣一愣：“郑主任？”

“我现在怀疑这不是误会，所以我不会就这么带走他。我现在带走他，反而会更说不清了！要查就查个水落石出，看看到底是谁在捣鬼！这个事情我一定要查清！”

说完，郑海生又狠狠地瞪着所长说：“你作为一名基层派出所所长，一名人民警察，别忘了你的职责！不要沦为某些人的帮凶！否则等待着你的可能就是监狱！”说完就和刘大奎往门外走。

李作荣赶紧跟着郑海生说：“郑主任，你先别发火儿，我以我的党性保证，这事儿我一定处理好。”

郑海生和刘大奎没有理他，头也不回地上车出了派出所。

所长看郑海生和刘大奎走了，问李作荣：“老大，你看这事儿咱们怎么办？”

李作荣说："你放心，你是按程序办的怕什么？这事儿由我来处理。"

李作荣说完又吩咐所长："你立刻把昨天晚上抓的人列个名单报市局，全部报上去。另外，把这次抓的纪委监委这个林枫，专门向上面做个说明。"

所长问："那，那个老拐怎么办？"

李作荣说："悄悄让他回去。"李作荣从口袋里掏出一千元钱交给所长，"把这些钱给他，告诉他，出了派出所就到汽车站去买票，立刻给老子滚得越远越好！要警告他，只要看见他在兴源镇露面，就以吸毒、贩毒、脱逃数罪抓他。"

所长说："好，我立刻就安排。"

李作荣又说："立刻把那个林枫放了。"

所长赶紧去小会议室，李作荣也跟了过去。所长打开门，热情地对里面的林枫说："哎呀！误会，误会！昨天晚上正好我没在所里，真是对不起了！"他一边说一边过去给林枫打开手铐。

林枫说："误会？可能没有那么简单吧！"

李作荣也一个劲儿地说："林枫，实在对不起，让你受苦了。"

林枫没理他，问所长："我的手机和钱包呢？"

所长说："麻烦你先到我办公室里等等，我现在就打电话，让他们给你送过来。"

林枫跟着所长到了所长办公室，所长立刻拿起办公桌上的电话拨打，让赶紧把林枫被扣押的物品拿过来。

林枫一看李作荣也跟了过来，就问他："你有事儿吗？没事儿就可以走了。"

李作荣尴尬地对林枫说："真对不起了，正好昨天我也不在镇上。我要在，也就不会出这件事儿了。"

林枫说："你在也会的，这是一个阴谋！"

李作荣说："你放心，这件事情既然发生在我的地盘上，我就不能让它稀里糊涂地过去，我一定要查个水落石出！"

林枫说："那好，我就等着你给我一个说法！"

一个警察拿着一个袋子进来了。林枫把自己的东西清点了一下，转身离开派出所。

李作荣又回到了镇政府自己的办公室，他的屁股刚坐到椅子上，就接到了光头的电话，李作荣让光头立刻来自己办公室。

很快光头就来了。光头一进门就问："怎么样？"

李作荣说："我让派出所把他放了。"

光头说："怎么能这么快就把他给放了？"

李作荣说："你懂个屁！他本来就不是吸毒的，不放他又能怎么办？你想把事情玩儿大？玩儿得没法收场了，你来擦屁股？"

光头抬起手掌，使劲儿拍了下桌子，大笑着说："爽！太他妈爽了！这帮不知天高地厚的家伙，总算是让他们狠狠地撞了回钉子！干爹，还是你这招厉害！"

李作荣挥挥手："咱们也不能做得太过分了！哼，但是我要让他们知道，动我就是动整个兴源镇的命脉，看他们能拿我怎么样？！"

十五

李作荣变被动为主动，向市政法委、市公安局、市纪委监委，对兴源镇鸡街派出所在执行抓捕行动中，"误抓"了正在兴源镇办案的市纪委监委办案人员林枫一事作了检查。

林枫气呼呼地回到招待所房间里，往床上一躺，大骂李作荣："这只老狐狸！"

郑海生没好气地说："谁让你自己那么冲动，遇事儿不动动脑子，一头就往人家给你设好的套儿里头扎！你自作自受！"

林枫被郑海生说得哑口无言。

周书记给郑海生打电话说："林枫出的那档子事儿，在当地造成了很恶劣的影响。李作荣已经给上头递了话，说纪委监委的调查工作，影响到了兴源镇的建设项目，一天要损失好几百万。上头也来了好几次电话，我决定先把林枫调回来，让夏志杰去兴源镇指导你们进行调查。"

郑海生挂了周书记的电话就对林枫说："市里说让你先回去。"

林枫一听就从床上蹦了起来："什么？要让我回去？！我不走！我明摆着是遭人诬陷啊！头儿，你赶紧跟市里说说，还是让我继续留在这里吧。不把这件事情查清，我就不回去！"

郑海生缓和一下口气说："你回去了，这事儿我也要查清楚，看看到底是谁捣的鬼。"

说完，郑海生又拍拍他的肩膀说："你还是先回去吧，要不带着情绪也没法儿工作，夏书记明天就过来了。你回去以后跟叶涵一起等消息，我们随时还有任务派给你们！"

林枫无奈地点点头说："好吧。"

十六

夏志杰边驾车边听靳兰粘好的那盘录音磁带，只听随身听里传来一个老人的声音："当初说好了入什么股份，以后会给我们钱，可都过了一年了也没个信儿……当时好多人都不想往里头掺和，可董副镇长偏说这是为了村里好，非得让大伙儿签名……"

很快便赶到了兴源镇。

郑海生把前几天在兴源镇的工作，向夏志杰作了汇报。夏志杰说："我把你们带回去的那盘录音磁带带来了。看能不能先从这上面打开缺口。"

郑海生说："那就还是从东下地村开始吧。"

夏志杰说："咱们今天就去东下地村挨家挨户走访，看看能不能找到录音里的这位老人。"

东下地村一共有二百多户人家，夏志杰、郑海生和刘大奎三人，一家家地放录音，一家家地问。大部分村民听了录音后都摇头说："我听不出来……"很多胆小怕事的村民，甚至都不敢给他们打开院门。

刘大奎不耐烦地说："这么一家一家往下问，到底要问到什么时候啊？！累不死也烦死了！"

终于，有一个年轻人听了录音后说："这个声音倒是挺熟悉，听着有点像老田头的声音。"

夏志杰问："老田头家住哪儿？"

年轻人给他们指了一下大概方向说："你们自己去找吧。他儿子叫田宝库，就跟赵本山那个电视剧里的药匣子同名。"

郑海生问："你知道前年田成化工厂征地的事情吗？"

年轻人四处看看，赶紧摆摆手说："我不知道。咱又不是领导，哪儿能知道人家领导的事情。"

夏志杰他们一行终于找到老田头的家，出来开门的正好就是老田头。夏志杰说："大爷，您好，我们是市纪委监委的。"老头看了看夏志杰他们几个人，满脸狐疑地想关门。夏志杰抢先一步把住院门："您就是田大爷吧，您不要紧张，我们只是想向您了解点儿情况。"

"我没什么可说的，你们要问问别人去。"老田头说着还是要关门。

郑海生马上按下随身听的按键，老田头的声音传了出来，郑海生问："大爷，说这段录音的人是您吧？"

老田头听见自己的声音，脸色微变，伸手把他们往外推："不是我，不是我，你们听错了，我从来没跟谁说过这些话！"

夏志杰用力挡着门板："大爷，您就是给张振亚作证的那个人，对不对？我们找您好久了，您让我们进去，好歹听我们说两句话！"

“不是我，真的不是我，求你们走吧！”老田头极力辩解否认。

郑海生问：“您当初能给张振亚作证，为什么现在不承认？您肯定是害怕什么，告诉我们好吗？”

老田头又是惊恐又不知如何是好地看着他们。

夏志杰说：“田大爷，我相信您是一位有正义感的老人。要不然您也不会给张振亚作证，我们的工作真的需要您的帮助。”

老田头松开手拉开院门，默默地把他们让进院子。老田头掏出烟袋点着，蹲在院子的台阶上默默地抽着，半晌后才说：“张振亚当时答应我了，不会跟别人说录音的人是我。我跟你们说了，你们能保证我不出事儿？”

夏志杰忙说：“田大爷您放心，我是市纪委副书记夏志杰，他是我们纪委监委调查监察第七审查调查室的主任郑海生，我们会尽最大努力保护您的安全！我们说话是算数的。”边说边拿出自己的工作证给老田头看。

老田头接过夏志杰的工作证仔细地看了看说：“这里头水深水浅，我心里头有数，不是我站出来说句话就能管用的！我听说你们自己人都折进去了，你让我怎么相信你们？”

夏志杰忙说：“田大爷，说穿了，您也是受害人之一，跟您一样吃了亏的乡亲们还很多。您有没有想过，现在大家都不敢说真话，那就只有让李作荣他们欺负了。您一句话，就有可能给你们自己讨回公道啊！田大爷，我们知道您有很多顾虑，我可以再次负责任地告诉您，我们这次来，就是要给乡亲们讨回个说法。是，没错，前段时间我们工作是受到了阻力，可我们不会就这样被吓跑，我们不会走的，我们会一直留在这儿，直到把事情查清楚为止！”

老田头扭头看着夏志杰，脸上的神色有些缓和：“好吧。”

夏志杰感激地说：“您愿意作证真是太好了，我先谢谢您了。”

从老田头家出来，大家都很兴奋，到兴源镇几天了，调查总算有了一点进展。可是还没等他们高兴过夜呢，就半路杀出个程咬金——老田头的儿子，连夜到招待所找他们了。

老田头的儿子进门就问："哪位是夏书记？"

"我是！"夏志杰打量着这个年轻人，"你是？"

"哦，我……我姓田，我听我爸说，你们纪委监委的人今天去找过他。你们别听我爸的，入股的事儿，我们全家都同意了，就我爸他不愿意。还有后来我也拿到分红的钱了，我……我是想拿着钱去做点儿小生意，才没跟我爸说。"

一听这话，夏志杰他们全都愣住了。

郑海生疑惑地问："等等，等等，你的意思是说这些情况你爸都不知道？"

"对，我……我也已经跟我爸承认了，他之前说的那些话就都不算数了，你们也别再找他了。我话已经说清楚了，我先走了。"不等回音，老田头的儿子就急匆匆离开了。

刘大奎追了两步，被夏志杰叫了回来。刘大奎丧气地说："唉，唉！这都叫什么事儿呀！"

夏志杰皱起眉头说："张振亚一直找不见人，好不容易找条线索，半路又杀出个程咬金！"

第二天一早，他们又去了老田头家。老田头的儿子正在院子里晒红枣，一看见夏志杰他们，脸色就变了，拿着筐子就要进屋。夏志杰抢先一步拦住了他，说："对不起，你等一等，我们有话想问你！"

老田头的儿子不情愿地说："我都已经跟你们说清楚了，你们还来干什么啊？"

夏志杰说："你昨晚没有说实话，我们刚找到你父亲作证，你就跑来说这些，你以为我们会相信吗？"

"反正我已经没什么可说的了，信不信，随便你们！"老田头儿子说。

夏志杰说："我希望你冷静下来，好好想一想！告诉我们是不是有人威胁你，所以你害怕了。还是他们给了你钱？"

老田头的儿子一愣，别过头去不说话。

郑海生说："你父亲有勇气站出来作证，你为什么没有？你父亲的证词是为全村的乡亲们讨回公道的，你应该支持你父亲而不是……"

老田头的儿子烦躁地打断郑海生的话说："你说完了没有？我求你们别再逼我们了！要是我爸一句话能把那些人……把那些人……那我能拦着他吗？可问题是，他说这些有用吗？你们真能办得了那些人？"

夏志杰静静地注视着老田头的儿子。

老田头的儿子有些不平和愤恨地说："对，没错，他们是给我钱了。你说我昧着良心也好，怎么都行。我只知道打你们来这儿的第一天起，我们就没好日子过了。你们来了，厂子就关了。我现在没活干，一家人都靠我养活，我上哪儿弄钱去？"

夏志杰说："请你相信我们，我们正在努力调查，一定会有水落石出的一天！"

老田头的儿子看着夏志杰笑笑说："我听说你们纪委监委的人都出事了，你们连自己的人都保不住，怎么查他们啊？！你让我怎么相信你们？！"老田头的儿子说完转身走进屋子。

刘大奎说："夏书记，我们下一步行动怎么办啊？这下所有的线索可都断了！"

十七

夏志杰亲临兴源镇调查的事，李作荣很快就知道了，他立刻就带人浩浩荡荡地赶来拜见。见到夏志杰，李作荣热情地握着夏志杰的手说："哎呀，我真是没想到，夏书记这么年轻呀！夏书记亲临我们兴源镇，是我们的荣幸呀！"

夏志杰微笑着说："客气了，我还以为李镇长不欢迎我呢。"

李作荣说："那怎么会呢，你们想到哪儿去了？不欢迎谁也不敢不欢迎你们呀。"

夏志杰有些揶揄地说："是吗？我们待在这儿，不是影响兴源镇的发展建设吗？一天损失好几百万呢！"

李作荣一愣，笑了起来："这不算什么！如果你们真的能在我们兴源镇挖出大蛀虫来，那我们这段时间的损失又算得了什么呢？"

夏志杰说："好，既然这样，那我就开门见山了！李镇长，我们已经找到了当初作证的那个村民，他指证说你当时强迫村民用拆迁款入股，事后又没有分红给村民，这件事你怎么解释？"

李作荣没有想到夏志杰会这样直截了当，这多少让他有些措手不及："我都说了是误会了嘛！夏书记，你不信，可以再到处多问问嘛。我早就说过了，清者自清。这件事情上，我的确是负有一定的责任，工作没有做细致没做到家，让大家对政府的工作有所误解，不过，张振亚说的那些个事儿，确实是无中生有，这个我不怕你们查！"

夏志杰说："你怎么知道是张振亚说的？"

李作荣笑笑说："张振亚一直在到处告我，这全兴源镇的人都知道，我能不知道吗？"

夏志杰笑了笑说："李镇长，这你放心，我们的原则是不冤枉一个好人，也不会放过一个坏人。"

李作荣走后刘大奎说："真没想到，当着面儿他还谎话一套一套的！连草稿都不带打一下。"

"走，咱们再去东下地村。"夏志杰说。

他们在东下地村走访了一下午，几乎没什么收获。郑海生和夏志杰来到一片已经被征用但还没有盖起厂房的土地上。黄昏的阳光，照耀着这一片静默的土地。曾经的良田，如今已是荒草丛生，只剩下几间废旧的农房还立在地里。郑海生和夏志杰走在这片土地上，心情沉重。看到不远处有一个废弃的二层农房，夏志杰抬脚向那边走了过去，郑海生也跟了过去。

二人走进废弃的农房，踏着楼梯往二楼上走。已经老旧不堪的楼梯，发出吱呀吱呀的声音。

他们想不到的是，楼下，王伟正悄悄靠近楼梯。他抬头看了一眼楼上，目光阴冷，满含着杀气。他轻手轻脚地上了楼梯，将靠近上面的一块踏板抽掉，换上了另一块后便悄然离去。

夏志杰推开二楼一扇破旧的窗户，默默地望着远方不说话。郑海生站在他的身边问他："想什么呢？"夏志杰苦涩地笑了笑叹了口气。

郑海生也深深地叹了口气说："我看到这片荒地，心里头就觉得难过。我真是没想到，现在咱们抓一条线索，找一个证据，竟然比登天还难。举报人张振亚现在人不见了，好不容易找到了一个证人，现在证词又被否认。我知道，虽然我一直在骂林枫冲动，其实我自己也不够冷静。我不知道为什么，看见李作荣那副德行，我心里就有说不出来的无名之火，恨不得立马就上去狠狠地揍他一顿。"

夏志杰笑着说："我该说你什么呢，太有正义感了？还是……"

郑海生说："不，我只是太着急了，越找不到线索越着急，越着急就越上火。我们来这儿已经快一个星期了，到现在还是一点儿头绪都没有。一看到那些老乡，我就觉得打心眼儿里难受。"

"这的确是我们遇到过的比较棘手的案子。以前就算遇到再大困难，我都没见你流露出过这种心情。不管怎么样，我知道你肯定不会就此放弃的，你一向都是敢打敢拼的！"夏志杰安慰似的拍了拍郑海生的肩膀，"其实线索没有完全断，那个姓田的老人不是答应作证了吗？"郑海生点点头。

夏志杰说："走吧，回招待所去研究一下下一步的对策。"

郑海生笑了笑说："你说得对，没时间伤感了，走吧！"

郑海生和夏志杰一同走向楼梯，郑海生先夏志杰一步踏上了楼梯，他刚走了两步，脚下突然像踩空了一样，就听脚下咔嚓一声，整个身体随即失去了平衡。郑海生还来不及反应，便一头栽了下去！走在后面的夏志杰惊呼："海生！"

郑海生的手臂摔成了骨折。

靳兰听说后也赶了过来。在镇卫生院里，医生拿着郑海生的片子，对夏志杰和刘大奎等人说："初步检查，除了手臂骨折之外，没发现其他什么比较重的外伤，不过我们医院条件不好，我建议你们还是转到市里的医院去做个全面检查，从那么高的地方摔下来，我怕伤到神经……"

夏志杰连忙说："谢谢你，大夫。海生，你听医生的，先回去好好检查检查，这边交给我们就行了！"

郑海生一听就急了说："这点小伤算什么呀，没事儿，我能撑得住！就你一个人对付他们，怎么应付得过来？！"

靳兰担心地说："郑主任，你这是骨折，伤筋动骨一百天，不好好养会留下后遗症的！"

刘大奎也附和着说："是啊，郑主任，我看你还是听医生的吧！"

可是郑海生怎么也放心不下。先是区纪委监委的三个人遭到暗算，接着是林枫，现在又是自己，这里的环境还不知道有多险恶。郑海生心里想着。

夏志杰说："就这么定了！海生，你回市里也有好处，我们盯这个案件的现在只剩下叶涵一个人了，你回去正好能帮帮她，我们这边有什么情况也需要你们协助啊！"

郑海生坚持说："轻伤不下火线，明天我去市里医院拍个片子就回来。你就让我违抗一次命令，我不能因为这点儿伤就撤回去。"

夏志杰无奈地说："那随你吧。"

招待所里，胳膊上打着夹板的郑海生躺在床上。突然他的手机响了，郑海生吃力地要拿。

"你别动，我来！"夏志杰帮郑海生掏出手机，看了一眼屏幕，一愣，将手机举到郑海生面前。郑海生发现是女儿的电话，犹豫了片刻，点点头。夏志杰按下接听键，把手机举到郑海生耳旁。郑海生忍着剧烈的疼痛接过手机："喂？晓菡。什么事儿？"

郑晓菡站在客厅里拿着电话，神色不安地问："爸，你在哪儿呢？"

“我？我正忙着呢，你有什么事儿啊？”

郑晓菡松了口气：“哦，你没事儿就行了。我刚才眼皮直跳，坐也不是，站也不是，老觉着你好像出什么事儿了。”

郑海生疼得脸色煞白，咬牙忍着：“说什么傻话，这么多同事都在，能出什么事儿啊？”

“哦，昨天晚上我打电话给你，你没接嘛。你前几天都不是这样的，人家也是担心你啊！”郑晓菡顿了顿说，“爸，数学月考成绩下来了，我八十八分……我这个分儿不低了吧？我们班上九十分以上的才五个……”郑海生勉强地说：“哦，好，不低了。等我忙完了这段儿，再回去给你祝贺。没事，宝贝，我挂了啊。”郑海生挂了电话。

十八

李作荣听说了郑海生胳膊摔骨折的事情后，气急败坏地抽了王伟一个大耳光，王伟被打得眼冒金星，踉跄着后退了两步。李作荣指着王伟大骂：“你是不是疯了？啊？给区纪委监委的人搞了一次车祸还不够，你还要去搞市纪委监委的人！你做事怎么不走脑子啊？！万一真的弄出人命来怎么办？！到时候万一查到咱们身上，吃不了兜着走啊！”

王伟沮丧地捂着脸说：“干爹，那咱们下一步怎么办？”

李作荣沉吟着说：“他们一直扎在兴源镇不走，现在又来了个纪委监委副主任。我们也必须赶紧有所行动了，必须赶快想办法让张振亚那小子松口！走，去看看那小子去！”

李作荣和王伟去了派出所。走进关押张振亚的一个房间时，只见张振亚双手被反绑在椅子上，气息奄奄，蓬头垢面。看到李作荣，张振亚冷冷地哼了一声。

李作荣拉过一张椅子放到张振亚面前，一抬腿，骑坐在椅子上，双手支在椅子背上，点着一支烟，注视着张振亚说："张振亚，我也不想这样对你的，你好好的日子不过，非得跟我过不去，你跟我作对有什么好处，啊？"

张振亚看着李作荣不说话，只嘿嘿一笑。

李作荣说："我再给你最后一次机会，现在你只要写份悔过书，跟纪委监委来的人说清楚，我就当这一切都没发生过，明年我保证让你离开计生办。"

张振亚打断他说："你心虚了吧，纪委监委的人一定会把你们这帮混蛋查个底儿掉，你们就等着坐牢吧！"

李作荣说："你别以为市纪委监委的人来了，就有人给你撑腰了。我告诉你，他们这次一样什么都查不到！你就更别瞎折腾啦！孙悟空都翻不出如来佛的手掌心，更何况你这个小猴子呢？"

张振亚气得朝李作荣的脸上"呸"了一口，王伟见状，立刻冲上前去狠狠地扇了张振亚一耳光。

李作荣狠狠地把烟蒂掷在地上，用脚踩灭，说："别打了！张振亚！算你小子爷们儿。行，我倒要看看咱们两个谁狠！我一直到现在都没弄死你，知道为什么吗？我爱才！我一直想感动你，假如你一直执迷不悟，我现在就把话给你搁到这儿。到时候我要是栽了，你跟你老婆、你儿子一起给我陪葬！"说着站起身往外走，王伟狠狠地看了一眼张振亚，赶紧跟了出去。

在门口，李作荣低声吩咐王伟说："你给我把纪委监委那帮人盯紧点儿！"

王伟说："干爹，你放心，这是咱们的地头！他们小泥鳅翻不起什么大浪。"

李作荣点点头说："不可大意。你让董明庆来一趟。"

董明庆来了，李作荣对他说："你去给张振亚老婆说，让她再劝劝张振亚，叫张振亚不要再整事了，否则我们对她的儿子不客气。”

董明庆提着一些水果和零食去张振亚家，形容憔悴的高慧芳看见董明庆忙说：“明庆，张振亚他怎么样？没事吧？”

董明庆把那一袋儿童零食放到茶几上，说：“这些是给孩子的。”

“明庆，张振亚他到底怎么样了？”高慧芳急切地问。

董明庆犹豫了一下说：“张振亚他没事儿。”

高慧芳恳求董明庆说：“明庆，你们那么多年朋友了，我只求你一件事，你们不要伤害他。”

董明庆说：“慧芳，我知道你很担心他。但是你也知道李作荣的为人，张振亚这样和他对着干，他怎么可能轻易放过张振亚？”

高慧芳着急地说：“李作荣把张振亚怎么了？”

董明庆摇摇头不说话。

“你说呀，李作荣把张振亚怎么了？”高慧芳急得快要哭了。

董明庆叹口气说：“慧芳，现在只有你能救张振亚和你这个家。”

高慧芳疑惑地看着董明庆说：“我？”

董明庆说：“李作荣说了，让你去劝劝张振亚，否则他们可能会对你们的孩子不利。慧芳，你去劝劝张振亚，俗话说‘胳膊拧不过大腿’，张振亚他不为自己想想，总该为孩子想想吧。”

高慧芳惊讶地瞪大了眼睛，看着董明庆一句话也说不出来。

董明庆犹豫了一下：“慧芳，我现在带你去见张振亚。”

高慧芳看着董明庆，眼泪无声地滚落下来。

看见高慧芳，李作荣只说了一句话：“你不想你男人、你，还有你儿子出什么事情吧？你去告诉张振亚乖乖听话。”说完，李作荣推开门再次走进关押张振亚的房间。他走到张振亚面前冷冷地说：“其实呢，我想要你闭嘴很容易。找几个人，一顿把你揍成口歪眼斜的白痴，直接送进精神病院就结了，以后你再说什么都不会有人信了。实在不行，我就让你直接神不知鬼不觉地从这个地球上消失。为什么我苦口婆心一遍一遍地劝你？

还让你的朋友董明庆也一遍一遍地劝你？既然我们说都不起作用，那就只好请你老婆再来劝劝你了。不过我告诉你，张振亚，这是你最后一次机会了。”

张振亚一惊，又怒又怕地看着李作荣说：“你简直就是个流氓！李作荣，你个王八蛋！”

李作荣冷笑着说：“我也不想这么做的，是你逼我的！你只要好好写份悔过书，把我教给你的话都说清楚，不就什么事儿都没了？”

“呸，做梦！”张振亚吐了一口口水在脚下。

李作荣弯下身看着张振亚说：“哼，骨头挺硬啊，只可惜你骨头硬，你老婆孩子可没你这么英雄。”

张振亚吃惊地看着李作荣说：“你这话什么意思？你想干什么？我告诉你姓李的，不许你打我老婆孩子的主意。我做的事情，我一人承担。”

李作荣冷笑说：“那可由不得你了。张振亚，你如果想保证你老婆孩子的安全，也不是不可以，你知道该怎么做。”

张振亚气得浑身颤抖：“你……你……”

李作荣扭头对门外说：“带她进来。”

门一开，高慧芳被王伟推了进来，张振亚当场呆住：“慧芳！”

十九

张振亚突然来到招待所找郑海生来了。夏志杰和郑海生看到张振亚时都十分惊讶，他的样子又憔悴又绝望。

郑海生赶紧让他先坐下，然后问他：“张振亚，你这几天去哪里了？那天你不是说好在镇子路口等我们吗？”

张振亚说：“我出去躲了几天。”

夏志杰诧异地说：“躲了几天？你为什么要躲起来？”

张振亚说：“夏书记，有些事情是我搞错了。我以前举报的那些事情都不是真的，我就是因为工作不顺心，心里不平衡，想报复一下。现在我觉得事情闹得太大了，我怕收不住，自己也圆不了这事儿，所以躲起来避避风头。”

郑海生说：“张振亚，你现在反悔，你以为我们会相信吗？你老实告诉我们，是不是有人逼你，你失踪的这段时间，是不是有人抓了你，威胁你，甚至还打了你？”

张振亚吓了一跳，抬起头冲着郑海生他们连连摆手：“没有，没有，没人抓我，是我自己躲起来的！”

夏志杰说：“你别害怕！他们到底怎么威胁你了，说出来，我们会保护你的！”

张振亚痛苦地说：“我都说了是我自己犯混，我胡编乱造诬告他们，你们怎么不信呢？躲起来这些日子，我都想清楚了。这回头万一查出来，我说的这些都是假的，判我个十年八年的，我就太划不来了。所以我想来想去，与其等你们查出来，还不如我自己来澄清。夏书记，我是自己坦白的，不会判我诬告罪啥的吧？”

夏志杰看着张振亚不说话。

张振亚走后，夏志杰说：“大奎，你跟我会会姓李的去。”

刘大奎问：“夏书记，去见他做什么？”

夏志杰说：“咱们要回去了，不应该跟他告个别？”

郑海生一头雾水，说：“跟他告别？那这个案子我们不往下查了？”

夏志杰抬头看了看郑海生说：“查不出东西来，咱们在这儿还能干什么？”

刘大奎说：“那咱们就这么走了？明摆着李作荣有问题啊！不是我说，郑主任出意外，搞不好也是他捣的鬼！夏书记，我们不能就这么走了。什么都没查出来，还让人家弄折了两个，连厂子都进不去，账也查不了，这会儿他们指不定怎么偷着乐呢。我们就这么走，太窝囊了。夏书记，你是不是忽悠他们呢？你是不是有什么主意了啊？”

夏志杰笑了笑说：“我也没有十足的把握。可走到这一步，咱们也只能赌赌看了！”

李作荣见到夏志杰和刘大奎一如既往地热情：“夏书记，我听说郑主任出了点儿意外。嗨，本来啊，我想去看看他的，可昨晚上开了一通宵的会，没抽出空……怎么样？他没什么大事儿吧？”

夏志杰说：“哦，胳膊骨折了，没什么大碍，今天我们就打算把他送市里医院去。”

李作荣故作惊讶地说：“哎哟，这伤得可不轻啊！得好好养，别落下什么病根儿了！夏书记，你告诉郑主任，回头我去看看他。”

夏志杰说：“哦，不用了，你工作这么忙。”

李作荣说：“那可不行啊，再怎么说，郑主任也是在我们兴源镇出的事儿，我责无旁贷啊！哎，说起来也真是，也不知怎么的，我们兴源镇好像跟你们纪委监委的同志犯冲似的。你说说，加上郑主任这都第三回了……”

夏志杰看着李作荣，微笑了一下：“是啊，可能我们来得不是时候。老实说，我们在这儿待了有一阵子了，也没查出什么来，上头又催得紧，让我们别影响你们工作，要是没问题，就赶紧往回撤……”

刘大奎也说：“李镇长，我们来这些日子，给你添了不少麻烦，真是不好意思了，我们今天下午就走。”

李作荣急忙放下茶杯，上前握住夏志杰的手说：“哎呀，别这么说嘛！你们纪委监委的同志来，我们配合你们工作是应该的！你说说，你们真是的，说来就来，说走就走。不行啊，这回可得请你们吃一顿，给你们送行！”

“哦，不用，不用，不麻烦你们了。我们得赶紧把郑主任送回去。”夏志杰说着站起身来。

“怎么说我们也处了这么些天了，我可把你们当朋友了，就当我这个朋友请你们不行吗？”李作荣说。

夏志杰说：“真的不用了，我们的行李都还在旅馆没收拾呢，我们先告辞了。”

李作荣忙说：“哦，好，好，你们忙，你们忙！哦，对了，要不要弄辆车送你们啊？回头我让副镇长给你们捎点儿土特产过去。”

夏志杰边往办公室外走边说：“不用了，我们自己有车。那我们先告辞了，再见。”

李作荣把夏志杰和刘大奎送到门口说：“我正忙，就不送你们了啊，慢走，慢走啊！”

看着夏志杰和刘大奎离开，李作荣关上办公室的门，长长地舒了口气，咧开嘴得意地笑了。

夏志杰他们下午三点就走了，那辆跟踪他们的小车，一直尾随着他们开出兴源镇几十里才没有继续跟。跟踪的人回来向李作荣汇报说他们走了。

李作荣一得到夏志杰他们离开的消息，就对董明庆说：“通知厂子，马上开工！”

董明庆一愣：“马上开工？镇长，他们前脚刚走我们后脚就开工，这……”

李作荣打断董明庆：“这什么？！他们来这段时间，耽误我们少赚了多少钱！跟老李说，这两天加班加点，争取把损失都补回来！愣着干什么，赶紧去啊！”董明庆急忙答应着出了办公室。

二十

晚上。张振亚匆匆推开家门。

高慧芳一看丈夫回来了，又气又恨又心疼地哭了，张振亚也搂着妻子哭。

张振亚颤声说：“我已经按照他们教我的说了，他们把亮亮送回来了没有？”

高慧芳眼光闪烁地说：“亮亮已经回来了。”

“爸爸！”张振亚一愣，只见亮亮直冲自己跑来，一头扎进他怀里。张振亚抱起儿子使劲亲着。

“爸爸你去哪儿了啊，怎么这么多天都没回来啊！”张振亚愣神地抱住儿子说：“爸爸出去了。儿子，你什么时候回来的？”

亮亮说：“妈妈就不让我出门，都快把我憋死了！”

高慧芳揽过亮亮走到卧室门口说：“亮亮乖，先去睡，妈妈一会儿来陪你。”

高慧芳轻轻带上卧室的门。张振亚着急地冲妻子嚷嚷起来：“你骗我……亮亮根本没事儿！你怎么能这样？”

张振亚抄起衣服就要出门，高慧芳一把拉住他问：“你去哪儿？”张振亚说：“我去找纪委监委的人把话说清楚！”

“张振亚！你是不是不见棺材不掉泪？你以为那个李作荣就只是吓唬吓唬你吗？你好好想一想，为什么现在你能平平安安地回来！你以为今天你儿子没事儿，就算没事儿了吗？你还想出去折腾，我们就离婚！明天咱们就去办离婚手续！办完离婚，你爱干什么干什么，我再也不会管你！”

愣了片刻，高慧芳又警告他说：“张振亚，你想清楚，人家早把我们盯死了。你一出门，马上就会有人盯着你，你干什么他们不知道？”

张振亚一时不知道说什么好：“我……”

高慧芳的眼泪又流了下来：“你知道你被他们抓走这段日子，我和亮亮是怎么过的么？这种担惊受怕的日子，我过够了！张振亚，我告诉你，我好不容易才把你弄出来，这事儿没了结之前，你休想踏出家门一步！”

张振亚愣愣地坐在了沙发上。高慧芳让他赶紧去洗个澡，自己就忙着去给他弄饭。张振亚吃完晚饭，亮亮已经睡着了，两口子躺到了床上。高慧芳发现丈夫身上青一块紫一块的瘀血，有些地方还溃痨烂了，她的眼泪又禁不住流了出来。

高慧芳问："他们打你了，是吧？"边说边起身下床去找消炎药。

张振亚趴在床上，高慧芳拿棉球蘸着酒精，轻轻涂抹着张振亚身上的伤口，张振亚疼得龇牙咧嘴。高慧芳心疼地看着丈夫，她擦拭了一下眼角的泪水："他们怎么下这么重的手啊，还是不是人啊？！"

张振亚恨恨地说："我这打不会白挨的！我一定要让他们付出代价！"正在给张振亚抹药的高慧芳一听，一下子就火了，她一步蹿到床前瞪着张振亚说："我当初怎么就瞎了眼，嫁了你这么个不知道死活的一根筋？你自己一个人过去吧！"

二十一

夏志杰他们几个人窝在车里，一直等到夜色降临。夏志杰看看车窗外说："走，现在去杀他个回马枪。大奎，直接去工厂。"

刘大奎迅速发动车子，掉头全速向兴源镇驶去。

果然不出夏志杰所料，他们还没到工厂大门口，远远地就听到了机器的轰鸣声。夏志杰和郑海生推开跑过来阻拦的门卫，带着刘大奎和靳兰直奔厂长办公室。

看见突然到访的几位不速之客，厂长诧异地问："你们几位是？"

夏志杰说："你就是李厂长吧，我们是市纪委监委的。找你还真不容易，我们都准备走了，又听说你刚从香港回来，于是我们就赶来了。"

李厂长尴尬地看着夏志杰，不知道说什么好。

靳兰说："既然李厂长你都回来了，你们的会计也在吧？我们现在就要查一下你们工厂的账目，麻烦你带路。"

李厂长不安地说："哦，好……好……"

听说夏志杰他们黑灯瞎火地杀了个回马枪，李作荣气得拍着桌子直骂："哼，居然敢给我来这一手！"

董明庆在一旁着急地说："我就说不要这么急着开工，他们着急走，肯定有问题！"

李作荣瞪着董明庆，冷笑着说："你胆子是越来越大了，居然敢这么跟我说话！"

董明庆一怔，随即低下头："对不起镇长，我……我不是那个意思……"

"哼，让他们查吧，所有的账目我都已经做干净了，大不了封了这个厂子！"

王伟不安地注视着李作荣："没有十成的把握，他们不会这么杀回来的。看来这次是铁了心要查个水落石出了，我们下面该怎么办啊？"

"车到山前必有路！"李作荣看了看董明庆，"别说他们查不出什么，就算真的查出什么来，你不说，我不说，我们谁都咬死了不承认，他们能拿我们怎么样？就算真出什么岔子，我也会找替罪羊，你慌什么！"

董明庆还想说什么，但最终只是张了张嘴……

夏志杰他们把所有的账本全都带回了镇招待所。到了房间，夏志杰让郑海生去休息，他和刘大奎、靳兰三人，把账本摊开在床上和桌子上，开始一张一张地查看。

"我这个伤员给你们泡方便面吧，咱们晚饭还都没吃呢。"郑海生说。

"随你。"夏志杰说。

刘大奎查看着账目："这些账目都没什么问题，他们可能已经做过手脚了……"

"夏书记，有情况！"靳兰将一本账目摊到夏志杰面前，"你看，这笔账写明了是购房款，房子在市里……"

刘大奎也探过头来："哟，这个价位不低啊，搞不好是栋别墅呢……"

夏志杰仔细看了一眼账目，打电话给叶涵和林枫，让他们明天早晨一上班，立刻去查查这处房产的详细资料。

第二天中午，林枫就把市里的这处房子查清楚了。房子是在西山别苑的独立别墅，门牌证号是一百〇八号，建筑面积 315.6 平方米，购房时是每平方米 8000 元，总价钱是 252 万余元，房产所有人是郑力军。

夏志杰让他们继续调查这个郑力军。第二天，林枫他们把郑力军也查清楚了，他是董明庆的小舅子。

二十二

董明庆拎着一瓶酒敲开张振亚家的门时，看见张振亚一个人在喝闷酒。

“慧芳和孩子呢？”董明庆问张振亚。

张振亚醉醺醺地说：“慧芳带着孩子回娘家了，她说她要跟我离婚！”

董明庆把手里的酒瓶在张振亚面前晃晃说：“我心里头憋得慌，想找你聊聊。”

张振亚给董明庆取来一个茶杯，往自己和董明庆的杯子里倒满了酒。董明庆拿起酒杯来示意碰杯，张振亚犹豫了片刻与董明庆碰杯，二人一饮而尽。

董明庆说：“你慢点儿喝……”

张振亚放下酒杯又给二人斟满酒说：“明庆，我们认识多久了？”

董明庆一愣：“从大学开始算，怎么着也有十多年了吧。”

“我这个人脾气不好，朋友不多。哼，我知道，你也不把我当朋友……是，没多少人受得了我，现在慧芳也走了……你知道吗，她说她要跟我离婚！”张振亚打着酒嗝说。

董明庆一口把自己杯中的酒干了，劝道：“你别多想，慧芳也就是一时的气话，你多跟她说说好话，哄哄她。哎，不说这些，喝酒，喝酒……”

董明庆拿起酒瓶给自己倒满酒。

张振亚大着舌头说："我知道，你们都不理解，我为什么就这么较劲。你是最了解我的，你知道我看不得这些乌七八糟的事儿！我拿你当朋友，我劝你一句……举头三尺有神明，你干了些什么，别以为老天爷不知道，要遭报应的！"

董明庆嘴角抽搐了一下，又一口把杯中的酒干了，一脸痛苦的神色说："张振亚，你别说这些行么？"

张振亚拍着董明庆的肩膀说："明庆，你为什么要跟着他们瞎混啊，他们都是些什么东西，你真不知道吗？你应该比我更清楚！你以前可不是这样的！"

"你别说了！"董明庆又倒了一杯酒，一饮而尽。

张振亚也给自己倒满一杯说："哼，不就是为了点儿钱吗，钱真的就那么重要？明庆，你还记不记得，咱俩上大学那会儿你跟我说过什么，你说你学了这一身的本事，将来是要做一番大事的，难道这些年你所干的就是你跟我说的大事？李作荣那帮人，为了敛财，不惜坑害老百姓。你不仅不想办法制止，反而与他们同流合污。你摸摸自己的良心，你不觉得愧疚吗？！"

董明庆痛苦地摇晃了一下，用手肘撑着桌子颤声说："张振亚，我对不起你，我对不起你啊！他们这么害你，我连句好话都不敢说，我……我不是人！"

张振亚说："明庆，现在回头还来得及！他们丧心病狂，他们不是人，他们什么都干得出来。你跟着他们一起坑我不要紧，我不想看着你再去害其他人！那厂子一年害多少人你知道吗？你看着那些因污染而得病的孩子，你心里头过得去吗？你不觉得难受吗？退一万步说，不说那些，我不想看着你有一天坐牢，你知道吗？我知道你骨子里跟他们不一样！！"

董明庆拿起酒瓶，咕噜咕噜地猛灌了自己一大口酒说："你不明白！我已经跟他们在一条船上了，我下不来了！张振亚，我心里头也不好受，我也难啊……你以为我不恨他们吗，你以为我愿意让他们拿我当条狗一样呼来喝去吗？我真想当这一切都没发生过。可事到如今，我已经没有回头路可以走了！”说完，董明庆痛苦地趴到了桌子上。

张振亚喘息着看着董明庆说：“你现在回头还来得及。走，你现在就跟我去找纪委监委的人去。”说着就去拖董明庆。

董明庆一把推开张振亚，嘴里含含糊糊地说：“我走了。”说完就拉开张振亚家的门趔趔趄趄地走了。

张振亚跌跌撞撞地追出门去：“明庆，等等我，我还没和你喝够呢。”

董明庆和张振亚两人，一路勾肩搭背，脚底绊蒜一般地来到镇政府董明庆的办公室。

一路跟踪董明庆的刘大奎，马上发动汽车悄悄跟上。他注意到，黑夜中有一辆车一直在静静地尾随着自己。

刘大奎马上掏出手机给夏志杰打电话：“夏书记，张振亚和董明庆喝得醉醺醺的正往镇政府方向走。那个以前跟踪过我们的车，又在后面一路跟着我。”

夏志杰让他继续跟着张振亚和董明庆，并告诉他自己随后就到。

二十三

夏志杰决定单独约见董明庆。

夏志杰选择在茶馆里和董明庆进行一次谈话，一是为了给董明庆一个改过的机会，二是想从内部瓦解他们。这步棋虽然有打草惊蛇的风险，但是如果能争取董明庆主动交代，这样的冒险也值了。

董明庆应邀前来见夏志杰和郑海生，在他们对面坐下，佯装镇定地拿起茶杯来啜了一口，却被热茶烫了嘴。手一抖，杯子翻落在地。夏志杰笑了笑，抽出一张纸巾递给他，董明庆尴尬地说了声谢谢。

郑海生叫来服务员，给董明庆换了杯水。

“你很怕见我，是吗？”夏志杰笑了笑，“我打电话给你的时候，你的声音听着都不对劲儿了。”

董明庆急忙说：“没有，没有……”

“你知道我为什么找你吗？”夏志杰问。

董明庆心虚地瞟了一眼夏志杰，没有说话。

“你当这个副镇长也有七八年了，你觉得自己干得怎么样？”夏志杰问。

董明庆迟疑着说：“我……嗨，我……我也没什么好说的，不求有功，但求无过吧……”

夏志杰笑了笑：“不求有功，但求无过……说得好，很多最后因贪污腐败落马的大小官员，在我们这儿，一开始都说过这句话。”

董明庆心里一惊，急忙掩饰地喝了一口茶水。

“西山别苑一百〇八号，建筑面积315.6平方米，依山傍水，风景怡人。”夏志杰看着董明庆，“董副镇长，你眼光很好啊，楼市现在这么紧俏，估计这房子也升值不少了吧？”

董明庆握着杯子的手开始微微颤抖。

夏志杰慢条斯理地说：“我们查过，你购这套房的钱，是天成化工厂出的。从手续上看，你把这处房产过户给了你的小舅子郑力军，可实际上过户的手续是假的，这处房子你还没来得及卖呢！这么好的房子，你这么着急转手干吗呢？不想要了吗？”

董明庆争辩说：“房子的确不是我的。”

夏志杰问：“据我们了解，郑力军并不在天成化工厂上班，为什么他购买别墅要让天成化工厂出钱？”

董明庆痛苦地闭上眼睛。

夏志杰继续说：“你清楚，我也清楚，这处房产，只不过是冰山一角。

如果我们继续往下查，相信还有更多让人料想不到的数字。董副镇长，你有什么要说的吗？”

董明庆颤声说：“你到底想说什么？！”

夏志杰啜了一口茶水，笑了笑说：“兴源镇大大小小的事情，表面上看，都是你在处理。可我知道，这一切不是你一个人能左右得了的。我可以明确地告诉你，现在光是这处房产的问题，我们马上就可以拘留你。我今天选择在这个地方见你，就是想给你一个将功赎罪的机会。希望下次在传讯室见到你的时候，你已经把一切都想清楚了。”

董明庆抬头看着夏志杰，说不出话来。

夏志杰走后，董明庆呆呆地看着面前空空的茶杯，半晌，痛苦地趴到了桌子上，把头深深地埋在胳膊里……

夏志杰和郑海生从茶馆出来，拉开车门坐进车里。刘大奎问：“夏书记，都已经查到线索了，为什么不拘了他啊？”

夏志杰说：“现在还不是时候。现在拘他，只会惊动李作荣那只老狐狸，李作荣一定会把一切都栽赃到他身上！我的话已经说得很明白了，现在就看他自己了。大奎，你负责盯着他！”

刘大奎说：“我知道！”

李作荣的消息真快，夏志杰和郑海生前脚跟董明庆谈过话，他后脚就知道了。他立刻差人把董明庆招来问话：“我听说纪委监委的人今天早上找过你，是不是？你没跟他们说什么不该说的吧？”

“没……没有，我怎……怎么会呢……”董明庆顿了顿，有些着急地说，“但是他们查到我城里那处房产了，这事儿我赖不掉了！”

李作荣说：“查出来就查出来吧，顶多坐几年牢嘛，枪毙不了你的！”

董明庆一惊，说不出话来。

李作荣看着董明庆：“怎么，你怕啦？”

“我……我……”董明庆不知如何回答。

李作荣说：“那个姓夏的都跟你说了什么啊，他居然没拘留你？他是不是想从你身上找什么突破口啊？他是不是还劝你戴罪立功来着？”

董明庆冷汗涔涔，说不出话来。

李作荣见董明庆不说话，哈哈笑了起来，指着董明庆说：“让我说中了吧？！”

董明庆尴尬地说：“镇长，我……”

李作荣忽然收敛起笑容，盯着董明庆说：“你呢？你是不是被他说动了？”

董明庆一惊，连忙否认：“没，没有，没有！我没有！”

李作荣不屑地“哼”了一声说：“没有最好！我告诉你，查出一套房产，顶多判你个三五年，你要是把什么都说了，那搞不好，就是一颗子弹的事儿了……”

董明庆痛苦地闭上眼睛：“……我……我知道……”

李作荣走到董明庆面前说：“兴源镇大大小小的事情，都是你出面处理的，我只是在后面，就算你真的跟他们交了底儿，我也有办法自保。你考虑清楚你自己的立场，别不识好歹啊！”

董明庆浑身僵硬，深深地低下了头……

二十四

董明庆和张振亚两个人，醉醺醺地来到四楼董明庆办公室门口，董明庆掏出钥匙，东摇西晃地打开办公室的门，张振亚跟了进去，嘴里含含糊糊地说：“明庆，你就这么在乎你这个位置吗？你把你的自尊、你的人格，丢在姓李的那帮人的脚底下任其踩踏，你的内心里好过吗？”

董明庆像一摊烂泥一样瘫坐在转椅里，一手拎起办公桌上的几页文件抖抖说：“位置？狗屁！我就是李作荣的一个傀儡。姓李的不是东西，事事都让我出面。他藏在背后，将来真要有什么事情，他会把所有的责任都推到我身上，自己撇得干干净净。”

“那你为什么还要跟他们狼狈为奸？难道你有什么把柄在他们手上？”张振亚摇摇晃晃地走到董明庆对面，在另一把椅子上坐下来。

董明庆打开抽屉，拿出一叠文件推到张振亚面前说：“张振亚，你不是要找证据吗？给你，这些都是证据。”说完就趴在办公桌上呼呼大睡起来。

张振亚迷迷瞪瞪地拿起那一叠文件翻了翻，酒一下清醒了一大半。“明庆。”张振亚推推董明庆，董明庆不动。

张振亚摇摇晃晃地走到屋内的复印机跟前，打开电源按钮，又打开复印机的盖子，拿起文件放进复印机。复印机闪着光，嗡嗡作响。张振亚一页一页地复印着，全然没有注意到，门口正有一双邪恶的眼睛注视着自己。

张振亚把复印完的文件随便卷了卷攥在手里，看了一眼睡熟的董明庆，叹了口气，扭头就往门口走，他刚要伸手去开门，门却开了，他骇然看见王伟进来了。不等他反应过来，王伟一把把他推倒在地上。张振亚的酒完全醒了。

“把东西给我。”王伟去抢张振亚手上的复印材料。

张振亚和王伟扭打在一起，张振亚奋力反抗着，王伟一拧张振亚的胳膊，纸张哗啦啦掉在地上。张振亚奋力推开王伟，要捡地上的复印材料，却被王伟一把捡起。王伟恶狠狠地说：“想搞我们，没那么容易！”王伟一把将张振亚推靠在阳台的门上，门被撞开。张振亚被推搡着上了阳台，他奋力挣扎着，吃力地够到阳台上的扫帚打王伟，王伟用力一推，将张振亚按在阳台的栏杆上。

董明庆也被两人的厮打声惊醒，看到眼前的情景，他的酒也醒了，连连喊着：“住手！别打了！”

张振亚一口咬在王伟胳膊上，王伟惊呼一声，松手。张振亚趁机想跑，王伟抬起腿一脚踢中张振亚的胸口，张振亚被踢得猛然冲向了栏杆，王伟又顺势用力一推，张振亚越过栏杆翻了下去。紧接着就听“扑通”一声，张振亚摔到了地上，头下的血汩汩地流淌开来。

董明庆惊呼："张振亚！"

楼下的刘大奎听到这声惊呼，急忙从车里跑出来，夏志杰和郑海生此时也正好赶来。

刘大奎冲到楼下，只见张振亚四仰八叉地斜躺在地上，四肢不停地抽搐着。"张振亚！"刘大奎急忙掏出手机拨打120。董明庆和王伟也从楼上冲了下来，刚要扑上前，忽然看见跑过来的夏志杰和郑海生，王伟后退了一步，迅速地跑开了。

董明庆冲过去抱着张振亚，哭喊着："救人啊，救人啊！"夏志杰和郑海生看到这一幕惊呆了。

120救护车很快来了，气息奄奄的张振亚被抬上担架，医护人员立刻对其展开急救。董明庆在一旁哭泣着恳求医生："大夫，救救他，一定要救救他啊！"

郑海生问董明庆："这到底怎么回事儿？！"

董明庆愣了一下，半真半假地说："都是我……都是我不好！我心情不好去找张振亚一起喝酒……是我没看住他，他趁着我喝得迷迷糊糊的就……"

这时张振亚忽然剧烈地咳嗽起来，嘴里喷出一口血。董明庆扑上前去叫着："张振亚，张振亚……"

张振亚一把揪住董明庆的衣服，瞪着血红的眼睛看着他。董明庆被张振亚的目光吓住，说不出话来。郑海生蹲下身，嘴巴靠近张振亚的耳朵说："张振亚，你想说什么，啊？"张振亚瞪着董明庆，手攥得越来越紧，嘴唇翕动着，却发不出一个字。忽然，他的头颓然地歪向了一边，手也松开，滑落下去。

二十五

张振亚死了。

董明庆说张振亚是自己从阳台上跳下来的，可夏志杰他们总觉得不对劲儿，张振亚临死前死死拉着董明庆不放，好像要说什么话。他们狐疑地看着董明庆，董明庆脸色苍白，浑身轻颤着，看着地上的那一摊血迹发愣。

县公安局刑警大队的人闻讯赶来，进行现场勘查。对楼下的现场拍照后，他们又上楼去办公室勘查现场，夏志杰和郑海生也跟了上去。

警察检查着办公室，一个刑警掀起复印机，夏志杰看见复印机里有纸张，就走过去拿起来说："对不起，这个可能对我们查案有帮助，我们要带回去。"

这时，一个在阳台上查看的警察叫了起来："队长！"队长急忙走向阳台，夏志杰也跟了进去。"队长，阳台上明显有打斗的痕迹，这里有一根折断了的扫帚，这个人应该不是自杀，是被人推下去的……"

王伟跑离现场后就电话告诉了李作荣，李作荣迅速开车赶来了。一下车，他就大呼小叫地嚷嚷："哎呀，怎么搞的，怎么会出这种事儿啊！"

李作荣走到郑海生身旁："我一听说出事儿就赶过来了。郑主任，这是怎么回事儿？"

"正在现场进行勘查，要等进一步的结果。"郑海生简短地说。

"哎，这个小张啊，年纪轻轻的，怎么这么想不开啊？"李作荣叹息道，看到董明庆呆呆地站在一旁，他走过去说，"明庆啊，你怎么搞的，怎么不好好看着他，让他就这么跳下来了啊？"

董明庆看着李作荣难看的脸色，一时间说不出话来："我……"

李作荣推搡了一下董明庆："好了，好了，你先去我车里等着，一会儿警察同志可能还得带你回去问话呢！"

董明庆呆呆地向李作荣的车走去。

这时，一个拿着装有遗物的塑料袋的警察，发现袋子里张振亚的手机在震动，就取出手机看看郑海生说：“他有电话进来！”郑海生急忙上前，看了一眼屏幕说：“是他爱人打来的。”

“那正好，通知一下他爱人吧。”警察说着就要按接听键，郑海生接过电话说：“还是我来吧。喂，高大姐吧？我是市纪委监委的郑海生，你现在在哪儿，你能回来一趟么？张振亚出了点儿意外，你赶紧回来一趟。”

李作荣看着郑海生打电话的样子，脸色一沉，闪到一旁，走到自己的车后掏出手机，背着众人拨电话。

车里的董明庆看着李作荣奇怪的举动，急忙把车窗开了一道缝，凑过身去偷听。他听见李作荣压低声音对着电话说：“你给我听好了，张振亚已经死了，现在警察正在调查，他们不可能相信张振亚是自杀的！现在绝对不能让他老婆回来，他老婆知道他死了，一定会不管不顾地把什么都说出来！你现在马上去找他老婆，要快！我不管你用什么手段，反正我不能看见这个女人出现在兴源镇！你怕什么？你身上已经背了一条人命了，这个女的要是把知道的一切都说出来，你一样得挨枪子儿！案子我会想办法糊弄过去，你赶紧去找那个女的！”

董明庆在车里面听得心惊肉跳，忽然一咬牙，猛地拉上车门，并迅速锁上了所有车门，然后发动汽车。李作荣急转身，吃惊地看着这一幕，没等他反应过来，董明庆已经开着车，冲出了镇政府的大门。

“董明庆，董明庆！”李作荣跟在车后面边跑边喊。

郑海生一看，赶紧对刘大奎说：“大奎，快上车！追上董明庆！”

刘大奎一听，赶紧上车。郑海生也跑过来拉开副驾驶的车门上了车。刘大奎说：“郑主任，你的胳膊……”

郑海生说：“你快开车吧！”

二十六

看着董明庆飞奔而去的汽车，李作荣立刻再次拨通了王伟的电话：“你走到哪儿了？董明庆那小子抢了我的车跑了，他有可能也是去找张振亚老婆了。高慧芳回来肯定会经过大兴路！你抄近道过去，我不管你想什么办法，一定要截住她！”

此时此刻，张振亚的老婆高慧芳已经坐在了回兴源镇的大巴上，董明庆也正往大兴路车站疾驰着。

高慧芳在大兴路下了车，就没命似的往镇子方向跑。从小路追来的王伟看到高慧芳，猛踩一脚油门就追了上去。这时董明庆也赶来了，他一眼看见王伟正在开车追赶高慧芳，也猛踩一脚油门，全速向王伟的车头撞去，王伟的车被撞得翻倒在了路边。董明庆推开车门，冲高慧芳喊道：“慧芳，快上车！”高慧芳顾不得太多，急忙钻进车里。

董明庆边告诉高慧芳抓紧扶手，边紧紧地握着方向盘，眼睛盯着前面的路猛踩油门。高慧芳浑身颤抖地坐在副驾驶座上问：“明庆，你要带我去哪儿？”

“李作荣他们想抓你。你别担心，我马上想办法送你走。”董明庆面色沉郁地说。

“张振亚……张振亚他到底怎么了？”高慧芳问。董明庆看了一眼高慧芳，脸色扭曲，说不出话来。

“他到底怎么了，你说话啊！”高慧芳问。

董明庆痛苦地说：“你别问那么多了，现在我必须保住你！”

董明庆在一座山脚下停下车，拉着高慧芳就往山上跑。郑海生等人随后赶来，也迅速追了上去。

山上没有路，只有乱石和草丛，董明庆拉着高慧芳，吃力地往山上爬着。高慧芳体力不支，摔倒在地。董明庆一把拉起她说：“慧芳，你再坚持一下，翻过这座山就到河边儿了，我，我找船，找船带你离开这儿！”

满脸汗水的高慧芳，上气不接下气地看着董明庆，甩开他的手臂说：“我不走！你告诉我，张振亚到底出什么事儿了？”

“慧芳，你别问了！”董明庆伸手去拉高慧芳，再次被高慧芳甩开，“好，好，好……我……我答应你，只要你能安全离开这儿，我就想办法安排你们见面！”

高慧芳颤声说：“你还想骗我，张振亚是不是……他是不是……”

“你别乱想！来不及了，你赶紧跟我走！”董明庆伸手去拉高慧芳，高慧芳却忽然转身，往山下跑去。

“慧芳！慧芳！”董明庆拔腿就追，边追边喊着高慧芳的名字。

忽然高慧芳一声惊呼。董明庆一惊，一抬头，顿时惊呆了。只见王伟一只手扼着高慧芳的脖颈，一只手拿着一支枪顶着高慧芳的太阳穴，高慧芳脸色煞白，浑身筛糠般地颤抖着。

董明庆喊道：“王伟，不要冲动，她什么都不知道。”

王伟恶狠狠地看着董明庆说：“董明庆，你这个蔫黄瓜，胆子见长啊，竟然还想撞死我！”

董明庆哀求道：“王伟，杀人可是重罪。不，不要，不要杀她……王伟，杀，杀人是要坐牢的，搞不好会没命的！”

王伟说：“反正我手上已经有一条人命了，我不在乎再多添一个！”

高慧芳一怔，立刻反应过来：“你……你杀了张振亚？”

“你给我闭嘴！”王伟的手臂更用力地扼紧了高慧芳的脖子。

“我跟你拼了！”高慧芳双手用力去掰王伟横在自己脖子上的胳膊，歇斯底里地叫喊着。

王伟把枪口死死顶住高慧芳的脑袋喝道：“再闹老子一枪毙了你！”

董明庆慌乱地掏手机说：“王伟，不，不要开枪！我……我给镇长打个电话，你不要开枪，千万不要开枪！”

董明庆颤抖着手拨通了李作荣的电话：“镇长，是我，董明庆。我求你，我求你放过张振亚老婆吧！我……我保证她不会乱说的，她现在……现在被王伟用枪指着……你不要让王伟杀她，放了她吧……镇长要跟你说话。”董明庆对王伟晃晃手中的手机。

“拿过来，别想给我耍花招啊！”王伟继续用手枪顶着高慧芳的头。

董明庆犹豫了一下，咽了下口水，小心地上前，颤抖地伸出手递手机。王伟一把夺过手机说：“干爹！”

脑袋贴着王伟下巴的高慧芳，清楚地听到电话里李作荣对王伟说：“把他们两个都给我干掉！干掉董明庆，你就清白了，我们可以栽赃他挟持张振亚老婆，走投无路，畏罪自杀！”

高慧芳冲董明庆拼命喊道：“明庆快跑，他们要杀我们两个。”同时低下头狠狠地在王伟的手臂上咬下去。

董明庆还来不及反应，王伟已经狠狠地把手机摔在地上，忽然将枪口对准了董明庆。董明庆大惊失色说：“王伟，你好好想想，你为李作荣犯杀人罪值吗？”

王伟犹豫了一下，刘大奎和郑海生此时悄悄来到了王伟的身后，看到此情此景，郑海生一个鱼跃扑了上去，王伟和高慧芳都摔倒在地，王伟手中的枪掉落到地上走火，发出一声剧烈的爆响。

郑海生和王伟扭打在一起，董明庆上前扶起高慧芳说：“你快走！”

经过这么一通打斗，郑海生骨折的手臂早疼得如同刀刺。王伟见高慧芳逃走，急红了眼，一拳打在郑海生骨折的胳膊上，郑海生疼得眼睛一黑昏了过去。王伟扑过去捡起枪，举起来对准了高慧芳的背影。

在一旁的董明庆，看见王伟举枪对准了高慧芳，立刻扑了上去——“砰”的一声枪响，董明庆中弹倒在地上。

这时，一旁的刘大奎扑上前与王伟扭打在一起。

高慧芳听见枪声，扭头看见倒在地上的董明庆，没命地跑回来，惊慌失措地扶起受伤的董明庆，不停地叫着：“明庆！明庆！”董明庆气息奄奄地说：“别管我……你快走，快走啊……”

王伟发疯一样地和刘大奎搏斗着。这时后面传来警察的声音："你们几个上那边去，快！"

王伟一愣，掉头就往另一个方向狂奔而去。清醒过来的郑海生咬牙站起来想追，伤口的剧痛让他再次趔趄着倒在地上。

"明庆，明庆！"郑海生听见高慧芳的喊声，痛苦地爬到董明庆身旁。董明庆的胸口已经被鲜血浸透了，艰难地喘息着。

"你要挺住……"郑海生大声喊，"我们在这儿！"

董明庆一把拉住郑海生说："郑，郑主任……"

郑海生安慰董明庆说："你伤得太重，先别说话……"

"不……再不说，就太迟了……郑主任，我……我家的保险柜里，还有，还有一些资料和账目，那些，那些都是证据……你……你们赶紧去拿……"董明庆闭上眼睛，艰难地喘息着，虚弱地笑了笑，抬头看着郑海生说，"我早就应该听你们的，早就该听张振亚的，是我害了他啊……郑主任，如果我能保住这条命，我一定……一定配合你们，我什么都说，什么都告诉你们……"

郑海生赶紧说："你别说了，省着点儿力气……我都明白……"

董明庆如释重负地松了口气，闭上了双眼。

二十七

去镇偏远山村扶贫的镇党委书记唐凯、镇党委纪委委员老廖得知消息后也赶来了，两位镇党委的主要领导表示一定全力以赴配合是纪委监委的调查。

唐凯一再向夏志杰道歉，自己到岗时间不长，按期实现扶贫任务的目标艰巨，他就带着镇党委的主要领导定点落实扶贫工作了。老廖也向办案组汇报了一些他掌握的情况。

老廖说："夏书记，唐书记来镇上的时间不长，关于李作荣的事情我也曾向唐书记汇报过，这不区委区政府定的按期完成扶贫任务嘛，我们班子的几个人就下到村里定点精准扶贫去了。李作荣的问题也就是这几年的事情——他之前是个不错的干部，有想法，愿意为老百姓干事，后来，估计考虑自己快到点退休，也没有多大的上升空间了，就放松了对自己的要求，把心思放在自己退路的经营上了。我和前两任书记找他谈过几次，他答应的倒是挺好，可事实上，镇上发展的重要决策并不让我们插手。"

唐凯："夏书记，对李作荣的事情，我来之前就有所耳闻，就像刚才老廖说的，还没等我腾出功夫，这镇里就出了这么大的事情，我向组织检讨，我失职。既然事情已经发生了，我们将全力以赴处理善后事宜。在这里，我向您表个态：镇党委班子将积极配合组织的审查、调查，举一反三，引以为戒，把李作荣案作为今后干部选拔和任命的一个深刻教训。"

夏志杰对唐凯、老廖的配合表示感谢，接下来又商议了下一步工作的细节。

靳兰的调查也有了结果，董明庆办公室复印机里的那些材料是保险合同，跟保险公司核查后证实，这些都是天成化工厂李厂长以工厂的名义，给李作荣和董明庆上的巨额商业保险。

夏志杰翻看着资料，脸色凝重："马上传讯李厂长和李作荣！"

当靳兰和刘大奎再次来到李厂长面前时，李厂长紧张得不停地擦着额角冒出的汗水："对，李镇长和董副镇长的保险的确是我们厂子给上的。我当时给全厂的工人都上了保险，也跟镇长他们提过，给镇上的领导也一并上了……"

靳兰问："那为什么李作荣他们的是商业保险，而且数目这么巨大？"

李厂长结结巴巴说不出话来："我……我……"

靳兰说："巨额的商业保险，也是行贿的方式之一，你以为做得隐蔽一点儿，我们就查不出来吗？！你还有什么好说的？！"

李厂长急忙摇手说："不，不，我这不是行贿，绝对不是！兴源镇招商引资的条件很丰厚，我们厂子在这儿干得风风火火的，镇长也关照过我们，我老早就想感谢他了。可……可镇长的脾气我也知道，送钱送礼，他是绝对不会收的，所以我……我就偷偷地给他上了一笔商业保险……这事儿他不知情，完全是我个人的行为！我真的只是想感谢他，早知道这么着会出事儿，我……我绝对不会这么干啊……"

相比李厂长看见纪委监委办案人员的慌张表现，李作荣的表现可真是沉稳得很，他看见夏志杰和郑海生一点也不慌乱，还热情地招呼他们喝茶。

夏志杰说："李镇长，我们有些情况想跟您核实一下，麻烦您跟我们走一趟吧。"

李作荣一脸的狐疑，不情愿地站起身来。

在招待所的会议室，夏志杰和郑海生坐在李作荣对面，夏志杰将手中的一叠资料放在李作荣面前说："李镇长，这是李厂长以工厂的名义，给你和副镇长董明庆上的保险……"

李作荣一愣，拿过材料看了一眼。

"我们已经跟保险公司核查过了，这是一笔巨额的商业保险，我想听听你的解释。"夏志杰说。

"我……我不知道啊，他什么时候给我上的这个，我完全不知情！"李作荣狡辩道。

"办理保险，是必须要本人的身份证明和资料的，你怎么可能不知道？"夏志杰说。

"啊，对，老李是跟我提过要给我上保险的事，可他当时跟我说的是普通的社会保险，不是什么商业保险啊！这事儿我真的是一点儿也不知道……"李作荣故作不解地看着夏志杰，"夏书记，我觉得你们搞错对象了！我早就跟你们说过，大方向是我定没错，可具体操作，我都是交给董明庆办的。我觉得要是有问题，他才是最可疑的对象。说不定他就是想杀人灭口，才杀了张振亚！"

郑海生抬头看了一眼李作荣说："李镇长，你怎么知道张振亚是董明庆杀的？而且你还知道是为了杀人灭口？我看你还是一五一十说出来吧，董明庆已经自首，我们从他家的保险柜里，拿到了更多的资料，你是要等我们告诉你一切呢，还是你自己跟我们说出来呢？"

冷汗从李作荣的额头上无法控制地冒了出来，他全身无力地瘫软在了椅子上。夏志杰注视着李作荣，李作荣嘴唇颤抖着，看着夏志杰和郑海生说："你……你们不能抓我，整个兴源镇都靠我一个人，你们办了我，兴源镇就完了！是我……是我把这个穷山恶水的地方，变成现在这个样子的。没有我，就没有今天的兴源镇！你们知道我对兴源镇意味着什么吗？你们知道吗？"

夏志杰平静地说："李作荣，也许你真的为兴源镇做了很多很多，可你不要忘了，功是功，过是过。不可能因为你为国家和人民做了多少贡献，你就可以拿国家和人民赋予你的权力，超越法律为所欲为，甚至违法犯罪，最终害了人民，误了国家。兴源镇永远也不可能是你一个人的家天下！"

李作荣面色苍白地看着夏志杰，说不出话来……

二十八

林枫也赶了过来。

夏志杰、郑海生、刘大奎、林枫、靳兰陪张振亚的老婆高慧芳去了镇医院太平间。停尸房的工作人员拉开停尸冰柜，张振亚苍白的脸露了出来。高慧芳踉跄着上前，一下子扑倒在丈夫冰凉的尸体上，失声痛哭。她伸着颤抖的手抚摸着丈夫张振亚冰冷的面孔："张振亚……张振亚……是我害了你，是我害了你！我不应该走，不应该拦着你，我……我早就应该跟你一起揪出那些不是人的王八蛋啊！是我不好，是我对不起你！你走了我跟亮亮怎么办啊！”此时，泪水早已盈满了在场所有人的眼眶。

夏志杰上前安慰高慧芳说：“高女士，别太难过了，节哀顺变吧。我们已经跟上级申请，追认张振亚为烈士。他的后事，我们会帮着一起操办的……”

高慧芳一边止不住地哭泣，一边摇着头说：“没用了……这些都没用了，他再也醒不过来了！”

靳兰扶着高慧芳，但高慧芳还是哭得瘫软在了地上……

二十九

刘大奎和靳兰坐在餐桌旁。靳兰拿着菜谱点着菜：“再来份这个，黄豆炖猪手！”冲着刘大奎说：“这家的黄豆炖猪手，做得可地道了，你不是最爱吃么？”刘大奎心不在焉地喝着水，看了看手腕上的表。

靳兰：“我看你们今天清蒸鲈鱼打特价是吧？来一份，来一份！”

刘大奎：“你别点得太多了，我们就四个人，回头吃不了！”

靳兰：“吃不了打包呗！四个？怎么会就四个人啊，不是说好了都来聚餐的么？”

刘大奎：“夏书记要接他妈出院，郑主任说要回家陪女儿，所以就只有你、我、林枫和叶涵来。”

靳兰皱眉：“嗨，真是的，怎么都不来啊，好不容易案子结了，想好好聚聚，人都凑不齐。早知道，唱歌我不订大包了，订个中包还能打折呢！”

刘大奎：“这次出去耗了这么些日子，人家当然想回家陪陪家里人了。你以为谁都跟你似的没心没肺的，还张罗聚餐，天天都见面儿，聚什么聚啊！”

靳兰生气地说：“你什么意思啊，我不也是想给大家放松放松嘛！”

刘大奎挥手：“好好好，我知道你好心，不跟你抬杠……哎，林枫和叶涵来了！”

郑晓菡端着快餐，挎着书包走到角落的位置上坐下。她掏出课本翻开摊在桌上，边看边拿着一块炸鸡吃了起来。她翻了一页，叹了口气，靠在椅子上皱着眉头。手机忽然响起，郑晓菡掏出手机，面色一喜：“喂，老爸？”

郑海生说：“帮我也叫一份儿吧，我也没吃晚饭呢！”

郑晓菡一愣，抬起头，目光忽然定住。只见郑海生正站在店外，微笑地注视着她……

夏志杰一手扶着黄顺惠，一手提着行李进门：“到家了，当心点儿……”黄顺惠回头：“小杰呢，小杰怎么不在家啊？”

夏志杰难受地说：“哦，我待会儿去幼儿园接他……”边说边扶着母亲在床上坐下，“您先歇会儿，我去打盆水给您擦擦……”

院子里寂静无声。一双脚悄无声息地踩在地上，慢慢接近屋子。

屋子里，黄顺惠有些迷茫地打量着，目光落在墙上一张黑白照片上。照片上，夏力抱着幼年的夏志杰，黄顺惠依偎在丈夫身旁，一家三口笑得格外开心。黄顺惠抚摸着照片，脸上露出天真的笑意……

王伟的身影逐渐接近了阳台，他用一根铁丝捅开了阳台的门，悄声进入，黑洞洞的枪管从袖口里露了出来。

黄顺惠仔细地抚摸着照片上的夏志杰……王伟偷窥着黄顺惠坐在床上的背影，踏出一步，蹑手蹑脚地从阳台进入房间……

黄顺惠动了动身子，要去看墙上挂着的另一张照片，一低头，忽然发现了地面上投射的黑影，一愣。她慢慢转过头，顿时看见了站在身后的王伟手中的枪和他那双血红的眼睛！

黄顺惠惊愕了，二十几年前的一幕又浮现在她眼前。只一瞬间，她清醒了，不顾一切地嘶声叫喊：“小杰……”她的声音刚一出口，王伟已蹿上前用胳膊勒住了她的脖子。

就在这时，一声闷响，紧接着是一连串瓷片破碎落地的脆响，王伟的后脑勺突然被重重地猛击了一下，王伟应声倒地，夏志杰气喘吁吁地站在他身后。夏志杰手里的花瓶，边缘参差不齐，只剩了半截。王伟昏倒在地上，一动不动，黄顺惠惊恐地看着躺在地上的王伟。夏志杰扔下手中的半截花瓶，上前捡起滚落在地的手枪，别在腰前，又转身拉起了老母亲的双手:“妈，妈！”

黄顺惠惊恐的目光看向夏志杰，终于反应过来，轻声地嗫嚅道:“小……小杰……”边说边伸手捧住了夏志杰的脸，“小杰，你没事儿吧，他没伤着你吧？”

夏志杰惊喜万分：“妈，你……你想起来了……你认得我了？！”

黄顺惠不眨眼地看着夏志杰，不停地呢喃着他的名字，不停地抚摸着他的脸和头发。夏志杰嘴唇翕动，激动地看着母亲。他忽然紧紧地抱住母亲，泪水潸然落下，颤声叫道：“妈！”母子俩紧紧拥抱在一起……

在KTV包厢里，靳兰投入地唱着，刘大奎和叶涵兴奋地在一旁用手鼓给靳兰打着拍子。靳兰拉起刘大奎，将另一个麦克风塞给他。刘大奎尴尬地要推辞，靳兰推搡了刘大奎一下，刘大奎也跟着唱了起来。叶涵看见这一幕，忍不住笑了。她弯腰拿水，无意间发现林枫正注视着自己……叶涵的动作顿住。她和林枫对视着。悠扬的音乐中，叶涵温柔地对林枫笑了笑……

夜色下，灯火辉煌。郑海生开着车行驶在路上，他侧头看了一眼，女儿郑晓菡靠坐在副驾驶的座位上，沉沉地睡着了。郑海生注视着熟睡中的女儿欣慰地笑了。

郑海生掏出钥匙，打开家门，背着女儿蹑手蹑脚地走进房间。他轻轻地把女儿放在床上，拉过被子给女儿盖好，又轻手轻脚地拧开柔和的落地灯。郑晓菡在睡梦中翻了个身，拉起被子把自己紧紧裹住。郑海生注视着女儿的样子，轻轻抚摸了一下女儿的头发，悄声站起，走到房间门口，他又笑着侧头看了一眼郑晓菡，才轻轻地带上房门……

三十

夏志杰看着熟睡的母亲，感到无比的幸福。

后记

在进入司法机关以后，因为工作的需要，我曾参与对死刑犯的刑场监督。其中，给我印象很深的是一位因贪污巨额公款而被押上刑场的年轻人的最后人生时刻。那一刻让我震惊，以致很多年后仍不能忘记那个眷恋人世的绝望的眼神，耳畔似又呼啸着那凄厉的枪声。从那时起，我对研究如何预防各类职务犯罪现象的发生产生了浓厚的兴趣。

在攻读博士学位以及做博士后课题阶段，我努力将理论研究和实证研究结合起来，从个案研究、文献分析和社会调查入手，研究了人类犯罪的社会动因。

就职务犯罪而言，所有的犯罪分子走上末路，原因不外有几条：客观上，机制不健全，监督不到位，提供了“能犯罪”的土壤、环境；主观上，社会观念的影响、个体欲望的缺乏控制，造就了想犯罪、敢犯罪的人。中央历来高度重视反腐倡廉建设，全社会正努力建立一个不想、不愿、不敢、不必、不能犯罪的社会机制，也已经取得了积极的成效。但遏制职务犯罪案件发生还有许多工作要做。

在本书中，我们尝试用小说的语言来讲贪腐行为的危害及其后果，当然也展现反贪腐一线纪检监察人员的风采。

值得说明的是，此书中所叙述的每一起罪案，都有一个具体的真实的背景。在此基础之上，遵循长篇小说的创作规律，做了一些艺术上的处理和加工。

在本书创作过程中，得到杨同柱、杨劼、王耕云、李莲花等各界朋友的支持和点拨，在此一并致谢。

海剑

2019年10月19日修订于北京